永恒的哈工大记忆

——77、78级入学40年纪念

哈尔滨工业大学出版社

内容简介

本书是哈工大77、78级同学为了纪念入学40周年撰写的回忆文章的汇集。全书分为五章：第一章集结号响，是同学们回忆其高考和入学过程中的经历等；第二章朝花夕拾，回忆同学们在大学期间的学习、生活等方面的情况；第三章桃花潭水，回忆毕业之后同学之间、师生之间的友情往来；第四章春华秋实，记载同学们追求梦想、奉献社会所取得的成就；第五章岁月如歌，收集了同学们的诗歌作品等，讴歌祖国，赞颂母校，抒发师生情、同学谊。

图书在版编目(CIP)数据

永恒的哈工大记忆：77、78级入学40年纪念/《永恒的哈工大记忆》编委会编. —哈尔滨：哈尔滨工业大学出版社，2018.9

ISBN 978-7-5603-7613-4

Ⅰ. ①永… Ⅱ. ①永… Ⅲ. ①哈尔滨工业大学-纪念文集 Ⅳ. ①G649.283.51-53

中国版本图书馆CIP数据核字(2018)第189184号

永恒的哈工大记忆：77、78级入学40年纪念
YONGHENG DE HAGONGDA JIYI:77、78 JI RUXUE 40 NIAN JINIAN

策划编辑	李艳文　范业婷
责任编辑	王晓丹
出版发行	哈尔滨工业大学出版社
社　　址	哈尔滨市南岗区复华四道街10号　邮编150006
传　　真	0451-86414749
网　　址	http://hitpress.hit.edu.cn
印　　刷	哈尔滨市石桥印务有限公司
开　　本	787mm×1092mm　1/16　印张21.5　字数376千字
版　　次	2018年9月第1版　2018年9月第1次印刷
书　　号	ISBN 978-7-5603-7613-4
定　　价	88.00元

(如因印刷质量问题影响阅读，我社负责调换)

谨以此书献给哈工大77、78级同学40年后的相聚

图书策划：哈工大 77、78 级入学 40 年纪念活动组委会

编 委 会

主编　杜军

编委　林艺　杜光伟　徐彤　刘卫平　许赤婴

序

在哈工大 77、78 级入学 40 年纪念活动组委会精心策划和运筹下，在同学们的共同努力和集体参与下，历时一年，《永恒的哈工大记忆——77、78 级入学 40 年纪念》文集终于付梓成书，难能可贵，可喜可贺。

1978 年曾是中国现代史上极为关键的一年，改革开放扬帆启航，中国进入了一个新的历史时期。也正是在 1978 年这一年，邓小平主导的恢复高考改变了整个国家的命运，也彻底改变了我们这批人的人生轨迹。哈工大 77、78 两级近三千名学子在同一年两次高考，莘莘学子从祖国的四面八方汇聚到一起。这是一个非常特殊的群体，经过十年停顿而积累的人才在这两届集聚，学生的年龄跨度几乎超过了一代人，有下乡知青，有产业工人，有中小学教师，也有现役军人，遍布工农商学兵各个行业。共同的命运和机缘把大家集结在哈工大，开始了四年的大学生活。

我们朝夕相处，学、行、吃、住、玩儿几乎都在一起，结成了非常深厚的同学情谊。四易寒暑，春华秋实，老师们呕心沥血、辛勤耕耘，同学们勤奋努力、刻苦钻研，大家如饥似渴般吸吮着知识的乳汁。"要把被'四人帮'耽误的时间抢回来！"是我们当时共同的心声。在那个物质匮乏的时代，我们的校园生活虽然清苦、简单，却充实而愉快。

哈工大的四年学习在我们的人生中虽不长，但含金量却最高。四年大学生活给了我们智慧，给了我们力量，给了我们理想，奠定了我们的思维和再学习能力，提升了我们的境界，使得我们行得更远，飞得更高。

没有哈工大，就没有我们的今天。是哈工大为我们注入了共同的文化基因，这就是我们的校训："规格严格，功夫到家"，以及后来提炼的哈工大精神：铭记责任，竭诚奉献的爱国精神；求真务实，崇尚科学的求是精神；海纳百川，协作攻关的团结精神；自强不息，开拓创新的奋进精神。特定的文化基因形成了哈工大毕业的学生与其他院校毕业生相比起来所独有的特色,这就是聪明、实在、听话、出活儿,这也是哈工大学生能够在各行业、各领域出类拔萃的关键所在。

时光荏苒,岁月如歌,哈工大77、78级同学奔赴工作岗位,敬业创新,扎实奋进,拼搏奉献,我们与共和国同呼吸、共命运,共同创造着历史,见证着奇迹,书写着传奇。我们的同学中有省部级领导,有著名学者、院士,有优秀的企业家,更多的是一线辛勤的建设者。工作的春华秋实、生活的酸甜苦辣化作篇篇诗文。每一篇都折射出中国日新月异的变化,每一篇都见证着工大学子砥砺奋进的足迹,每一篇都流露着同学们对母校、对校友的浓浓情愫。展现在我们面前的这本文集,篇篇都是同学们自己的学习、工作、生活的真实叙述与切身感悟,虽然没有多少宏大的叙事,更多的是一件件生活琐事,柴米油盐酱醋茶,但它展现的是母校忆、师生恩、同学情、同事谊、学习乐和生活爱。它既是一本鲜活的人生奋斗史文汇参考书,又是一本有益昭示后代的参考教科书。

在此,我谨以哈工大校友总会副会长的身份,向为文集的推出执着地筹划、组稿、编辑、出版,任劳任怨的编委会的同学们致以衷心的感谢和崇高的敬意!向为本书积极投稿的同学们表示衷心的感谢!向情系团队且丰富了文集内涵的全体同学表示衷心的感谢!

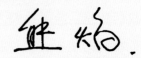

(7850班)

2018年7月18日于北京

目 录
Contents

集结号响

7824	蔡　杰	考大学 /3
78252	文佳良	那年，那月，高考时……/6
7850	关　丽	高考回忆 /10
7851	杜　军	40 年前从参军到高考 /12
7851	李　瑛	15 岁我北上求学 /18
7852	童晶静	从炊事班到 7852 班 /21
7852	王传彩	传奇之彩 /25
7852	季树典	高考前的"阵痛"/28
78922	孙　牧	考入哈工大——我人生的转折点 /32

朝花夕拾

7812	杜延平	哈工大母校记忆 /39
7812	集　体	7812 班的故事 /42
7815	陈希有	梦回 7815——哈工大 7815 班相逢 40 年纪念 /47
7716	方　正	我们寝室的二三趣事 /53
7824	四　哥	姚强 /57
77252	傅沛明	岁月无言　芳华留声——哈工大趣事四则 /60
78252	宋志远	大学那点儿事儿 /65
7741	吴珍明	我们寝室的人与事 /68

7741	管思聪　李　权　刘蜀培　常燕南　哈工大生活记忆四则 /73
7742	李　玉　我所知道的章绵老师（节选）/79
7742	杨荣昌　省委书记与我们座谈 /82
7742	蒋宗礼　7742：我们的班级 /86
7850	宋宝宁　我班的那道风景 /92
7851	陈绮文　杜　军　难的是40年如一日——记7851班同学情 /95
7753	施正豪　往事杂忆——寒假 /100
7753	钟海明　转折——哈工大求学琐忆 /102
77921	孟祥林　读大学期间糗事二则 /109
7853	祝龙双　工大轶事 /111
7860	尹海洁　还记得DJS130吗？——我的毕业设计 /115
7861	秦锐锋　往事7861 /119
7861	金以镭　令人难忘的大学生活 /125
7863	焦　滨　在哈工大冰球队的时光 /128
7863	贾　明　尘封的日记 /130
7767	孙守礼　马　峰　在哈工大读书时的那些事 /136
7867	沈晓明　一个懵懂少年的哈工大情缘 /141
77831	李晋年　工大轶事——体育篇 /144
77921	张林波　再回首 /149
77922	张英俊　老师，您的教诲我记住了 /152
7793	姚圣彦　四年大学生活 /154
78942	刘胜栋　我的同桌老高 /156
78化师	孙建民　坐垫 /159
78252	许赤婴　洁白的羽毛寄深情——哈工大77、78级羽毛球队简史 /161
7825	迟　音　告别一宿舍 /168

桃花潭水

7824 蔡 杰 老师 /173

78251 林 艺 友谊的欢聚——记 7825 毕业 20 周年北京聚会 /177

78252 傅 毓 我与主楼 /182

78252 许赤婴 怀念孙鸣 /186

78431 林国梁 丁香花开的季节 /191

7852 童晶静 刘卫平 那年，我们正青春——7852 班七仙女的故事 /193

7853 杨雪英 张 杰 齐 欣 祝龙双 1981 年夏天难忘的江南游 /200

7761 王学晶 邹继滨 99 重逢 久久的思念 /204

7762 全体女生 七仙女的姐妹情缘 /206

7863 朴寅荣 入学 40 周年纪念 /212

7765 吴绍春 7765——永远的哈工大人——数字告诉你这是一个怎样的集体 /214

7767 刘新保 我的爱情故事 /222

77922 王雨丛 楠田先生和小张 /226

7895 王德伟 7895 班的青葱交响乐 /229

77 物师 邓 桦 同桌的你 /235

78921 邢 军 永恒的记忆，深切的怀念 /239

春华秋实

7814 张邦宁 迈入新时代 /243

78251 胡传森 我在三线的第一项工程设计 /247

7742 田志辉 寻找伯乐的千里马——访迪肯大学教授周万雷 /251

7850 宋宝宁 哈工大，我永远的财富 /256

7850 谭学志 我和哈工大 /261

7850 孙 旭 **7853** 祝龙双 **7851** 杜 军 清风傲骨 鞠躬尽瘁——怀念我们的老大哥晏才宏 /264

7752	刘 波	我与载人航天 /269
7863	徐顺法	我的一次工作经历——S/1280 计算机故障维修记 /273
7865	李永东	我和中国高铁的机缘巧合 /276
7867	曾祥建	梦想成真，做一辈子工程师 /289

岁月如歌

7712	集体创作	西江月——赞哈工大七七、七八级四十载重聚 /295
7712	高 谦	十六字令三首 /295
7813	黄金云	我的大学生活 /296
78251	罗光学 胡传森	我们再起航——哈尔滨工业大学 78 级 40 周年之歌 /300
78251	胡传森	难忘的记忆 /301
7825	白鸿谋	那砥砺厚积的岁月 /302
78251	林 艺	胡杨礼赞 /304
78420	葛 茗	哈尔滨工业大学颂歌——入学哈尔滨工业大学 40 周年有感 /306
78431	李晓荣	梦不死，心永远年轻 /308
7850	熊 焰	恋曲三十年 /309
7850	徐国栋	七八赞歌 /311
78832	周全申 戴 勇	回忆母校哈工大诗词汇集 /312
78921	崔鸿亮	何日再相聚——哈工大 7892 班毕业 20 周年光盘配文 /316
77941	张振太	友谊长存 气贯苍穹——哈工大 7794 班与母校结缘 40 周年同学聚会献词 /320
7761	郭永学	缘 /324
78952	王 军	永远的母校 /325
7865	李永东 78831 戴日庸	友谊江长 /326
78252	刘宝霞	折纸书雕 /328

后记 /329

本书编委寄语 /332

集结号响

7824 蔡 杰

考 大 学

特殊岁月，诸多乱套。一连串的机械故障，进出一粒碎屑，左弹右撞，落入水洼。那碎屑是我，那水洼叫哈尔滨工业大学。

1970年，号称初中毕业，实际受过的正规教育是"文革"前的小学五年级。离校前数学讲到一元二次方程，是"文革"前初一的课程。16岁到首钢铸造厂当工人。

我是钳工，打眼划线修设备，学过些干活时用得上的知识，例如平面几何、杠杆原理、机械制图。工厂办夜校，在夜校也学了些。

1977年6月出工伤，蛮严重的，养伤几个月，赶上恢复高考。邻居小欧应届高中毕业，小欧爸爸让我监督他学习。小欧一放学就来我家，我哄他玩，他学老师的模样教我做算术、背公式。跟屁虫小欧成了我的高考辅导老师。

那年的高考报名费是五毛钱,这对咱工人阶级不是个事儿,首钢给工人考生放一周假复习,带薪假,这等好事落不下我。我参加了高考,小欧辅导的水平当然考不上,铸造厂几十名考生中没一位考上的。事后有人造谣说没考上的退两毛五。

1978年初,首钢业余大学招生,这才是我该去的地方。我尚未痊愈,干不了体力活,临时在机动科打杂。上班时间有工程师指导,下班后认真准备,考试时超常发挥,数学得了98分,理化26分,总分过了录取线,考上了。物理化学是一张卷,我得那26分全部来自跟我干活有关的力学,电不懂,化学题没答。

春天,医院通知我做第二次手术。住进医院,什么设备坏了,半个月才修好,一堆急迫手术在排队,轮不上我。工伤住院工资照发,医院的病号饭全是细粮,不着急咱接着等。主刀医生是我业大机械班的同学,手术时,开刀的跟挨刀的讨论作业题。手术后再待两星期等拆线,然后回家康复。

左边病床的鞠老爷子74岁,骑车对车,腿折了。孙子小颖正准备高考,他上午去学校,下午到医院。小颖的主要活动是哄爷爷和爷爷的病友高兴。下午五点,爷爷说:"你爸该下班了,不能玩了。"小颖赶紧藏好扑克牌,他爸爸进门时,小颖趴在我的床沿上装样子写作业。

住院期间,小颖教我数理化,我不懂不怨自己笨,怪老师没讲明白。小颖尝试各

种方法解释，一旦我听懂了，他特有成就感。小颖是我的第二任高考辅导教师。

初中班主任颜老师出身不好，跟我们几位出身也不咋样的懵懂少年成了忘年交。刚从医院出来，颜老师找我，鼓励我去高考。我说我没学过化学，颜老师说，别忘了咱哥们儿是教化学的。颜老师15岁考上南开大学化学系，当时中学缺教师，校领导动员他留下来，他听话没去上大学，当了一辈子中学化学老师。

我在旧书店淘了本"文革"前技校用的化学课本，去听颜老师的课外辅导班，辅导班的听众是颜老师同事和朋友的子女、邻居、往届和应届高中生。只有俩初中生，我和邹积。颜老师用一下午时间把从初中到高中的化学知识顺了一遍，然后发了份模拟试题。几天后，颜老师把我和邹积叫到他家，专门讲解他那份模拟试卷，嘱咐我俩哪些必须背下来，哪些假装不存在别去管。我俩的目标是化学少拉分，没指望及格。

化学考卷一发下来我就乐了，颜老师让背的东西那上面全有，不让背的全无。颜老师的辅导班中，两位没学过化学的考了前两名，邹积96分，我95.5分。邹积在化工厂，比我多认识几个化学符号。其他人都上过高中，自己有想法，不把颜老师的叮嘱当回事。

26个英文字母我认不全，外语考试没参加，白卷。那年高考，外语成绩不计入总分。

我的总分比录取线高出一分，被第一志愿哈工大录取。高考志愿表上，我在"特长"一栏上填的是"三级钳工"。

当时住工厂集体宿舍，有天回家说要去哈尔滨，我妈问我去干啥，我说上大学。我妈乐了，她这才知道，她儿子还会考大学。

小时候听说过，北大荒"棒打狍子瓢舀鱼，野鸡飞到饭锅里"，那是我这个北京胡同串子的梦；我的第一任高考家教小欧在哈船院（现哈尔滨工程大学）上学，把松花江说得那叫一个美。于是，我的第一志愿报了哈尔滨工业大学。

那年，那月，高考时……

78252 文佳良

那是 1978 年的春季，作为一个即将高中毕业的农村青年来说，前途是渺茫的。那时，高中毕业就是意味着回乡拿起锄头和镐头，延续祖祖辈辈传承下来的日出而作、日落而息的生活。我也曾无数次做过上大学的梦，但在那个特殊的年代，能否圆大学之梦，并不仅凭考试的成绩，更重要的是要有"又红又专"的政治条件才可以被逐级推荐，保送上大学。我在这样没有希望、没有未来的苦捱中，很快就要高中毕业了。

1978 年，作为应届高中毕业生的我，有幸赶上恢复高考的头班车。刚刚恢复的全国统一高考制度，让我又萌发出希望的翅膀，又有了美丽的梦想……但是，由于我就读的中学是乡（人民公社）办中学，而这届高中班既是乡办中学的第一届也是最后一届高中班，我记得当时教我们的代课老师里只有数学老师是师范毕业的，也就是现在人们说的大专毕业，其他老师都是没有文凭的"民办教师"。化学老师竟然就是高我两届的高中毕业生。师资短缺，甚至一个老师同时代教几门课，可想而知，我们这届高中的教学质量远不如城里的学校。正是由于乡办高中的师资力量不够，教学质量都达不到标准，我们这届高中毕业后，教育部门将撤销乡办中学的高中编制。为了实现梦想，尽管我加倍地努力学习，但对即将到来的全国统一高考，心里还是感到忐忑不安。

其实，那时候能在乡办中学就读高中已经是很不错了，乡办中学虽然条件差，但有个最大的优点就是学校离家近，这对农村的学生来说非常重要：其一，不用住校，这样可以省钱；其二，可以利用课余时间回家帮忙做家务，或者参加生产队劳动赚工分。那时农村是按工分来分粮食的。一个壮劳力一天的工分是10分，虽然还是学生的我不能像壮劳力一样得到10个工分，但也还是可以得到相应的工分的，这样积少成多，一年下来基本上也能解决自己的口粮问题，给家里减轻了不少负担。

7月，如火的季节，农忙的季节，高考这一天终于要来了。那时候参加高考可不像现在的孩子高考，真可谓是全家上下总动员啊，从起居、用餐、准备考试用品，一直到去考场的接送，都有家长无微不至的关照。那时的我，在临近高考的日子里却更加忙碌，不是忙于复习功课而是忙着干农活。由于此时正是农忙季节，上完课就赶紧回家参加劳动。自从1977年母亲去世后，除了要参加生产队的劳动来挣工分外，我还要带着两个妹妹（当时一个15岁，一个13岁）承担所有的家务。即使是临近高考了，父亲和家人也无暇顾及我的学习情况，更没有条件给我更多的时间来复习功课。在那个清贫的年代，能够读到高中毕业就相当不错了。父亲甚至盼着我尽快毕业，这样家里就增加了一个劳动力，可以减轻家里的负担。所以，父亲早早地为我准备好了锄头、扁担等劳动工具，只等考试一结束，我就成为一个地道的庄稼汉子了。7月中旬，高考如期而至。因为当时乡办高中的条件所限，我对自己高考的成绩没有足够的信心。所以，考试的时候也没有感觉到太大的思想压力，考试完以后，也就收起了上大学的梦想……

"佳良仔，考得么子样啊？""不晓得呢，随它考得么子样哦。"高考结束的那天下午，我就参加了生产队的插秧劳动，社员们都关切地问我考得怎么样，可我确实不知道。考完后，没有老师给我们讲题（考试一结束，老师们也忙着回家种地去了），同学之间互相对一对，也不知道谁对谁错，因为那个时候还有点自负，觉得我不会做的，别人也不会做。高考完了，自然也就高中毕业了，生活就这样被定位在了祖辈们延续下来的模式里。当我把自己单薄的身躯真正融进庄稼汉子的行列，从事着繁重而脏累的农活感到疲惫不堪时，不禁又拾起了大学的梦想。此刻，身在田里劳动的我，却怎么也管不住这颗飞翔的心，我多么希望能考上大学啊！

等待是漫长的。那时的通信条件相当落后，高考后很长一段时间都没有任何关于高考的信息。随着时间的流逝，正当我将上大学的梦想逐渐淡忘的时候，突然听人传说，我的高考成绩是乡办中学最好的。可是到底多少分？没人知道。能不能录取？也没人知道。但即使这样，这消息也把我心中快要熄灭的上大学的火焰又重新点燃起来。可之后很久，又没有了任何消息。那时候不知道去哪里打听消息，学校里找不到老师，大队、公社不知道谁管，县里我也不知道找哪个部门。也不敢去找，怕人家笑我做白梦想上大学。没有准确消息的这段日子真的很难熬，在地里干活的我，不时抬起头来遥望村中大路的两头，希望有邮递员出现，给我带来梦寐以求的录取通知书。

1978年9月底的一天，家里正在翻修房子，我到10公里外的县城打货回来，刚到村口，就有人对我大喊："佳良仔，你考上大学了，通知书送到你家里了。""真的啊？你莫骗我！"嘴里这么说，我心里可不知有多么激动啊！急急忙忙地赶回家，三哥正笑嘻嘻地拿着录取通知书在门口等着我，我接过来一看，信封上醒目地印着几个红色的大字：哈尔滨工业大学。

一个月后，一个来自湖南农村的青年，操着一口地道的乡音，带着两件简单的行李，登上了北上的列车，来到了北国名城哈尔滨，走进了既陌生而又向往已久的哈尔滨工业大学校园。在这里，开始了他人生新的一页……

编者按： 文佳良于2011年2月因病离开了我们，但7825全体同学会永远记住这个善良并顽强的小个子同学。

附记

再读文佳良同学的《那年，那月，高考时……》

许赤婴

说实话，文佳良的回忆文章我是读过的，然而没有留下深刻印象，只记得他写过。重新打开佳良的文章，第一句就抓住了我："那是1978年的春季，作为一个即将高中毕业的农村青年来说,前途是渺茫的。"文章不长,叙述既平静如水,又环环相扣,几乎没有多余的话。然而,平静如水中又无处不在地晕染出无奈的情绪。一口气读完佳良的文章,就像和他一起重新活一回1978年那个夏天。所幸的是,那个秋天对于这个心底里顽强向学、执着地要改变自己命运的农村青年,是一个真正的只属于他一个人的收获季节。读他的文章,我的眼睛热了又热,虽然可能万不及一,但已感同身受。佳良,你让我想起列宾的那幅《伏尔加河上的纤夫》。所有的纤夫们都低头前行,而只有那个年轻的纤夫抬着头,眼睛望向远方,望向他幻想着可以有不一样的生活的方向。此时此刻,佳良,你让我认识到那就是你,是像你这样不向命运屈服的、有着一腔热血的青年。谢谢你留下的文字,并用它在这么多年以后再一次教育了我,也让我重新认识了你。你虽然过早地离去,但毫无疑问,你的生命是非常有价值的。为你欣慰!

7850 关 丽

高 考 回 忆

当时农场场部高悬的喇叭是最吸引我的地方，它每日在不停地广播着恢复高考的消息。1977年，我报考了中央美术学院，一心想成为画家。经过无数次筛选，从上千报考人中，剩下数十名参加最后几项的美术考试。在考场中，各美院的人不停地走来走去，有时甚至站在你的背后看你画画，指手画脚。然后从中再选出十几名参加口试。当时我想古时考状元也应该比这简单、容易一点吧！在那之后，我除去每日挤牛奶，就是等待录取通知书了。

一日，农场领导满面春风地来找我，把已经打开的信封交给我。可是却是通知我考上了美专，不是中央美院。我非常失望，思前想后，不顾父母及亲朋好友的竭力反对，决定不接受录取，准备再参加1978年的理工高考。

这一消息像一颗炸弹，把我的生活从人间打到了地狱！我成了农场大会小会批评的对象。之后我不仅活儿要比别人多干，休息时间还要不断学习政治来提高思想认识。当时对我打击最大的不是没有考上中央美院，而是农场领导不许我参加1978年的考试。他们的理由是国家需要"知识好、思想也好"的"人才"，而我是不服从分配、思想落后、需要在农村不断改造的人。我在农场的生活是可想而知了。

种种的压力与加倍的农活让我病倒了。但坏事变成了好事,这样我也反而有时间复习功课了。眼前的一切使我清楚地认识到,如果我不考上大学,在农场就永远不会有出头之日。天无绝人之路,某日农场的喇叭不断传出中央规定各地方工厂、农场一定要支持报考,不得人为设置障碍……我的噩梦终于结束了,背水一战的机会到了。

之后的两三个月,我的生活与其他考生一样,没日没夜地复习。可是在考数学的时候,又出一个大纰漏。当时文、理工科用的是一张试卷,文科选做一、四题,而理工科要做一至四题。直到最后的二十几分钟,我才发现看错了题,当时是阵脚大乱。一道是代数题,一道是几何题,可我怎么也看不懂,连中文字也不认识了,只能坐在那里发愣,也不知过了多长时间,脑子突然开窍了,一气呵成做完了漏失的两道题。

俗话说好事多磨,回想起当时的经历,还要感谢在农场的那一段生活,它锻炼了我的性格,使我懂得了要珍惜机会,不断努力。它使我今后的人生道路变得顺畅很多!

现在人已过午,常常回想走过的路。如果我能有机会重新生活一次,有许多事情和决定会做不同的选择,但唯有在哈工大的生活我一丝都不要修改。与同学、朋友、老师在哈工大的日子是我一生最快活的时光。

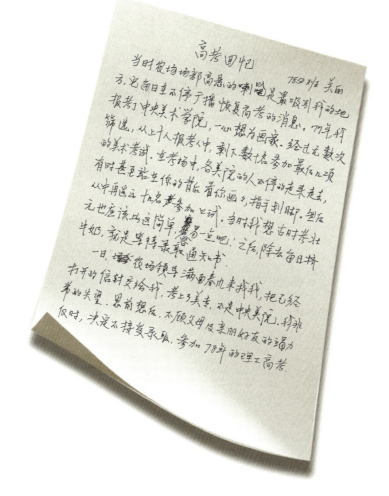

7851 杜 军

40 年前从参军到高考

"你是想现在马上去当兵?还是等着以后可能恢复高考时考大学?"这是在刚刚粉碎"四人帮"不久后的1976年12月,我的高中班主任问我的话。至今记忆犹新。

时间过得真快,一晃40多年了。40年前国家做出恢复高考的决定,改变了国家的发展速度,也改变了我们这一代许多人的命运。我们参与了,也终身受益。当时的情景别说过了40年,再过40年也难以忘怀。

上面那个问题,是在我已经通过了征兵体检和政审之后班主任确认我意向时问我的。我当时不满19岁,一直由于家庭出身不好而不敢对当时的推荐工农兵上大学抱任何奢望,对这样的问题实在是不知如何回答。班主任老师真是认真负责,看出来问我也没用,当天晚上就来家访,问我父亲同样的问题,并解释说,老师们觉得杜军学习还不错,如果有机会考大学应该能考上。

我父亲属于谨慎保守型的知识分子,加之"文革"多年的磨难,可能不敢对未来抱太多的幻想,更何况恢复高考在那时还只是知识分子们的期望和猜想,最现实的情况则是若不去当兵只有下乡插队一条路。父亲便斩钉截铁地对老师说:"当然是去当兵,考大学的事还八字没一撇呢。"事后,父亲又叮嘱我说:"老师再问这样的问题时你的态度要坚决,否则你一犹豫的话,学校可能就考虑别人了,现在大家都想去当兵,竞争很激烈。"

就这样,我顺其自然地从长春市参了军,1977年1月11日启程,与30名同校和邻近学校的新兵一起乘坐了3天3夜的闷罐军车,来到了位于陕西省华县曾经有过鲁智深兵寨的少华山下的军营。部队不是普通陆军,而是隶属当时的国防科委(现在的战略支援部队),从事返回式侦察卫星测控回收任务的技术部队。当然,我的高中同学们也在半年后毕业,绝大多数都下放去了农村知识青年"集体户"。

1977年10月,真的如老师所预言,中央决定从1977年开始恢复高考!最近翻阅当年在部队的日记本居然发现了当时自己记录此事的日记。1977年10月23日,我在戈壁滩酒泉发射基地参加卫星回收任务,看了刚刚送到的两天前的人民日报头版头条《高等学校招生进行重大改革》的报道,写下了如图的文字。

国家的这个决定给全国青年人带来了无限的振奋,而令我感到的却是后悔,因为部队规定新兵不允许参加高考,必须至少服役2年以上,还要经过部队同意。我父母也对我十分愧疚。记得1977年10月高考过后,家乡陆续传来同学和邻居中谁谁考上了什么大学的消息,很受刺激。后来家里又寄来了高考试题,我看了看,觉得如果我要参加也应该能考上。从此,只盼着能早日复员或者允许我参加高考。

幸运的是,我所在的部队是技术部队,比较重视学习文化技术。干部中大学毕业生很多,包括后来任总装备部政委的迟万春上将是1968年哈军工(现哈尔滨工程大学)毕业分到我们团的,那时任政治处主任。连、排级的技术人员中也有很多都是哈军工毕业的。这样的部队环境也很讲政策，对年轻人考大学也持积极态度。到了1978年4月底就给了我们这些1977年入伍的新兵参加高考的机会。记得我们的参谋长调侃地说："你们报名考吧，如果你们运气好考上了，等拿到通知书上学时，也就差不多服役满两年了。"

虽然我们团整体是技术部队，但是我所在的连队却是运输保障连，只是开车修车。按我们部队的惯例，3个月新兵连训练结束后，新兵分配到连队先干一年杂务，包括去农场种地、炊事班、司务长助理（负责买菜）和连队文书（负责收发文件和连队首长杂务）等。当部队领导通知我们可以参加高考时，也正是我一年的杂务期结束准备接受再分配工作的时候。为了准备高考，我没有要求去学开车，因而被分配继续做文书同时兼任仓库保管员。

当时部队允许战士参加高考，并不是随便参加，而是有名额控制，被允许参加高考的军人可以享受"六分之五"的待遇，即当时全国的改革措施之一：一周六个工作日中可以五天搞业务，还得保证一天政治学习。当时我们团只有4个参加高考的名额。为此，部队先在内部通过考试选拔。考试在1977年5月7日进行，三张考卷：语文、数学和物理化学。事后得知那是1977年黑龙江省高考试卷。考完了，卷子送到邻近的铁道部某工程局的附属中学批卷。被选上的前四名都是和我从同一中学参军的同学。

被选上后，我们兄弟四人每周除周六外，几乎天天在一起自学复习。1978年是恢复高考后第一次全国统一高考。我们拿到了高考指南一看就吓住了，因为把我们学过的课程和高考复习大纲一比较，发现物理中的三分之一、化学中的有机化学、数学的解析几何都是我们在学校时没有学过的。距离高考还有不到两个月的时间，没有什么辅导班，也没有任何人能辅导帮助我们。唯一的"参考源"是长春的家长们不断邮寄来的高考复习参考资料。记得当时我们家也给不了我太多的资料，只是弟弟在我毕业的中学读高二，因准备提前参加高考而参加了学校的辅导班，偶尔给我寄来模拟考题之类。倒是我们一起复习的一个同学家里不断寄来的资料最丰富。我们兄弟4人不分你我，信息共享，互教互学。常常是午休时全团都午睡了，我们四人没有地方去，炎热的陕西夏天，挤在我保管的小仓库里，一边擦汗一边看书做题。每次家乡传来模拟试题，我们就尽快答完，再把结果寄回到家里去。家里人再回信告诉我们成绩，一个往返就得两个多星期。在家里人看来，我们差得太远了，估计能进录取线有个学上就烧高香了。

记得那一年是在高考前报志愿。我们周围也找不到人能商量，那时没有电话，和家里人通信往来也来不及，只好自己报了。那一年的报考专业没有现在这么多，登在报纸上一个版面就够了。记得每个考生可以报5个重点大学和5个非重点大学，各学校可以报两个专业。我当时很幼稚，不知道该报什么学校，虽然知道北大清华好，但是不敢往那儿想，所以我的原则就是离家近。对我从小就如雷贯耳的长春那些大学很熟悉，比如重点大学的吉林大学、吉林工大、长春地质学院和非重点的东北师大、长春光机学院等等。结果自己首先选定了吉林大学和吉林工大。但是报到领导那里才知道，部队只允许报考我们需要的计算机、通信和遥测遥控三个专业。我找遍了长春市的大学都没有这些专业，只好在离家次近的哈尔滨找，发现哈尔滨工业大学什么专业都有。于是，第一志愿报了哈工大。其他志愿报了北京邮电学院、西北电讯工程学院和成都电讯工程学院等等被领导圈定的学校。

现在回想起来，当时对哈工大一点也不了解，甚至可以说是从来没听说过。直至拿到入学通知书甚至到了学校之后才知道，按照当时学界的评估哈工大是仅次于清华，与西安交大齐名的国内工科院校前三名之一，在东北三省是毫无争议排名第一的大学。真是庆幸只因为部队限制报考专业和我图个离家近竟歪打正着地报了一所这么好的学校。

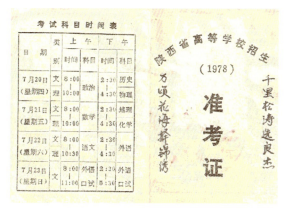

终于熬到了7月6日，我们4人去8公里外的华县县城，在县一中（当时刚刚恢复为70年历史的传统校名为咸林中学）考场参加考试。学校大门口两侧门柱上贴着副对联："万顷花海择锦绣，千里松涛选良杰"，让人看着觉得好像自己已经是人才了，心里美滋滋的。校园里挤满了来自全县乡村城镇的上千考生。我印象最深刻的是像过去的那些进京赶考的小说或老电影一样的场面：农村考生头上围着发黄了的白毛巾，胳

膊挎着蜡染方巾系成的包裹。有的人在考试前争分夺秒地再临阵磨枪而摊平了包裹拿出了书本，露出的还有带着的干馍。

我的高考成绩既有自己付出的努力，也有平时的积累和当时的好运气。最终成绩公布下来，又是我们4人中的最高分。在当地的陕西省，好像算是高分了，至少我和一起考上的战友据说是当时渭南地区的第二、三名，也理所当然地被第一志愿的哈工大录取了。这个成绩让家里人很感意外，同时也释去了父母当年坚持让我去当兵的内心愧疚。

记得通知书送到军营时，我的战友和领导们比我还激动，因为当时哈工大寄来的通知信附了一封致新同学的信，介绍学校，介绍哈尔滨，让人读着心旷神怡。而我那时却陷于懊悔之中，没兴奋起来。原因是和我一起考上的战友被他报的第一志愿北京邮电学院录取了。跟他相比，我想到自己父母的小学、中学、大学都是在北京上的，自己也是在北京出生的，而这次却由于第一志愿而失去了在北京上大学的机会感到后悔。后来得知哈工大是如此好的学校，并且毕业时有幸考取了出国研究生，真是有点

儿"塞翁失马"的感觉，这是后话了。

我在上学期间仍然穿军装，享受着战士的津贴和伙食费。本来毕业后甚至研究生毕业后应该回部队工作，但是考上了出国研究生，按教育部要求军人必须退伍才能出国，于是开始办理复员手续。原部队开始不同意我复员，说留学回来仍然可回部队，而哈工大却坚持如果不能复员就可能选别人出国。双方协商的结果，还是部队让步了，认为我能考上出国研究生不容易，不能因部门之争耽误了年轻人的前程。我的复员证上清楚地写着"因其考取出国研究生，准予退伍"。那时部队领导们的胸怀令人感动！

40年过去了，后来自己的人生道路还算顺利。大学4年顺风顺水，两次被评为"学校三好学生标兵"，入了党，考取了出国研究生。1989年在日本大阪大学获得博士学位后赴澳大利亚做博士后和研究工作，4年后回国，经历了航天国企负责人、中科院研究生院教师、在华外资企业高管等，这一切都是从高考开始的。没有改革开放，没有恢复高考，很难想象我现在会在哪里。

而更值得怀念的就是为我这40年的人生道路奠定了坚实基础的哈工大、老师和朝夕相处的同学们……

2018年6月于北京

7851 李 瑛

15 岁我北上求学

从 1978 年到今天，时光的车轮已驶过近 40 个春夏秋冬。伟人毛泽东曾写道："三十八年过去，弹指一挥间……"抚今思昔，感慨万千。1978 年是我刻骨铭心的年份。那年的夏天和秋天，哈工大 78 级的学生们从工厂、农村、中学和部队，从祖国的四面八方走进考场，踏进大学校门。在几个月的时间里，经历了高考时的拼搏、等待结果时的期待、收到录取通知书时的喜悦和跨入大学校门时的新奇。现在让我们穿越时光隧道，回忆再现那激动人心的时刻。

当我接到哈尔滨工业大学录取通知书时，那种兴奋喜悦的心情无法用语言来表达。全家人在高兴的同时，也在为我准备所能想到的去东北学习的日常生活用品。辛勤的父母担心，一个在南方长大的 15 岁的孩子如何才能尽快适应东北寒冷的冬季。他们抓紧时间给我定制了 7 斤重的加厚的被子，还有棉衣棉袜。

在江西永新告别了送行的父母和弟妹，踏上了永新至株洲的火车。在株洲火车站换车时，遇到了一位热心的工作人员，当他得知我是到外地上大学的学生时，将我领到工作人员休息室，让我在那儿休息等候，他帮我购买了一张车票，并把我送上去北京的火车，交给了列车长，列车长又帮我安排了一个座位。那时人们对陌生的大学生的关爱使我终生难忘！后来有几次在株洲转车时，曾想去谢谢这位热心的工作人员，只因当年年少，没有记住他的姓名，想找到他犹如大海捞针。我曾在株洲车站的站台、售票口找过他，希望能再次遇到那熟悉的面容，几次都没能如愿。那个年代的车站工作人员是多么的纯朴和善良啊！

在火车上时，由于太瞌睡了，头不断地向前栽一下，惊醒一下；又栽一下，又惊醒一下。这种现象引起了座位对面的一位中年男子的好奇。只见他善意地冲我一笑，然后问我年纪这么小独自一人干什么去。我回答说去哈尔滨上学，这位中年人关心地说哈尔滨冬天天气很冷，衣服被子带够了吗。当他得知我是去上大学时，非常惊讶地想要看看我的录取通知书。我的录取通知书一路上买火车票时被许多人看过，就拿出来给他看了。这位中年人看通知书的眼神和表情，至今我还印象清晰。接着他旁边的人也好奇地拿去看，隔壁座位上的人也争着要看看，就这样，一个座位传到另一个座位，哈工大的录取通知书几乎在这个车厢里传了一圈。看着大家惊奇羡慕的目光，那时我为能成为哈尔滨工业大学的学生而感到自豪！

到了北京后又换乘去天津的火车。到了天津，出了火车站，按照奶奶信中写的路线，在两位热情的天津人的指引下，我到了奶奶、姑姑和叔叔们的家，这时候已经是晚上了。吃了晚饭，说了一阵话，我就睡了。从离开家到这时，我也不知道过了几个白天、几个晚上了。在奶奶为我准备的舒服的被窝里，头一挨枕头就睡着了。这一觉睡得既好沉又很香，更是悠长……后来听奶奶说，我这一觉睡到第二天中午，本来想叫我起来吃饭，一看我睡得那么甜，没忍心叫我。在天津休整了几天，叔叔和婶婶带我去水上公园、劝业场等地玩了一趟。走时叔叔和婶婶说哈尔滨天气很冷，还特意送给我一顶棉帽、一双毛皮大头鞋、一副棉手套，姑姑还送给我一个漂亮的文具盒和一些学习用品。最后叔叔把我送上了去哈尔滨的火车。

到了哈尔滨，出了火车站，就看到了哈尔滨工业大学新生接待站的大型横幅标语。在老师和同学们的热情引导下，报名登记、乘上校车、领取行李、安顿食宿，一切有序、顺利！

至此，哈工大迎来了一位来自江西永新的学生，使我有机会认识哈工大的众多老师、校友和同学们，尤其是同届入学的五系和本班同学更是留下了永久难忘的回忆！永远不会忘记哈尔滨同学家里的东北烩菜、北京紫禁城金水桥上自行车的奔驰、杭州西湖边上的开心漫游、宿舍里担当理发师同学挥舞的剪刀以及那偶尔发出优美旋律的小提琴……借此入学40年之际，我要感谢在上学期间帮助过我的老师、同学、亲属和朋友们，还要感谢那些不曾相识却向我伸出援助之手的无私高尚的人，祝你们好人一生平安！

当年参加高考时与培养过我的老师和帮助过我的同学们照的珍贵相片。前排右一是我

2018年5月于西安

7852 童晶静

从炊事班到 7852 班

1976年夏，经过十年的"文革"，我稀里糊涂地从哈尔滨32中（初高中合并）毕业了。前途一片渺茫。

我留城了，但分配工作遥遥无期。借了我是哈工大家属的光，家里给我在工大游泳池找了份临时工，工作很轻松。平时泳池开放时，负责存取衣物，每周一次闭池换水打扫卫生（想想那时，两大泳池的水每周一换啊）。空余时间无聊，十八岁的青春岁月无处安放，我拿起中学数学课本，开始解方程玩（就像如今的解"数独"游戏）。

一日，我同学的母亲（北京某首长的女儿）看见我手捧数学书孜孜不倦的样子，若有所思地说，"这孩子很有心计呀"。这句话多年以后我才理解其含义——时值1977年夏，邓小平正在琢磨恢复高考的方针大计了。

获知恢复高考消息后，我曾经报了一个补习班，记得学费是三块六，地点在桥南小学院里。教室里烧着煤球炉，上课时阳光斜斜地透过玻璃钻过弥漫的煤烟粉尘洒在地面上。就这样还冻得我戴着手套握笔,双脚在红砖地上跺着取暖。只上了这一次课我就不去了,老师信马由缰,完全凭自己对高考的理解来确定复习范围。说实话,我不信任他。但家里交了三块六啊,我又不敢对家里说,于是每到上课时间我就拐到同学家里复习。

1997年底,我参加了"文革"后的第一次高考,结果一败涂地。只记得考数学时,计算中"2×2=4"让我别扭了半天:"二加二等于四,怎么二乘二也等于四呢?"想不通了。真的,当时我就紧张到这个地步。

这第一次高考,我失败了。被父亲骂了一顿,我悲愤交加,开始报复性地复习,也不知自己还有无机会再参加高考。

这时我高中毕业已经一年多,恰逢哈工大77级入学,食堂缺人手,我被调到学生食堂二灶当炊事员。早六点半上班,中午有两三个小时的休息时间,晚上六点多下班。

我不相信什么补习班了,再说也没有时间(我不敢辞职回家复习,担心考不上再丢了饭碗),于是我把父亲以前上高中的书找出来,每天中午就趴在食堂的饭桌上复习,晚上下班后再看书到深夜。

时间一长我坚持不住了,就是一个字:困!最难熬的时间是夜里十二点,头支在那儿,眼睛却合上了怎么也睁不开。每天早上六点一刻爬起来,穿衣洗脸,走出门外,五个指头做梳子,边跑边梳头。那会儿,鼓励我的就是那句俗语:"吃得苦中苦,方为人上人。""人上人"我不敢当,只求能有一种新的生活。

食堂工作不是很累,但也不轻松。看我每天那么辛苦,食堂领导好心地说:"你干吗非考大学呢,赶明儿给你在食堂转正,不是挺好吗?"那段日子,我的体重一点没变,劳心费力地复习与食堂炊事员的伙食正好抵消了。临时工没有休息日,我每天工资1.57元,一日三餐都在食堂吃,此外,每月还能向家里交四十多块钱。我是家里的老大,下面两个弟弟。那段时间父亲得了肝炎,母亲也病休好几个月了,我的这份钱可帮了家里的大忙。

每当食堂开饭,我都负责在窗口卖饭。我算账的速度很快,又特意找了一位手快眼快的老师傅和我搭档。卖饭口近十条队伍,每次都是我的队伍前进迅速。一个学生告诉我,进了食堂,经常他们都要先挤到卖饭口:"看看那个圆脸小姑娘在哪儿,排她那队买得快。"他们想不到的是,几个月后,我也会与他们为伍。

高考那天早上,我母亲给我煮了两个鸡蛋,心事重重的我勉强吃下,便推着父亲的破自行车出门了。记得考场设在哈军工院里，考场上别人写字的笔点在书桌上急促地"嗒嗒"响着，我着急自己怎么没这么多思路啊！考物理时的最后一道题很难，我冥思苦想中居然还偷空想道："完了，要做不出来，白吃我妈给我煮的两个鸡蛋了。"考完回家，我母亲已站在路口等我，这我就很知足了。

高考分数是我母亲告诉我的。那天下午，我正在食堂搞卫生，母亲来了。40年过去了我都还记得她轻松的笑脸。她说："死丫头，分数出来了。"看着母亲掩饰不住的微笑，我为自己、为父母松了一口气，不管怎么说，肯定能有学上。1977年的坏运气不会再来了。

回过头来，高考志愿的填写对于我来说，简直是一张废纸。由于和父亲赌气，我报志愿时不和他商量，也不想留在哈尔滨，所以将哈工大放在了第五个（最后）志愿，专业填写也是随心所欲。由于我生长在哈工大的土地上，熟悉的地方没风景，也压根不认为工大有多优秀（多有不敬，前辈们请原谅）。

那时的哈工大，"文革"刚刚结束，积重难返，百废待兴。"文革"后期入学的工农兵学员还未毕业离校。"文革"口号"工人阶级必须领导一切"以及著名的"上管改"口号"上大学、管大学、用毛泽东思想改造大学"的标语还残墨在墙。印象最深的一件事发生在1976年9月9日毛泽东逝世前后。适逢73级学员毕业前夕，大概是9月6日左右，7344班在照相馆照了一张毕业照。几天后，伟人长辞，举国上下人人臂戴黑纱，以示哀悼。而与此同时，照相馆通知合影照坏了，需重新补照。于是便有了一张所有影中人臂戴黑纱的合影照。最不可思议的是，照片上方的文字题词却还继续保留着第一次拍照的日期。于是这张照片成就了一段伪历史：在毛泽东逝世前几天就有集体佩戴黑纱的行为了。百年后，这张照片又该使多少历史学家们挠头了。扯得太远了，打住。

孙悟空怎么也跳不出如来佛的手心。我父亲根本不拿我的个人志愿当回事。不由分说，我被扔进了五系五二雷达专业。当年几乎所有五二专业的老师都认识我，大部分的叔叔阿姨是看着我长大的，他们说我是子承父业，我也很高兴。但事实证明我高兴得太早了，在这之后几年，在我的学业上，从我父亲开始到各位叔伯婶娘，没有一个人给我开过小灶，没有一个人给我照顾绿灯。

录取通知书是父亲下班带回来的。很失望，我只看见一个特别土气的黄信封，里面是什么我都没有印象了，但肯定没有什么值得激动的煽情话。父亲很高兴，让母亲置办了两桌酒席,与同事朋友们分享喜悦。我母亲的厨艺呱呱叫,远近闻名,我考上大学,让那些客人们也吃得呱呱叫了一回。

11月3日,报到的那天早上,哈尔滨下起了雪,父母都上班去了,似乎连句特别嘱咐的话都没有,没谁表现出对我格外关照和重视。我嫌家里给我准备的棉鞋难看,就向邻居借了她的新式皮鞋,只是有点小。就这样,穿着夹脚的皮鞋,冒着细细碎碎的雪花,我第一次以学生的身份,走进了哈尔滨工业大学。

40年过去了,回首往事,离开学校越久,离开哈尔滨越久,越体会到母校的优秀,我也像我父亲当年一样,把自己的儿子送进了哈工大。我很庆幸父亲当年没有因为我的赌气而不管我,庆幸父亲为我做出的选择。我为我们三代人同是毕业于哈工大而自豪。

2018年7月18日修改于北京

1977年
哈工大游泳池边

1978年,哈工大学生二灶炊事员
后排右二是作者

7852　王传彩

传 奇 之 彩

我是山东省滕县一中1966年应届高中毕业生,当我们完成了高考报名、体检、填报录取志愿书,马上要进入高考考场时,突然接到通知,"科举式"的高考制度被废除了。当时的"中央文革小组"认为,我们这些学生12年接受的是资产阶级教育,不同程度地受到资产阶级思想的毒害,应该上山下乡接受贫下中农的再教育,彻底改变资产阶级的世界观之后,再由贫下中农推荐上大学。我们留校接受了一年多"文革"的洗礼后,1968年春天领到了(66届)高中毕业证,回到故乡参加农业劳动。

"文革"期间实行的是推荐与选拔相结合的升大学制度,直到"文革"结束,10多年中我的同班同学没有一个被推荐上大学。

回乡以后每天都要三出工(早上、上午和下午)参加劳动,节假日也不休息。因为要过"革命化"的春节,除夕和春节也要下地干活。我班同学的情况大同小异,几个同窗好友相聚时,谈论最多的话题是高考,我们期待着政策的改变,高考制度的恢复。

我无力改变故乡贫困落后的现状,看不到前途和希望,心情烦躁,情绪低落。3年后我踏上了山东农民寻梦的老路——去黑龙江省打短工。

黑龙江省土地肥沃,矿产丰富,广袤的大、小兴安岭密布着原始森林,储藏了大量珍贵木材。由于地广人稀,劳动力短缺,每年要接收几百万从关内来的穷苦农民,从事垦荒、采矿、到林区去采伐、植树造林等艰苦的,但收益丰厚(足够养家糊口)的工作。我和其他"盲流"(当地人对盲目流入东北地区的人员的通称)一样,在黑龙江省到处流浪,干过农活,当过建筑工地的临时工,最后在鹤岗市林业局下属的林场找到了一份伐木和植树造林的工作,养家糊口,娶妻生子。每天从事繁重的体力劳动,只有在沉睡的夜晚,才能梦到参加高考,步入神圣的大学课堂……时间又过了7年。

粉碎了"四人帮",全国一片欢笑。在百废待兴的1977年冬天,恢复高考制度的喜讯传遍了祖国大地,报纸上大肆宣传,知识青年个个精神焕发,跃跃欲试,千军万马拥向高考这座独木桥。我高中的同学绝大多数都参加了1977年的高考,70%被高校录取。因为我是没有城市户口的盲流,没有高考报名资格,只能自怨命苦,望考兴叹而已。

然而天无绝人之路,正当我为无法参加高考寝食难安的时候,幸运之神突然微笑着向我招手。

1978年初,鹤岗市煤炭矿务局发布在"盲流"中招收从事掘进、采矿的井下工人的招工信息,并许诺一年后转为国家正式职工,发给城市户口。因为我哥哥是大陆煤矿因公牺牲的职工,按政策规定我被优先录用。后来我提出了参加1978年高考的申请,矿上领导很爽快地同意了。

费尽周折找来了中学课本和复习资料后,一翻历年的高考试卷,我的头都大了,数理化的试题几乎一道也不会,语文和政治试卷应该怎么做也摸不着头脑。12年没摸课本,学过的知识几乎全部忘却了。复习功课的难度很大,进度非常缓慢。

我每天上班和路上的时间要用10多个小时,能自由支配的时间有限。请假在家复习功课根本没有可能,只能在有限的休息时间中想办法了。我制订了比较详细的复习计划,每天抽出6个小时复习功课,睡觉时间压缩在4个小时以内。复习进度明显加快了,自信心在逐步恢复。

复习功课和工作的矛盾越来越大,我从事的井下工作危险而繁重,工作时必须全神贯注,精力稍不集中很容易发生工伤事故。因为睡眠严重不足,我经常在工作时间打瞌睡，有时靠在墙边就睡着了。好心的工友劝我一定要好好休息，复习功课要量力而行，再这样蛮干下去，万一出了事故小命就没有了。我向他们诉说了自己的苦衷，希望他们帮我渡过难关。同事们给了我很多帮助，避免了事故的发生。

我怀着忐忑不安的心情参加了高考初试，好在题目并不难，考试还算顺利。当公布初试成绩的时候，我根本不敢去看分数。同事告诉我考了高分，每科平均分数在 90 分以上。

矿上领导非常高兴，说我为本矿争了光，破例奖励了我一个星期的高考假，鼓励我在全国统考中取得更好的成绩。

初试告捷，自信心有了很大提高，以后的复习更加刻苦和努力，在统考前已基本恢复到"文革"前的水平。

全国统考的考场安排在鹤岗市一中，同考场的大部分是应届毕业生。和比我小十几岁的学生坐在一起，我突然感到羞涩和自卑。监考的老师很快发现了我情绪上的变化，趁发考卷前的几分钟走到我的考桌前，小声说了几句安慰和鼓励的话，我感到一阵温暖，情绪逐渐稳定下来。

由于考前准备比较充分，每科考试都顺风顺水。高考成绩公布了，我夺得鹤岗市理科第一名。

填报录取志愿书的时候，一类学校的第一志愿，我准备填阜新煤矿学院，主要是想毕业后回到鹤岗煤矿工作，报答矿上同事和领导对我的知遇之恩。我把我的想法告诉了负责高考的工会领导，他们劝我眼光放远一点，应该把报效祖国放在第一位，根据我的成绩完全可以报考更好一点的大学。我们商定的结果是报考哈尔滨工业大学。

我收到了哈尔滨工业大学的录取通知书，历经 12 年后的高考画上了圆满的句号。

7852 季树典

高考前的"阵痛"

回想起40年前的那次高考历程,对我来说可谓记忆犹新,某些情景一想起来就如同发生在昨天一样,历历在目。

我本应是哈尔滨三中1975年的毕业生,但在1974年秋就提前下乡了。原因是我父亲单位(省建委)下属的省非金属地质队新组建青年点。当时因看不到毕业能留城的希望,因此决定还是早走为上策,到由知青组成的"农用钻井队"当一名钻井工。我当时的指导思想就是:既然知青"上山下乡"大趋势不可逆转,那就不如顺其自然,到农村去,做有理想、有抱负的热血青年,在广阔天地里"大有作为"。

到了知青点(落户于黑龙江省阿城县新华公社民利大队)之后,由于思想明确,在两年多时间里,我勤奋吃苦,脏、累活抢着干,三班倒的钻井工作我经常替别人值夜班。闲暇时间知青们都打扑克、下棋、喝酒聊天,而我却用来自学钻研钻井技术,在不到一年的时间里,我就成为懂技术、能吃苦的"优秀分子"。在几次钻井事故现场处理过程中，我运用所学的书本知识和平时工作所积累的经验，对诸如井下塌方、钻头掉到井下等一些技术问题提出自己的建议和处理方法，并得到采纳，因处理及时和得当，大大降低了事故造成的经济损失。因此被大家推选为钻井队长。

长期的荒郊野外帐篷生活，工作环境及生活条件非常艰苦。夏天烈日炎炎、虫咬蚊叮、春寒秋雨、泥泞潮湿、苦不堪言。但值得骄傲的是，几年来为省内城镇的厂矿、农村的生产队打出了几十口电机井，为改善农村的生产和生活做出了一些贡献。特别值得一提的是，我们在距离阿城县城2千米的地方，在不到2个月的时间里，打出两口90多米深的高质量电机井。每口井出水200吨/小时，两口井每昼夜出水达9 600吨，为黑龙江涤纶厂能获得建厂权立下了"汗马功劳"。

1976年底，省非金属地质队招工返城（仅限于招收本单位子女）。使我们这些"外来户"只能"望城兴叹"，还得"涛声依旧"。那时心里的苦可谓一言难尽。

1977年初，我因表现突出被推选为知青点"点长"，同时兼任会计和团书记。每天起早贪黑、忙碌不停。青年点四五十人的生产、生活都由我统筹计划、管理、安排。1976年和1977年连着两个春节我都是在青年点过的。当时真有点"以点为家，乐不思蜀"了。由于工作努力，我还被选派参加了哈尔滨-阿城县知青联合调查团，将所走访过的全县几十个知青点所出现的生活及管理问题向领导汇报，并提出改善知青生活条件、加强管理的建议，得到市、县主管领导的好评。那时我的感觉是前途一片光明。但没有想到的是，粉碎"四人帮"之后的1977年的高考恢复制度却使我的思想及处境发生了巨大改变。

1977年深秋，我满身尘土地率领钻井队从外县归来，当得知国家已恢复高考的喜讯时，我激动得一夜无眠。当我兴高采烈地与带队领导（单位委派的长期驻点干部）谈起我要参加高考时，却意外地遭到了否决。经与带队领导彻夜长谈，我对目前自己的现状有了深刻的认识。

当时从带队领导那里得到的可靠消息是年底我就会被批准入党，明年我非常有可能被招工返城（我已于1976年底通过考试获得哈尔滨电业局颁发的二级电工操作证）。鉴于这几年我在知青点的突出表现，单位领导已把我列为后备干部重点培养对象。如此看来我应该有很好的发展前景。

怎么办？我是考还是不考？如果现在去考大学，就必须放弃现有的业绩和将要得到的一切。假如没有考上大学，则将"前功尽弃，一无所有"。在当前人生的"十字路口"

我必须做出痛苦的选择。

那几天我几乎是彻夜难眠，回想起很多往事：上小学时，我就努力学习，为的是将来能有机会上大学。即使在"文革"时期，我当时被送到姥姥家（山东省威海市的一个海岛上），居住的那几年里，我也从没有放弃过文化课的学习；上中学时，我的学习成绩一直是班级前几名，思想积极要求进步，年年被评选为三好学生；还曾自学无线电技术；下乡前已组装完成超外差式六管晶体管收音机……

但我父母更倾向于让我妹妹考大学（她1976年中学毕业后也来到我们青年点），认为她的条件比我好。我因提前一年下乡，有些中学课程没有学。我们兄妹必须保证有一个能考上大学。经过集体协商，最后决定以我妹妹为重点，因为如果她考不上大学，还不知在农村待几年才能返城。而我若考不上，明年就可以招工返城。我可以在不影响工作的前提下复习，父母还期望我全力帮助妹妹，力争使她考上大学。就这样开始了我们1977年高考前的复习。

首先是回家收集课本，我用父亲多年珍藏的集邮册（有些邮票还是1949年前后的，现在看来价值不菲），与别人换来一套当时中学用的天津的高中教材。我们兄妹就靠这套教材在青年点，利用晚上收工后的时间来自学。1977年初考我们兄妹顺利过关，虽然废寝忘食突击复习，但高考复试终因复习时间太短且没有老师进行指导而落榜。

接下来的日子一切恢复正常，我仍继续着青年点的工作。家里最后决定让妹妹请长假，回家复习，准备参加1978年7月的全国统一高考。

1977年底的一天，我回哈办事。从中学同学那儿得知，我们班有五六位同学考上了大学。这对我的触动太大了。想我中学在班级的学习成绩一直都名列前茅，现在就此"收手"简直是太失败了，我很不甘心。

1978年初，我不顾单位领导的强烈反对，毅然辞掉在青年点担任的所有职务，准备回家全身心地备战高考。记得当时知青点领导对我苦口婆心地劝说，见我决心已定挽留不成，他措手不及，恼羞成怒，立即停发了我的工资（每天1.30元和每天0.8元的额外补助），让我滚蛋，声称若考不上大学以后也别回来找他。我找车拉回600斤玉米、100斤小米的全年口粮后，对他说了声：谢谢！便头也不回地"滚蛋"了。

一切的一切，我为之奋斗的信念全都没有了。开弓没有回头箭，前途未卜。唯一的出路只能在高考的这条路上走下去，我下定决心，今年考不上明年再考，而且必须是一考到底。

以后的日子，我使出百分之一百二的"干劲"，投身到将于1978年7月举行的全国第一次统考中去。

现在想来，当时年轻、脑子热、不考虑后果，是拼命三郎、傻帽儿一个。

还记得印象最深的1978年春节，年三十夜晚，家家户户喜气洋洋，鞭炮齐鸣。而我们兄妹坐在家里的简易饭桌前全神贯注地做着数学题。每解出一道题，心中就充满了一份自信和喜悦，旁边热气腾腾的饺子都不能打动我们的心。

1978年春节过后，我通过同学联系了一个高考补习班，在班里我才发现自己的基础知识还不是太差。那时最大的愿望是怎样尽快地"追上"别人。总是感觉每天的时间过得太快，恨不能每天二十五小时，觉总是不够睡，饭不吃也不觉得饿。但随着复习的深入，心情越来越舒畅。因为我每天都能学到新的知识，都有所收获。

经过近半年的努力拼搏，我终于迎来了1978年全国首届统一招生考试。考试的前一天，我们青年点的同事一行十几人来到阿城县城。我所在的考场设在阿城县一中。住在离考场不远的小旅社里，同事们的心情都忐忑不安，紧张、焦虑溢于言表，但此时的我却异常冷静。我在心里不断地告诫自己：放松、再放松、一切顺其自然。一定要有自信。

为期三天的高考终于结束了。当我走出考场时，心也随之解放了。我已尽了最大努力，没什么遗憾了。我确信考上大学没什么问题，只是不知能上什么大学而已。

回想起当时填报高考录取志愿，一类学校的第一志愿填的是哈工大无线电工程系。因我从小就对无线电特别感兴趣，且自认为这是优势，并认为"学好数理化，走遍天下都不怕"，理工科才有发展前途。

想起当年我接到哈工大录取通知书的那一刻，我真是心潮澎湃，思绪万千。对我来说，1978年的高考绝对是"背水一战、破釜沉舟"，它因此改变了我人生的轨迹。

随后不久，我妹妹也接到了哈尔滨师范大学数学系的录取通知书。这对我家来说，真是一个天大的喜讯。我们兄妹俩也是我所在的青年点仅有的两名考上大学本科的知青。

这一切都应感谢小平同志。正是因为他的英明、伟大，才有了我们改革开放的40年，才有了我们美好的今天。

难忘的1978年，它在我的灵魂深处留下了这段刻骨铭心的记忆。

78922 孙 牧

考入哈工大——我人生的转折点

人生，如同一场旅行，有时通畅顺达，有时道阻且长。然而无论遭遇顺境还是逆境，只有拥有真正强大的内心与百折不挠的坚持，才能看到更远的风景。回顾60年的漫漫人生路，岁月悠悠，弹指一挥间，最令我刻骨铭心的莫过于历经两次高考的鏖战，成为哈工大的一名学子。从此，我的命运发生了重大转折，我的脚步也紧紧跟上时代洪流，一路走来。

时光倒流40年，那时的我正值青春年少，本应享有人生中最为风华正茂的时光，然而受"文革"影响，作为当时无法选择自己命运的一代，我和众多同龄人一样，在万马齐喑的迷茫与昏暗中混沌度日。直至1977年，中断了十余年的高考制度得以恢复，我们才迎来了新生，所以"高考改变命运"是这代人的强烈共识。有人说，我们是历经磨难的一代，少年经历三年困难时期，学业因"文革"而中断；我们又是奋斗的一代，无论在上山下乡的广阔天地里，还是在恢复高考的知识海洋中，始终努力不辍，不轻言弃，把握住每一次命运的转机。回想当年的高考，来自全国各地的知青、工人、农民、军人、待业青年，上至"文革"前毕业的老三届，下到当年的应届毕业生，都怀揣对未来的无限期望和对知识的极度渴求涌进考场。报名人数之多、考生年龄之悬殊、竞争之激烈均创中国高考历史之最。据记载，1977年高考报名人数达570万，最终录取27万人，录取率仅为5%；1978年报考人数610万，最终录取40万人，录取率仅为7%。可想而知，当年每个考生的背后都有一部辛酸史和奋斗史，也必将成为我们这代人无法磨灭的青春记忆。今天，当我怀着一颗感恩的心回首那段往事时，仍不禁感慨万千。

我出身于普通教师之家，家庭的教育和影响使我自幼就无限向往神圣的大学殿堂。然而，在那个唯成分论的极"左"年代，父亲的历史问题就像一座大山，始终压抑着我敏感又稚嫩的心灵，成为我成长路上无法绕开的羁绊。残酷的政治现实告诉我：对于我这种家庭出身的孩子，中学毕业的出路只有上山下乡接受贫下中农的再教育，上大学只能是一种遥不可及的奢望和美丽幻想。

尽管心有不甘，但迫于无奈，1977年7月，我和当时所有的中学毕业生一样，被上山下乡的时代洪流裹挟着奔赴农村，成为吉林省榆树县新立公社的一名知青。当时，虽然已粉碎了"四人帮"，但邓小平尚未复出，极"左"思潮仍然盛行，我们每个知识青年的前途命运仍是一片迷茫。初到农村，一切都是那样的新奇，打井水、烧柴火、大锅饭、坐马车、睡通铺……然而，日复一日繁重枯燥的体力劳作很快令之前的新鲜感荡然无存，内心充满了一种深深的忧虑和无奈。抬头望，祖国的天空阴云密布、命运多舛；低头见，眼前的田埂一望无际、没有尽头。我时常扪心自问，难道此生就要与黄土做伴，二十岁的青春就此付诸东流吗？天地茫茫，答案无人知晓，出路更无处可寻。这种精神上的负重感甚至比体力上的劳累更让人难以承受。

就在无望的生活看不到尽头、内心的煎熬令人抓狂的时候，时间来到了1977年的10月，一切都是那样的平静，平静得似乎有些不同寻常。果然月底的一天，广播里突然传来一个令人难以置信的消息，国家将恢复停滞十年的高考制度，首次高考就定在1977年12月。这消息犹如一声春雷响彻神州大地，也瞬间唤醒了我心中沉睡已久的梦想。"忽如一夜春风来，千树万树梨花开"，历经十年"文革"终于看到了国家的希望，有志青年终于有机会可以通过自己的努力实现人生理想。大家奔走相告，欢欣鼓舞，一时间"你报名了吗？""你考不考？"成了彼此见面时谈论的热门话题。

看到身边的知青们如此热烈地响应，我自然也跃跃欲试，但心中又难免隐隐担忧，担心家庭出身再次成为阻挡我脚步的拦路虎。正当我犹豫不定时，"不唯成分，择优录取，希望有志青年踊跃报考，一颗红心，两种准备，接受祖国的挑选……"广播中反复播放的招考政策让我决定奋力一搏，把握住这次可以改变命运的契机。

从那天起，我开始利用一切劳动之余的闲暇时间悄悄为高考做准备。虽然许久没有捧起书本，很多知识已经生疏，但此时此刻却是如饥似渴、不知疲倦、劲头十足，恨不能将全部内容一股脑儿地记在心里。炕头上、油灯下、水库旁、树荫里就是我备考的课堂，我自己就是我的辅导老师，仅有的几本中学教科书就是我的辅导教材。虽然条件艰苦，但青春的热血在涌动，理想的风帆已飞扬，心中的信念无比坚定，我一定要通过自己的努力考上大学！经过短短50余天的复习，在熬了无数个通宵、翻了无数遍书本之后，12月11日，终于等到关闭了11年之久的高考大门向我们这些渴望知识、不向命运屈服的年轻人重新敞开！

12月的东北，白雪皑皑，滴水成冰，而我和集体户几个满怀理想和激情的年轻人却丝毫感觉不到寒冷。天还没亮，我们就顶着迎面吹来的西北风，踏上乡间土路，步行十几公里奔向公社考场，踏进庄严的高考大门。时至今日，回想起考试时的情景依然历历在目，清晰得仿佛就发生在昨天。我们的考场设在新立公社小学，屋外冰天雪地北风呼号，屋内严肃寂静气氛紧张，只有一个冒着煤烟的取暖炉子在噼啪作响，似在计时又似在喘息。在决定命运的考场上，每个人都全神贯注、奋笔疾书，生怕浪费了一分一秒。中午没有地方休息，也没有地方吃饭，我们就在附近老乡家就着白开水啃几口自带的干粮。两天的考试转眼就结束了，走出考场，我闭目回味，自觉答卷满意，心中的紧张和疲惫一扫而光，不禁深深吐了口气，那一刻的轻松仿佛使我看到梦想的大学已在向自己招手。

然而，打击往往来得猝不及防，现实往往比想象中更为残酷。考试结束两个月后成绩公布，我被叫到公社教育办公室，一位老师严肃而又不无遗憾地告诉我："你的考试成绩很好，但政审没有通过，所以你不能投报理工科院校，只能选择商业类学校。"这番话如同一记凭空炸响的惊雷，让我对未来所有美好的憧憬瞬间灰飞烟灭；又如同一桶刚从松花江里打来的冰水，把我从头到脚浇了个透心凉。短短几分钟，命运仿佛跟我开了一个玩笑，先让我看到绝处逢生的希望，转瞬又将我推落谷底，无助与绝望几乎让我无力喘息，出身的阴影和政治歧视再次深深地把我挫伤。面对老师的好心劝慰，我无言以对，只感到痛彻心扉的悲伤。就这样，我人生中第一次挑战命运的高考被所谓的政审挫败了。夜深人静，我站在院子里，抬头望向浩渺夜空，心想难道家庭出身永远要阻挡自己报考喜欢的理工科专业和心仪的大学？命运就永远对我如此不公吗？不，我不愿向命运低头，更不想就此认输。

伴随着春天的来临，当时的政治气候已经开始有所转机，邓小平的复出和他老人家提出的"不看出身注重本人政治表现"的指示精神已见诸报端。同时，关于"真理检验标准"的大讨论已向世人昭示，中国的拨乱反正和改革开放步伐正日趋加快、不可阻挡，尊重知识、尊重人才的新理念正日趋显现。我深感每个有志青年的命运一定是与祖国的命运息息相关的，我坚信只要坚守信念，不懈努力，我的大学梦一定能够实现。于是，在众人不解的眼光中，我毅然放弃了报考商业类学校的机会，准备第二年再次迎战高考。

经过半年多的苦读和复习，1978年7月，我第二次走进考场。在赶往公社参加考试的当天，大雨滂沱，道路泥泞，我头顶塑料布深一脚浅一脚地行进在乡间小路上，步履艰难却信念坚定，决心一定要考出最好的成绩，用自己的努力去向命运挑战。整整两天的考试，每一场我都一气呵成，顺利答完，最先交卷，感觉自己犹如斗志昂扬的战士，越战越勇，势如破竹。

在焦急的期待中终于盼到了发榜的日子。公社公示栏上大红的成绩单在灿烂的阳光下显得那样鲜亮和炫目，当看到我的名字赫然列在第一排第一个时，心脏怦怦直跳，快得仿佛要从喉咙里跳出来，激动的心情难以言表！这是我一生中从未有过的体验，一时间好像置身于梦幻之中。在那个特殊年代里，几经希望、失望、绝望的我已经习惯于悲喜不形于色，面对历经千辛万苦得来的成绩，纵然内心狂喜，脸上却平静如水，生怕过度表露心声会再次失去宝贵的机会。那一刻，我做的第一件事就是直奔公社电话局，将这一喜讯第一时间告诉我的父母，因为我知道他们会比我更高兴、更欣慰！

历经政审的考验、重考的挑战以及农村艰苦条件的磨炼，1978年9月我终于如愿踏进了心仪已久的哈尔滨工业大学，成为材料学78922班的一名学生。这是我人生中最值得纪念的特殊日子，从此，我的人生轨迹发生了根本性改变。

从入学哈工大至今整整40年过去了，在我的记忆里，亲爱的母校那巍峨挺立的俄式建筑，绿树成荫的美丽校园，安静幽深的图书馆，彻夜通明的阶梯教室，还有那治学严谨、风度翩翩的老师，穿着朴素、激情四射的少年同窗……一切仍是那么清晰，那么亲切!

"规格严格,功夫到家"是哈工大的校训,更是深入一代代哈工大人骨髓的价值追求。哈工大规格所蕴含的深厚家国情怀深深地影响了我、教育了我,并在之后的工作中不断激励着我。不管毕业后我从军成为一名军校教官,还是之后进入中国科学院物理研究所从事科研工作,继而走上研究所领导岗位,我始终没有忘记母校对我的培养和教育,并将这一价值追求始终如一地体现在我的工作中。可以说,高考改变了我的人生命运,哈工大奠定了我的人生追求!

1986—1989年哈工大读研
右二为孙牧

2009年接待杨振宁先生
访问物理所,左一为孙牧

朝花夕拾

7812 杜延平

哈工大母校记忆

碗 袋

记得入学后独立做的第一件事,就是亲手缝制了一个碗袋。不用说,一定是在食堂用餐后看了学哥学姐的碗袋受到启发而为。制作方法很简单,就是把长条的毛巾对折,两边沿长边方向缝死,短边方向因已有折边,正好可以穿一条细绳结环,将餐具放入,一般是两个搪瓷餐盆,加一叉一勺,绳子一抽,提着就走了,非常方便。

学校食堂已为大家准备好了碗袋架,类似衣帽架,不同的是每个架子有上、下两排挂钩均可以挂物,挂钩间距约15厘米,整整齐齐摆放在进门厅堂的两边,每边又分两排有4~6个架子,挂钩其实就是四指长的大钉子,每个钉子上可以挂3~5个碗袋,主要是受碗大小的限制,超过三个就不便取放了。同学们每天上课,且不同的课要去不同的教室,带着餐具实在麻烦,有了挂碗袋的架子,既简朴又方便。现在想想,还真是很人性化呢!

每当下课后同学们蜂拥而至进入食堂,要先去取自己的碗袋,动作矫健的一眼看见自己的碗袋，取下便走，就可以抢先排队打饭了。动作慢的会引起一阵小小的骚乱，随之大家便鱼贯而入，很快就都端着自己吃饭的"伙计"排队打饭了。不用说，一时忘记放在哪儿的，一定是排在打饭队尾的，因为别人都找到了，自然剩下的就是自己的，不用急，后面没人了。再有一到冬天，戴眼镜的同学着实慢啊，掀开食堂的棉门帘，立刻腾云驾雾啥也看不见啦，赶紧摘下眼镜擦拭，等摸索着拿到碗袋，那边打饭的队伍已经排老长了。按此规律，也许经常吃到好菜的同学大都是眼睛好的。也偶尔有淘气的同学，故意将别人的碗袋换了位置，被换的那位下次就难找到了。还有聪明的女同学，选了有色彩鲜艳大花儿的或醒目格子的毛巾做碗袋，真是明智之举啊！

用餐过后，在食堂刷碗有一大排细细的长流水，是在四分水管上间隔约20厘米钻小孔实现的，很经济。因大家用餐时间长短不同，一般没有拥挤。仔细地把自己的餐具洗干净后，取下一直绕在胳膊上的碗袋，装入餐具并抽紧绳子，一边向门口走，一边看架子上有没有空挂钩，选挂得少的准没错，为的是下次取得快。当年的哈工大，毛巾制作的碗袋属挂件，隔尘、透气、耐用，大家一般每周带回宿舍清洗一次。

40年后，我还记得自己的碗袋是浅蓝色毛巾所制。

坐　垫

大约是大一的第一学期末，想家的念头与日俱增，其中有一个坚决要办的事儿就是一定要从家带一个坐垫回学校。

也许是东北比较冷的缘故，不久，几乎每个同学都有了一个自己专属的坐垫，尺把见方，一般用花布或旧衣服制作，内部填棉花，3~5厘米厚，软软的很舒服。

坐垫在当年哈工大学生的日常学习中是不可或缺的，大概除了书包，每天接触最多的就是坐垫了，尤其是自习课。坐垫除了隔凉，占座又是它的一大功能。正课下来，只要不再有课，坐垫一放，这间教室、这个座位就是自己专属的了，任你去打水、去厕所、去吃饭等等，回来后它仍原封不动，就意味着这个座位还是你的，大家都很有默契，谁也不会动别人的坐垫，有的同学离开后索性把书包也留在坐垫上。同学们会相约，也会相对习惯地到某个教室自习，俗称"扎堆儿"。

自习室里静悄悄的，偶尔有人走动出入，周围的人会不经意地抬头看一眼，再继续伏案读着写着。有时抬起头来已经不见了那个座位上的人，却看到了留在座位上的坐垫，久而久之，没有熟悉座位上的人，却熟悉了座位上的坐垫，在不得不换到另一间教室自习时,还会遇到一些熟悉的坐垫,方知某某也在此处学习,彼此会心一笑就算打了招呼。你看你的书,我做我的题,也没有听说过丢坐垫的事。年复一年,日复一日。

在教室、自习室、图书馆、实验室,几乎都可以随处看到坐垫,如果还回来,坐垫就一直那么放着;如果背起书包,再拿上坐垫,就意味着不回来了,那么下一个同学又可以接着"占领"这个座位。似无序又很有序,似无为又很有为。

40年过去,对自己坐垫具体模样的印记已经模糊,但至今它在我哈工大四年学旅生涯里所给予的温厚与踏实仍时有感知。

7812 班的故事

7812　集　体

7812班共有30名同学，其中29名是共青团员。同学们入学后，为了多学点知识，见缝插针，连吃饭排队、打开水的时间都用在学习上，很快就形成了刻苦学习的班风。

但是，同学们渐渐地感到：他们学习上进步了，思想上却落后了。许多已经是众人皆知的事情，在他们听来却是新闻；国家在政策上的一些变革，许多同学不理解，一些简单的地理、历史等知识，许多同学却一无所知；一些同学面黄肌瘦、精神不振，过早地失去了青春的活力。这难道是我们社会主义大学生的风貌吗？

事实使同学们清醒了。他们得出了结论：大学生应该关心国家命运、具有政治头脑，应该扩大视野，有较深的阅历和较宽的知识面，应有丰富的文化生活，生动活泼地发展。

团支部感到，十多年来，同学们饱尝了知识饥饿的痛苦，因此，他们酷爱科学，酷爱学习。现在，国家急需人才，又为同学们创造了较好的学习条件，大家怎么能不拼命呢？这是多么好的同学啊！可是，越是这样，团支部就越要关心同学们的成长，为他们着想，要不断地提高他们的思想觉悟；要丰富他们的文化生活，要扩大他们的知识面。

班里的活动扎扎实实地开展起来了。

上政治课，他们不满足于课堂教学，而是结合实际，开展讨论，加深理解。大家利用学过的知识，结合实际，从我们国家的基础、发展的速度等方面，有力地说明了社会主义制度比资本主义制度优越得多。一些同学不仅指出了我们社会的一些弊病，更谈到粉碎"四人帮"后的许多变革,使同学们更加坚定了信心。

1980年12月,苏联当局不顾世界舆论的谴责,悍然入侵阿富汗的事件,引起了同学的密切关注。每天报纸一到,大家就争着看。为了满足同学们的愿望,团支部组织了一次时事讲座。班里于明同学经过认真准备,讲得绘声绘色,同学们听得聚精会神。大家一致认为:"今天这二十分钟的会没有白听,确实增长了很多的知识。"

为了丰富同学们的业余生活,团支部还经常组织各种活动,成立了书法小组,班里王瑛同学还教大家乐理和唱歌。每逢佳节,班里都举行晚会,同学们在一起唱歌、朗诵诗、游艺;平日里,各宿舍之间经常举行棋类、球类比赛。冬季,班里组织同学们观赏冰灯;夏季,班里组织同学野游。这些丰富多彩的业余生活,不仅使同学们得到了充分的休息,而且培养了同学们的革命乐观主义精神和高尚的情操。有的同学感慨地说:"每当我漫步在景色宜人的花园里,荡漾在波光粼粼的江面上,我的心情就格外激动。祖国的山河多么壮丽,我们每个人都要为它添砖加瓦。这时,一种责任感就会油然升起,为了祖国的繁荣,我要加倍努力地学习。"

可爱的7812班是我的第二个家

7812班的同学都有这样的感觉,每当放假回家的时候,过不了几天,就开始想班级,想同学。这是为什么呢?因为这个班级的同学之间互相关心、互相帮助、互相照顾,结下了深厚的友谊,就像一家人一样。

这种团结互助的风气首先是从班级干部关心同学开始的。有一次,班里一个同学呕吐,弄得自己、别人的床上都是。班级干部郑大生、梁庆海、于明等同学不怕脏、不怕味,抢着帮他收拾床、擦地,扶他上医院,使在场的同学很受感动。

班级干部不仅在生活上关心同学,更在思想上关心同学的成长。一次,一个同学因为一件小事想不开,一连几个星期整晚睡不好,经常半夜起来溜达,班干部就起来陪他一起走,和他谈心,劝他安心,相信集体,相信同学,使这个同学得到了很大的安慰。

1979年,学校开展了"创三好,树新风"的活动,团支部又趁热打铁,号召广大同学学习雷锋同志助人为乐的好思想,使班里互相帮助的风气进一步得到了发扬,那年3月,班里的董雪静同学不慎被汽车撞伤了,金庆勋、王瑛等同学顾不上吃饭,把她送到了医院。在董雪静休息的十几天里,团支部做出了具体安排,女同学排出值日表,轮班护理,每天帮她打水、打饭、熬药等。同学们争相看望,送去了白糖、罐头、水果、药品。为了不使她缺课,张德范和梁庆海同学每天听完课后,就去给她补课。在同学们像兄弟姐妹一样的照顾下,董雪静同学的伤很快痊愈了,而且没有落下一点课。在专业数学"场论"的考试中,她还取得了98分的好成绩。同学们的热情关怀使董雪静同学很受感动,她在给妈妈的信中深情地写道:"我们可爱的7812班是我的第二个家……"老人看着女儿的信,心里翻腾着,还有什么能使远方的妈妈比这更受感动呢?为了表示谢意,老人给全班同学写了一封热情洋溢的感谢信。信中写道:"我真诚地感谢你们,不单是感谢你们对我女儿的照顾,我从你们身上,看到了时代的风貌,我要感谢党和人民,感谢时代造就了一代新人。从你们身上,我高兴地看到,遭受'四人帮'摧残最严重的一代青年心中,已经燃起了共产主义的火花。"

农村来的梁庆海同学,总感到自己基础差、阅历浅,有自卑感,想一心学习,默默无闻地度过这四年大学生活,他平常对班级的事不闻不问。可是同学们的热情使他再也沉默不下去了。他饭量大,女同学每月都给他一些饭票。这深情厚谊,感动得他心里热乎乎的。他在日记中写道："集体给自己的太多了，而自己给集体的太少了。自己对不起同学，对不起班级……"从此以后，他主动找事干，热心帮助同学。学工劳动时，六天的活他三天就干完了，剩下的时间帮助同学干。他还主动为同学们剃头，洗缝被子。他当寝室长，定制度，编值日表，带领同学们搞卫生。使他们宿舍每次卫生检查都是优秀。后来，他担任生活班长，给同学们发助学金，取粮票，办理一些琐事，从来不怕麻烦，同学们都称他为"班级里的热心人"。

讲文明、懂礼貌是我们大学生应有的品德

凡是和7812班接触过的老师和同学，都说这个班学生文明、有礼貌、有修养。那么这种文明礼貌的道德风尚是怎么形成的呢？

刚入学时，这个班的同学并不都是这样的。有的同学对那些见人不礼貌、说话不文明、衣冠不整齐、宿舍不卫生、不讲社会公德等现象看不惯。但也有一些同学却认为那都是"小节"，对学习没什么影响。怎样引导同学树立文明礼貌的好风尚呢？团支部感到：必须通过扎扎实实的思想工作使同学们明确，"讲文明、懂礼貌是我们大学生应有的品德"，从而自觉地培养自己的道德情操。

表扬和批评是思想工作的一个重要方法。有一次，班里周兴俊同学在走廊里不慎碰坏了一个暖水瓶，旁边没人看见。可是他并没有走掉，一直等到暖水瓶的主人到来后，主动道了歉，并按价钱赔了钱。有一段时间，几个班的同学一起在大教室上课，座位比较紧张。为了能有一个合适的座位，许多同学很早就去占座位。可是班里郑大生同学却从来不这样做，他总是默默地坐在没人去的角落里或没有桌子的位置上。团支部对这样两件事情进行了表扬，号召同学们树立文明礼貌的新风尚。有一次，班里两名同学因为生活习惯不同而吵了起来，团支部抓住这件事进行了严肃的批评，讲清楚过集体生活就要互相谅解；集体要尊重个人的生活习惯，个人更要服从集体的利益，要讲公共道德，不能各行其是。这样一表扬一批评，树立了正气，讲究文明礼貌、遵守社会公德的风气更浓了。

清华大学化七二班"从我做起，从现在做起"的倡议在报上发表后，在同学们中引起了强烈的反响，议论纷纷。通过讨论，大家一致认为，林彪、"四人帮"十年"文革"，破坏了我国的社会道德和文明。今天在实现四个现代化的过程中，我们不仅需要生产力的飞速发展，还需要高度的精神文明。这样，树立一个什么样的社会风气，

培养什么样的道德品质，就成为亟待解决的问题。清华大学化七二班提得好，就是要从每个人做起，从现在做起，要用自己的行动去影响社会。同学们都表示，不仅要学好科学知识，而且要讲究文明礼貌。大家经过酝酿，向兄弟班级提出了讲究文明礼貌的六点倡议，提出要以学习为中心，以三好为目标，从大处着眼，从小事做起，做一个既有知识，又有修养的社会主义大学生。

倡议提出后，班级立刻出现了新气象。同学们注意从小事做起，言谈话语从"您""请""谢谢""对不起"学起，平时注意不随地吐痰，不在走廊、教室大声喧哗，上课不戴帽子，尊重老师的劳动，买饭要排队。班里几名抽烟的同学都戒了烟。

有个同学过去对自己要求不严，买饭很少排队。倡议提出后，他很受教育，从那以后，买饭时在长长的队伍后面也能看到他了。

7812班同学关心祖国命运，要求上进，学习刻苦，讲文明，讲礼貌，互相关心，互相帮助，他们用自己的行动，创造了新一代大学生的精神文明。

7815　陈希有

梦回 7815

——哈工大 7815 班相逢 40 年纪念

1978 年 10 月末，黑龙江省秋冬之交，我被刚刚恢复的高考大潮泥迹斑斑地卷入了哈尔滨工业大学。从此开始接受高等教育，感受一片新天地。可以实事求是地说，大学可以塑造人的品格，改变人的前程，但这种塑造和改变的程度是因人而异的。今天距离那火热的大学年代已有 40 年之久，但闭目冥思，当年的朝朝暮暮依然鲜活可触。这就是因为大学对我的塑造太深刻了，历久铭心。因此，在哈工大 7815 班同学相逢 40 年之际，选出几个片段加以回放，重温那纯真、美好、快乐、幸福的大学年代。

初识校园

哈尔滨，这是小时候从大人们嘴里不知听了多少遍的美丽地方。村里的大人们总是以去过哈尔滨而自豪，回来便滔滔不绝地讲述在哈尔滨的见闻，成了令人羡慕的对象。如果谁家来了哈尔滨的亲戚，在全村就是件轰动的大事，差不多相当于现在的某位明星突然出现在闹市街头。

初冬的黎明，南下的列车把我从睡梦中载入了令人向往的省城哈尔滨市。

走出车厢，迎面感受的是，烟雾缭绕，黑衫铁履，汽笛轰鸣。还未细瞧哈尔滨火车站到底啥模样，便被迎新人员快速地迎进了大客车。这是初次享受有人替拿行李和安排座位的待遇，尚未成年但已学会体察人世冷暖的我，内心充满感激，天气的寒冷一下子便被人世间的暖流所驱走。

来学校报到多日，可感觉仍像梦境一样虚幻，这是因为我从未设想过大学的模样、从未来过大城市。走在平直的油漆马路上，检阅着幢幢高大建筑，潮水般的车流呼啸而过，转动着脑袋两眼也不够用，省城可比县城繁华多了！校园里怎么会有这么多楼房？成群的宿舍、连片的食堂、雄伟的教学大楼，还有图书馆、医院、幼儿园、派出所，一个学校怎么会这么全啊？！这可比高中校园大多了、气派多了，这里的知识也一定很多。

由于基础教育那些年所经受的特殊环境，把升入大学作为人生奋斗目标，对我来说是非常不切实际的，也从未有过这种梦想。所以，在真正进入大学校门的时候，并没有感受到特别强烈的胜利喜悦，甚至还阵阵心酸：生活本已艰辛的家庭，父母还要花费更多的费用来资助我，我报到的费用都是借来的；我再也不能帮助他们做活养家了；毕业后也不知道能到哪里去工作。当然，心酸是短暂的，这是感情上难以割舍的依恋。大学一定是美好的，否则怎么会有这么多高人渴望实现大学梦想呢！

大学和城市对我来说是无尽的陌生和新奇，就像我刚出生来到世上，周围一切都要从头认识。我将在这新天地里，与同学们一起完成四年的大学学习，不知苦乐几多，慢慢品尝吧。

寝室欢歌

我的班级编号是"7815"，入学后知道了这编号的含义——78是指1978年入学，1是指一系（精密仪器系）；5是指一系中的第五个专业（工业自动化仪表），这编号已成为永远的记忆。

在报到处简单登记后，班主任何谨老师便热情地把我领到位于第一学生宿舍地下室的新生寝室。一宿舍很大，有四层楼，从容纳的人数来看，大约是我们村人口的 8 倍。全村人都来这里，还住不满一层楼。

我住的寝室不是事先安排好的，男生有地下和一楼两个寝室，按照报到顺序自由选择寝室和床位。我听了何老师的简单介绍后，根据自己的常识，认为地下室一定是冬暖夏凉，类似菜窖，因此理所当然地选择了地下室的寝室。

女生们的住宿条件更加新奇。她们被安排住在电机楼的中教室，30 多人一个房间。人虽然多了些，但早上去教室占座和上晚自习就不用出教学楼，那可是方便多了。不过她们也只享受了半年，后来搬到正规的第三宿舍。住教室是因为中断 10 年高考后的大学百废待兴，腾不出学生宿舍，不得已而为之。

同寝室十个同学来自九个省市，北京、上海、四川、贵州、河北、江苏、湖南、辽宁和黑龙江。呀！一下子见到这么多南腔北调的异省同学，听他们用方言或不标准的普通话对话，感到十分新鲜。我惊讶于同是汉语，天底下的发音差别竟然如此之大。由此想到，哈工大真是一所了不起的重点大学。虽然我对她的了解很少，但从这些同学的言谈看，他们本人或他们的老师和家长对哈工大还是非常了解的。家长们愿意把自己的孩子千里迢迢送到冰天雪地的哈尔滨来求学，说明哈工大的办学实力和教学质量深受家长们的认可。现在我懂得了，考上不同的大学，不仅接受不同质量的大学教育，而且同学的氛围也不一样。和来源广泛的高素质的人成为同学，相互交往之间，知识和视野在不经意间便丰富和开阔起来，而这些都是教学计划之外获得的。在大学，接触更高深的书本知识，与高素质的人成为同学，二者很难说哪个更重要。为相互方便，同寝室同学轮流值日打开水。开水是定时供应的，22 点之后停供。当天值日的同学必须提前回到寝室，以便赶在停水之前把所有暖水瓶打满开水，供其他同学使用。庞大的第一宿舍只有地下室和二楼两个热水房，高峰时非常拥挤，要排很长的队伍，不过很有秩序。当时自来水很不稳定，二楼以上经常无水。一遇到这种情况，地下室便格外热闹起来，连走廊都成了洗脸间，叮叮咣咣，暖瓶爆碎的事经常发生。我的寝室就在这个水房附近，虽深受其影响，但用水方便。

为确保学生能够按时休息，学校宿舍定时统一熄灯，这可憋坏了喜欢熬夜的同学。无奈之下便凭借工科学生对电的了解，大胆地自接电线，把电从墙上的插座后面引到床头灯上。这个插座不停电，所以要冒险带电作业，胆大加心细。

随着时间的推移，用过的和正在使用的书籍越来越多，在哪里存放？工科大学生又自想办法：把木质床板卸下一条，用钢丝把它靠墙吊起，不宽不窄，正好是一层书架，解决了许多书的存放问题。床板是由多条木板组成的，上面还要再铺上厚厚的谷草垫子。由于这个草垫子的作用，拆掉一条床板后并不影响正常休息。

周末的晚上，寝室也经常打牌娱乐。先是玩拱猪，后又改成高雅的桥牌。玩拱猪时，牌技简单，重在参与，喊声雷动，同时伴随重重的敲桌声，管它手中的牌是好是坏，出手要重，就图个气氛；玩桥牌时，就安静多了，大家长时间思考、判断，注意和搭档密切配合，轻轻试探着出牌。

食堂兴叹

哈工大沿司令街建有四个学生食堂和一个教工食堂。食堂很旧，看来年代很久。按照所在的系，学生被分配到不同的食堂，凭饭票用餐，饭票由食堂发放，不能通用。一系的学生和六系的学生被分配在第二食堂（简称二灶）用餐。

主食的供应标准是每人每月30斤成品粮，其中10斤细粮，20斤粗粮。细粮主要是大米饭、馒头、油饼、油条和包子，偶尔也有水饺。细粮中最受欢迎的当然是大米饭，东北大米香得没有菜都可以吃很多，好多南方学生第一次尝到，领略了黑土地的富饶。粗粮品种比较多，有窝窝头、小米粥、大楂子粥、高粱米饭、玉米面发糕等。粗粮中最受欢迎的是带红豆的高粱米饭，做得好的时候，受欢迎程度不亚于大米饭。

学校有专用菜窖，储存越冬蔬菜。蔬菜主要是北方的应季蔬菜：白菜、酸菜、土豆、萝卜、粉条、豆芽、芹菜、茄子、西红柿、豆角、蒜苗、蒜薹等，菜价最贵的是红烧肉，4角一份。这样的粮食供应标准对常年吃细粮和肉蛋的学生来说实在是太艰苦了，而对我来说却像天天都在过节一样。

每月10斤细粮，全年就是120斤，每天都可以吃上几两，大部分菜里都带着肉。而在家里，平均每人每年也就只有大约40斤麦子，约合30斤面粉，逢年过节或来贵客时才可以吃上一顿，大米根本见不着，肉更少见。我生活的那个村，每年还是收获很多小麦，但凡籽粒饱满、未经霜打的粮食首先要交公，供城里人吃，自己只能吃半成熟或发霉的粮食，就像吃糠一样难以下咽；也饲养很多肥猪和小鸡，但大部分也都交公了。农民要想杀猪，首先要上交一头合格的肥猪。唉！纯朴的农民总是生活在社会的最底层。这种差别，只有像我这样分别经历了农村和城市生活，有了明显的比对，才能产生极其强烈的感受，真正的城里人或真正的农村人是感觉不到的。

学校是文明之地，尽管物质匮乏，但还是尽最大努力改善学生的伙食质量，以满足学生身体发育的需求。采取的措施首先是每周中午改善一次伙食，那天有红烧肉、熘肉段或肉包子。到了这一天，同学们从早上便开始咽着口水。如果任课老师非常理解地提前下课5分钟，这个老师一定会受到学生的一片赞扬。女同学也不怕吃肉影响身段，亏欠肠胃太多，管它什么身段呢。其次是粗粮细做。把玉米面做成甜甜的发糕，这可比拉嗓子的窝窝头好吃多了，一时很受欢迎。

寒暑假时，回家的学生可以将省下的饭票兑换成全国粮票或地方粮票。家庭条件好的同学，用这些粮票，连同从家里带来的许多粮票，从沿街叫卖的农民那里兑换成鸡蛋或鸭蛋，用于改善营养。我兑换的粮票都留给家里用了。

学生就餐时要自带餐具，主要是耐用的圆形搪瓷饭碗和长方体铝制饭盒。餐具装在用毛巾缝制的口袋里，挂在食堂进门口的碗架上。如此一来，丢失餐具的事便经常发生。这倒不是因为学生品质不好，真的想盗窃，而是情急之下无法和主人打招呼，就先拿去借用。借用的理由可能是自己来了朋友，餐具不够，也可能是自己的餐具被别人不打招呼地借走了，自己也只好不打招呼地再借一套。那时也不考虑是否卫生，不借，如何吃饭呀！如此，便形成了快速连锁借用。后来，为了维护自身利益，也不给别人带来麻烦，干脆把餐具带在身边，口渴时还可用来喝水。走在路上，如果看见身背书包的人，还能听到叮叮当当的餐具声，这人一定是大学生。

学习风气

我们这一届大学生，大都有着不平凡的经历：下过乡、就过业、待过业、务过农等，从校门到校门的应届毕业生很少。这些经历就决定了这些学生会十分珍惜来之不易的学习机会。加上社会"科学救国"的引导和浓郁的重视知识的氛围，学校和老师也十分重视教学质量。内、外因同时作用，学习风气十分浓厚，自觉学习的劲头不逊于高考前复习冲刺的情景。

早上的重要大课，前一天晚上就要用坐垫占好座位。为了占座，前一天晚上得学习到很晚，等大部分同学离开教室后才好占座，这样坐垫就起到占座和护臀两种作用。学生用占座的方式解决座位好坏与起床时间的矛盾，似乎显得不如早来早坐更合理文明些，但我在这里用它来反映当时的学习热情，从占座率上还可看出课程的受欢迎程度。当然，坐垫也有丢失或被收走的时候，那就再买一个。

那时，新一轮的全国性教材还未来得及出版，我们大多数课程使用的都是"文革"期间的教材。从英语教材最能看出"文革"的痕迹，扉页上就是"Long Live Chairman Mao""Long Live Maozedong Thought"，书里面与"文革"有关的例句就更多了。

老师在讲课时也不一定完全按照教材进行，可能会选择一些教材之外的内容，所以多数同学都有认真记笔记的习惯。这也是学生积极占座的原因，离黑板近些，可以看得清楚，记得准确。活页纸特别受欢迎，更换方便。如果某个内容课堂上没记下来，课后一定要对照其他同学的笔记把它准确地补上。考试前，听课笔记是重要的复习资料。

同学们都特别抓紧时间学习，多数同学都自习到很晚，需要教学大楼管理人员出来清场方才离去。如遇楼门关闭，须客气地叫来门卫；如遇校园门关闭，那就翻墙而过，这个时间大约是晚上10点半之后。回到宿舍，还得客气地叫来管理员打开宿舍大门，以免挨训。由于学生下课时间集中，午饭通常要排10~20分钟的队，同学们便拿出自制的英语单词卡片，边排队边背诵单词，真是争分夺秒啊！

考试课在考前一般要安排3天的答疑时间。这3天里，老师几乎被学生紧紧地包围着，有的是自己问问题，有的是听别人问问题，以检查自己的复习漏洞。就寝前，寝室便成了讨论的空间，相互考问，交流考试信息，猜测命题重点。这样一来，就算不加入讨论，旁听也有很大收获。当然，也有少数善于自学或对成绩要求不高的同学，很少去答疑。

那个年代，干扰学习的活动很少，学生每天的主要活动范围简称是三点一线：宿舍—食堂—教室，它们组成一条走不完也走不烦的学习路线。

四年的大学生活在人生长河中虽然只是短暂一瞬，但值得回忆的情景是用千言万语也难以尽叙的。未尽部分就让它们暂存于我的记忆中。祝愿五湖四海的同学们，身体健康、精力旺盛、快乐平安、幸福无疆。愿同学友谊与日月同辉！

我们寝室的二三趣事

7716 方 正

大学四年,我们寝室在地下室,光线不太好,约三分之二在地面以下,又靠近水房,比较潮湿,可我们八个同学谁也没想换地方。曾经我给父母写信说我们就像兄弟一般,让他们放心。下面回忆的是发生在寝室里的几件趣事。

剃 头

入校不久,我们寝室的同学大半拿到了助学金,就张中华和张晓原没拿到,他们的父亲都是领导干部。王一最困难,他是从四川农村来的,拿了一等助学金 20 元/月,我也拿了三等助学金 13 元/月。一天,孙龙说他会剃头,韩晓峰也说会一点。当时剃一个头一毛五,我们每天的生活费约五毛,这个比例也不低。两位同志不但有剃头的手艺,更可贵的是有愿为大家服务的心。于是寝室决定共同出资买一套简易理发工具,大家能省一点算一点,这也是艰苦奋斗。

孙龙和我在街上买了几件手动的理发工具。

该验证一下剃头手艺了。孙龙"主刀",我是"挨刀"的。

孙龙一本正经地给我剃头,但孙龙的手艺还真不怎么样,剃得高高低低,有一块没一块,大家看着都在笑。最后,韩晓峰过来替换孙龙,他细心地做了一些修补,才使我的发型有所改善。

大家对孙龙手艺不满,说:"你这种手艺,把我们这么聪明的脑袋交给你,能放心吗?"

可孙龙说出来的话真够气人的,他说:"今天我出师不利,两个原因。一个是,我剃头手艺确实有待提高;另一个是,你们看方正的头,方又不方,圆又不圆,长得多惊险哪,像个歪瓜,我能剃好吗?"

大家又笑,我也不介意。知道为什么吗?因为前几天我收到了初恋女友的回信,正沉浸在甜蜜的爱情中,所以心情好,没脾气。

有秘密?

我们寝室同学在学习上都是很刻苦的,每天起床后在宿舍后面的运动场上锻炼半小时,然后就在宿舍、食堂和教学楼这三点一线上奔忙,直到晚上 10 点多。偶尔看场电影就是一项大的娱乐。我爱听广播连续剧,但又觉得在时间上这是一个奢侈的消费。我甚至恨恨地想:等放假了,我一定要天天听广播连续剧。

到了期末,停课了,大家在复习,准备考试。

我感受到寝室里有一种特别的、神秘的气氛,几乎每个人都是偷偷摸摸的,还都是单独行动。

一天下午我回寝室,进门看见仅龚云瑞一人,他坐在床上,却有些慌张。我问:"你在干什么?怎么棉袄、棉裤都脱了?"

龚云瑞有些尴尬地说:"暖气烧得太足了,房间里好热,凉快一下。"很快他又把棉袄、棉裤穿上了。我觉得房间里暖气没那么好,没热到那个程度。

刘国庆也嗅到了一点味道。他悄悄对我说:"感觉到了没有,气氛不对呀!我们屋里肯定有个大秘密。一个个神秘兮兮的!"

夜里,我醒了。身上痒痒,抓挠起来,一时也睡不着。黑暗中,我先听到龚云瑞抓痒的声音,后又听到了张中华抓痒痒,最后发现,所有的人都抓痒痒。

早上,我把这个发现告诉大家。大家互相望望,突然都明白了,然后是一阵爆笑。龚云瑞说:"也好也好,不要互相隐瞒了,这样太累。以后大家可以光明正大地抓虱子了,还可以交流抓虱子的经验。"

"什么?"我吃惊地问,"你们都长虱子啦?"

"你也长了。"张中华肯定地说,"看看你的裤腰,再看看你棉裤里面的膝盖部位。"

我看裤腰,怎么那么多白点点?张中华说,那是虱子卵。又脱下棉裤,翻过来看膝盖处,在褶皱里真有虱子。

我说:"我在家都没见过虱子,这肯定是东北特产。这虱子恐怕是你们中的哪一个从家里带来的。"

大家笑了,五个东北同学互相指责。

考完试,大家要回家了。回家前,班长张中华说:"大家把有虱子的衣服、裤子都穿回去好好清洗,床单、被单也都带回去洗,用开水泡。我们再见面时,每个人都应该是干干净净的!我们争取以后几年,不让虱子沾上我们。"

同楼上打架

晚上10点半,同学们陆陆续续回到寝室洗脸洗脚。11点是熄灯时间。我们寝室熄灯后很少能立刻安静下来,大家躺在床上,总有点信息要交流交流。张晓原话最多,也不知他从哪里看到的,他给大家讲过苏联克格勃女间谍的故事。他讲得蛮生动的,绘声绘色,把个孙龙听得心里一揪一揪的。王一却听不下去了,喊起来:"别讲了,这不是流氓故事吗?"

大家哄地笑起来,讲女间谍涉及点色情是难免的,也让人好奇。可是,我们的笑声常惊动楼上。人家不干了,感觉烦,会敲响联通上下两房间的暖气管。这时,我们就睡觉或压低声音说话。

一次,孙龙很严肃地对大家说:"我提个我一直都没搞清楚的问题,什么叫纯洁的爱情?是不是结婚之前手都不能摸一下?"对这个问题我不敢吱声,看电影时,我抓过初恋女友的手,就一次。不知算不算流氓行为?

我们的思想也是逐渐开放的,看了日本电影《追捕》,我们夜里议论过。电影里火热的爱情让我们心惊肉跳。以前电影里少有爱情的细节,即使是外国电影,也最多是脸贴脸的拥抱,而这里是嘴对嘴的亲吻,有点吃不消。

其实,熄灯后的话题是多种多样的。当全国在展开真理标准的讨论时,我们也在讨论;当十一届三中全会的精神传来时,黑暗也掩盖不了我们的激动,心怦怦跳着,感受到一个新的时代就要开启啦!

楼上住的是低年级的同学，敲暖气管的事经常发生。不知道声音怎么传上去的，冬天窗户都封死了也能传上去。后来清楚了，声音是从通暖气管的洞里传上去的。

一天熄灯后，我们的说话声又吵着楼上了。开始楼上敲了几下暖气管，我们没太注意，接着，半茶缸水顺着暖气管洞口浇了下来，一些水花溅在了刘国庆的床上。第一次楼上楼下对着洞口理论起来。

一星期后，不知张晓原在哪里又看到了女间谍小说，要讲给大家听，孙龙最爱听。楼上敲过一次暖气管了，但张晓原讲得正有兴致，没有停下来。不久，一盆水顺着暖气管洞口"哗"地淋了下来，刘国庆、韩晓峰的被子都被淋湿了一片。

这回大家暴怒了，全部起床冲出了门，孙龙冲在第一个。在楼上宿舍的门前，孙龙一脚踹过去，门踢开了……

楼上楼下都不够冷静，发生了一场不该发生的冲突。好在班长张中华及时醒悟，阻止了冲突的进一步扩大。他拉走我们楼下的，同时对看热闹的同学说："这是兄弟吵架，不打不相识，别看了，别看了，回去睡觉！"

转眼40年过去，我们的国家发生了巨大的变化。我们生活如此幸福，以前在梦里都没想到过。这是一个伟大的时代，丰硕的果实里，有我们这一代人挥洒的汗水。

7824 四 哥

姚　　　强

我们班 31 名同学。入学时老大哥朱旭津 31 岁，我 24 岁，老三哥杨立峰小我两岁。二哥是骂人的话，我在家排行第四，就改称四哥。真正的老四吴刚憨厚，他不跟我争。

寝室定员 10 人，我们屋住 9 位。我们班男生 26 人，仨寝室每个屋都不满员。同样大小的学生宿舍，现在最多住 4 人。

姚强 17 岁，算不上最小，有 6 位同学 16 岁。姚强最矮，于是称小姚强。

小姚强是农村出来的，他考上大学是全村人的骄傲。全套崭新的行头，村里人娶媳妇才舍得制办的那种。

小姚强有一个崭新的日记本，很厚，锦缎面的。日记本的前几页上记的是大学报到那天的见闻和感想。那时候的孩子没隐私，写完日记交老师批改，可大学老师不管这些，小姚强就让我读他的日记。漂亮的钢笔字，质朴的文字，真诚的表达。第二天的日记占一页，再后面的是一行，而且几天才记一次。然后就没了，除非遇到学习中的大事件。

第二篇大日记是入学一个月之后。学校搞了次数学测验，想从新生中发掘数学天才。题目刁，大多数同学不及格。小姚强以前是尖子学生中的尖子，有生以来第一次不及格，受打击了。日记上一通自我批评，立志要珍惜青春，加倍努力学习。

一年级下半学期，又有一篇大日记，原因是外语没考好。关老师和四哥严厉批评了他，这次一定要接受教训，痛改前非，争取做一名新时代的合格大学生，为祖国的四个现代化努力学习，为社会主义建设添砖加瓦，为共产主义事业奋斗终生，等等。

那次期中考试，我们班英语成绩全校倒数第二。教英语的关老师把我叫到办公室，问我怎么办。我说："同学们年龄小，您教训大家一次，大家会听话的。"关老师说："咱这是大学，不兴小学生那套。"我说："您有那派头，您演一次小学老师，看看效果。"

下一次的英语课，关老师先用半个小时发飙，亮嗓门，瞪眼睛，敲黑板："别以为你们考上大学就了不起了，不用功照样被淘汰，学不好退学的多了。你们不努力，对得起党和人民吗？对得起祖国吗？对得起革命先烈吗？对得起父母吗？对得起老师同学吗？"

下午班会，我也板着个脸教训人，跟关老师商量好的。"考试这么差，你们对得起党和人民、对得起祖国、对得起先烈、对得起父母、对得起老师吗？对得起亲戚、朋友、同学、邻居、工人师傅、农民伯伯、解放军叔叔吗？"

那天晚自习后回寝室，看到同学们全在背单词，昨天的这个时候是吵闹时间。去其他两个男生寝室，也安静。我说别学了该放松了，谁来陪我玩升级。没人搭理我。

记载挨批评的那篇日记之后，小姚强日记本上的内容变了，出现了账目、通讯录、课程表、歌谱、唐诗。

很多同学小时候背过唐诗，我没背过，但跟工友打赌背下了《琵琶行》。老大哥是书香世家，除了很多唐诗宋词，他还会背《长恨歌》。姚强以前没背过唐诗，他弄来本《唐诗三百首》，没多长时间就全背下来了，过了一阵子，《琵琶行》和《长恨歌》也背下来了。背唐诗，他一年内灭掉了全班同学。

个子小受歧视，进校门几次被门卫拦住。有次去书店，他让售货员给他拿《高等数学》，售货员不拿，说："那是大学生看的你看不懂。"她小瞧人。"你什么服务态度？""我就这态度。""你几号儿？""我没号儿。""你草鞋。"售货员火了："你小孩子敢骂我！"小姚强跟我学过句胡同话"草鞋没号儿"，指的是没名气不值一提。当时的售货员常佩戴有编号胸牌，人家说"没号儿"，他随口就对"草鞋"，那女售货员想歪了。

夏天的体育课是游泳，小姚强很快学会了，一个夏天，他就能横渡松花江了。毕业离校前的最后一个星期天，大家要跟哈尔滨告别，各忙各的。晚上回寝室，小姚强不见了。一问，他早上挨着个地求人陪他去松花江，没人响应。肯定是自己一个人游泳去了。全屋人都在自责，后悔早上没答应陪他玩。熄灯前，姚强踢门进屋，使劲扔掉书包，往床上一躺，噘着个嘴，瞪着眼，谁也不理。全屋人围在床前哄他，问了半天，他才开口，他去了松花江，赌气游了十个来回。

小姚强读研究生时交了个哈尔滨女朋友，毕业想留哈尔滨，但没留成，被分配到北京，女朋友也就吹了。去北京远郊航天三院报到，半道儿去卢沟桥玩，买了根甘蔗。东北人没见过新鲜甘蔗，吃半截舍不得扔，举着甘蔗挤上奔三院的公交车。甘蔗碍事，惹怒身边的北京小伙，俩人打一架，小姚强输，脑袋开瓢缝七针。没来报到就打架，三院不要他了，他到近郊的航天二院谋了份工作。

他想找个研究生女朋友，说同等学历有共同语言。"哼，本来我就矮，见了个比我更矮的，将来我儿子啥样呀，不成。""嘿，她个子比我高，还穿高跟鞋，我俩站一起我跟她弟弟似的，吹。"终于遇到个对上眼的，女方学历低了点，本科，还凑合。过些天改大专了，大专也不错嘛。后来又纠正一次，电大的，电大就电大了，人好就行。等俩人真好上了，女孩说电大还没考哩，没考就没考吧，什么大不了的事呀。

小姚强找我商量，想跟女朋友吹，理由是没激情。我说您要是有激情，俺北京城就炸飞了。女朋友家住城东北角，去城西头的姚强单位看电影，误了回家的末班车，小姚强半夜骑自行车把女朋友驮回家，一个来回四十多公里，返回宿舍天都快亮了。

还是要和女朋友吹，但找不到合适的时机。元旦吹，一年之初不吉利。春节吹，怕破坏女朋友家的喜兴。五一节吹，女朋友的弟弟结婚，怕影响大家情绪。国庆节吹，怕女朋友的爸妈不答应。有天小姚强向我打听家具，他准备结婚。我问他，你不是咬牙瞪眼要跟女朋友吹吗，他说他俩"长将不死赖和棋"了。

很多年后，有次看到远在新加坡的小姚强登录聊天网站，跟他打招呼，对方说是姚强儿子，盗用了老爸的账号。姚强儿子听说过我，向我打听他爸年轻时候的事。儿子青春期，正跟家长闹"阶级斗争"哩。儿子抱怨，跟老爸什么都说不到一块儿也玩不到一起。我问爷俩玩什么，他说去游泳他爸骂他笨。我说那是你自己找死，你爸游松花江十个来回儿的主儿，你拉他去打篮球，看他还敢跟你耍威风。儿子身高超姚强一大截。

姚强及其儿子

77252 傅沛明

岁月无言　芳华留声

——哈工大趣事四则

1978年春天，来自四川、北京、福建、湖南、湖北、山东、黑龙江等不同省市的52名青年汇聚到冰城哈尔滨，来到哈工大，组成了7725班。哈工大从此和我们结缘，在由此开始的人生路上，给了我们重要的引领。如今，我们绝大多数同学都已年逾花甲，但是心中对母校一直有着深深的眷恋。每每同学聚会也会谈起曾经的大学生活，感叹岁月如梭，眨眼间已经走过了40个年头。现在回忆起这些，心中仍然感觉十分温暖。

意外的录取通知书

1978年除夕，在一阵阵爆竹声中，我意外地收到来自哈工大的新春大礼——录取通知书，至今回想起来，依然激动不已！

1955年，我在四川成都市出生，"文革"开始时，我正读小学5年级。进入初中

"复课闹革命",也没学到啥知识。1970年初中毕业时,由于不满支边年龄,竟有幸进入成都三中,成为"文革"中首批恢复招生的高中生。当时正值邓小平复出分管文教,强调科教兴国、培养人才。时任班主任、数学特级教师胡信成先生在短短的两年时间里,边补习初中数学知识、边讲授高中必修课程,给我们打下了坚实的数学基础。记得当时,胡老师知道我会在钢板上刻蜡纸,有一段时间,他经常加班针对同学们的薄弱环节出一些重点练习题,然后骑着自行车来我家,让我晚上把习题刻好,第二天上学交给他,马上油印出来,让同学们及时练习。印象中胡老师身体不太好,比较瘦弱,可他一直以这种忘我的精神为国家培养人才,让我记忆深刻。

正当我们跃跃欲试想完成高中学业、冲刺清华北大时,张铁生的一张白卷,彻底打破了我们直考大学的梦想。高中毕业后,我符合留城条件,没有下乡当知青。可是,在城里也找不到工作,一晃就是5年。后来在一个建筑队当临时工,天天在工地上送水泥,搬砖瓦。

1977年10月,国家决定恢复中断10年的高考制度,让我们欢呼雀跃,我决心抓住这个机会搏一把。面对只有一个多月的复习时间,面对这份难得的工作,只得选择边上班、边复习。白天工间休息时,我用树枝在浮土上解方程;晚上看书做题到半夜,第二天早上照常上班。那时,真是起早贪黑、昼夜兼程。

考完后,自己总体感觉不理想,已经有了再考的准备。大年三十那天,开始准备年夜饭,炸酥肉、做蛋饺、炖鸡汤等忙个不停。后在院子里和弟弟一起用石磨推汤圆粉时,有人来告诉我,说收发室有我一封信,当时,自己完全没想到老天爷的眷顾,直到忙完,我才去取那封信。

当收发室的大爷把那个大牛皮纸信封递给我,右下角大红字体的"哈尔滨工业大学"赫然映入眼帘,当即撕开信封,看到了录取通知书。喜从天降,"金榜题名"!全家欢欣,我却泪流满面。当时,我们住的机关大院有近百户人家,收到大学录取通知书的仅我一人,能在全国560万考生中脱颖而出,我实在是太幸运了。

我从哈工大毕业后,正赶上国家改革开放、发展经济的大好时光。在高校任教14年后,我于1996年丢弃了铁饭碗,与当年的赵彤老师等一起,投身于促进国家气动产业振兴的行列,而今年逾花甲,依然充满激情。我心中永远珍藏着那张录取通知书,是它,改变了我的人生轨迹。

令人难忘的新生报到

收到录取通知书后不久,来成都招生的哈工大老师就来家访。了解我们去上大学有没有困难,并叮嘱说哈尔滨冬季非常冷,要多带些防寒衣物。后来报到时才得知,当时老师们对成都录取的考生逐个进行了家访,如此细致入微,让今天的我们仍感到非常温暖!

1978年2月,经过了50多个小时火车的长途旅行,我来到哈尔滨,这可真是名副其实的冰城。我这个生长在南方的人,从来没见过这样的冰天雪地,十分好奇。到了学校,仰望着哈工大的主楼,典型的欧式建筑,非常雄伟;校园也非常大气、开阔漂亮。走进主楼更为惊叹,在宽大的大理石楼梯上拾阶而上,感觉如入王宫一般。第一眼,就一见钟情!

在哈工大电机楼二系77级新生报到处,熙熙攘攘,来自全国各地的同学,张张笑脸就像一朵朵绽放的鲜花。背着行李,提着大包小包,兴高采烈地来报到,开始新的学习生活。

老师们接待新生,和蔼可亲,耐心细致,犹如回家的感觉。当时,由于学校的宿舍还没有完全准备好,我们女生暂住在教学楼的一间大教室里。工科大学女生较少,所以那个当成临时宿舍的教室里住着几个系的女生。回到宿舍,大家兴奋不已。南方来的同学在家乡冬天也是开着窗、开着门,所以,总是不关宿舍的门;而北方的同学冬天习惯于关门关窗,就提出抗议。宿舍里每天都是南腔北调,好不热闹!

记得来自四川边远地区的孙以泽同学报到时,辅导员赵彤老师请他拿出报到资料。他操着纯正的四川话问:"老师,厕所在哪儿?"赵老师非常诧异,让你拿录取通知书,你干吗问厕所?幸好系里的骆老师有亲身经验,知道很多农村来的同学没出过远门,为防丢失,带的钱和录取通知书这些重要的东西都缝在贴身的内裤上。于是,让孙同学去了趟厕所,取出录取通知书报了到。

第二天,孙同学又来找赵老师,用浓重的四川乡音问:"赵老师,我带的钱咋个办?放哪儿哟?"赵老师告诉他,可以存在银行里,也可以请同宿舍的年长同学帮忙保管。

知识改变命运,当年报到时怯生生的孙以泽同学早已是上海东华大学的教授、博导,多次获得国家科技进步奖等重要奖项。

7725班一共52名同学,分成两个小班,77251、77252,两个班除外语不同,其他所有课程都一样。在分班时,大多数同学在高中学的是英语,所以都愿意去77251

英语班。为此，辅导员赵彤老师做了不少工作，动员同学们去77252日语班。时光荏苒，后来日语班的王祖温、曹东辉、黄锐、黄箭波等同学去了日本留学，王祖温同学回国后成为教授、博导，曾任母校副校长、大连海事大学校长，并当选为全国人大代表；曹东辉同学在日本工作数年后回国，现在任"三一重工"某研究院院长。

英语班77251也有王建平等一批同学到美、加、澳、新等国学习工作，在各自的工作领域多有建树。

被窝里的读书声

77级同学倍加珍惜来之不易的学习机会，周末、节假日都不休息，晚上10点半熄灯后，好多同学还在卫生间或走廊里昏暗的灯光下学习，更有甚者打着手电在被窝里看书。那本厚达600~700页的高数作业——基米多维奇习题集，很多同学都全部做完，以至于一年级高数的期末考试（满分120分）得110多分的同学大有人在。

77252班的一间宿舍里，住着已为人父的老大哥莫世行和应届高中毕业即考上大学的小同学伍可好，两人床挨床，都是成都人，十分要好。小伍每天早早醒来，就开始在被窝里小声念日语，生怕吵醒还在熟睡的同学。怎耐莫大哥睡眠不好，清晨好不容易睡一会儿，却被小伍吵醒。我不止一次听莫大哥半开玩笑地说："那个伍可好呀，天天早晨在被窝里念日语，把我吵醒，又听不清他在念啥，还不如读大声点，我们一起学习好了！"

那时，在学校上学，每天都是三点一线——教室、食堂、宿舍。一个夏日的傍晚，大家在食堂吃完晚饭，突然下起大雨，有些同学从食堂快速跑回教室，也有些同学在雨中漫步回到教室。而后，10余名男同学就雨中快跑或慢走哪种淋雨多的问题在教室里热火朝天地展开了讨论。一种意见认为快跑在雨中停留的时间短，应该淋雨少；而另一种意见认为，慢走和快跑淋到的雨是一样多的，因为你在短的时间里其实接收到相同的雨量。于是双方在黑板上画图、列方程计算，运用所学知识来佐证自己的观点。现在回想起来，77、78级的同学们如饥似渴、拼命努力的学习精神，真是难能可贵。

小老师的人生传奇

2014年冬天，SMC(中国)有限公司总经理赵彤老师去成都出差，正巧春节我们也回老家过年，赵老师便同我们一起去成都打高尔夫，约好在成都的老大哥莫世行同学负责接机。儿媳听说他要去接老师，不解地问："您都67岁了，您的老师得多大年纪,还能打高尔夫?"学生年长于老师,这确实是当代青年很难理解的事情。

由于"文革"10年停止高考,77、78级同学的年龄在18~30岁之间,而班主任赵彤老师比莫大哥等老三届同学年龄还小,是名副其实的小老师。赵老师16岁插队当知青,经受基层磨炼,在哈工大毕业后因其德才兼备留校任教。虽然他跟同学们年龄相仿,但独特的经历使他比较成熟,当辅导员得心应手,深得同学们的信任和爱戴。

不久,赵老师考上了研究生,又去日本留学获博士学位,回国后做博士后,当了教授。1994年,小老师抓住中国改革开放带来的发展机会,在北京创办了外资企业SMC(中国)有限公司,使中国的气动技术一步跨入了世界一流!公司稳健经营23年,企业持续创新,规模扩展,对全球工业自动化做出了巨大的贡献。赵老师也获得了诸多荣誉,成了北京的知名优秀企业家、劳动模范。

赵彤老师对教育事业有深深的情怀,2007年,在他的建议下,企业捐资6 000万元,成立了北京SMC教育基金会,为SMC在清华大学、北京理工大学,还有母校哈工大等14所重点工科院校的学术研究和学生奖学金等提供资金支持,超过万名的本硕博气动专业在校生获得SMC奖学金资助,为国家培养了一批又一批的气动技术人才。SMC教育基金还扶助贫困地区的希望小学,先后在四川平武、山东庆云、云南曲靖建立了希望小学,并持续不断为学校提供教学设施。去年,曾在四川平武虎牙乡中日友好希望小学毕业的藏族孩子央金卓玛等几名同学,考上了四川农业大学等高等院校,赵老师的善举改变了众多像央金卓玛这样贫困孩子的命运。

趣事多多,难以一一言表。我们这群年逾花甲的老学友今年9月即将欢聚在母校,诉说哈工大师生为祖国和全球做出的巨大贡献,回顾青春年少求学经历,定会感到无比激动、快乐和自豪!

岁月无言,芳华留声。

78252　宋志远

大学那点儿事儿

我上大学时只有15周岁，属于未成年人。

大学里印象最深的肯定是同窗了，因为四年大学生活中相处时间最长的还是在同一宿舍的同学。我们宿舍共10位同学，其中6位7825班的，4位7823班的。按照现在的说法属于混合所有制。6位同班同学是杨年宝、包钢、曾方和、罗光学、文佳良和我。另外4位是朱益民、曲卫东、左涤湘和孙新利。

印象最深的是包钢，刚来哈工大报到时我们住在电机楼4楼的一个大教室里，能够容纳70多人，我父亲送我来的学校。我们在这个大宿舍里找位置时看到与我邻床的行李上写着包钢的字样，以为是从包头钢铁公司来的同学呢，还琢磨了一会儿，这同学写的这个地址不够详细，不应该用简称，应该写全名才对，而且位置还写错了。后来才知道那是姓名不是地址。晚上睡觉害怕从上铺掉下来，就与包钢说要是早点儿来能有个靠墙的床位就好了。包钢说靠墙的床不一定好，可能很冷的，并帮我把床的一侧用绳子拦一下以防睡觉时掉下去，另一侧挨着包钢的床就安全了。我当时就想，这个同学有头脑，考虑问题比较全面。

大学第一学期印象最深的就是饿，吃不饱饭或者说吃饱了很快就饿了。晚上学习到 8 点多就在外面乱溜达，学不下去了。然后没有地方买东西也没有什么东西可以买。杨年宝在我的下铺，经常照顾我。记得他给过我一包可以冲水喝的类似于油茶面的东西，非常好吃，印象颇深。

后来我们搬到了学生一宿舍，在学生一宿舍 1036 房间时，杨年宝是我的上铺，罗光学和我头对头。

我们这些同学那是真有才，罗光学同学的二胡拉得非常好，曾方和能够听着歌曲就把简谱写出来，文佳良同学会作诗，包钢大才子，杨年宝我们班长那是各方面都相当全面了。所以回到宿舍很开心。还有曲卫东，看书从来不在书上写字或者画重点，可以过目不忘，所以每到期末，曲卫东的书保持得最好。左涤湘口才好哇，思维敏捷，能言善辩。

每年的元旦一般会有活动，比如在宿舍里大家会餐，说是会餐就是把大家从食堂买来的饭放在一起，唯一不同的是买几瓶葡萄酒（当时叫"色(shǎi)酒"）。当天晚上吃完饭后一般在走廊、厕所到处都是呕吐物，狼狈不堪。一般都会喝多，不是贪酒，是因为一年也不喝一次酒，不知道自己的酒量，另外也不知道酒的度数，就是乱喝一通，感觉不行了酒也喝没了，不是喝多少买多少是买多少喝多少，因为那个时候普遍的问题是穷啊。

在大学的 4 年里我感觉比在中学时累多了，各位老大哥大姐都特别能学习，追求高分，一般认为期末考试没有超过 90 分就算失败了。所以我当时压力很大，因在中学时我是在县里的高中读了一年，没有觉得特别累就考上大学了。但是大学这帮同学怎么那么能学习呢？你不学都不行。每天早晨起来每个走廊的拐角处都有同学在读英语。我在上大学之前一天英语都没学过，所以上了大学才知道要学英语，英语老师把我这种一张白纸的学生安排在最前面的座位并且经常提问才使我不至于掉队。

哈工大的基础教学真是没的说，在我工作了若干年以后尤其能够体会到这种功力的好处。我后来从事石油化工自动控制设计工作，工作中遇到的机械、气动、液压、液力、流体力学等方面的问题都因为有基础而觉得解决起来并不难。感谢母校，感谢大哥哥和大姐姐们的努力感染了我，使我一生都受益匪浅。

我是地地道道的东北人，当时家里吃的和学校里吃的没有多大差别，所以没有南方同学来哈工大以后在饮食上的不适应症。除了第一年经常觉得饿以外感觉吃东西并不那么痛苦。第二年好像食堂有夜宵了，晚上8点钟以后可以去食堂吃点儿夜宵，后来有了油炸方便面，那种面当时可以干吃，非常好吃，感觉大学期间把一生的方便面都吃完了，所以后来基本不吃方便面，尽管现在的方便面无论味道还是质量都提高了不少，但是也不喜欢吃。

南方同学对冰雪觉得很新鲜，冬天从宿舍到教室的路上经常有冰，北方同学都会在冰上打出溜滑，南方同学不会。看着我们一出溜老远非常羡慕，我们就教他们，偶尔也使点儿坏，记得福建来的陈建平同学，我们教他时告诉快跑，到了冰上只要一站就能滑很远，结果摔了一个实实在在的大腚蹲儿，他疼够呛我们那个开心呐。

大学毕业后的若干年我们也聚会了几次，在哈工大、在北京、在南京，我都参加了。多年以后的团聚我看到大家日子过得都很好，都很自信，但是不管怎么变在大学时的样子还是能够在每个人的身上找到，那种印象经久不衰。

我们真是一个一直都相当成熟的团队，大学四年以后的每一次再相聚都能看到这个成熟团队的魅力所在。我们没有后来的其他同学聚会常有的所谓"毛病"。例如，大家不炫耀，不炫富，不吹牛，不攀比，不贬损别人，不以官大官小论英雄，不以挣钱多少论成败。这真不是哪个团队都能做到的。大家一贯低调，在北京的聚会上我印象颇深，同学们围成一个大圆圈挨个发言，介绍自己的事业、家庭、孩子的培养、未来打算等等，有些同学是从美国、加拿大、新加坡回来的，大家都特别想听听他们的发言，但是有些国外回来的同学发言特别谦虚且很少，他们说希望把时间留给后面没有发言的同学。

现在资讯这么发达，我们班的微信群建立以后大家沟通起来越来越方便了，大家介绍养生经验、谈论修身养性之道、纵论国家大事天下大事、发表个人看法，所有这些都非常到位而不越位，非常理性而不狂妄，非常深邃而不肤浅，非常幽默而不庸俗。

人生四十年，确实不短啊！但一切都恍然如昨天一样。回想起曾经的奋斗、快乐和林林总总的经历，在现在这个年龄看真是觉得很正常，没有什么大不了的。正应了苏轼的那首《定风波》：回首向来萧瑟处，归去，也无风雨也无晴。

2018年4月2日

7741　吴珍明

我们寝室的人与事

　　四十春秋弹指间，往事如风岁月稠。1978年春天，我们怀着对知识的渴求、对美好未来的向往，从祖国四面八方来到北国冰城哈尔滨，投入知识母亲哈工大的怀抱——哈工大7741班，这个世界上独一无二的也是令我们终生难忘的集体诞生了！她汇聚了全国六省市的学子，有工人、教师、下乡知青、应届毕业生，还有我这来自湖北农村的民办老师。30个和尚、5朵金花加上1个有娇妻幼子的老人哥。4个寒暑，枯燥而富有激情，书山上留下了我们辛勤攀登的脚步，岁月记载我们激扬文字的青春活力。哈尔滨的皑皑白雪，松花江的滔滔江水，别具一格的俄式建筑，中俄混血的哈尔滨姑娘让我们记忆犹新！沁人心脾的扎啤，令人口舌生津的氽白肉、熘肉段、东北大米，还有回味无穷的窝窝头、高粱饭、楂子粥等历历在目，有很多东西值得怀念和追忆。

　　"百年修得同室住"，还是谈谈我们寝室——7741班第一寝室的八卦吧。我们寝室共9个人，来自全国6个省市，有不同的经历。寝室位于哈工大西南角学生一宿舍三楼，东边是专家楼，西临哈尔滨至牡丹江铁路，铁路西边是动物园，宿舍南边是工大体育场，北边是烤烧饼的小餐馆。轰隆轰隆的列车声和动物园的狮吼声经常把我们从睡梦中惊醒，小餐馆烧饼香味常勾起处于半饥饿状态的我们的食欲，体育场和动物园则为我们提供了缓解紧张学习的场所。

我的上铺是来自北京的常燕南。据说北京人比较高傲，但出身高干家庭地道北京人的燕南同学，朴实、低调、谦虚，除了说一口纯正京味普通话外，俨然是来自江南水乡的书生，瘦高个子，斯斯文文，谈吐之间轻声细语，透着小孩子的羞涩与谦逊。他乐于助人，每次探家回校，都给同学们买来沉甸甸的书籍。他还是义务理发员，我们是上下铺，自然是近水楼台先得月，4年理发，他几乎全包，确实省了我不少时间和银子。

我的临床下铺是来自贵州凯里的张曙光，话语中没有半点南方口音，原来他的祖籍是山东，本人是随父母南迁的二代军工。小伙子个子中等偏上，白净脸蛋，挺着高鼻梁高挺，大大的眼睛，英气逼人。被子叠得很整齐，着装也很得体，也很注重仪表。入学前是钳工，绘制得一幅好图，写得一手好字，深得制图老师青睐。他是我班带薪入学的白领，经常买零食与大家分享。他也是我们班的义务理发师。小伙子应该成为女孩子追逐的目标，不知何故直到毕业，也没有任何动静，费解呀！

来自汉口的康灵，似乎是住在我对面的下铺，把门的位置，上铺空闲用来堆放一些杂物。康灵有着一副武汉人经典的脸型，配着一双不大不小的眼睛，透着一股灵气。他崇拜的是曾任复旦大学校长的数学家苏步青和曾任武汉大学校长的数学家李国平，他对数学情有独钟。我主要看樊映川的书，他则看江泽涵的书，我们在学微分，他在学积分，数学上超前，加深，这就是康灵。听说他的夫人是武大教授，想必数学也不差！他后来上了财校研究生，分配到交通银行，找到用武之地。他每次寒假返校带来老汉口的腊灌肠，味道一点也不比川式香肠逊色，全寝室都过了瘾。

我斜对面上铺的詹恩毅，他可是我们寝室年龄最小的，来自毛泽东的福地——贵州遵义，中等个头，娇嫩的皮肤，显得比实际年龄还小，典型南方人的脸型，戴一副度数不太深的眼镜，颇有学者风度，非常聪明、机灵。他喜欢独来独往，能解常人做不出的难题，棋画似乎有几分功底，听说同老管对弈过围棋。他的素描作品我见识过，确实还不错，同学们：你们都知道吗？

江西老表闵罗礼，住在恩毅下铺，来自江西共产主义劳动大学。我常说他是叛逆，因为那个年代，倡导"举共大旗，走共大路"，而他却选择哈工大，现在看来他有先见之明。他下过乡,文人堆长大,年龄不大,知识面广,见地独到,能言善辩,但没有"臭老九"的夫子习气,脸不大,头不小,较大的后脑勺,充满智慧。毕业前夕,我们忙着分配时,他却在埋头学习,准备考研,果然如愿以偿,考上自控专业研究生,听说几年后东渡日本,成为半个东洋人,但我深信他是爱国的,至少不会忘记我们同居4年的同学。

恩毅的邻居毛路江来自武汉,只能算半个武汉人,父亲是辽宁人,母亲是武汉人。他身高1.78米,算是我们寝室的大个子,白白的皮肤,浓浓的眉毛,大大的眼睛,高高的颧骨,很有几分帅气。他爱好文艺,喜欢唱歌,尽管有些跑调,但会唱的歌还真不少;他性格开朗、活泼,没有城府,喜欢交际,时而带不认识的人进入我们寝室,可惜不是女生。只能问问毛路江自己。啊!顺便提一下,我改派到湖北省人事局时,到路江汉阳的家中去过,感谢他父母亲的盛情款待和教诲!不知两位老人是否安康,健在?

我们班党支部书记张学文,是黑龙江本地人,地道东北汉子,中等偏上个子,相貌堂堂正正,五官轮廓分明,沉默寡言,稳重厚道,颇有修养,深得同学们的尊重。他毕业后留校当辅导员,1983年经学校推荐考上了中央党校研究生。大概是1986年

上半年，罗礼、恩毅和我北京出差相遇时，准备看望学文，记不起何故计划泡汤了。后来听说他从中央党校毕业后被调到黑龙江省委组织部工作，表现突出，进步很快，先后担任过处长和部领导，以后又到省直部门担任领导工作。我的确为他政治上的发展兴奋过。按他的为人和能力，在本职工作上应该游刃有余，走得更远！我想，可能是学文有他自己的考虑和选择，也可能是未遇机缘吧。虽然没有平步青云，毕竟也是事业有成。现在，学文已经退休，携夫人在家孝敬老母，安享幸福。

最后谈谈我们寝室的老大哥陈万伦。他来自重庆，上学前是高中教师，方方正正国字脸型，微卷的短发，古铜色的皮肤，像来自中世纪的考古学家，圆圆的黑眼睛，带着智慧与威严，个性鲜明而独特。他博学多识，兴趣广泛，对古今中外都有了解。英语和数学基本功扎实，好像英语免修，给他留下猎取其他知识的时间。他幽默诙谐，时常操着南腔北调，哼着中外名曲，他的男中音，还是蛮有磁性的。入学半年后，他的性格变了，成天板着脸，谁也不理睬，晚上咬牙说梦话。后来才知道，他失恋了！原来的女朋友是老师，据他说1.65米的个子，白皙皮肤，楚楚动人。由于长期分别的原因，移情别恋，找了一个大叔式的副教授。那段时间，他成天骂着女资本家不是东西，水性杨花。但过了一段时间，恢复原状。不知是彻底解脱出来，还是重归旧好。直到毕业也没有吃到他的喜糖，但吃他从北大荒带来的沙果不少。因为他哥哥下放到北大荒，并且安家落户了。相信老大哥一定有美满幸福的家庭。遗憾的是一直杳无音信。

燕南让我写写自己，这个题目有点难，尽管如此，恭敬不如从命，来个自画像。全班36人唯一来自农村的是我。入学前在湖北应山一所小学当民办教师，富裕中农成分，不是依靠对象，自然也得不到重用。改革春风改变了我的命运，使我有机会和城里人一起进入具有"工程师摇篮"之称的著名高等学府哈工大，当时倍感惊喜。由于基础差，见识少，和城里学生在一起，多少有点自卑与谦逊，但很坚强，有着农村人善良、朴实、正直的品德，但缺乏城市人的机警和活跃。记得当年从广水坐火车，再从北京中转才到哈尔滨，需要三天三夜，几乎都是站票，一次好不容易碰到有人在天津下车，坐上座位不久，又主动给一位老太太让座，后来只好拖着疲惫的身体站到哈尔滨。至今我对农民和穷人有着特殊的情感，温家宝取消中国几千年的农业税，我深表赞同。我在学习上也是很刻苦的，1979年父亲去世，对我打击不小，失眠好长时间，翻来覆去睡不着，燕南应该有所感觉，记得罗礼陪我到哈医大看过失眠，但我没有放弃学业。

毕业后本来改派到湖北省人事局，但我天真地认为专业对口好，所以放弃城市的工作机会，来到比我老家还偏僻的三线基地——湖北远安，现在回想起来也不后悔；后来又考取了国防科大研究生，赶上1989年，毕业后又回到原来基地；2001年，随单位整体搬迁到武汉。工作32年，为自己的国家做了一点事，1995年评上研究员，担任过国家某重点型号副总师，得到了些微不足道的光环——"政府津贴""部级专家"等。记得哈工大一位回访女记者在采访报道中还提及过我，惭愧啊，没有为母校争光，仅仅一点小事，何足挂齿！我现在已经是两个孩子的爷爷了，闲时喝点小酒，高兴时来点琴棋书画，衣食住行无忧，知足了。

最后感谢大学期间母校王指导员和同学们对我生活上的帮助。记得毕业实习回家返校，途经北京火车站上厕所时，行李包括钱和粮票都被偷走了，王指导员给我申请了补助；毕业分配时，莽学思同学借给了我路费；另外孙觉虎大哥在精神上给了很多鼓励……

光阴荏苒，岁月匆匆，同学们还是当年的你们吗？我已两鬓染霜，哈工大依然年轻，哈工大时光，记忆犹新！岁月可以改变我们的容颜，但改变不了我们年轻的心，更抹不去我们对青春的留恋与回忆。我盼望着分别40年后的相聚，相聚在哈工大母亲的怀抱，与昔日同窗学子们畅叙离别之情。更期待着同学们闯过百岁关，再等40年，我们再相见……

2018年1月21日于湖北武汉

7741 管思聪　　7741 李 权　　7741 刘蜀培　　7741 常燕南

哈工大生活记忆四则

我的红肠情结

管思聪

香肠类，我的最爱是哈尔滨的秋林红肠。

上大学的时候，食堂里常有红肠大白菜出售，只不过其中的红肠量少不说，还切得如纸一般薄，往往是饭还未划拉上两口，红肠早已绝尘而去，只留下一盘子形象萎缩毫无油水的大白菜。

我那时是大款，有钱，但钱有啥用呢？哈市居民每人每月可凭票购买红肠若干，没票那就想也不用想。有个周末晚上，寝室已熄灯，我下铺的王松轻轻推门进来，我隐约听见他摸摸索索地上了床，不知怎么又转出来，将报纸包着的一包东西扔上来，重重地打在我肚子上。好你个老小子，我一下子全醒了，坐起来，一把抓起那包东西，准备用力打回去，哎，不对，怎么这么香啊！又闻了一下，没错，是红肠的香味。我又不是傻瓜，马上明白了怎么回事，高兴地将纸包放在枕边，准备继续睡我的觉。可怎么也睡不着了，那香味不断钻进我鼻子，搞得我肚子越来越饿，干脆披衣下床，推门出去。在走廊里将红肠咬了几口，不行，再来两口，一发而不可收，直到把那根足有一斤重的红肠吃得干干净净，真过瘾啊！本来想留一半给建国、宜生两位，但计划赶不上形势不是，嘿嘿。

来美后，不时想起美味的红肠，但到哪里去买呢？一天我突然想到，秋林红肠不就是俄式红肠吗？如果能找到俄国杂货铺，说不定就能买到类似的香肠。正确的路线确定之后，下面的事情就简单了，很快就在附近一家乌克兰的铺子里买到了可口的红肠，后来又发现，俄国、波兰、南斯拉夫等东欧国家的商店，都制作类似的香肠，味道与秋林红肠几乎无异，且品类繁多。

我通常是将红肠斜切成片，置入盘中，浇上一大勺伏特加，英雄配美女，放入蒸笼中蒸上二三十分钟；有时也不切，将整根红肠蒸熟直接大口吃，作为对那次难忘事件的回味。

美国的中式菜场越开越大，有天我发现居然有秋林红肠出售，纽约生产的，喜出望外之余，一下子买了四包。回到家来，打开一包，不切，洗洗直接蒸，准备好盘子刀叉，又倒了一大杯我喜欢的 port 葡萄酒。香肠蒸好后，急不可待地咬上一口，咦，怎么回事，一股怪味，难道买错了？看了看包装，没错啊。喝口酒清清口，试着再咬了一口，怪味依然，里面不知道放入了什么奇怪的香料。我愣了好一会儿，气得一把连盘子一起扔入垃圾桶中。

剩下的那三包红肠在冰箱里躺了很久，食之已然不愿，弃之又觉可惜，怎么办呢？想了半天，好吧，只好送人。

2018 年 2 月 5 日于美国亚特兰大

我们的老大哥

李 权

我是我们班年龄最小的，来自重庆，上学前还在读高中。他是我们班年龄最大的，也来自重庆，上学前是一名中学教师。由于他是我们班年龄最大的，我们都尊称他老大哥。也许是我们都是班上的之最（一个最大，一个最小），也许是我们都来自同一座城市，或许是我们上学前都刚刚走出中学校门，上学后，无形中总有一种牵连。上大课时，要么我帮他占座，要么他帮我占座。那个时候我们都有一个自制的棉坐垫，为了在大教室占到一个好位置，都提前把坐垫拿去占座位。节假日，我们也经常一起出去玩，泛舟在松花江上，漫步在太阳岛上，学校旁边的动物园更是我们背英语的好去处。后来，他的座位不用我占了，因为他的身边出现了一个美女同学的身影。

作者和老大哥合影

毕业后，我分到四川三线基地工作，他却回到了重庆，回到了故乡，在一家国营企业上班。几年后，正值改革开放，喜闻他也下海了。记得一次回重庆见到他，只见他身着一身皮衣皮裤，骑着一辆摩托车，煞是威风，这在当时，可是弄潮儿的打扮。他自己开了一家电脑公司，生意做得风生水起，甚是兴隆。我的另一位重庆同学，在他公司那里给单位买了几台电脑，由于事先没有跟领导沟通好，为此还挨了批评，现在想起来，真是回味无穷。

天有不测风云。后来听说他在骑摩托车时不慎摔倒，留下了失忆的后遗症。再次见到他时，他身边形影不离地跟着他的老婆，因为怕他找不到回家的路。

时光如梭，后来忙于工作，也跟他中断了联系。近日闻讯学校举办 77、78 级入学 40 周年纪念庆祝活动，但愿能够见到他。

2018 年 1 月 19 日于四川成都

管理员，把大米交出来！

刘蜀培

大学暑假期间的某一天，我在去食堂午餐的路上，远远望见食堂门口围着一群同学。他们指指点点、七嘴八舌地议论着什么。

我快步来到食堂门口，看见墙壁上赫然贴着一张标语"管理员，把大米交出来！！！"这架势意味着一个残酷的现实：今天的大米饭又泡汤了！

那张标语反映出同学们对大米饭的强烈渴求，也牵动着我对它的缕缕情丝。学校每月发给每人2斤大米票。食堂每周做一两次大米饭。每当食堂做大米饭时，常常因为僧多粥少，大米饭供不应求。幸运儿吃着米饭一饱口福，倒霉蛋蹭着饭香聊以自慰。在幸运儿与倒霉蛋交替变换的过程中，我的大米饭情结渐渐变成一团乱麻，剪不断理还乱，爱恨交加，欲罢不能。

暑假期间粥少僧也少，我一厢情愿地认为，吃上大米饭应该没问题吧！哪知事与愿违，整整三个星期过去了，食堂竟然没有做过一次大米饭。是可忍，孰不可忍？"标语事件"顺势而为，同学们纷纷表示支持和赞同。

当我吃完午饭向外面走去时，食堂一位阿姨的声音从身后飘来："可把同学们馋坏了，明天就做，明天就做(大米饭)。"我心中一阵窃喜：大米饭快进嘴巴了！墙上的标语也不知何时没了踪影。

第二天中午我刚走进食堂，一阵久违的清香扑面而来，沁人心脾，难以忘怀。同学们个个眉飞色舞，灿若桃花……

瞧，管理员果然把大米交出来啦！

2018年2月1日于四川成都

哈尔滨的天，贼冷的天

常燕南

"解放区的天儿是晴朗的天儿，解放区的姑娘没脚丫儿"，记得这是我们小时候大家都会唱的调侃歌谣。而提起东北的天，大家肯定会联想到东北零下几十摄氏度的冰雪天。的确，哈尔滨的冬天确实寒冷，入冬后零下20~30摄氏度是很正常的，最低时甚至达到零下40多摄氏度，而且冰雪天持续时间很长。记得我们在校期间最早一次降雪是在10月份，最晚一次下雪到了第二年的4月底。通常进入冬季的第一场大雪后，由于气温低，直到第二年开春前，地面的积雪基本上就不化了。哈尔滨的街道受当时苏联的影响，许多都是俄式风格的建筑，尖尖的屋顶，米黄色、淡绿色的外墙，具有特色的前廊，再覆盖上大雪后的一层白色，的确漂亮，正所谓"银装素裹，分外妖娆"。

美丽的雪景给人们带来赏心悦目的享受，同时也带来了一些问题。为了冬季室内保温，大多数的建筑如教学楼、宿舍楼等都是双层玻璃，内层大窗户的上方还开有一个30~50厘米见方的小窗户，每到冬天封窗后，会从这个小窗户倒进许多锯末，填充到窗户的底部，用以封堵窗户的缝隙，达到保温的目的。由于冬季室内外的温差较大，室内的热气会附着到窗户的玻璃上，并慢慢地流到窗户底部和窗台上，遇冷后结成冰块，一冻就是一冬天不化。若到食堂吃饭，戴眼镜的同学进入食堂大门后的第一个动作，就是拿出手帕摘下眼镜擦去镜片上的水雾，否则什么也看不见。但不论气温多低，室外如何天寒地冻，由于东北的供暖条件较好，室内还是蛮暖和舒服的，这与南方冬季湿冷无暖气的情形完全不同。

教学楼—学生食堂—学生宿舍，三点一线，这是当年77级刻苦学习的同学们通常的生活方式。从教室到食堂，或从食堂到宿舍之间也就几百米的距离。但是在寒冷的冰雪天，走完这段路程，每个人的棉帽子上檐、围巾上、眉毛胡子上由于哈气都会结上一层白白的冰霜，俨然一副白胡子老人的模样。所以对于近期网上热传的"冰花男孩"的情形也就见怪不怪了。此外，由于雪后结冰路面异常湿滑，加之那时的学生许多都是穿着塑料底的棉鞋，走路打滑摔跤也是常有的事情，好在那时大家都还年轻，腿脚利索，摔一跤后立马爬起来，掸一掸一屁股的雪继续前行，就算是给看客们找点乐子而已。

由此想到了一段趣事，与大家分享（密级：秘密。40年后：解密）。三九严寒，校园被冰雪覆盖，几个同学在食堂就餐后欲回宿舍休息。一同学曰，这么冷的天，人在外时间长了都会冻成冰棍的；另一同学曰，若不穿鞋踩在雪地上应该坚持不了多一会儿，谁能赤脚从这里跑回宿舍（开玩笑）？不料，×同学接受了这一挑战，手提棉鞋，赤脚快速跑向男生一宿舍，其结果可想而知，双脚脚底因低温被揭掉了一层皮，不能出门，不能上课，最重要的是不能泄露机密，更不能让班主任知道，否则……我也是在我们毕业几十年后才得知这件往事。不过至今我也很佩服该同学的勇敢精神和具有魄力的执行力。故事是真实的，细节略有杜撰。

由于寒冷的气候条件，哈尔滨冬季的冰灯也是一景，曾游览过一次，只是当年的规模还不大。改革开放以后，哈尔滨的冰灯也逐渐地发展起来。目前，每年都举办一次冰雪艺术节，吸引着大批的游客，五颜六色、晶莹剔透的冰灯很有北国特色，已成为哈尔滨的一张名片。

其实，除了冰天雪地的冬天，哈尔滨也有很舒服、很漂亮的季节——夏天。哈尔滨的夏天气候清爽宜人，虽然也有气温较高的日子，但持续时间较短，且无论白天多热，到了晚上睡觉也需盖床薄棉被，而且绝没有蚊虫的骚扰。纪录片《哈尔滨的夏天》中郑绪岚演唱的主题曲《太阳岛上》，就描绘出了哈尔滨夏天的美丽景色，也勾起了我们对那个年代与同学们共同学习、生活的美好记忆。

明媚的夏日里天空多么晴朗，美丽的太阳岛多么令人神往。

带着真挚的爱情，带着美好的理想，我们来到了太阳岛上，

……

明天会更美好！

2018 年 1 月 26 日于北京

7742 李 玉

我所知道的章绵老师（节选）

2012年1月9日，我从香港返回深圳，第一天在龚永红和王东方家落脚。晚上我们一块儿给在广东番禺的章绵老师（知道他从英国回来过冬了）打电话，祝贺他生日快乐。高高兴兴地聊了一会儿，章老师说，明天孩子们要"绑架"他去上海，又说他的宝贝女儿牛妹（章晴）在抢他的话筒，急着要和我说话。牛妹是我多年不见的好朋友，接过电话压低了声音告诉我，章老师身体状况已经很不好了，这里确诊为胰头癌，他自己还不知道。他们想带他去上海重新诊断，希望是误诊，万一确诊也可以就近照料和治疗。我的心一下子拧紧了，这个病最后会很痛苦的呀！

章老师1949年以数学、物理双学士毕业于南京大学（原中央大学）物理系，留校任教，在到哈工大参加数学讨论班之际，被哈工大校长作为人才"扣下"，从此留在了哈尔滨。1958年学校送他去莫斯科大学进修，被"反右"运动波及，他只说了句"选送留学生要学习好的"，为此被划为右派，开除团籍，不等拿到学位就被遣送回国。章师母（王重欣老师）告诉我，当时她只好把母亲送到北京弟弟（现中科院物理所章综院士）家，陪着章老师写检查，章老师哭啊哭啊，泪流成河，情绪低落。厚厚的一

朝花夕拾 | 79

本材料送到我爸爸（李昌校长）手上，爸爸翻看之后说了句："这不算什么。"就把材料压下，不批准上报。章老师呢，仍然留在教研室教课，1960年出乎（他自己）意料地被评为副教授，他34岁。真不容易！他说："当初是李校长保了我，……是在李校长的坚持下，我评上了副教授。"

章绵老师是我大学里的任课老师。

来我们班上第二次课，章老师就能挨着桌子叫出一串同学的名字，这么好的记性，使我们大感惊讶。他上课空手而来，一短根生花的粉笔推导了满黑板的公式，这下子一举镇住一大片。好玩儿的是他的不修边幅常常露出马脚，趣事横生（章老师平时还是挺体面的）。如果不是在黑板前推导公式，他讲课喜欢在教室里踱步。有一次他一边踱来踱去一边津津有味地讲课的时候，没管住他脚下的鞋垫，半截鞋垫横出在鞋帮外，像狗舌头那样一甩一甩，纪会立悄悄推我，我看见了，好多同学都看见了，逗死了，大家都憋着怕笑出声来，又不敢示意他……还有一次课间，龚永红靠在教室窗口向外张望，边笑边大叫："你们快看章教授在干什么呢？"我们几个同学涌向窗口——楼外院子里一群小女孩在跳猴皮筋，章老师站一旁观景，随着小女孩有节奏的步点，只见他的头也跟着节拍一下一下地点，他的脚也跟着一下一下地点，这个时候，他的心一定也像小孩子们一样健康欢快。哈哈，大家都笑了——章教授，整个一个阳光少年！

第一学期期末考试停课三天的最后一天，我跑到章老师家，他问："怎么啦？"我说："没考过试，害怕。"（期中考试因修江堤劳动取消，期末数学分析是第一次考试，心里没底；加上同学中传说，考题很难，女生考不过40分，能不害怕嘛！）他说："怕什么。"不慌不忙地出了一大堆数学分析习题要我在那里做，一边还说："累死她。"出门遇到过路的校工，向他打招呼："章教授忙啊！"他语气重重地回答："忙！烧一把火，'烤'学生！"第二天考场上，我卷答到一半停下来，算算能得多少分，一看过了40分，就很安心了。那次考试我得了95分。那个时期我有时候去章老师家问问题，都是数学分析、离散数学等等，章老师的课我好像没有去答疑过，考试之前也从来不敢见他，我怕他说："你来干什么？套题呀？"

章老师对我们班同学特别有感情，班里只要有活动每请必到，每到必发表感言，交换礼物等等小事一件不漏。7742班的同学们不大会忘记班里的舞会吧？伴随着华尔兹优美华丽的旋律，章老师轻快地旋转着，把女同学们一个一个轮流带入"舞池"，引得男生们又羡又妒心里直痒痒，其中一些人经过努力终于从此扫了舞盲，直追"舞星上将"。章老师不止一次地说，他最喜欢的是59级和77级两届学生，59级，正好是教我们离散数学的王义和老师那一届。王老师也是深得同学们喜爱的老师。

　　章老师很得意的一件事是他调往北京计算机学院时，我们全班同学去哈尔滨火车站为他送行。章老师是一个好老公，师母王重欣老师不适应哈尔滨寒冷的气候，咳嗽成病引起尿失禁，多少年来章老师一直在尽心地照料她。条件所限，谁能想象一个大教授在家里常年给夫人洗尿布？躲开哈尔滨的严寒，王老师的病有可能好转，章老师为此只好调离哈工大，我知道他心中非常不舍。章老师家庭温馨随意，他是孩子们的平辈朋友，一点不摆家长威严。玩捉迷藏会互相说："谁偷看谁是小狗。"多年后牛妹他们对我谈及这些珍藏的记忆，可见印象之深。而同时，他培养的子女个个优秀。章老师兴趣广泛而优雅，着迷于交响音乐，欣赏雕塑、绘画这些西方古典艺术，桥牌也打得非常好。一次碰上章老师正要出门，说是因为第二天要参加学校的桥牌赛，几个牌桌老将（老教授）当晚相约"集训"。

　　毕业后，我和章老师一直有联系。那些年，章老师一直在支持我，看着我们成长。

2012 年 5 月 18 日于旧金山 Rio Vista

补　记

　　5 月 22 日，我和章昭通了电话，告诉他我写了关于章绵老师的回忆文字，请他帮忙查证几个问题，也看看是不是太出格。他说他马上发到上海，让他的女儿读给章老师听。我有点急："别，别，你先看看再说，万一有错呢！"昨天，一直到夜里也没接到章昭的回话。今天（23 日）一大早，老万收到章昭在 SKYPE 上的语音留言，大意是：特别好，昨晚已经发回上海了。天呐！怕的就是这个——我当然愿意章老师看，但是我写了他那么多的笑话、糗事，不是要等着挨骂吗？

　　下午 6 点多，章昭电话来了，却是噩耗：章绵老师几小时前（可能是北京时间 5 月 24 日早晨）在上海病逝。我忍不住哭出来，这是感应吗？我这个时候赶着写，不承想写的竟然是祭文（章昭说他已经打成大字，明天飞回上海，他要读给他父亲听。）

　　晚上，老万写了挽联，贴在他的新浪博客里：

　　　　章绵老师一路走好
　　　　一份同乡情谊少长咸集宜兴教授乡
　　　　两代师生缘分群贤毕至哈工大学堂
　　　　　　　5 月 23 日夜

2012 年 5 月 24 日于旧金山 Rio Vista

7742 杨荣昌

省委书记与我们座谈

　　1981年春季刚开学，学校就通知我们班2月27日下午两点，黑龙江省委书记李力安要来我们班参加时事学习座谈会，要我们做好相关的准备。右图是当年卜显奎老师手写的通知。

　　这让我想到，李力安书记来和同学们座谈，很可能是因为不久前全国（主要是北京）多所高校发生了学生"竞选风潮"，中央让相关领导到高校了解学生们的思想动态，并给予相应的引导，如果有潜在的不安定因素，则提前化解；另外，全班同学寒假返校后，从全国八个省市带回了各地发展变化的新鲜见闻，座谈会既可以让大家互相交流，共同品味，也可以让李书记了解兄弟省市的些许社情民意。

　　至于座谈会的准备，安排会场和通知同学们到会等都好办，我也不担心有人可能在座谈时说话出格。因为如果是真心话，出一点格也没什么关系。而且李书记既然来与大家座谈，就不会只想听顺耳之词。我只是担心，座谈的时候大家在省委领导面前可能会感到拘束，甚至会出现冷场的情况。

　　于是，我便询问了许多同学对这次座谈会的想法。牛纪珍说："粉碎'四人帮'

之后，干群关系变化挺大，领导下来看望大伙，应该像是走亲戚，我没觉得是陌生人，没啥可拘束的。"周万雷说："不会冷场，我可以第一个发言。"刘向东说："老杨，你放心，咱们的同学都有阅历，参加这种活动没问题，我敢预言，座谈会肯定特别成功。"接触了十几位同学之后，我的担心大为减少。

27日下午两点，李书记准时来到我们班教室，没有任何校系领导陪同，更未见前呼后拥，给同学们留下了很好的第一印象。

座谈会开始，我首先代表同学们对李书记表示欢迎，然后讲了几句开场白。我因为已不太担心拘束和冷场，便提出了一个建议，建议大家发言时不要念稿子，不要大段念报纸上的话，最好和我们平时聊天一样。我说，如果念稿子，咱们拿稿子办一期墙报就行了；如果念报纸，这个会也不用开了，因为李书记经常看报，不需要经过我们了解报纸。

我的开场白刚结束，周万雷果然第一个发言。他开了个好头，之后同学们的发言一个接一个，一点儿也没有间断。方敏在他发言的开头说："我得发言，这个机会难得，今天要是不发言，以后没准儿会后悔一辈子。"他的这几句话引起了一阵笑声。到李书记给大家讲话之前，全班共有14人发言16次，而且都很生动具体。我原来担心的拘束或冷场一点儿也没出现。

蒋宗礼来自湖北的一个国营农场，他发言说，他们那里一些职工对农场改革的某些做法不满，提出疑问说："现在的政策是允许少部分人先富起来，这是不是同时也允许大部分人先穷下去？"这个问题关乎这些职工的切身利益，提得也十分尖锐。后来，在改革取得明显成效的同时，果然出现了远远超出人们预想的贫富分化，而且引发了诸多社会问题，表明这些农场职工当时的担心并非杞人忧天。

我本来认为座谈会只要不出现拘束或冷场的情况，自己就算完成了任务，没打算发言。因为受到同学们热烈发言的感染，

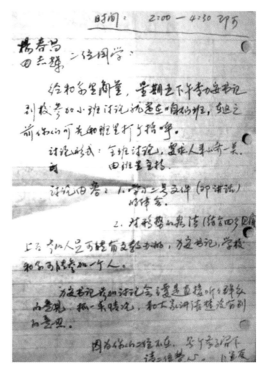

就改变了想法，也说了几句。我说的是对华国锋下台的看法。当时，华国锋已不是国务院总理，中央又决定让他全面退出党和军队一把手的领导职务，留待十一届六中全会通过。我说，在中央高层中，华国锋的资历和能力确有相对的不足；但是，只是在报纸上批评了几句他大干快上的提法就让他下台，舆论宣传不到位；而且"四人帮"还没审判完呢，把"四人帮"抓起来的华国锋反倒先下台了，时机和情理都不合适，老百姓们都不明白是怎么回事，甚至认为这是过河拆桥。

座谈会进行到后半部分，坐在李书记旁边的徐未迟见到一位秘书模样的人走到李书记身旁，弯着腰低声对他说，接到省里电话通知，请他马上回去开省委常委会。李书记似乎是觉得这次座谈会也很重要，居然没有起身离开。

同学们的发言结束后，李书记给大家做总结讲话。他很有针对性地回答了同学们提出的主要问题，而且对蒋宗礼的发言格外看重，专门做了详细的说明。他说，我国的农业仍然非常落后，全国人民吃饭的基本问题至今也没解决好。今后，自然条件较差的贫困地区，当务之急是解决饭都吃不饱的问题，可以搞包产到户或包干到户，调动农民的生产积极性；国营农场和上海、北京郊区等农业生产搞得比较好的地方，一般不搞包产到户，继续搞好国营和集体经济，继续走共同富裕的道路；其他地区则要根据当地的实际情况决定采取何种办法来发展生产，不能一刀切。他强调说，党的政策是富民，是允许致富有先后的不同，不是让大部分人穷下去。

据我所知，当时农村人民公社包产到户、包干到户的改革刚刚开始，还未涉及国营农场。但是蒋宗礼谈到了湖北的国营农场，黑龙江更是有北大荒等许多全国著名的大型国营农场，所以李书记便根据中央关于农业和农村改革的基本原则，提出了对于防止贫富分化、国营农场保持不变的基本设想。后来得知，黑龙江的国营农场大都改成了家庭农场。这虽然与李书记对我们谈过的国营农场保持不变的基本设想不一致，却让我们理解了李书记这一设想的真谛：当时，中央对于国营农场改革的方向尚未形成一定之规，李书记针对蒋宗礼的发言表达的看法，完全出于他自己的既要发展生产，又要坚持共同富裕的独立思考，而且以此和我们这些普通的大学生进行了坦诚的交流，一点也没有拿模棱两可的套话搪塞蒋宗礼反映的尖锐问题。可惜的是，我当时虽然听出了他对蒋宗礼所说问题的重视，却没有领悟他的独立思考和坦诚相待。多年以后，我们深感社会上的贫富两极分化日益严重，更加敬重李书记改革之初就坚持共同富裕的深谋远虑。

李书记做完总结讲话之后,为赶回省里开常委会匆忙离开。匆忙之中,他只与徐未迟一人握手而别。不知他是不是因为在讲话中没有谈及徐提出的对于"文革"看法的重要问题,特意用这种特殊方式表示回应。

李书记走后,许多同学还沉浸在座谈会的氛围之中。一位快人快语的女同学兴奋地对我说:"今天这党指挥枪真是不错!"我想她的意思是:就算今天同学们的发言有一点点唇枪舌剑,但都是心里话,都是实话实说;而且听了李书记的讲话后,谈到的问题基本都解决了,大家都乐于接受李书记的悉心指导,都归心于省委领导的"指挥"和教诲。

后来听说,经过座谈会的接触,李书记对我们班印象不错,认为我们班班风很好,同学们都很好相处。他说,如果有机会,愿意和我们再次相聚。

1981 年 7742 部分同学
在北京实习期间参观北影留念
摄影　徐未迟

7742 蒋宗礼

7742：我们的班级

　　7742班，计算机科学与工程（软件）专业，全班36人，其中男生23人，女生13人，是全校女生最多的班级，有在校高中生、工人、农民、教师，年龄最小的是张明君（15岁），年龄最大的是77级四川省高考状元马在强（30岁），当年的《四川日报》和《黑龙江日报》都有报道。

　　有田志辉与吕北京合作的对联为证：

　　欣欣悦悦袅袅翩翩一十八对双人舞

　　正正堂堂赳赳翘翘三十六友八方来

　　7742班最早到哈尔滨工业大学报到的是在1978年3月8日，有李培华、吕北京、梁宗乾、蒋宗礼，报到后到一宿舍住宿，系里负责接待的卜显奎老师让大家选择了床位。安顿好后，卜显奎老师告诉我们应该去买一些日常用品，比较近的是和兴路商店。由李培华带领，大家步行到和兴路商店购买饭盆等日用品。全班大约是3月10日才到齐的。大家陆续走进哈工大，从陌生到熟知，从天南地北到组成令人羡慕的集体。

　　当年的哈工大，既是名副其实的、每次都被定位为国家重点大学的高水平高等学府，又是条件很有限的学校。拥挤的房间、满地都是水的水房，至今还记得零下三四十摄氏度的冷水浴，臭烘烘的厕所，排队打水的水房，喇叭厂的喇叭声，主楼的教室，电机楼的709机房、130机房，已经成了文物的图书馆。

7742班节日的班级聚会（章绵老师总是要参加的），一宿舍寒假留校同学的年饭，在王义和老师家切菜、备餐（李培华和我争论如何切丝，王义和老师说李培华切菜发出的声音"是那个点儿"），宿舍后面的运动场，三灶、四灶、一灶、二灶，玉米糊、窝窝头、大白菜、小土豆、高粱米、熘肉片、氽丸子……还有夜餐的四川小面——现在看来当时吃起来那么香的四川小面是那么的简单、不地道……

我们的宿舍

男生的住宿条件相对好一点。宿舍都是上下铺，每个标准的房间（大约22平方米）住10人。男生到得较早的住进了4008，到得较晚的住进了4007，还有3个人和7743的同学住在了地下室。两个房间都是朝西的，按照东北人的习惯，叫阴面，意思是冬季比较冷，而且这两个房间正对着喇叭厂，现在还能回忆起夏季午休时嘀嘀嘀的喇叭试验声。

女生的住宿条件差一些，她们最初被安排在了电机楼的大教室中，和其他系的同学合住，一个房间住三四十人，一直住到第一个学期快结束时，大家才搬到了三宿舍。

我们的教室

第一学年，7742班拥有自己的专用教室，这个教室在哈工大主楼4层最北侧，也是朝西的。由于学校教室资源有限，第二年这种独占性的教室变成了公共教室，直到1981年9月，最后一个学期，这种班级专用教室才恢复。这个教室不仅是7742班落脚的地方、自习的地方，在这个教室里，还上了很多课，例如，章绵老师的算法语言、计算方法，李光汉老师的编译方法；陈俊林老师的操作系统，洪家荣老师的机器学习……在这里，还开过各种各样的班会，章绵老师和大家一起翩翩起舞，储仲武老师讲"书要从薄读到厚，再从厚读到薄"，袁福老师来传达毕业分配方案，邱秋在这里用舞蹈让大家大吃一惊……

除了班级专用的教室外，很多课是在公共大教室里上的，特别是电机楼、机械楼的几个阶梯教室，更是给大家留下了深刻印象。在机械楼的3011，杨克劭老师在第一堂高等数学课上的一句话至今让人记忆犹新："我们不用现在大家拿到的这套教材，要按照同济的教材讲授，而且有些地方要超过同济的教材！"阶梯教室中，四系、五系全体同学立即爆发出雷鸣般的掌声。杨老师讲课非常生动、易懂，是迄今难忘的好老师之一。在这个教室里，蒋玉珍、刘亦明老师给我们讲授大学物理。

大学4年，大家可以说是如饥似渴地学习、努力：一起预习、一起上课、一起复习、一起备考、一起考试、一起等待考分、一起实习、一起做毕业设计、一起答辩、一起等待毕业分配；一起探讨、一起学习、一起欢笑、一起跨越、一起收获、一起盼望着过节、放假，一起赶火车（还记得冬天回家在哈尔滨火车站外排队等车、进站、上车的情景），一起在火车站的站台上送章绵老师离开哈工大……

我们一起修松花江防洪堤

松花江源远流长，它孕育了哈尔滨，滋润了这座美丽的城市，但是，它不仅是"美丽的松花江，波连波向前方，川流不息流淌，夜夜进梦乡"，也会给人们带来麻烦。汛期的松花江，也会给两岸带来灾难，也会冲毁哈尔滨的建筑，防洪纪念塔就是佐证。

为了利用好松花江，1980年前，人们每年总是要去修江堤，哈尔滨工业大学的师生们也不例外。大约是1978年的秋天，7742班加入了修堤的行列……

菜窖劳动

20世纪90年代前，哈尔滨的冬季要显得比现在漫长得多，难过得多。不仅气温低，而且物资非常匮乏。在1978~1981年7742班在校学习期间，最低温度达到过零下40多摄氏度。从"十一"到来年的"五一"，几乎都如冬季。这对南方来的同学来说是难熬的。更有甚者，大米每月2斤，白面每月8斤，剩下的20来斤就只能是高粱米、窝窝头、玉米糊糊啦。肉、鱼当然是奢侈品，就连白菜冬季也不多，南方常见的青菜在冬季更是见不到踪影。到了1986年时，冬季的白菜依然是凭票供应。为了冬天能够吃上白菜、土豆等"青菜"，人们不得不在秋季开始前尽可能多地存一些。"菜窖"不仅是哈尔滨的住户们必备的生活设施，也是哈尔滨各大专院校必备的设施，当然，学校的菜窖的容量比普通人家的要大很多很多倍。白菜存在菜窖里，每过一段时间，就需要翻一次窖，否则就都会烂掉，而每翻一次，则要损失一层。作为义务劳动，同学们都亲历过"翻窖"的工作。

学习生活掠影

7742班的同学在校期间,有幸接受章绵、王义和、郭福顺、孙希文、李光汉、陈俊林、张田文……等专业课老师和杨克劭、蒋玉珍等基础课老师的授课。

牛纪桢等1978年与杨克劭老师合影

张明君、周万雷、蒋宗礼
在宿舍研讨形式语言与自动机理论等
课程的问题

哈工大主楼前四人合影

1981年秋季学期,77级的同学进入毕业设计阶段,这是王开铸老师指导的一个小组,在进行英汉翻译的研究

还记得 30 余年前的松花江吗？还记得当年的游船吗？恐怕大家再到松花江，已经难觅当年的景象了：松花江水波连波，浪花里飞出欢乐的歌……

1978 年 6 月，7742 班组织活动，畅游太阳岛

还记得那首歌吗？"明媚的夏日里天空多么晴朗，美丽的太阳岛多么令人神往，带着垂钓的鱼竿，带着露营的帐篷，我们来到了太阳岛上，我们来到了太阳岛上。小伙子背上六弦琴，姑娘们换好了游泳装，猎手们忘不了心爱的猎枪……"

大顶子山，离哈尔滨略有一段距离。早上在道外的某个码头上船，沿松花江顺流而下，来到这里，在草丛和灌木中采黄花菜，炒菜，做鸡蛋汤……让紧绷的研读神经好好松弛了一下。

1978年夏天，7742、7743的同学相约来到太阳岛，这是部分女生第一次到太阳岛的合影

游览松花江

当年难得一见的主楼彩色照片，摄于1981年

游览大顶子山部分同学留影

蒋宗礼 2012 年 5 月 21 日

7850 宋宝宁

我班的那道风景

工科大学女生少，因少而成珍稀。能到哈工大这等一甲大学来读书的女生更少，也就更珍稀。对此，当年读书时的校园名人，我班的安康有过专题研究，他的结论是，男士左半脑发达，女士右半脑发达，左半脑主逻辑思维，右半脑主形象思维，所以能读工科的女生，既感性又聪明。在我们当年读书的校园内，少而珍稀的女生被男生们宠着娇着。被娇宠惯了的女生们说话的声音都变了，安康也将此定义为哈工大女枪（腔），女枪专打男生心脏。多少年后，已成为哈工大博士生导师的徐国栋教授，还写了一首诗，其中有两句让大家印象深刻："小妹说话娇声娇气，小弟当年只知淘气。"道出了许多同学当年不解风情，不知道去追小妹的遗憾。

新生入学报到的第二天，班长召集全班同学见面。男生眼前一亮，嘿，我班也有女生，还是漂亮女生，四朵金花。

大姐孙旭，貌美，身材苗条，气质高雅，如果自己不说，谁也想不到她已是一个孩子的妈妈。孙旭当年在贵州的一个军工大厂的子弟中学当老师，属于被"文革"耽误的一代人。终于搭上了国家恢复高考后的一班车，以高分考入哈工大，至今还是当地老乡教育后人要自强不息的活教材。后来孙旭大姐也是我班的第二任班长。因出众的容貌和气质，也引得其他班里的一些老仙有事无事总爱往我班里出溜儿，无话找话，得知大姐已结婚生子，悻悻而退。但也不排除一些登徒子有非分之想，以致以安康为首的几位年纪小的同学，还组成了护花团队，使大姐免受了许多骚扰。

二姐李微，花容月貌，气质却是冷艳端庄，俨然如公主，她也是我班当然的公主。李微之父李家宝教授，是中华人民共和国成立后，哈工大建校的元老之一，当年也是我校的副校长兼教务长。老校长能把女儿放到我班读书，也是我班全体同学当年很感自豪的一件事。因为李微的高冷，也让很多同学消减了追求她的勇气。到底是名门之后，不论何种境遇，也不消磨心中意志，总是自立自强。也是因为"文革"，李微高中毕业后，做过建筑工地的泥瓦工，做过菜市场的售货员，还做过运输队的装卸工。因为心中一直怀有大学梦想，恰逢国家恢复高考，李微一考即中早已心仪的哈工大。李微的冷艳只是气质，并不妨碍她找到自己生命中的另一半，一位好郎君。大学毕业后不久，李薇即随夫到英国留学。更令人称奇的是，20年后，李微竟在不惑之年于异国他乡拿到了博士学位。我们只能感叹，虎父无犬女。

三姐关丽，玲珑妙曼，千娇百媚，身上最有故事。当时关丽作为下乡知识青年在一农场做挤奶工。国家恢复高考后的第一年，关丽报考的院校，是我国艺术界最高学府——中央美术学院。在几千名考生中，关丽一路过关斩将，最后只剩下她与几十名考生进入到现场作画环节。阴差阳错，关丽没接到中央美术学院的录取通知书，不过也接到了一地方美术专科学校的录取通知书。关丽顶住压力，不去报到。红颜一怒，第二年不去报考美术院校，转而报考理工院校，竟然考中了与美术风马牛不相及的哈工大。此后，中国错失了一位极有造诣的绘画大师，却多了一位美貌迷人的女技术专家。大学读书时，有一段时间，不知为什么，其他班的一些男同学，总是喜欢与我班的一些男同学交往。后来慢慢明白了，原来是曲线套路，项庄舞剑，意在关丽。多少年后，一位同学酒后吐真言："让我帮着介绍关丽，我自己还没追到手呢，我能干那傻事？"

小妹张英，一张娃娃脸，秀气柔和，冰雪聪明。她应届毕业，一考即中。按张英自己的话说，考场就设在本学校内，连考室的布置都是他们自己完成的；熟悉的环境，熟悉的老师，没有理由不超常发挥。张英是少年大学生，入学时刚刚16岁。我们当年读书的那个时代，这个年纪的女大学生还没进入对男女情爱感兴趣的阶段。只能说是据我们所知，当年在张英身上并没有感情故事发生，一同学习的大哥大姐们，更多的时候是把她当成小妹妹。而年纪相仿的男同学们,也是情窦未开,正如徐教授在诗中所言,小弟当年只知淘气。毕竟大学四年,当年的小弟也长成大小伙子了,也慢慢知道了张英是在省政府大院长大的,长成大小伙子的当年小弟又不敢去追了。虽然有大哥大姐们的鼓励,那小伙子也只是嘟囔:咱是哪儿长大的,人家是哪儿长大的。

四朵金花组成了我班一道亮丽的风景。后来有一部电影《五朵金花》重新播放,看完后,同学们又有了新的遗憾。我班只有四朵金花,看来是不能出现五朵金花了。为了不让同学们遗憾,安康自告奋勇愿意成为第五朵金花。

安康是我们那个年代难得一遇的奇才,读初中时就参加了市少年文艺宣传队,打竹板,说快书,经常到工厂农村去慰问演出。临近高考不足一个月了,还想请假去演出,被班主任老师踢了一脚:"浑小子,还整天打呱嗒板练嘴皮子,还不快准备准备考大学。"安康满心不情愿地去参加高考,竟考出了五科共410分的好成绩。这个成绩当年上清华北大都有富余,只因他父母都是哈工大的老师,只为他填报了哈工大一个志愿,于是,哈工大再得一英才。入学后,安康自然而然成了我们大学文艺宣传队的台柱子,说快书,说相声,再加上英俊潇洒的外貌,自然而然也成了我们的校园名人。

以安康之聪明之名气,当然最有资格成为我班的第五朵金花了。此后,我班五朵金花大放异彩,更加亮丽。

7851 陈绮文　　**7851 杜　军**

难的是 40 年如一日

—— 记 7851 班同学情

有一句我们这一代人耳熟能详的毛泽东句型："一个人做点好事并不难，难的是一辈子做好事，不做坏事。"借用来表述我们 7851 班同学的这 40 年恰如其分：难的是 40 年如一日！

"玩命"班

我们班是恢复高考后哈工大无线电通信专业的首届。特殊的年代，特殊的高考政策，还有同学们各自不同的人生经历和背景，使得这个集体即使在哈工大 77、78 级中也颇具时代特色：30 岁以上的老三届有 3 人，年龄最大的老大哥刘万福入学时 32 岁，已是 6 个孩子的父亲，估计是全国之最，没有之一！而稚嫩的李瑛来自江西，只有 15 岁。我们班据说也是全校 77、78 级现役军人最多的班级，有"四个兜"的干部于涛和"两个兜"的战士杜军和张跃。

和全校的 77、78 级一样，大家极为珍惜能考上哈工大这样的宝贵机会，跟着那个时代的口号"为了早日实现国家四个现代化""把十年'文革'耽误的时间夺回来",如饥似渴地学习。班级流行词"玩命"的由来很有代表性:一次,有位自习到很晚才回宿舍的同学不开灯蹑手蹑脚上了床,另一位还没入睡的同学嘟囔了一句:"都几点了,还不睡觉,玩命啊!"于是"玩命"就成了刻苦学习的代名词。在2008年五系78级编印的高考回忆录《梦想开始的地方》中,杜军那篇《大学生活趣事》记述了不少班里"玩命"的经典故事。

功夫不负有心人,四年的拼搏学习,班级两次被评为"三好班级",杜军两次被评为"黑龙江省三好学生",于涛被评为"校级优秀三好学生干部"。毕业时在全校66名优秀毕业生中,这个班级就有顾学迈、于涛、杜军三人。1982年夏季毕业时,虽然本专业只招收2名研究生,但全班共有顾学迈、张晔等6位考取了校内外研究生,那可是当年被77、78级公认的毕业最佳去向!其中杜军和汪晨光直接考取了教育部选派的出国留学研究生;唯一的北京同学赵志刚考回到北京院校;唯一的上海男生李海育考回到上海院校,被赞为"指哪打哪"。或许是这种学风影响了同学们一生?现在数下来,同学中有全日制博士7人,更多的全日制硕士,大学教授5人,教授级高工当然成了77、78级的default,先后出国留学或访问学者11人……

四年的欢乐时光

然而,这样一个看似拥有很多"准陈景润"的班级,学生并非只会傻读书,四年的学习和生活中,有温暖、有情趣、有动情,也有"急眼",太多太多令大家终生难忘的喜乐愁。大家印象最深的有几件事。

和现在比,那时的文化娱乐生活实在贫乏,但是同学们都还能如数家珍地讲出在繁重的学习之余的娱乐活动。女生们在太阳岛上翩翩起舞男生们横渡过松花江骑车到二龙山野炊……1981年夏天全班到南京实习期间,游览紫金山天文台、雨花台、燕子矶、莫愁湖等许多名胜古迹。实习后,来自苏州、杭州、上海的同学热情邀请同学们到三地游览。苏杭的秀丽景色以及上海大都市的繁华,着实让我们在那个物质文化生活贫乏年代中体验了一把充实的旅游。

南方同学到校后,除了不适应冷天气之外,就是不适应细粮供应太少,特别是大米,每人每个月只发2斤大米票,能吃的同学不够每周吃一顿的。家在哈尔滨的同学们经常主动给予关照,会请南方同学到自己家中"打牙祭"。现役军人同学从部队转来的伙食标准细粮多，大米票也多，他们经常把大米票分给南方同学。甚至后来每月负责分发粮票的生活副班长郑三良有时不用征询军人们的意见，直接就扣下来分给大家了。

临毕业时，大家觉得要分手了，应该互相留点什么做纪念，于是杜军发起了互赠照片的建议。倡议书贴在黑板上，愿意参加的人签字，至今还保留着那张大家签满字的倡议书（见文中所附照片）。之后班里部分男生分几拨连续干了三个通宵，模仿着当时哈尔滨市内一个照相馆设计的带有"大学时代"字样的模板，加上几张自己拍摄的学校主楼和小区景

色的照片做衬景，自制了几种模板，一共洗出了30×30张照片。至今每人手里还有一本贴着全班30张同学照片和签字留言的纪念册。现在再看这张签字单，不禁想到，我们所有人自那以后的36年来，都肯定已经签字无数次了。再和当年的签字比较一下，你的签字变化了吗？

毕业后的同学情

离校后，7851班的同学们沿着各自的人生轨迹走上新的生活。但是几十年来一直相互牵挂，保持沟通、联系，经常组织聚会和同学一起旅游，在当年那个不是亲人胜似亲人的大家庭中结下的深厚的同学情谊，历久弥新，绵延了40年，还会到永远……

最让同学们开心感激的是赵志刚同学的慷慨和杜军同学的热心。

杜军1993年回国后动用一切手段寻找失联的同学，1994年就建立了并不断更新着同学通信录，方便了大家几十年的联络，多年来热心组织班级和系里同学的活动。

赵志刚同学不仅赞助给五系百万元奖学金，以及2012年赞助了五系78级编印了有100名同学几十年照片的图文并茂的《同窗追梦 光影瞬间——哈工大无线电工程系78级毕业三十周年纪念画册》，更让我们班感动的是赵志刚赞助和招待了多次同学们带家属的小旅游，去过五大连池、深圳、古北水镇、辽宁红海滩，并且两次为全班同学做聚会"班服"，2018年纪念毕业40年时，全班同学将以唐装亮相。

大家也忘不了黄明、王培康、胡庆梅夫妇也作为地主分别招待同学们观赏洛阳牡丹节和登黄山。这些年来我们的足迹遍布了大江南北：

2002年，北京聚会，纪念毕业20周年。

2008年，哈尔滨聚会，纪念入学30年，赵志刚招待五大连池旅游。

2010年，深圳聚会，赵志刚招待同学及家属。

2012年，北京聚会，纪念毕业30年。

2013年，洛阳聚会，黄明招待看牡丹节、小浪底。

2015年，安徽聚会，王培康、胡庆梅招待登黄山，逛宏村。

2016年，北京聚会，赵志刚招待游古北水镇。

2017年，辽宁聚会，张晔组织，赵志刚赞助，游红海滩。

岁月如歌。今天同学们已经逐步退出工作，开始了退休生活。回首往事，回首40年前同学们在哈工大的第一次相聚，不由深深地感到，我们的这一生，和哈工大，和亲爱的同学们已经结下了不解之缘。

不仅四十年如一日，而且要永永远远……

7753　施正豪

往事杂忆

——寒假

1981年，大学四年的最后一个寒假，春节过后，年初二我就回到了学校宿舍。一是家里那年人多，挤了点；二是这年的秋天就要考研了，在学校可以静静地看看书。

学校真是静啊！八人的宿舍只有我一人，感觉真好。未承想，正享受着这寂静的一人世界时，初三刚过，辛维壮就风尘仆仆地一头撞开了宿舍的大门。然后，我们就做了一个约定，上午他在宿舍，下午我在宿舍，晚上归谁忘记了。过了几天，辛维壮回宿舍时手里拿了一本《茶花女》，说是图书馆借的，给我解解闷儿。我翻了几页，发觉翻译得惨不忍睹，立即扔还给他，并以此为由说，看这样的文字，真是要把人的中文给毁了啊！

我开始把大学第一年学的菲赫金哥尔茨的《微积分学教程》第一卷从头又看了一遍。一天，他问我在复习什么呢？我说从头复习起，几年过去，数学分析几乎都忘光了。他习惯性地鼻子轻轻哼一声，似乎是很严肃地说：会学习的人学习起来，真就像一把刀子一样——不知他这是在夸人呢,还是在贬人呢?反正我俩相互打趣,也算是几年来的一种默契。中午吃完饭回宿舍,会经常看他抱着那年代特有的小砖头录音机在练听力,咔嚓咔嚓地把键按个不停。好在我们很好地分配了宿舍的使用权,倒也互不干扰。

就这样,一天又一天,枯燥但很充实。

一天晚间吃过饭,两人好像都学习学烦了,就说,去看个电影吧。走到南岗的亚细亚电影院,看了一场《戴手铐的旅客》。其中王立平作曲的《驼铃》,至今难忘。看电影之前,我想起了南岗市场有卖油炸糕的,小时常吃,就一人买了一块,带进电影院,着实享受了一把。

看完电影,回学校的路上路过南岗滑冰场,只见夜幕下一片奇光异彩,喜庆洋洋,伴着动人的乐曲,少男少女成群结队在冰上穿梭往来,轻歌曼舞,犹如仙境。我俩站在铁栏杆外,默默地看着眼前的美景,竟恍若隔世。不知过了多久,也许很短,我俩同时转过身,相对无言,重又踏着脚下的积雪,向学校走去。"始随芳草去,又逐落花回"——那时,寂静的教室似乎才是属于我们的真实世界……

1980 年 10 月上海实习时玩摄影

7753　钟海明

转　　折

——哈工大求学琐忆

　　人的一生总会留下许多具有时代意义的转折，这些转折也往往会给自己留下终生难忘的记忆。自打初中毕业后，1968年去了黑龙江生产建设兵团，我就再没有奢望过什么上大学。哈工大的求学生涯，可算是我人生中的"二闯关东"了。尽管只有短短两年零四个月的时间，却留下了无数的回忆。虽然想不起有什么大事，可每件小事却也耐人回味。

"下马威"

　　1977年是"文革"后第一次恢复高考，入学则已是1978年3月的事儿了。我通过与工厂的交涉，到哈工大来上学已比别人晚了一个月。进教室的第一天，刚好赶上全系数学考试。其实也就是对复习了一个月的高中解析几何的阶段测验。可对于我这个没上过高中的初中生来说（离1977年高考复习又过了快半年），真是来了个"下马威"。无奈，还是咬牙硬着头皮交了卷。两天后，来到小教室，只见中间最后一排我的桌子上放着那张只有二十多分的卷子。打小学习、干活都没这么差劲过和丢过人，恨不得有个地缝钻进去。不过我还是故作镇静地接受了这一现实。这一"下马威"如同禅宗里的"棒喝"，看来此番"修行"非同以往。这虽成了我加倍努力的动力，但是确实也使我的自尊心和自信心大伤元气。直到后来，英语课被免了，电类课程成绩上来了，才让我找回点自信和面子。然而，"棒喝"的作用往往是可以让人感悟一生的。

大学之道

对只上过小学和初中的我来说，刚一迈进大学之门似乎还真有点找不到北。相比最差的要算是数学了。以前念的是"初等数学"，这回可是"高等数学"了。自从给了个"下马威"之后，只好开始恶补。

第一次听杨克劭老师的数学课便有茅塞顿开之感，这也是我上大学印象最深的一课，也可以说是大学的入门课。记得他讲的主题是"学习方法问题"。这不仅是学习数学的方法，可以说也是学习各门功课共同的学习方法。打那儿开始，我学会了如何主动预习、听课、答疑三个环节。除了找老师们答疑，还会找同学们答疑。

我的学习方法由被动转为了主动，开始充分利用各种资源，同宿舍的章沙雁数学就不错，自然少不了找他答疑。同居的各位弟兄更是无人会嘲笑"老大哥"太笨，故而我自然受益匪浅啦。

关于掌握学习方法的理念，不仅贯穿于我在工大的两年半，更延续到后来的研究生学习中。直至日后到研究所主持各类科研项目，无不讲究个方法。杨老师的方法论，真可谓受用终生的"大学之道"。

"豆腐西施"的实在

改革开放初期的哈尔滨，依然是以粗粮为主，也很少能见肉。我是当时的"工薪阶层"，带薪上学，自然也可算是同学中的"有钱人"了。哈尔滨的面包可能受老毛子（指苏联人）的影响，特别好吃，也很有特点。我每次都会买上一大网兜，吃上三五天。每日就面包的则是宿舍墙外卖的豆腐脑了。一毛钱一大碗的豆腐脑十分入味。可最令人难以忘怀的却还是"豆腐西施"们的实在。我有一个李玉和式的手提饭盒（桶），一盒能顶三四碗，一大碗豆腐脑倒进去估计也就一个盒底儿。卖豆腐脑的大姐、大婶们，每次总要给盛上满满一大盒，至少也是多半盒。若不打到半盒以上，她们都好像过意不去。于是，同宿舍里的小哥儿几个一到打豆腐脑时，便说:"Older,借饭盒一用。"久而久之,"豆腐西施"们似乎也感觉到了这帮小小子的"占便宜没够"。最后只好采取一招,把豆腐脑先打在碗里,再将满满的一碗豆腐脑倒入盒中,同时又把头别转过去,免得看了那深不见底儿的"魔盒"又心软。

每晚的"靡靡之音"

哈工大的学习之风恐怕是无校能及的,尤其是77、78级,那股玩命劲儿大有你追我赶争上游的劲头儿。有"两点一线"(教室—宿舍)者和"三点一线"(教室—图书馆—宿舍)者,更有"夜不归宿"(守在教室过夜)者。然而,这"三者"又都是自发自愿的。在这种竞争、强压环境之下,大家几乎没有什么业余生活和放松之机。

只有宿舍熄灯之时,才是一屋人聚齐之时。吹牛、讲故事,成了片刻的休闲时光。我带来了一台学外语用的砖头录音机,在当时自然也算是个稀罕物件,除了给大家放放《英语九百句》和 Essential English 之外,自然也成了"靡靡之音"的播放站。每晚邓丽君的歌曲和经典古典音乐也就成了大家的催眠曲。每到结束之时,韩宗芳往往还会意犹未尽地来上一句:"Older,再来一段。"

与鹤雀齐鸣 同狮虎共舞

哈工大是一所马路式大学,更是一所开放式的大学,可能这也要算是哈工大独到的风格吧。

"和谐"在如今似乎是人们倡导最多的一个口头语了。然而,工大早在当年就可堪称与社会和谐了。我们不仅每日可穿墙而过,喝着"豆腐西施"们的美味豆腐脑,更可与校旁动物园的众多动物相伴。

我每日五点多,便推窗而出(早晨宿舍大门未开,我们住在半地下的把角房间,刚好走此捷径),再穿过院墙(有洞),一溜儿小跑就是动物园了。大概这里是"许进不许出"吧,仅两米多高的院墙,借着土坡几步即可蹿上墙头,然后再飞身跃下了(里面则要有三米多高)。这里的环境实在宜人,于是成了我每日晨练和早读的场所。清晨可以听到孔雀与仙鹤的叫声,时而还会传来几声老虎和狮子的吼叫。在这里读书,常有一种回归大自然的感觉。如今,这里已是面目全非,改成了工大的科学园了,电子测量专业的研究所也搬进来了。心想当年,能与鹤雀齐鸣,于狮虎前施展拳脚，如此相偕与共，何等荣幸，不亦乐乎？

聪明的老鼠

哈工大的宿舍和教室一样特别的高。我们住在半地下，更是高达四五米，我站在上铺，两手还摸不到房顶。这里的老鼠也特别的大，不算尾巴也得小一尺长，透着东北啥都壮。宿舍两个犄角儿的地板上分别有两个洞，一到夜里老鼠便会从洞里钻出来，在老式的木地板上咚咚咚地跑来跑去，很是热闹。

可能是终日与大学生们相伴，宿舍里的老鼠也显得格外聪明。不论是许荣庆偶尔放在学习桌抽屉里的面包，还是马晓明挂在上铺军用挎包里的饼干，那老鼠都能发挥极高超的水平给叼走。久而久之，它们便如入无人之境，大白天趁大家午睡之机也会大摇大摆地在两个洞之间跑来跑去。于是，大家决定打老鼠，可是找不到家什。我便随手用铁丝盘了一个圈形的电网，扣在了一个大洞口上。那老鼠真是鬼灵精，只要电网一通电，便改走另一洞口，一断电仍然在两洞之间流窜，甚是嚣张。似乎这老鼠精对电网的磁场十分敏感。无奈之下，我把电网的接头和接线板拉到了我上铺的床头。睡觉时，时而插上，时而拔开，玩起了虚实变换的节奏战。一日中午，躺下后又插上了电插头。刚迷糊着，只听"咚咚咚——"地响，那节奏被打乱、撞上了电网的老鼠在地板上拼命地翻着跟头。尹显富和韩宗芳立刻冲将上去用脸盆将其扣住，肥硕而狡猾的鼠老弟终被一举拿下。

位居一宿舍西北角，紧邻院墙的半地下室，时有盗贼造访，即便安上了铁丝网，也会被撬开。自打电网捕鼠成功后，电网便开始悄悄地连到了窗外的铁丝网上。从此，里里外外再无鼠老弟们光顾了。

多功能的坐垫

在20世纪70年代末，工大的马路式校园里，每日可见学生在宿舍和教学楼及各教室间匆忙地穿梭着。除了必背的书包之外，还有一样东西，几乎也成了必备之物，那就是坐垫。这也可能是工大当年的又一风景线。在大教室中间的前几排，随时可见一排排色彩、质地各异的坐垫。这垫子功能实在是多，不仅为了坐得舒服些，更是为了保暖，还可以掸土当抹布用。不少同窗为了能在前排听得清、看得清，希望能在大教室里占上一席好位置，于是又将其派发出了"占座"的功用。往往头天晚上便会像早年菜市场排队买菜提前放块砖头一样，以坐垫来预占一席之地。一时此风盛行，也成了教室里占座的潜规则。终于，有一日不知惹恼了哪位早来者，一气之下，只见老师的大讲台上堆满了坐垫，搞得那些占座的晚来者很是尴尬。此后，该风锐减，不过那坐垫还是始终陪伴着大家。

"梅（眉）开二度"

自初中毕业后，至少有十年没有踢足球了。重回操场上体育课自然是很令人兴奋的事，特别是足球这种群体性的运动项目更是使大家各展身手。有一天下午，上体育课踢足球，不知哪位一脚高球从远处开来，我撤身后退，当我正腾身跃起欲用头将球顶出之时，同时有一人比我更猛地快速向后跃起，一头撞在了我的左眼角上，立时"梅开二度"，鲜血顺着眼角淌了下来。我第一反应是，以为又像五六年前在兵团一次房屋倒塌中我跃身躲藏被拍在底下，把左眼角豁开一个口子，以为小眼睛能变大点，这回又有人嫌我眼小再来一下。于是用手绢一捂，直奔医务室。到了那儿，便跟大夫说："请帮我用橡皮膏粘一下。"那大夫听了直乐："这哪粘得上呀，最好上医院，因为那是面部的活儿。"洗完后，我才看清是撞在左眉弓上。反正有眉毛呢，破不了相，大夫一算打麻药也还要多一针，于是直接就缝了三针，只可惜"梅开二度"也没能让我小眼睛变大。事隔多年，我却未能想起当年和我"亲密接触"的是谁了。

直达宿舍门口的冰场

地处冰城的哈工大，冬天更有一番独特的景象。在冰上滑冰，对南方的同学来说真是一种奢望。即便是20世纪六七十年代在北京也算是一件时髦的运动。然而在工大，冬天的全部体育课则全都是冰上运动了。在北京，个人通常顶多拥有一双冰鞋，若想换换花样则要按小时租用。对于穷学生来说，也算是奢华之举了。而哈工大冰场的冰路一直泼到了男宿舍的门口。若自己有冰鞋，出门即可滑上了。到了冰场，跑刀、花样刀、球刀可以任你选，任你尽情"享用"。

每年冬天，那直达宿舍门口的冰路则真是一道工大独有的风景线了。

教工宿舍里的酒席

早在20世纪70年代，东北人办事就讲气派，结婚娶媳妇很是热闹，就算穷也不能输了面子。其中，要数哈尔滨最讲究，我赶上看过哈尔滨的一个兵团战友家小院里的婚礼，不仅主持人妙语连珠，酒席也很丰盛。酒席在一个小院里只能摆几桌，所以要分好"几悠"（就是吃饭分"好几拨""好几批"之意）。真是让人感慨。

然而，有一回我到工大教工宿舍串门，刚好赶上办酒席，那才真是叫人大开眼界。那年头，还没条件下馆子，但结婚是终身大事，不可含糊，一定要把街坊四邻都照应到。教工宿舍百十多米的大长走廊，都是对门房间。于是每两家向楼道里推出一张桌子，桌上摆的啥早忘了，可是那一字排开、一眼望不到头的酒席，着实让人印象深刻。这不仅仅体现了重在参与，更领略到了东北人的气派。

怪不得如今走到哪儿都能听到熟悉的东北口音，可能也都源于东北人的这种闯劲和气魄吧。

一辈子书信最多之年

在北邮读研究生期间，都说同班的老冷是读书、搞对象、结婚、生孩子"四不误"。算来自己似乎也差不多，只是周期拉长了一倍。自打上大学开始谈恋爱，直至研究生毕业才完成最后一项。可能这也是同龄人的共同经历吧。

故而工大的两年多，自然也成了一生中两地书信往来最多之年。估计两年多里，往来的信件共有百余封。算一算，除了寒暑假，平均一两周便有一次信件往来。恐怕那时除了学习，看信、写信也已成主要的业余乐趣了。好在年长，又不参加班里活动，同窗也无人拿我取笑打哈哈。据说比我稍小两岁的7752班的同窗江山似也有同等经历和感受，既是同窗学弟们羡慕的对象，偶尔也会被涮一下。

再搭"末班车"

当年，有幸进哈工大求学实在是人生中的一大幸事，也是人生中的一大转折点。对于当初一个年近三十的初中生来说，几乎算是搭上了上大学的"末班车"，所以这期间我也改变了许多。过去一直被认为比较勤奋、脑子也还算好使的我，到了这一新环境里，真有小巫见大巫之感。周边的人学习成绩，真是"一山更比一山高"，学习上那玩命的程度也更是一个赛一个。直至后来，看到我们不到30人的一个班里，考上清华研究生的就有五六个，更感哈工大真是个群英荟萃之地。虽然我和有的同学相差十多岁的年龄，被同窗们称为"老大哥"，但是每位年轻人都是那样勤奋执着，特别是那些来自农村的同学更是加倍地发愤努力，从而改变了自己的人生命运。

我在此之前原本也十分关心政治，在千把人的工厂里还担任过工人理论队伍的学习辅导和专业知识学习的组织者。然而，工大求学的两年多里，我却变成一个完全埋头读书、完全不问窗外事的求学者。几乎没有参加过班里的任何政治活动和学习，也几乎没看过电影。直至要离开哈尔滨前，才去太阳岛留了个影。甚至连当时在哈工大已是党委委员的兵团战友也未能相认，直到要离开工大时，才去相见叙旧。这种180°的转弯，竟然来得如此之快，且顺畅自然，甚至未容有任何思考。好在校风学风甚强，尽管班里几乎都是党团员，但是班头儿和系办的老师们却都十分宽容和关照，从未对我有任何为难之举。

在此温床环境之下，使我又滋生再搭"末班车"——考研之奢望与梦想。

其实，也是被同窗们的学习精神所感染并产生了压力。心想，若再等两年后，一个比一个聪明的兄弟们都毕业了，哪儿还有我这"老大哥"的戏和份呀。于是，我享受了在工大流窜于不同年级、不同专业教室里听课学习的乐趣。记得一学期听课可达九门以上。由于本专业当年不招研究生，原本想报"通先生"（张乃通）的研究生，不料似乎他已有中意弟子。故又改奔雷达专业的曹先生（曹志道）的门下。久闻曹先生性情古怪，对学生要求十分严格。后经彭老师介绍，曹先生在他家给我做了多次认真的指点和辅导。1980年工大总共只招80名研究生，各项都够分的却仅有40名，我侥幸落入其中。不巧，曹先生要以学者身份出国进修。我则在家里人的鼓动下，趁机溜回了北京，转搭上了北京邮电学院研究生的"末班车"。由此走上了电视专业之路，此也可谓又一转折点。否则，人生之路可能又要改写。

工大两年多的求学生涯终究也算是一生中最重要的一个转折点，对我的一生可谓是短暂而具有重大影响的时光。其间的重大事情似乎想不起什么了，然而，生活中的点点滴滴却依然记忆犹新。

2009年8月3日

77921　孟祥林

读大学期间糗事二则

自不量力

入学的时候年龄偏小，再加上自己不善于记住陌生人的面孔，所以一直想不起来我报到时是谁接我到电机楼四楼的大教室宿舍的。但是有一件事情牢牢地留在了记忆中：报到的第二天早上，约了现在已经是哈工大著名教授的武高辉晨跑。后来向武教授求证，为什么我报到的第二天是约他一起晨跑而不是约的别人？他说："你这个小老弟怎么忘了是我把你接到电机楼四楼大宿舍的啦！"这倒是合情合理的，否则没法解释。

话说在中学，自认也是个好学生。否则也不可能刚读完九年一贯制的高中就稀里糊涂考上哈工大了。既然是好学生，各项活动都必是积极参加的。然而天生不是搞文体的料，各种体育项目都好像与自己的胳膊腿不协调，唯有长跑一项还自认为能坚持，尽管每次都会跑得气喘吁吁的，也没想是自己的肺活量根本就小得可怜。

获得过数届校运动会十项全能冠军的武高辉同学在标枪比赛当中

于是，报到的当天就约了武高辉第二天早起跑步，尽管第二天早上起床看到下雪了，我们依然如约。武高辉看着就比我瘦，还比我年长六七岁，我怎么也不会想到这一天早上跑得我狼狈至极，而他则如同雪中漫步，以至于从那次以后再没有约过他跑步——他可是以后连续数届的全校十项全能冠军啊！我竟然无意当中参与了他的入学第一次晨跑，荣幸之至！

自以为是

1979年暑假，也就是大学二年级的暑假，我和潘杰与北京的三位同学相约到首都北京游玩。潘杰老家是重庆，回家路过北京。我是在北京有一门不算远的亲戚，去北京玩可以住在亲戚家，一切都以省钱为原则。去北京先到北戴河，那是到现在为止本人唯一一次在北戴河游玩，尽管现在到北戴河开车只要三个小时，但再也没去过。在北戴河，本人第一次认识了"知了"。见到从树上冷不丁掉下一个核桃大小的黑家伙，浑身一激灵，不知是何物（在黑龙江根本没见过），还是北京的林巧容跑过来喊："哎呀，知了！知了！"说着就拿手指头捅那个黑家伙，弄得它"吱——吱——"乱叫。我吼她："你不怕它咬你啊！"她说小时候都这么玩，知了不咬人，说完自己咯咯咯笑个不停。

从北戴河买站票到北京后，头两天先玩了天安门、北海等，然后到了重头戏——颐和园，安排了一整天的时间。那时候去颐和园可不容易，那是典型的郊区呢。城区就是现在的二环路里面，外面全都是郊区。而我的亲戚家住在邮电学院，距离颐和园最近，于是给我安排了一个艰巨的任务。那时候昆明湖的游船不容易租到，我必须早早地去颐和园租船，然后等待其他四位同学到达。北京的祝东同学告诉我，租上船后就在知春亭等他们就行，我说我不知道知春亭在哪儿啊！他说就是岸边的小岛。好，我记住了。第二天租完船，自己摇着船离开租船坞，放眼找昆明湖岸边的小岛，远远看见一个岛，连接着湖岸，心想那个就是岸边的小岛吧！于是奋力向那个岛划去。

结果是那一天他们四个人一起玩了一天，我一个人守了半天空船。然后我就知道了，那个岛叫南湖岛，那个连接桥叫十七孔桥，而我租船的船坞，它就叫知春亭！唉，如果那时有手机就好了。

现在，当初的五位同学，祝东、林巧容到得克萨斯做邻居去了，潘杰美国中国两边忙，张冉北京南京两地飞，只剩下我自己，每周独自爬到香山好汉坡顶上，望着颐和园里翡翠绿般的昆明湖，以及湖边那一座连着湖心岛的十七孔桥，自叹时不我待，失不再来。

7853 祝龙双

工 大 轶 事

教学楼里的"大宿舍"

1978年刚入学时，由于"文革"期间多年未招生，原来的学生宿舍大都分给了无房的教职工居住，我们这些"文革"后刚恢复高考进来的大学生，就被暂时安排在电机教学楼南侧的教室里住，这就是著名的"大宿舍"！

教室大小不等，里面摆满了上下铺的铁架子床，小的住10~20人，大的住着好几个班的同学，有30~40人。由于生活规律不一样，早起的，晚归的，进进出出，甚是热闹。在家习惯早睡的同学这时就遇到了麻烦，你想睡觉，架不住一起回来的人家不睡，洗脸的、刷牙的、扎着堆聊天的，保不住还有打几把牌的，人声鼎沸熙熙攘攘。好不容易这拨人安静下来了，刚有些睡意，下一拨回来的又是一首锅碗瓢盆交响曲，宿舍里总是静不下来。慢慢地，大家回来得都晚了，生活节奏调整得渐趋一致。尽管如此，这么多人群居，到了夜里，打呼噜的、说梦话的、磨牙的，保不住还有梦游的，此起彼伏，总有故事。那情景也就是我们77、78那两年的学生经历过，回想起来，那么生动有趣，苦中作乐，令人难忘。

住在大教室，印象最深的是与火、水有关的事情。

大教室没有窗帘儿，有天晚上正睡着觉，忽然眼睛被强烈的火光给晃醒了。爬起来一看，楼下窗外不远处火光熊熊，映红了半边天，消防车的警笛响成一片，惊醒的大家被吓得够呛。第二天才知道，是电机楼去二宿舍那条路边上的一排平房"走水"了，据说失火的那家人为了叫醒邻居，自己家的财物都烧光了。这事没过多久又有一处"走水"，是学校有名的外国专家楼失火了。这次火的规模更大，不过好歹靠着隔火的山墙没把整栋楼都烧掉。东北的房子为了保温在房顶都堆了很多锯末，两次火都和烟囱里冒出的火星引燃了楼顶的锯末有关。

水的窘境是大家都经历过的。工大教学楼的厕所当时年久失修，经常是上面滴着楼上厕所漏下的脏水，下面又没有冲厕所的水。大家的生理问题必须在那里解决，上个厕所就跟打仗一样，必须快进快出。我这人并不娇气，下乡时经常担着粪桶给庄稼施肥，从未嫌过脏累，但工大厕所的这番待遇却让我终生难忘——总不能带着一身臭气进教室上课吧！好几十年后的夜里做梦，我还能经常回顾一番。回想起来，真是难为工大保洁的师傅们了。

在教学楼住宿记忆深刻的另一件事，是在学校第二年，有一天我不知哪根筋动了，想把自己的被子晒一下，就把被子抱到主楼塔楼上面最高两层下面的平台上，那里阳光充足又没有人，归我们五系无线电专业实验室所有。我刚把部队发的绿薄被搭到铁丝上，就来了一阵邪风，眼见着我的被子像一个风筝似的就飞出墙去。我那个沮丧呀，首先感觉这次糗大了，楼下广场里那么多同学，看到从天而降的绿被子扑面而来，还不吓得目瞪口呆。如果知道这被子是我的，那我不成全校笑柄了！但马上虚荣被现实替代，笑话还是其次啊，要是被子飞没影了，我这晚上盖什么呀？！要知道那时买衣服都要布票，而且市场上没有成品被子。就算我有布票、有钱，能够买到布和棉套，我还得把它缝成被子才能用不是？问题是我这几天没被子该咋过？在哈尔滨没被子盖就跟没衣服穿差不多。沮丧之余，我踩着凳子爬上围墙，寻找我的被子，目光所及，不光搜遍了主楼广场，甚至眺望到了大直街，到处都未见被子的踪迹，正在奇怪物质不灭定律被推翻了，却惊喜地发现被子被风吹过了墙头之后并没乘风而去，而是落在了墙那边的斜坡上。那斜坡下面就是悬崖似的墙面，至少二十米高。我冒着生命危险翻过墙去，踩着斜坡把被子捡了回来。按现在网上的语言，那真是吓死宝宝了。

伴随着苦涩压力的浪漫回忆

都说大学生活应该是浪漫的，青春就那么一次，男生女生在一起，按现在年轻人的说法，就应该放飞青春。因此，学校的舞会就是非常吸引同学们参加的活动。最让我印象深刻的，是学校有一年在主楼一楼大厅举办的舞会，场面大，地面的大理石又适合跳舞，那么多系和班的同学参加，美好的圆舞曲加上舞蹈，真是令人陶醉。

然而除了这次舞会，跳舞在学校似乎总是和偷偷摸摸联系在一起。那时同学们几乎都不会跳交谊舞，会跳的也都半斤八两，因此想跳舞的以及想学跳舞的同学就只能在各班教室找时间练习。但后来学校似乎有了什么压力，逐渐开始反对举办舞会，对各班自己举办的舞会或舞蹈学习也极力打压，明令不许在教室跳舞，因此搞得各班举行类似活动时就像地下斗争一样。

太阳岛是哈尔滨的骄傲，作为哈工大的学生，几乎每个班在夏季都至少组织一次游览太阳岛的活动，这是在哈尔滨上学的大学生们必不可少的一次青春派对。班里的同学在太阳岛聚会，组织工作虽然不易，但还是十分开心。记得那次活动班里向学校借了手风琴，还有同学带了录音机，在太阳岛聊天，唱歌跳舞。唯一扫兴的是当班里同学刚要跳迪斯科舞时，不知从哪里冒出个岛上工作人员。唉，校内有人管，校外也不安生。那会儿正处于改革开放初期，社会像防贼一样防着年轻人的新娱乐，不过和几年后全国的清除精神污染运动比起来，当时哈尔滨和哈工大也还算是开放，知足吧！

工大的饭

哈工大地处东北，在这里粗粮为主，细粮为辅，四食堂最受人待见的时候，一是吃米饭时，二是吃熘肉段的时候（也有它俩合一块的时候）。每到这两个时间，午饭前拖延下课的老师就成了全体学生的"公敌"。特别是当别的教室传来学生们涌出教室的隆隆脚步声，仍在被迫上课的同学们这会儿看待讲课老师时的目光都不对劲儿，一股股的抱怨会让老师浑身不自在。好不容易等到老师一声下课的"圣旨"，全教室的同学立刻就开始了冲锋，电机楼通向四食堂的道路上，众多人等不顾雪深路滑，和竞走比赛一样争先恐后。这时早已分不出斯文野蛮，淑女绅士，大家目标只有一个，尽快赶到四食堂排在队伍前面。

但到了食堂后，如何排队也是一门学问，除了哪个炊事员打菜速度快、给的量足要心里有数外，对于男生来说还有一点很重要，那就是尽量避免排到女生后面。惨痛的教训是，有时表面上你前面站着一个女生，但她只是先头部队，很快大部队就陆续赶到，嘻嘻哈哈之间一个女生就变成了整整一个班的女生，其后果很可能是，你溜溜盼了一个星期的大米饭和熘肉段，瞪眼儿与你擦肩而过，那份失望和懊悔一定会让你长记性。当然不是所有的女生都如此啊。

东北的大米是我以前从未吃过的好大米，那米香得不就菜都是种享受，可惜，普通同学一个月只有2斤大米，用他们话说"还不够塞牙缝的"。因为我是从部队考来的学员，享受军人的优厚待遇，大米票比别人多一些，因此每当发饭票的时候，就有许多同学来要大米票。由于工大的食堂是按大多数同学的定量来决定每周做大米饭的次数，所以我们大米票多了也不能随时买，基本上是有票无饭，所以送给同学既是善事，也不会让米票浪费掉，于是大家都跟着享受点军人待遇。

在工大有两次的饭让我终生难忘，一次是我别出心裁，想尝尝高粱米饭是啥味道，因为食堂常喝高粱米粥，觉得并不难吃，可是高粱米饭就不是那么回事儿了，那高粱米在嘴里嚼呀嚼呀的，就是不肯走向嗓子眼儿，用一句难以下咽来形容一点儿不为过。就这一次我就再也不想尝试了，想想当时那么多东北人民长年累月地吃高粱米饭，真是深感不易。

另一次是食堂百年不遇，在中午提供了白米粥和油炸果子作为主食，当然还有别的菜。那时的学生食堂，吃饭没有凳子，大家认识不认识的见缝插针围着桌子站一圈。因为难得吃这么一次精品，大家都在细细地品味，正在这当儿，一老兄突然憋不住，一个巨大的喷嚏将满嘴饭菜成扇面状喷到整个桌面上，桌子边的各位顿时鸦雀无声，大家面面相觑，哭笑不得，唉，这饭还能吃不？！

2018年2月27日

7860　尹海洁

还记得 DJS130 吗?

——我的毕业设计

对于 77、78 级大学生来说，计算机绝对是当时的高精尖设备，能用计算机做毕业设计是很多同学的梦想，这个梦想居然在我身上实现了。

我的毕业设计是为镜泊湖发电厂的控制计算机所安装的外存储器编制接口程序。编程对现在的学生是小菜，在 1982 年那可是鲜有人懂的先进技术。

1982 年 3 月份，我们学了一个多月的汇编语言，然后就去镜泊湖发电厂进行毕业实习，同时做毕业设计。当时的汇编语言是直接利用计算机的几个累加器完成计算。人机对话使用穿孔纸带，而且穿孔纸带必须用 ASCII 码，那是 6 位的二进制编码，1=000001；2=000010；3=000011，…至于 A、B、C 以及运算符号都是什么码现在忘记了。我们先是画程序框图，表明运

画程序框图

朝花夕拾 | 115

算或控制的逻辑关系，再根据程序框图用汇编语言写程序，然后到穿孔机上打穿孔纸带，因为一个字母、一个数字或一个符号在穿孔纸带上占一行，所以，一段程序打出的穿孔纸带就是一大盘。因为当时学校只有几台穿孔机，分给学生的机时紧张，一名学生一周只能排一次，2个机时，极其珍贵。上机之前要认真检查纸带上的 ASCII 码是否正确。这就需要把一条程序分写成字母或符号，再把每个字母、数字、符号的 ASCII 码写在旁边，对着纸带一条一条检查。穿孔时要把打下来的像针眼大的小纸片带回来一些，打孔打错的地方要把小纸片粘回去，那可是和绣花差不多的细致活儿。每天检查纸带累得头昏眼花。最懊恼的是检查了多少遍以后，上机还没有通过，那时真有崩溃的感觉。

用计算机进行控制应该是当时镜泊湖发电厂的最先进的技术。所以机房的条件是很好的，记忆中好像是有空调，这在当时可是稀有之物。发电厂的控制主机是当时国产最先进的 DJS130 计算机。计算机的机体相当于现在一个家用冰箱的形状，上有两排数码管，可以显示数字。遗憾的是我当时没有和它合影，这是从网上找来的 DJS130 计算机外形图（下图），右侧台面上那个就是纸带穿孔机。

当时的国产计算机内存均用磁心，像针鼻大小的小磁铁圈中穿过三根极细的铜线。记得一根是充磁的，给电时，磁芯充满磁，即为 1；另一根是退磁的，反向给电，磁芯退磁，此时记录为 0。这样，每个磁芯都成为在 0、1 之间变换的工作单元。第三根是掉电保护用的。每块内存板上焊有 1 024 个磁圈，即我们现在说的 1K 容量（下图）。计算机的内存共有八层，每层有四块这样的内存板。所以，那时的 DJS130 计算机的内存是 32K。现在看来，这内存小得令人震惊了。因为 DJS130 计算机的内存太小了，发电厂给它装了一个 150K 的外存储器。这个外存储器是一个磁鼓，外观看上去是一

DJS130 计算机

DJS130 计算机的磁芯存储内存

个直径约 40 厘米、长近一米半的大圆柱，横放在计算机的后面。我的毕业设计就是编制这个外存储器的接口程序。

发电厂负责控制的工程师姓王，是"文革"前清华大学的毕业生，长得帅气，气质文雅，对我们既温和又耐心。为了让我们看到计算机的内部，特意打开了计算机的后背板，并抽出内存板给我们看。他还讲，为了很好地维护和使用计算机，买计算机后，工厂负责培训，要参观生产过程。他指着我说："内存车间里都是像你这样的小姑娘，每天像纫针一样往磁圈里穿铜线。三十岁以上的人眼就花了，干不了这个工作。"我很喜欢这个王工，但感觉他不快乐，眼神忧郁。我的指导老师告诉我，他的女儿三岁时发烧，打庆大霉素导致药物性耳聋，无法治愈。他也请我们到他家里做过客，见到过他那漂亮可爱的女儿，因聋致哑，无法与人交流。看上去真让人怜惜，很揪心。

镜泊湖发电厂是日本侵略中国时的 1937 年建的，是我国历史上发电年代最早的中型水电厂。日本鬼子战败撤退时要炸毁发电厂，逼着中国工程师安放炸药。工程师告诉日本人，发电厂最重要的是配电盘，便把炸药安放在那里，日本人炸毁了配电设施。其实镜泊湖发电厂最重要的设施是两根庞大的输水管，当时的日本也生产不了，是从德国进口的。如果把输水管炸了，工厂无再生的可能，而配电设施是很容易恢复的。日本战败后发电厂遭到哄抢。后来，进入东北的苏军想把发电厂的设施拆下运往苏联，因不懂技术弄开了水闸，大水淹厂，苏联红军也只能放弃拆设备的行为。1946 年，电厂恢复发电。后来曾任中央党校校长的林枫给电厂题词："劳动者创造光明的世界。"

毕业设计期间在镜泊湖发电厂的招待所住了两个月，伙食差得让我们天天怀念哈工大的食堂（尽管那时工大食堂也很差），唯一感到欣慰的是每天早晨都有黑面馒头。黑面，是用麦子磨面时，没有去掉麦麸子，也有一种说法叫"一撸到底"的面，但好歹是细粮啊！还有玉米面糊糊粥、胡萝卜丁咸菜，两个月没变过。中午最好的菜是豆腐，去晚了就买不到。晚餐与早餐近似。两个月，食堂里没有做过带肉的菜！清汤寡水，让我们对肉充满遐想。一天上午 10 点左右，有人用木板车拉着一头猪朝食堂方向去了，我们几名学生欢呼雀跃，中午早早跑去食堂，没看见预想中的肉不说，连平时有的豆腐也没了，极度的失望让我们感到那天的炖白菜怎么那么难吃？

一天晚上，我和韩璐同学一起去大地里散步，发现了几颗去年秋收时没挖干净落下的葱，我俩挖了两棵带回来。光吃葱不行，就想去小卖店买点酱，却没有卖的。想买点盐，可那时的盐是 2 毛钱一斤，用牛皮纸包成一卷，像一斤挂面那么大，我们不值得为了两棵葱买这么多盐。小卖店的服务员很憨厚，知道我们要吃葱，就送了我们一点散落的盐。回到招待所，我们就把葱蘸盐水当零食吃了，好辣呀！

生活虽然清苦，但也很有乐趣。周日，我们曾经徒步十几里去哈工大的镜泊山庄，看了光美钓鱼亭（刘少奇、王光美曾住过哈工大的镜泊山庄，在他们钓过鱼的地方修了一个小凉亭，大家称其为"光美钓鱼亭"。）因为是枯水期，没有看到镜泊瀑布，当时很是遗憾。但看到了部分湖底裸露出来的岩浆滚动被固化的情形，也很令人震撼。在瀑布的断崖上我们看到了抗联战士写的"镜泊瀑泉唤起午梦酣"，是李兆麟将军的一句诗。大家一起鞠躬，向抗联战士表达敬意。我们还凑钱买了三瓶猪肉罐头，山庄食堂的师傅给了我们一些白面，一点白菜，我们在那自己包了饺子。记得杨建华同学和我比赛，看谁包得快，结果我们两人赛平，记录是一分钟包4个。那顿饺子无比美味，是两个月里唯一一顿有肉的饭啊！每天清晨我们去爬山，山上怪石峥嵘，小溪潺潺，四月天里粉红色的野杜鹃开满山（这种小花的学名叫满山红，当地的人们叫它达达香，也有人说朝鲜人叫它金达莱）。带队的强金龙老师说他爱人喜欢养花，一定会喜欢达达香。他回哈时，我和韩璐特意上山给他挖了两颗，他带回了哈尔滨。后来我曾过问："花养活了吗？"强老师笑着摇了摇头。那大自然中的生灵是要傲霜斗雪的，温室里的花盆不是它的生活场域。

现在回想起来，在哈工大真刀真枪地做毕业设计，让我们受益终生。导师布置课题时我一脸茫然，在导师指导下，用了一个月的时间学汇编语言，到现场去做框图、编程序、调程序，每天忙得不亦乐乎。从对计算机的几乎无知，到最后毕业设计完成，真正学习了如何去完成一项技术工作。应该说，毕业设计既提升了我们的能力，也培养了我们一丝不苟、认真工作的素质，更让我们满怀自信去面对新的生活和工作。

7861 秦锐锋

往 事 7861

    7861 班，电气工程系，微电机专业，共 35 位同学，7 位女生，28 位男生，来自全国 14 个省市，入学时最小年龄 16 岁，最大年龄 31 岁。

教学优先

    每学期，李家宝教务长都要亲自召集各班班长开会，听取来自最基层的本科同学对教学及校园生活的反馈意见。一次有同学反映六系 78 级的"普通物理"教材不如 77 级用的南京工学院的那套教材好用。尤其一些物理定义的语言表述，读起来令人十分费解，还有例题不够经典，习题也不够全面。没过多久，哈工大最资深的物理学教授洪晶副校长便亲自到六系 78 级旁听物理课，还召集部分同学开会，认真地听取了对"普通物理"教材的意见。洪校长边听边记，还询问大家对"引力、电磁力、强相互作用和弱相互作用力是否真正地理解了"。

    六系负责教学的常主任（年纪小的同学背地里都称她为常奶奶），更是对本科生

朝花夕拾 | 119

的教学抓得尤其严格。并为78级的基础课配备了非常优秀的师资，如：讲授数学分析的，是早在20世纪50年代初就任哈工大数学教研室副主任的储钟武老师；讲授电工基础的，是电工教研室主任周长源老师；讲授自动控制的是强文义老师等。

某一学期开学前的周六下午，我去教材科领取全班下学期的教材，正赶上教材科周六下午政治学习，被告知要到周一才能领教材。"可周一就上课了呀！"我争辩着。"你出去吧，我们在政治学习。"教材科的人显得有些不耐烦，把我从教材科赶了出来。上课怎么可以没有教材？当时觉得自己有理，加之年轻气盛，不知天高地厚，于是就找到了校长办公室。张真副校长听明白我的来意，就说"你跟我来吧"。于是带我一起来到教材科。"先发教材，政治学习暂停。"说完张真副校长就转身离开了。"行，真牛。"刚才赶我出去的那位对我说。

名师指教

78级六系入学后的第一堂课是"数学分析"。任课的储钟武老师有意无意地道出了自己是数学泰斗苏步青老先生的学生，与大数学家谷超豪（当时的复旦大学数学系主任，后任复旦副校长）是同学，还参加过华罗庚主办的进修班。听储老师的课真是一种享受，无论多抽象的数学定义，他都能从不同的角度将其表述得清清楚楚。如极限定义的几何表述，导数的几何意义等，既直观、准确，又概念清楚，听后容易理解，记忆深刻。储老师在黑板上的徒手画圆的技能那才是一个绝活儿。画圆时，他把大臂与小臂绷成一条直线，恰似圆规的一条腿，以肩为轴，迅速地在黑板上画一圆周，其圆的首尾绝对连接得天衣无缝，圆度更是可以和圆规作图媲美。

教授普通物理的文广询老师，对教学工作极其认真负责，按教学计划"相对论"的教学安排只有两个学时，但他主动利用课余时间再增加六个学时，并穿插一些当年爱因斯坦的小故事，把抽象的相对论讲得生动活泼。文老师还组织了物理课外兴趣小组，安排小班物理习题课，这些都令大家受益匪浅。文老师讲述的"越简洁的公式，越具有普遍意义"所揭示的物理本质，如爱因斯坦的质能方程式及电磁学中电感的定义——匝数的平方乘以磁导等等，都让人终生受益。普通物理课结束后，班上的同学对文老师仍然是依依不舍。为此我们班还特地与文老师一起召开了座谈会，会上以7861班的名义赠送给文老师一个活页笔记本，班上的每位同学都给文老师写了一页留言放在笔记本中。文老师更是对大家今后的学习和工作提出了十分殷切的期望。

周长源老师的电工基础课讲得深入浅出，再配上其生动的肢体语言，在课堂上极具吸引力和感染力。如解电路矩阵方程时，周老师将其五指张开，先水平，后垂直指向黑板，同时用英文说"Role by Column（行与列相乘）"。这表述实在是再简单、准确、生动、形象不过了。周老师更是强调对基本理论、基本概念的深入理解。如从电能和磁能的本质上去解释为什么电阻在电感电路中对时间常数的影响，与在电容电路中对时间常数的影响是相反的。还有，无论去解多复杂的电路问题，都可以简化为零电压和零电流来迅速验证一下结果是否正确。周老师那简明清晰的理论表述，实用有效的简易方法，都对我们毕业后的实际工作产生了不可估量的影响。

王宗培老师讲授的电机学更是着重去揭示电机学的物理概念及电磁本质。他表述的电机的电磁力并不作用在铁芯槽里面的导体上，而是作用在铁芯的槽壁上。"如果电机通上电，你仍可以用手轻轻地移动其定子槽里的导体，说明此时的载流导体并没有受力。"王老师拇指与食指轻轻地碰在一起，并在空中左右移动的画面，至今仍让人记忆犹新。

点 名

上政治课常有同学缺席，所以老师会不时地在课堂上点名。一次当点到7867班郭红霞同学的名字时，我们班的巩洪强同学正在打瞌睡，加之政治课老师的普通话又不太标准，郭红霞、巩洪强的发音还真有点相似，蒙蒙眬眬中巩洪强觉得是在点自己的名字，就急忙答了声"到"，于是出现了一男一女两人同时答"到"的场面，引起了全系同学哄堂大笑。

春天里来百花香

系里文艺汇演，要求每个班级必须有节目。我们班的文艺人才相对匮乏，为应付差事，就决定组织一个最简单的男声小合唱。歌曲选的是电影《十字街头》的插曲《春天里》。大家跟着"砖头"录放机里的原唱在宿舍里练过两遍，感觉还不错。但离开录放机还是唱不好。于是决定带着录放机上台，跟着原唱录音一起唱。

演出那天，八个男生在台上一字排开，台上只有一个麦克风，站在中间的同学拿着录放机，刚好对着麦克风。表演开始后，在空旷的舞台上，站在两边的同学根本就听不到录放机播放的原唱声音。加之紧张，大家把歌儿唱得越来越快，完全脱离了原唱的节奏。但台下的观众却能清楚地听到原唱与合唱的不同节奏。于是鼓起了倒掌。

当我们的合唱已经结束，幕布已经落下时，录放机里还在播放着"没有钱也得吃碗饭，也得住间房，朗里格儿朗，朗里格儿朗，遇见了一位好姑娘……"场下更是倒掌雷鸣，笑声一片。

一只鞋不见了

夏天，强迫自己从午觉中起床，去上下午课，实在是一种煎熬。一天午睡后，同宿舍的一位同学在睡眼蒙眬中被叫起，一只脚伸进了鞋，又随手从地上拾起了另一只鞋拿在手上，然后，焦急地在地上找来找去，并自言自语地说："噫，那只鞋哪去了？"旁边的同学提醒说："你的手上不是拿着一只鞋吗？"该同学望着自己手上的鞋子答道："是呀，只有这一只。""你的脚上不是也穿着一只吗？"该同学又指指脚："是呀，只有这一只。""把手上的一只再加上脚上的一只不就是两只了吗？"此时，该同学仿佛才从梦境中走出。

恶 作 剧

每年端午节这天，班上总有几个同学一大早就起床，跑步到松花江畔，观日出、采艾蒿，再跑步回学校，吃早餐、上课。一次天还没有亮，大家就在一宿舍门前集合准备出发，这时有人突发奇想，叫上班里每天最晚睡觉的某位同学一起跑步去松花江。大家都知道这纯属恶作剧，因为该同学根本就起不了这么早。没想到，一叫该同学，他马上就穿着双拖鞋出来了。"你们去吧，我还没睡呢！"该同学一边用手揉着眼睛一边说。

Sorry

78级刚入学那会儿，学生宿舍紧张，学校要求哈尔滨市的同学住在家里，当时被称之为走读。为不浪费走读路上的时间，大家通常都利用乘公交车的时间背英文单词。一次由于公交车突然刹车，背单词的同学不小心踩在一大妈的脚上，该同学顺口说声"Sorry",结果大妈以为该同学在骂人,于是恶狠狠地回敬道:"你才臊——蕊儿呐。"

大　姐

金以镭同学是66届高中毕业生,她比班上的多数同学都年长十几岁,大家都亲切地称她为大姐。1977年高考时,大姐的女儿还没满月,所以她与77级失之交臂。1978年大姐以总分400多分的高分考入哈工大微电机专业。早在上海读高中时,大姐就已加入了党组织。入学后,她担任78级学生党支部书记和7861班的生活班长。大姐无论在政治上还是在生活上都给予了班上同学无微不至的关怀。在哈工大学习的四年,不管春夏秋冬,大姐都每天早早地起床,坚持长跑锻炼,并在校运动会上取得了女子800米和1500米两项第一,省大学生运动会上3000米第五名的优异成绩,真正地为班上同学树立了德、智、体全面发展的好榜样。"金以镭是我决定录取的,我就相信她三十多岁的年纪,还有一个孩子,能考出这么好的成绩,一定是不一般。事实证明我是对的。"负责六系教学的常主任多次在会上如是说。

报名去西藏

"班长,我报了名去西藏工作。"王逸同学淡淡地对我说。我为之一愣:"为什么?""锻炼一下自己呗!"他轻松地回答。"那你这几年的电机专业不是白学了吗?到处都可以接受锻炼,为什么非要去西藏?"王逸同学是班上的团支书,我们同住一个宿舍。接下来的几天,我们之间进行过无数次的讨论与争辩。我一直在试图说服他改变主意。"去西藏会把你的专业知识浪费掉的,为什么要做出这么大的牺牲?""我不这么看,如果现在是战争年代,我报名去前线打仗,不幸牺牲了,你能说这是浪费吗?"不久,《光明日报》和《中国青年报》都纷纷报导了"上海籍哈工大毕业生王逸同学,毕业后主动要求去西藏工作"的消息。

快乐时光

多年后,当大家回忆起当年大学生活的美好时光时,记忆最深的并不是刻苦学习所取得的成绩,反而是学习之外的快乐时光。如:

全部用掉班级被评为"校先进班集体"所得的几十元奖金,全班高高兴兴地在一起包饺子庆祝新年。

用几块石头搭个简易的炉灶搞野炊,拉条绳子当球网进行排球比赛的太阳岛之行。

元旦聚餐用脸盆从校食堂买回散装啤酒,拿到宿舍时啤酒已冻上一层薄冰,成为名副其实的冰镇啤酒。

刚刚下过一场大雪,晚自习过后回宿舍的路上,大家一路打着雪仗,互相嬉笑追打……

这一幕幕美好的画面,定格在那青春靓丽的年华,不时地浮现在眼前,引起无限美好的大学时代的回忆。

1980年于哈尔滨太阳岛

7861　金以镭

令人难忘的大学生活

1977年10月份传来消息，高考开始了，而且年龄放宽至1946年以后出生的人。听到这个消息，我非常兴奋，感到国家终于给了我们66届高中毕业生一次考大学的机会。但又一想，我能去参加考试吗？因为当时我正回到上海生孩子，孩子还没满月，孩子怎么办呢？在孩子和考学之间我选择了孩子。于是我与1977年高考失之交臂。时间来到了1978年，3月份又传来消息，66届高中毕业生还可以参加当年的高考。这消息把我的心又激活了，要不要去参加高考？我总觉得一生没参加过高考，总是缺了点什么。但孩子太小，爱人又在部队，孩子怎么办？正在我犹豫不决时，我母亲表示，孩子留在上海，请保姆带，支持我回黑龙江参加高考。于是我于5月底回到了连队，一面工作，一面加紧复习。6月份参加了黑龙江省组织的初考。因复习时间短，刚刚够格进入全国统考。于是每天早起晚睡，除了工作，把所有的时间都放在了复习备考上。又经过一个多月的复习，参加了全国统考。9月份来了录取通知，很幸运考上了哈工大微电机专业。

入学后，我很快发现，班里绝大部分同学都是20世纪60年代出生的小弟弟小妹妹，而我在班里年龄最大。同学们都亲热地叫我"大姐"。面对这一群活泼可爱、充满朝气的弟弟妹妹，由衷地喜欢。于是这一群年龄相差十几岁、来自全国各个省市的学子们开始了四年的学习生涯。

哈工大的学习生活是紧张而充实的。大家都十分珍惜这得来不易的大学生活。据说每逢周末或节假日，其他学校的大部分学生都在唱歌跳舞，而哈工大的大部分学生则在教室学习。每个教室，包括大的阶梯教室都一座难求，人满为患。这种学习风气现在是比较难见的。为了上课时能坐在前排，提高听课效果，大家都早早地用坐垫把位子占好。有些寝室形成了轮流占座的习惯。每天早晨值日的同学就抱着一摞坐垫到教室放好。有一次，上课了到教室一看，位子别人坐了，而坐垫不见了，再一抬头，只见坐垫高高地挂在了日光灯上了，大家一阵哄笑。

班上同学虽说年龄差距大，但非常和谐。班委、团支部经常组织一些活动，丰富大家的学习生活，也常组织一些队参加系或学校组织的比赛。我们班有几位同学乒乓球打得很好，所以系里乒乓球比赛，我们班总能拿名次。每年的秋季运动会是学校的大活动。能参加比赛的，积极报名，代表6系参加比赛并勇夺奖牌。更多的同学则是啦啦队成员，为参赛同学加油。我当时已经30多岁，居然代表6系报名参加了800米、1 500米中长跑项目。我能参加这样的比赛是基于我入学后坚持的每天清晨的跑步运动。由于学习生活紧张，我总感到精力和体力不支。怎么办？于是我萌发了每天坚持跑步、增强体质的想法。在哈工大学习四年，不管春夏秋冬，每天都早早地起床，到校园里、马路边长跑。冰天雪地时有时也想偷懒，但一咬牙也就坚持下来了。由于长期坚持，我的心肺功能得以改善，精力和体力都充沛了，学习效果也显现了。由于平时的锻炼，有了基础，在同学们的推荐下，我代表6系报名参加了中长跑的2个项目，居然还都得了第一名。至今奖品（影集本）我还保留着。现在我70多岁，心肺功能都还可以，这都得益于年轻时候的运动。

说起班级活动，许多同学最津津乐道的是，有一年元旦，班里组织了一次包饺子活动。那年，班级受到学校表彰，并得到了几十元的奖金。这钱怎么花？班委决定组织一次包饺子活动。元旦前，准备工作就开始了。家在哈尔滨的张弘等同学纷纷从家里拿来了饭盆、擀面杖。有的同学负责采购，有的同学负责安排场地，大家忙得不亦乐乎。准备就绪，大家聚在教室里，热火朝天的场面展开了。和面的和面，擀皮的擀皮，包饺子的包饺子，热气腾腾。南方的同学一般都不会包饺子，北方同学自然就是师傅。北方同学笑话南方同学包的饺子是躺着的，站不起来。大家互相打闹、嬉笑，开心极了，一扫平时学习的紧张心情。几十年后当同学们回忆起这件事还总是意犹未尽。当时第一次离开家的同学感叹，原来元旦还可以这样过，真温馨！金雨同学是回族，为此专门为他包清真牛肉馅饺子。因疏忽，忘了为他留白菜，只能放了些大葱，包了纯牛肉馅饺子。这饺子非常好吃，男同学们都去抢一个来尝尝，害得金雨没吃饱。

1980年6月，哈工大庆祝60周年校庆。利用这个机会，班级组织同学们到太阳岛野炊。那时的太阳岛，虽然歌唱得很美，但实际上只有一些小树林，显得有些荒凉。这正是搞野炊的好地方。我们带了红肠、蒜苗、面包等不少食品来到岛上。在树林里找些石头搭了个简易的炉灶，又捡了不少枯树枝当柴火，炉子就弄好了。支上了铁锅，"炊事员"们就忙开了。

切菜的切菜，炒菜的炒菜，干得热火朝天。其余同学则拉了个排球网，开始了排球比赛。虽然条件简陋，但大家玩得非常投入，非常高兴。扣球、拦网照样展开，裁判一丝不苟。啦啦队在旁边为自己队加油，"加油"声不断传向远处，为平时寂静的太阳岛增添了不少生气。我至今还保留着在太阳岛活动的集体照，一张张年轻稚嫩的脸庞，充满了朝气。（如125页旧照片）

岁月如梭，我们77、78级入学已经40年了。当年朝气蓬勃的年轻人转眼就成了中老年人，进入了退休的年龄。哈工大的四年学习生活仍然经常会浮现在眼前，成为美好的回忆。

7863　焦　滨

在哈工大冰球队的时光

　　1978年入学后,看什么都新鲜、好奇,听说要组建工大冰球队,我就去报名了。老师一看我这小体格不太满意,但是在工大会滑冰的人太少,尤其能滑球刀更是少之又少,无奈,凑合接收我了。实际上我只是会滑球刀,没打过冰球,水平跟南方同学比是不错,我是奔着发一副冰刀和有一套印有"哈工大"字样的队服去的。

　　自打有了冰刀以后,我最喜欢的季节就是冬天。每天早晨我都去冰场滑一会儿再洗漱、吃饭、上课,每周六下午就是我的节日,整个下午就在冰场玩,衣服湿透了,晾干再穿,尽管有较浓的捂巴味儿。春天早晨冻冰,白天开化,早晨滑冰的时候经常遇到冰面开裂,或被绊倒,或能踉踉跄跄地躲过,好在是冰场,要是湖面不知能否还有今天。

　　冰球队要组织训练,夏天是体能训练,冬天是冰上训练,我每次都积极参加。队友说了,只要你能坚持,体格一定会变得健壮,我也特别期盼有这一天。但是不知为什么，只是感觉体力是比以前强了，体格并没健壮起来，很失望。现在才醒悟到，是由于那时的伙食不行。因为我总能按时参加训练，而其他一部分队友"耍大牌"，时来时不来，尤其我们班的谭志强，他是队里第一大主力（我当时能进冰球队他还帮我说好话了），还是我们校篮球队、跳高队的队员，因为参与的项目太多不能经常参加我们的训练，老师看我在队里的态度最好，尽管水平不行，还是让我当了队长。就这样，我成了哈工大1978年后的第一任冰球队长。这也符合我们的现状，态度决定一切，水平尚在其次。再比如"友谊第一，比赛第二"。

在哈工大的四年，是我滑冰水平不断提高的四年，我学会了打冰球，还自学了冰球比赛规则。工作后也经常参与各类体育活动，比如滑旱冰、滑雪基本是上去就行。单位同志赞扬我"个子不高，走路挺快，腰板溜直"。

我爱哈工大，他给了我一副冰刀，使我在校四年的春夏秋冬都积极地参与体育运动，奠定了较好的运动基础，强健了体魄，锤炼了意志，也能够以饱满的精神度过四年紧张的学习生活。

遗憾的是，毕业时学校把冰刀收回去了，不然我一定会把它挂到我家最醒目的地方，作为一件十分珍贵和有特殊意义的纪念品永久珍藏。

2018年4月

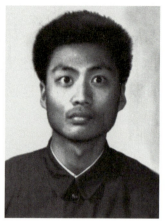

7863　贾　明

尘封的日记

为哈工大 77、78 级相识 40 年聚会，我翻出了当年的日记，选出几篇作为纪念。

1978 年 11 月 3 日　周五

已经进校几天了，我激动的心情一直平静不下来。那天当疲惫的我还沉沉地留在梦乡的时候，火车一声长鸣，把我拉回现实之中。到哈尔滨了？我的心又瞬间激动起来，连日长途奔波的疲劳立刻全无，终于要开始我渴望已久的大学生活了。

我的上学之路可谓充满艰辛。恢复高考的喜讯给了我们极大的鼓舞，我是下乡知青，从那时起，白天春种秋收战天斗地，晚上煤油灯下刻苦复习。乡下艰苦的生活我没有畏惧，土炕上小小的书箱和自制的煤油灯就是我最好的朋友。每夜每夜我的窗纸上的灯光都是亮到很晚、亮到更晚。所有的努力都没有白费，现在我终于推开了我的大学之门。

哈尔滨工业大学，当我看到大楼上那几个大字的时候涌动的心潮难以平静。这就是那个令人神往的大学和科学的殿堂。能来到这里是我梦寐以求的心愿，也是祖国给我的机会。祖国啊！你在等待着我们，积蓄力量，等待着我们，用我们的力量和智慧创造更美好的明天。当我第一次仰望楼顶那高高的五星的时候，心中冲出一个不灭的念头，祖国啊！放心吧！

1979 年 3 月 4 日　周日　阴

有一个很好的身体是很重要的，我也很重视。每天早晨出早操跑步，做课间操，晚上临睡觉还要冷水浴。冷水浴是需要毅力的，哈尔滨的自来水冬天很凉，没点儿毅力真坚持不下来。

今天晚上照例跑步回来。从主楼到一宿舍大概有一里多地，每天走回来太浪费时间，从过年以后，每天我们几个都是跑步回来，这样既锻炼身体又节省时间，一举两得。可是今天却出现了点意外情况。

晚自习过后，我和徐顺法、汤霖一起出来，下了晚自习校园里人多，根本跑不起来。汤霖说咱们跑大直街再拐到宿舍那边。我们三个抱着大书包，跑到大直街上。半夜大直街灯光昏暗，行人稀少，也没汽车，我们就在汽车道撒欢快跑起来。正跑得来劲，忽然听到马路对面几个人冲我们大喊"站住，站住"，莫非碰上劫道的？五六个拿棍子的人跑过来，我们看到他们还戴着红袖标。他们过来不由分说就把我们控制住，我们怎么解释也没用，一直把我们带到派出所。在派出所，我们拿出学生证并解释了原因，他们把我们书包都翻了个底朝天，里面只有书本，他们这才相信了我们是学生。原来，他们看到我们半夜抱着书包急跑，以为我们是梁上君子，就把我们逮过来了。临走警察还说："你们大半夜夹着东西在街上跑，谁看见都会怀疑你们是贼。"

1979 年 5 月 17 日　周四　晴

昨天晚上，当我们还在床上进行睡前讨论时，忽听走廊里一阵跑动，起来一看，是隔壁院子里的专家楼起火了。火光照到我们宿舍，寝室同学瞬间全部出动，拿着盆子奔向火场。可是到了专家楼下，才看到着火的地方原来是楼顶，呼呼的火苗子已经烧起来了。盆子根本用不上。

哈尔滨的房子为了保暖，房顶的隔层里都是锯末，而且顶棚支架都是木头。这一着火就烧得非常厉害。前几天食堂前面的一排平房刚着了一次火，是顶头上饭店引的火，整个一排房架子都烧塌了，几户人家的家当全搭底下了，什么也没抢出来。

楼顶的火烧得噼里啪啦响，还往下掉火渣子。我们准备攀着阳台爬上去，可是早有同学进到三楼火场，在楼上他们喊着，人都撤出去了，几个老人也已经都背出去了。东西只能隔窗子往外扔。我们几个就在楼下把他们扔下来的物品赶紧抱到远处，防止再被掉下的火烧了。楼顶的火已经几丈高了，可楼上的同学们仍然奋不顾身地在着火的三楼房间里穿梭，往外抢扔东西。真是临危不惧，勇敢可敬。后来眼看火苗越烧越高，房顶都快塌了，他们才撤了。我们继续把扔到楼下的被子衣服，书籍细软，箱子柜子等散落的家庭物品从楼后搬移到安全地方，一直忙活了大半夜，一两点才回去。

1981年5月18日　周一　阴

昨天星期日，我系举行了"文革"后第一次系运动会。同学们都非常高兴，几乎所有同学都来助威。

以前班里的氛围不太活跃。还记得一次文艺汇演，系里每个班都出了好几个节目。而我们班就出了一个男声小合唱，连伴奏都没有。我们唱的是"没有吃，没有穿，自有那敌人送上前，没有枪没有炮，敌人给我们造……"那不是唱，就是几个男生在台上哼哼。唱完以后，台下都哄堂大笑，我们在台上非常尴尬地谢幕，以后我们班就落了个"没有吃没有穿"的外号。

为了争回这口气，去年文艺汇演的时候班里就搞了一个小乐队，臧天鹰、焦宾、汪晓兢、范宗琪、季福坤、郭俊翔和我一共七个人。那时都快考试了，我们还刻苦排练。功夫不负有心人，当礼堂里回荡起《马兰花开》《草原牧歌》等优美乐曲的时候，就连我们自己也被陶醉了。

今年4月春季长跑，我们班同学都积极报名，一下就组织了两个队。全校一共107个队参加，由于我们班两个队，二队出发前还和组织人员有点问题交涉，晚出发一会儿。但最终我们班还是获得了优异的成绩。一队全校第5名，二队全校第62名，使我们班士气大振。

这次运动会杨冬莲在前天项目中第一个为班级拿分，女子3 000米长跑第二名。今天是唐降龙男子100米第一名，于红女子100米第一名，杨冬莲女子800米第二名、江晓春第四名，谭志强100米高栏第二名、季福坤第三名，臧天鹰男子1 500米第二名。

于红同学跳高时，钉子鞋把手给扎了个大口子，同学们把她送医院缝了三针。可她缝完针回来就要接着跳，我们再三劝阻才劝住。她并不是为自己争名次，而是要为班集体的荣誉而战。

江晓春同学跑完800米，累得够呛，看她都快走不动了，紧接着就是女子4×100米接力赛。我们班就四个女生，所以班里决定放弃这项比赛。可江晓春一直坚持跑，我们真担心她累坏了，可她硬是坚持跑下来了。还得了第三名，真是可敬。

1981年6月14日　周日　晴

系学生会和团总支联合组织大家去太阳岛联欢。早晨6点出发，7点多到江边，租了三条船，9点多才全部渡过松花江到太阳岛。

昨天我们就开始准备活动的用品，我和张建忠、孙立、张雪龙负责采购食品，转了一下午才搞齐所需物品。今天早晨又都带上，累得够呛。

尹海洁家就住在太阳岛，我们到她家找的锅刀盆等炊具，选了一个幽静的地方，大家一起忙活起来，挖灶埋锅，打水洗菜，热热闹闹一直忙活到1点多钟才吃上午饭。我们有菜有汤还有酒，菜虽然简简单单，但大家都是兴致勃勃，举杯同乐。吃饭不是主要的，我们这群学生干部都来自祖国各地，汇聚到工大，汇聚到六系。平时上课非常紧张，每个人除了学习，还肩负着一堆工作，今天终于有了一个放松的机会。大家都尽情地乐呀！笑呀！唱呀！跳呀！非常兴奋和欢乐！我们还在一起合影留念。

可能是周日的原因，来太阳岛的年轻人也很多，很多是和我们一样戴着校徽的学生，还有一些打着团旗的工人，到这里野炊、打球、联欢。也有不少奇装异服的青年到树林里跳舞，拎着录音机，放着香港歌曲《美酒加咖啡》，他们戴着大金丝边的黄眼镜，那眼镜能遮住半边脸，大家都管他们叫"土华侨"。

1981年11月12日　周四　晴

今天是世界杯亚太区足球预选赛决赛阶段，中国对阵沙特阿拉伯。我们教室和宿舍到处都传出收音机转播的声音，每个收音机旁都围着一群学生。这次比赛可是关键一役，胜了就扫除了出线路上两个最强劲的对手。虽然不能说铁定进军西班牙，但概率会成倍增大。

还记得10月中国3比0赢了科威特的场面。科威特是亚洲足球之王。能够击败它，令所有球迷欣喜若狂。当胜利摆在眼前时，大家简直不敢相信。宿舍的同学疯狂地欢呼跳跃，把脸盆以及能敲响的东西，都拿出来猛敲，宿舍里一片敲打声和欢呼声；然后组成队伍，到大街游行，好几百人从学校走到广播电台再到北方大厦，半夜才回来。

我们学生里90%都是球迷，对于本次中国足球能否出线倍加关心。和沙特阿拉伯这场比赛真是艰难，上半场让人家连进两球，听得我们垂头丧气，眼见得没什么希望了，心里非常不舒服。下半场队员们也是使足了劲，时间不长就扳成二比二平。听到这里，收音机里外都是欢声雷动，瞬间大家希望的火苗又熊熊燃烧起来，竖起耳朵生怕漏掉一个字。3比2！4比2！！！当终场哨声响起时，再也没有人听收音机，也听不见收音机的声音，满走廊里狂吼声、暖壶和瓶子的碎裂声、敲盆子的响声快把房顶子掀了，走廊里满地的碎玻璃。

接着就是上街游行庆祝，我们学校估计有上千人，还有建工学院和其他学校的学生。大家敲着各种器具，点着火把尽情欢呼，庆祝胜利。

1982年8月4日　周三　晴

我们已经毕业了，真不敢相信。四年大学生活就这样结束了？天天生活和学习的校园，一起同窗共读的同学就这样分别了？

我的工作单位也确定了，就要做一个"头戴铝盔走天涯"的石油工人了。

前几天张志敏走的时候十多个同学去送站，大家还是欢欢喜喜的，玩笑连篇，好像不是毕业分别，而是放假回家一样；后来去送杨大姐和许善新，也是一帮人，就有点依依不舍，不知何日再相见的感觉了。尤其是许善新这个小弟，一个人到遥远的061基地去，真是感觉距离非常遥远，相见遥遥无期。

现在我们也告别了学校，踏上了奔赴工作岗位的征程。我们六个同学一起坐车离开哈尔滨,现在已经来到了北戴河。人真多。起风了,海面涌起滔滔白浪,没有下过海的人真是望而生畏。我们几个照样顶着风踏着浪跃入海中。小张和范宗琪趴在筏子上赶浪玩,我和张斌、徐顺法则是顶着海浪游去。大浪像小山一样向我们头顶压下来,只有浪峰过去才能露出头来换口气。即使站立着,当大浪翻卷着轰轰隆隆地砸向我们时,就会冲得我们东倒西歪。游累了我们在沙滩上一起欣赏着大海,一起欢乐畅谈。谈起了学校,谈起了同学,谈起了四年寒窗,谈起了难忘的友谊。这一切一切,这点点滴滴都铭刻在了心里。而未来是什么样子我们还不知道,但我们都相信我们的未来会更加美好。我们望着那深邃的大海,深信未来也可能会像大海一样,有无数惊涛骇浪在等着我们,可我们更像那搏击风暴的海燕无惧风风雨雨,展翅高飞,翱翔在那广阔的蓝天。

7767 孙守礼　7767 马　峰

在哈工大读书时的那些事

汽车开到楼顶上

1977年我国恢复高考了。初考我高分过关,然后是信心满满,发誓要报考中国最好的大学。我问教我政治课的罗兆印老师,全国哪个大学最好?罗老师说:"我看你应该报政法大学。"我说:"我爸爸不让我考文科。"罗老师说:"那你就报哈工大吧。北大、清华数一数二,不过都有文科。哈工大全国第三(他是怎么排的我可不得而知了),还没有文科。中央领导的孩子都上哈工大。串联的时候我去过,汽车都能开到楼顶上。"他的话给予我无限的憧憬、向往。1978年3月,我如愿以偿,进入了哈工大。我仔细观察、认真寻找,怎么也没发现汽车是如何开到楼顶上的。某日,我早早来到学校主楼门前,紧紧盯住每一辆进入校门的汽车(好像一个早上也就一两辆)。秘密终于被我发现了,一辆轿车驶来,到了主楼正门,上了一段斜坡,在门前停下了,下来一个领导模样的人,然后汽车开走了。我实在按捺不住,拉住一个老师便指着汽车问:"那样就算汽车开上楼顶了呀?"那老师愣愣地瞅瞅我,说:"那是雨搭。"我喃喃地自言自语:雨搭?雨搭也不是楼顶上呀(注:建筑图上的名称是"雨棚",地方口语也可叫"雨搭",是混凝土过梁带悬挑板或梁柱的构筑物)!

属舛(chuǎn)

入学不久,一次我问湖北来的陈福明同学:"你多大了?"他回答:"20。"我感到很奇怪,我们一般说虚岁,他至少应该21呀!就问:"你属啥?"他回答:"属舛(chuǎn)"。我怎么也弄不明白,舛是个什么动物?就说:"我们黑龙江就有12种属相,就是12种动物,你们湖北怎么还有属舛(chuǎn)的呢?舛是什么样的呀?"他急得脸都红了,用力地说:"我——属——舛——呐!"得,得,不管舛是什么动物,我都不问了。后来,我问我们班的另一个湖北同学汪群慧,舛是什么?她告诉我:"舛就是狗。"天呐!原来舛是狗!

修孩店,冰棒厂

徐海涛平时总是争分夺秒地学习。某个周日,我上街。徐海涛问我:"你去哪个方向?"我说:"秋林公司。""能帮我点忙吗?"我爽快地答道:"当然可以。"他掏出一张小纸条,告诉我:"你到哈尔滨电影院,对面有个南极冰棒厂,进去不远有个修孩店,帮我把孩子取回来!"我一头雾水、蒙头转向,又问了好久也没弄明白他想让我干啥。最后,海涛叹了一口气说:"嗨,还是我自己去吧!"(注:湖北地方口语称"鞋子"为"hái子","修鞋店"为"修hái店")

写 校 歌

一天,多才多艺的刘志诚同学找我,说学校正在征集校歌。他拿了一首谱了曲的校歌让我看。我说:"对曲子我是一窍不通呀!"他说:"那你就帮我改改词。"我说:"好吧,明天给你。"第二天给了他一首类似七律一样讴歌我们哈工大的韵律诗,之后,我就忘了这件事。过了很久,刘志诚非常高兴地找到我,说:"我们创作的校歌得了全校第二,有证书,还有奖金。"当时就分一半奖金给我,我还就收了。至今想起这件事,心里还隐隐作痛。

看 冰 灯

应该是1979年1月初,她(现在的老伴儿、那时候的对象)高高兴兴地到哈工大来找我,对我说:"听说兆麟公园的冰灯可漂亮了!"处对象好几年了,一次也没带她出去玩儿过。我一咬牙、一跺脚,去。中午在二食堂买了两个大肉包子,我们两个美美地饱餐了一顿,下午3点左右从工大出发奔兆麟公园。时光尚早,我说:"咱们走到火车站吧,能唠嗑,能看景,还能省一毛钱车费!"她同意了。到了火车站,天还没黑,我对她说:"如果我们再溜达到兆麟公园,还是一举三得!"她又高兴地同意了。到了兆麟公园大门口,我通过观察,发现在栅栏外面看,和进到公园里面看的效果没什么太大差别,就和她建议,我们围着兆麟公园的铁栅栏转一圈,既把冰灯看了,又可以节约四毛钱(门票每张两毛),她又高兴地同意了。后来,我们又走回了家(学校)。想想看,我们没花一分钱,潇洒地游了著名的冰灯游园会,享受了青春幸福,这是多么难忘的人生一大壮举啊!

我们寝室那些人

我们大学读书那个年代,一般应该一个班的同学在一个寝室,有的可能是一个系的同学在一个寝室,再或者可能是一个学年的同学在一个寝室。可从1978年下半学期开始,我们寝室的8个人,就跨77、78级两个学年,7767(7772)、7782、78化师、7865、7862等5个班(专业)。分别是:7767(7772)的姜兆华、高良如、高忠杰、马峰(我本人),77832的许达哲,78化师的马嵩(我弟弟),7865的野晓东,7862的臧天鹰。虽然我们寝室也是8个人,可每个人都是特色鲜明、特点突出。姜兆华闷头学习,九头老牛拉不回;高良如一高兴哼上两段黄梅戏,曲调很优美;不爱表达的高忠杰高兴了也是滔滔不绝;我是早睡晚起,逢假必休,主要精力倾注于搞对象;许达哲主要节庆日必上街,喝上两杯才乐呵呵地回来,手舞足蹈像个孩子;弟弟生活最有规律;臧天鹰每晚一曲笛子独奏;野晓东有忙活不完的电器活儿。同寝室的8个人,除我而外,都事业有成。许达哲为人民服务的本领最高,是"封疆大吏";姜兆华成为著名的专家学者;高良如是国企高管;我弟弟虽然没有太伟大的事业,但是培养了两个剑桥大学的高才生儿子,为华人增光添彩……

大顶子山旅游

记得是1979年暑假,贾晓林邀我去大顶子山旅游。说不用花船票,午饭她负责。

我高兴极了，不但我自己去了，还带上了姨妈家的小妹妹。有生以来第一次乘那么大的船，有生以来第一次正儿八经地旅游，有生以来第一次离开哈尔滨走那么远（大约30公里吧）……那印象之深刻，几乎不可磨灭。更不能忘记的是贾晓林的生活经验很丰富。大概是她和裴潮两个人，带了两大饭盒煮挂面，还有鹅蛋什么的。贾晓林让我们吃完鹅蛋别扔，别弄坏了壳，然后用鹅蛋壳当碗用来盛面条。总之，那饭吃得是别开生面、美味香甜，那次旅游更是使我迈向了新的人生。

我们班的六个平

宋坛同学休学以后，我们班有29名同学。就是这29名同学里，就有6个人的名字叫平。有李延平、王福平、阎康平、邓一平、尹鸽平、何平。他们6个人，真不一般，有共同的优点，也有各自的特色，学习成绩都很突出，为人处世又非常讲究。总之，是天之骄子，班级人杰。大概是1980年上半年，系里安排让我结合自身实际，给全系的学生干部讲讲如何做好学生工作，可把我难为坏了。虽然我是系团总支副书记，可基本上除了上传下达什么也不管；虽然我是班级的团支部书记，可我基本上什么也不干。主持会议、组织活动交给刘新保，宣传、鼓动、联络交给汪群慧。我什么也没做，可讲什么呢？后来，我灵机一动计上心来，既然我们班有6个优秀而杰出的平，难不成还有什么可担心的吗？我就把6个平的事迹、6个平的为人、6个平的作风等，横串竖联，展现了6个平的杰出风采。几十个学生干部如醉如痴，完全进入了情景之中，我的演讲受到了他们的热烈欢迎和响应。我更加清楚了，是6个平的卓越成就了我们班干部的工作！

黑鸭子合唱团

那是1979年春，正是基础课收尾、专业基础课刚开之际，同学们学习都很忙，也很累。

有一天，一个消息传来了。说是系里各班要进行歌唱比赛，胜者可参加全校的比赛。至于奖励什么，没说。那个时候，大家也没想什么奖励不奖励的。

接到这个消息，我班福平书记、裴潮班长、马峰团书记这些强势头头，怎能示弱？于是，在班里开始组织练唱，选人。选来选去，也没有太专业的。所谓矬子堆里拔大个，最终选出了我、蒲扬、刘益群、王友去唱男声四重唱。当然，蒲扬、刘益群都很专业，是大个。我和王友就差多了，是地地道道的矬子。

我们练唱的曲目有一首《铃儿响叮当》，其他都不记得了。练来练去，你别说，还真练出点儿样来了。四声部合唱、轮唱，高高低低，错落有致，真有点儿专业的味道。同学们都很满意，也很欣赏。当然，这都是蒲扬的功劳，放在今天他就是编曲、音乐人、歌手、导演集于一身啊！于是，问题就出来了：能唱出这么像样的歌曲，那这个团队也该有个名吧？想来想去，也起不出什么好名。还是蒲扬主意高，一锤定音，就叫"黑鸭子合唱团"吧！于是，这名字就定下来了。于是，全班尽人皆知大家就欢呼，以此当开玩笑、玩幽默的调料了。只是可惜，黑鸭子合唱团得名之日，就是它寿终之时。不久，系里说这次活动取消，这个黑鸭子合唱团也就寿终正寝了。不过，在班里还真给大家唱了几回，反响还不错，可那充其量也只能说是班级水平。以我们当时的士气和信心，参加高级别比赛，鹿死谁手，真未可知。

时光如梭，真快呀。转眼40年过去了。现在想起来，还真为当时的年少轻狂而脸红。不过，再想想，我们收获的是纯真的感情，是温馨的回忆，是同学之间的友谊，自以为，还真是难得的。

35年相聚时的孙守礼

35年相聚时的马峰夫妇

7867　沈晓明

一个懵懂少年的哈工大情缘

1978年，我15岁，还是一个懵懂少年，考入哈尔滨工业大学，开启了新的人生之旅，并从此与哈工大结下了一生的不解情缘。

我清楚地记得那年10月30日，父亲带我搭乘他们单位的运粮汽车离开黑龙江省绥化地区的望奎小城，到省城的哈工大报到。当时已近隆冬的北方，天空不时飘起雪花，不到300公里的路并不好走。颠簸了大半日，到电机楼时已近天黑。接待我们的是王淑芳老师，我操着方言，满口"嗯呐"地回答着老师的各种问话，就这样开始了我的大学生活。

40年后的今天回想起这段经历，很多趣事依然难忘，我从高考报名说起。

望奎一中的宋副校长对我报考哈工大影响颇深，他挂在嘴边的"一清华、二北大、工科院校哈工大"，使我未加思索地填报了第一志愿——哈工大。其实，我更中意的是当时全国有名的中国科技大学少年班，并在高考笔试结束后要求更改第一志愿，但宋校长称没有表格而未能更改。直到后来道别时我发现他的抽屉里有一堆空表，方知他更中意哈工大。

朝花夕拾 | 141

虽然学校没有改成，在当时学科学、当科学家的热烈氛围和杨振宁、李政道、丁肇中等物理学家事迹的影响下，我在哈工大填报的专业是物理师资班。而录取通知书发来时却是电气工程系电化学专业，即7867班。这个专业在30年后，因3C、新能源汽车等行业对电池的需求而大显身手，那是后话。当时我却非常茫然，电化学专业是什么鬼？莫非是因为我化学考了满分？

高考成绩，我5门考了394分，在望奎名列第二，第一名还是个外地知青。作为小屁孩儿的我，未免扬扬自得。入学后方知不值一哂，还没出班呢，就有福建的汪沧海421分、上海的林之浩409分、邻县青冈的孙志文397分、绥棱的张满395分……我不禁傲气顿消。由此想起同系77级某师兄入学后成绩不如人的感叹：想当年在××镇的时候，方圆几十里地，谁不知道我×××啊？！众皆莞尔。至此我才知道哈工大藏龙卧虎。

因为是间断了10年以后恢复的高考，"文革"10年间的各路学子皆有参加，入学年龄及入学前的职业大不相同。我们7867班，最大的唐伦成大哥31周岁，最小的我15岁，年龄差一倍以上。其他班亦是如此，7861班的大姐比老唐还大，7862的葛万成则比我还小一岁。职业上有现役军人，如7851班的杜军等，还有工人、知青、农民、应届生，不一而足。

一想到大学生活需要4年，我的第一反应就是——那么漫长啊！殊不知紧张的学习生活中，时间是以周为计量单位的，过得飞快。后来工作了，发现以月计，依然飞快。现在则是以年为计了，感受到时间流逝的脚步。

入学时还依然是个物质短缺的年代，各种生活必需品定量配给，凭票供应，解决三餐温饱是各色阶层的首要问题。那个时代的历届大学生都真心感谢党、国家和邓小平。没有党和国家的助学金制度，没有邓小平重新开启高考之门，就没有我们上大学的机会与可能，贫寒学子几乎无法完成大学学业。记得学校给我评的是二等助学金，18.5元/月。正是靠这助学金的支持，我可以维持日常三餐，加之家里4年间提供了约600元的生活费，使我得以维系并完成学业。现在几十年下来，社会发展及货币价值早已发生变化，低成本读完大学已无可能。助学金已变更为奖学金，按需抑或奖优，孰优孰劣，恐怕也是见仁见智了。

那时精神消费品更是匮乏，学生们生活单调，亦主动或被动地相对单纯，因而大部分时间和主要精力放在了与书本较劲儿、与知识死磕的学习当中。下课之后，各自习教室依然座无虚席,直至熄灯,甚至宿舍熄灯之后还有就着楼道的微弱灯光看书的,被窝里打电筒看书的也大有人在。我可能年龄小瞌睡重,不喜欢挑灯夜战,因而双眼视力得以保全,直到工作后才因开车戴上了眼镜。

我班学习刻苦者首推孙志文。因徐迟的报告文学让数学家陈景润的事迹家喻户晓,同学们戏称孙志文为孙景润。其他如赵庆君、李虹、张满等亦不遑多让,但反映在成绩上持续稳定领先的肯定是孙志文。刚入学时我成绩尚可,有时还冒泡个化学满分之类的;中期平平,乏善可陈;最后两三个学期相对好些。较意外的是毕业时班里还给评了个优秀毕业生,我想可能是与较高分考取了本校的研究生有关。但若果然如此,是一种资源浪费,应该让毕业后直接出去工作的同学获此殊荣更有意义。

各班同学中总会有些奇异果与妙人。来自林彪元帅故乡的陈珍良(同学们戏称之韩桑林)不喜外出自习,终日高卧寝室,热衷数学问题,花了大量的时间论证费马大数定理并向《数学学报》等杂志投稿并屡败屡战。班长李虹酷爱锻炼,神奇的是在跑完 1 500 米后,他竟然还能报出每分钟 38 下的心跳。更让大家记忆深刻的,则是李虹与郑鑫同学斗嘴,真就一口气喝下了老郑带来的整瓶香油。结果自己肚疼三天不说,害得老郑心疼至少仨月。

另一同学老 B(已仙逝,安息哥哥)的故事不在于他连喝豆浆都要放赵恒庆带来的油泼辣子,也不在他爱诌些诗词卖弄文采,而是在苦追我美女姐姐 N 年未果,眼见得毕业季临近,破指血书,最后陈情。结局嘛,不是王子与公主过上幸福生活的俗套桥段,而是让我见识了美女姐姐无须卖弄的文采——大意是:一位名人曾说过,真正的爱情是从第一次心跳开始的。可是我见到你这么多年压根儿就没心跳过……

来自山西大同的陈广义因暗恋 62 班的美女姐姐不能自持而怅然退学,不知所终。来自巴彦兴隆镇干过装卸工的李常民胖且壮,11 月份的哈尔滨他还常穿一月白背心(真的只是背心)在校园晃来晃去。我谓之各向同性,他问何意,我说各向同性的物体地球人都知道的,球体嘛!遭追打,但他"李球"的名号就此落下,成为同学们众口相传的称谓,本名反而少有人记得了。

我的糗事 N 多,比如给 60 班的美女+歌星姐姐写情书而被女生宿舍朗读,将写在报纸上的毛笔字交给刘国超老师要求当作品参加书法展览等。

虽说往事如烟,偶尔想起,却恍如昨日。怀念大学本科的倥偬和青葱岁月。

再之后,我读研深造,前缘再续,与哈工大终有不解情缘。

77831　李晋年

工 大 轶 事
——体育篇

1978年3月，我脱下沾着油污的工装，告别了工作5年的工厂，北上朝觐哈工大殿堂。工大连续12年的学生"四阶梯"生涯，是我人生中最美好、最珍惜的一段历程，往事记忆犹新，历历在目，下面我就从自己当年钟爱的体育说起。

跳高垫子

1978年的哈工大，历经磨难，南迁后北返，百废待兴，学习生活条件自然艰苦，那时工大体育设施之落后，更令人唏嘘。

入学后不久，学校召开新生田径运动会，到了赛场，现实令我震惊：偌大一个哈工大，居然没有背跃式跳高所必备的海绵垫子！在场的老师与我均很无奈，比赛只好敷衍了事。随后5月的全校运动会上，还是没有垫子，依旧望杆兴叹。

为备战当年6月的省高校运动会，体育教研室谭学儒主任与我的跳高教练高士廉老师伤透了脑筋：马上采购无预算，求助兄弟院校，涉及利益，非但垫子借不到，连场地借训都困难。两位老师费尽周折,最后总算落实到哈师大体育系的场地,于是每逢赛前训练日的下午,高老师骑车,我一路小跑,出征师大。

初次到师大训练的情形有点窘,体育系的老师与学生个个服装新潮靓丽,趾高气扬,工大人一比就相形见绌了,着实有些寒酸。小寒酸是身着工大"文革"前的褪色旧衫的我,面对号称专业级水平的师大靓哥儿,让人感觉工大业余队不知深浅来"凑热闹",近乎自取其辱;大寒酸就是工大的"穷"了,连个跳高垫子也没有,竟远道上门蹭训,可谓"盛名难副"。虽然对方表面还算客气,但明显流露出对"老土"工大人的不屑。师大同意借训的条件很苛刻,一是不允许我们单独使用跳高场地,只能和体育系学生合练,遇上人家上力量课,我们也不能进场;二是不能影响师大学生的训练,这意味着我们不可以有自己的训练计划,不能独立要求横杆高度,只能跟随体育系专业级运动员的高度节拍,如果你技不如人,就立遭淘汰。

首次训练课,不知是否故意,起跳高度并不低,已离开田径场5年的我,初始高度试跳就接连失败,被晾在一边"观战",冷眼之下十分尴尬。高老师见我难堪,连忙好言劝慰,那一刻我心中五味杂陈,还有一丝悲哀,"家贫人必受欺"!

师大返程步行需要半个多小时,夜色茫茫,饥肠辘辘,独行路上,形单影只,不免阵阵凄凉。食堂早关了,同学帮忙打的饭已冰冷,训练后常常身心疲惫,虽然饥渴,却茶饭懒咽,又顾着学习,压力山大。一次训练暮归,西门口遇到体育教研室赖主任和教务处芮处长,说到了跳高组训练条件之艰苦与窘境。领导们先是不语,尔后悲愤:堂堂工大竟沦落到如此地步!此等奇耻,一定要告知校长,一定要解决!还安慰我,说我为学校"受委屈"了。

好在我的跳高成绩恢复很快,后期与师大体育系跳高专项学生相比成绩也不分伯仲,教学比赛时竟胜多负少。师大老师也时常赞许:到底是工大的学生,甚至还一度动员我转修体育,我含笑婉拒。

年底,学校一次就买了两组垫子,彻底改变了训练条件。人员也扩充了,78级的华林学弟加盟,跳高组如虎添翼。我的跳高校外训练经历,被体育教研室的老师们谈论了好多年。几度望杆兴叹,堪称那个时代学生运动员的"奇葩"境遇,也是

工大体育兴衰的一个掠影。

关 爱

工大校领导对学生运动员特别爱护。1978年6月，我首次参加省高校运动会。跳高比赛预定下午1:30分开赛，可我舍不得错过下午1:00傅怀存教授非常精彩的英文快班课，便向高士廉老师请假，先请人代我检录，并连续申请免跳，维持参赛资格，我则先上一小节课，1:45离校，2:30进场比赛。高老师有些踌躇，但还是勉强同意了。当日课间小休，我匆匆离开课堂，刚出电机楼门，忽见高老师笑盈盈地迎着我，更令我吃惊的是，他径直领我上了一辆伏尔加轿车，直奔赛场。高老师告诉我："这是刘德本校长的专车，校长都在给你加油了！"我受宠若惊，竟一时无语，只能暗自用心，尽全力参加比赛。在校长与"专车"的激励下，我一举拿下省高校跳高冠军，随后又拿了三级跳远冠军和跳远亚军，为工大赢得了19分。那一年的工大田径男女团体总分为76分，输给了师大。这是我记忆中唯一的一次屈居第二，随着78级队友们的加盟，以后的10年中，工大田径均是全省团体冠军。

事后得知，当日中午刘德本校长等领导去看望学生运动员，偶然知道了我对学习与比赛的安排，不禁感叹道："这就是77级学生！"当即派车来接我，还捎来对我的鼓励。20世纪70年代的中国，轿车还十分稀罕，一个学生居然坐着校长的专车去比赛，很是风光，校内外队友们羡慕不已。此事随即在师生中传开，大家赞许有加，也成为刘校长关爱学生的一段佳话。如今老校长虽已作古，但每当想起此事，总能引起我对老校长的绵绵思念。

篮 球 队

入学一周，我参加了新老生篮球对抗赛，之后就入选了校队，进入第一阵容，一打就是10年。那个年代学校业余文体生活贫乏，篮球运动很受欢迎，每逢比赛观众很多，不仅有学生，还有教工与家属、小孩，赛场气氛总是很热烈，就是去校外比赛，也有自家观众相随，很是给力。球队的几个队友在学校也自然成了"星星"，结伴走在校园，颇引人关注，也不乏所谓粉丝，弟兄们的感觉甚好。

工大男篮省内高校联赛的成绩很好，十年里我们至少拿过8个省高校冠军，但在全国联赛中表现一般，总是在大区联赛预赛时就折戟而归，从未进入决赛圈。事实上，这和纯朴的工大人谨慎的心态有关，面对二本院校特招的退役专业运动员的大区对手球队，工大纯学生兵屡战屡败也自在情理之中。1984年后管理学院陆续招收了一批航天五院的高水平学员,球队水平才明显有了提升。

工大校内篮球联赛有个传统,为选拔新人,各队必须保持至少有一名新生下场比赛。我在工大学龄虽长,却3次以新生资格下场比赛。1984年联赛时机械系队遭对手投诉,置疑违反新生规则,系队的学弟们骄傲地应诉,得意而归。

工大篮球队的训练条件比田径队稍好,有专用的体育馆,但设施却较落伍。馆内是水磨石硬地面,容易导致持续跳跃的运动员下肢损伤,一旦身体失去平衡摔倒,硬地面对运动员的伤害更大,队友们摔成轻微脑震荡是常事,但大家仍然练得很认真、很努力、很开心。

除了田径队与篮球队,我还客串过校足球队的守门员参加省高校足球联赛,也是校研究生桥牌队队员。哈尔滨的冬天很美,冬季里除了滑冰,我还时常随校游泳队去游泳馆训练。寒暑假经常是各项赛事连连,不得空闲,工大10年体育生涯,可谓丰富多彩。

破 纪 录

径赛场上,我的专项跳高比赛时间最长,在最后关头破纪录时更常有大喇叭广播助阵,很吸引大家的眼球,使我在学校的知名度大增,很多外系同学都是通过观看校运会跳高比赛知道了我。工大校田径运动会有一项特殊奖励,破校纪录者另加10分。1978年,我在省运会将校学生男子跳高纪录由1米72提至1米75,之后为了替系里多挣这10分,无论在校运会,还是在省大运会比赛,我每年的成绩都是破跳高纪录1厘米后见好就收,从而在校运会连续5年打破跳高校纪录,也蝉联了5年省大运会跳高冠军,直到1982年参加全国大运会,将成绩一跃提升至1米85才作罢。

首届全国大运会

1982年4月,我在选拔赛胜出,入选黑龙江省大学生田径队,备战第一届全国大学生运动会,还被任为队长。全队限20人,男女各半。省队5月初离校到哈体院集训,同时省高教局发文,给予全体学生队员考试豁免,但研究生未提及。校研究生处据此对我免考态度暧昧,代表团团长与领队有些着急,要求执行免考。我那时刚读研一,十分渴望学知识，对考试并不介意。为化解矛盾，我对两方领导表态，自愿参加考试，责任自负。那一阶段集训，我白天训练，晚上读书，日子也很充实，赛后回校几门补试也无悬念地通过了。首届全国大运会田径比赛在北京钢院举行，我奋力一跳，取得第八名，名次虽然靠后，但也算榜上有名，获一块奖牌，为黑龙江省队赢得1分。比赛中得知，首届大运会乙组（普通学生组）中研究生运动员不足10人，而我竟然是比赛中唯一一名进入前八的研究生，戏言之，是首位在全国大学生运动会获得名次与奖牌的研究生运动员。

国家级先进

1978年12月底，我们班喜从天降，哈工大77831班团支部被团中央、教育部、国家体委、卫生部等国家六部委联合授予"全国体育卫生先进集体"荣誉称号，我恰好一直担任班里的团支部书记，还是校团委委员。荣誉来得很突然，班上的同学包括我自己都很惊讶。几年后校团委的同志告诉我，学校之所以向上级推荐我们团支部，与校领导关注我这个优秀运动员团支书不无关系。如今，那面锦旗静静地挂在工大校史馆里，锦旗背面，留有班上31名同学毕业离校时的签名。同学们偶返工大，都愿意去看上一眼，它记录了我们在工大时的风云岁月。

殊　荣

最让我感动的是，1987年我获得博士学位前夕，工大赐予我的一个惊喜。经校长办公会决议，学校专门发文，授予我和陈国祥"哈工大优秀运动员"光荣称号，以表彰我们对工大体育10年的贡献，也是对我工大10年体育生涯的充分肯定。校运会上，杨士勤校长亲自向我颁发了嘉奖状。校办的老师戏谑：这在工大史上空前绝后，当年举重世界冠军陈镜开在校时也没有这待遇。我惶恐不已，空前不敢当，但愿不要绝后。从那时起又过了30年，听说类似的校级体育殊荣还未再颁发，虽然其间许多国家级大腕运动员学生进入过工大学习。

在工大10年体育征战中，我受过伤，也小流过几滴血，学习上耽误的时间就更多了，只能"堤内损失堤外补"，自己多努力。其实工大所有学生运动员在校期间都很辛苦，一面学习，一面训练比赛，付出远多于其他同学，他们勇于克己奉献，为学校争得荣誉，值得敬佩。

40年光阴流淌，我们对母校情感依旧。哈工大，改变了我们那一代激扬青年的命运，也留存着我们对逝去的青春之缅怀……

77921 张林波

再 回 首

向 往

  当我还没有课桌高的时候，就知道并记住了她的名字，就对她充满了憧憬。我还知道，只有努力学习，才是接近她的唯一途径。上学了，尽管赶上了"上学就罢课"的年代，可由于我心中充满了对她的向往，所以，不顾别人的嘲笑，我依然努力地学习。中学毕业了，尽管心有不甘，尽管仍思念着心中的她，但我还是和同时代的青年人一样，走上了"毕业就下乡"的道路。两年以后，我被招工回城，当上了一名钢铁工人。两年多的农村生活和一年多工人学徒生涯，使我与心中的她渐行渐远。

  就在我依然情有所思，但面对现实，不得不认命的时候，一个个子不高的伟人，竟然给了我一个凭自己的本事考心目中大学的机会！于是，我郑重其事地写下了她的芳名——哈尔滨工业大学。多么美好，多么辉煌的名字啊！尽管我当时只有23岁，可是我单相思她至少有18年了！

朝花夕拾 | 149

大学生活

1978年的春天，我来到哈工大，开始了大学生涯。刚刚入学，哈尔滨就用一场大雪来欢迎我们。透过皑皑白雪，我分明看到了我们个人和祖国的春天。

大学生活的衣食住行还历历在目。

先说吃吧，我每个月大约要用35斤的粮票去食堂换成饭票，每个月有12斤细粮票，其余的都是粗粮票。细粮是2斤大米、10斤白面，其余的20多斤就是玉米面发糕等粗粮了。菜很便宜，素菜大约是0.15元一份，荤菜大约0.30元一份。最贵的菜，好像是滑熘肉片，0.45元一份。同学们都很简朴，一般每月的生活费不足20元。要知道，除了伙食费之外，还要有牙膏、肥皂之类的生活日用品等等。那时，如果你想要买一本1元以上的书，那就要仔细地盘算一下本月的生活费了。记得我曾经买了一本5元多的《现代高级英汉双解词典》，那整整一个学期我都没钱吃荤菜！

再说住宿，我们男生住在一宿舍，一间不足20平方米的宿舍里住10个人。现在的学生可能认为人太多太拥挤了，可我告诉你，这已经是大大改善后的条件了。我们刚入校时，曾经是全班男生（20人）一起住在电机楼的一间教室里。

看到这样的伙食和住宿条件，现在的同学们，可能会叫苦连天、怨声载道了吧！可当时的我们却没有半点抱怨。首先，这是当时已经百废待兴的学校乃至社会能给我们创造的最好条件了。更何况对于我们来说，能够有一个静下心来、努力学习的机会，就是我们朝思暮想的最大心愿。现在有了这样的机会，感谢还来不及呢，大家都在一心向学，埋头苦读。

说说学习吧，那时的我们确实学到了废寝忘食的程度。

镜头1：晚上的阶梯大教室里灯火辉煌，坐满了学习的同学。除了翻书和写字的声音，没有其他的声音。突然灯灭了。嗡的一声，大家抬起头来，这时，灯又亮了，一个慈祥的老师站在讲台上说道："同学们，现在已经是10点了，到了该熄灯的时间。大家收拾好东西，马上回宿舍，5分钟后，这里将关灯。"

镜头2：在食堂打饭的窗口，正常时是要排队的。人少时，排3~5人；最多时有10多个人吧，其实也就是几分钟的事。但是，有些排队的同学，既不说笑打闹，也不注意前面小黑板上的饭、菜谱，而是直直地盯着某一个方向，口中竟喃喃有词，还不时地拿出一张纸条来看看。轮到他们打饭了，他们却慌里慌张的，不知道要买什么菜。看到他们手忙脚乱、结结巴巴的样子，周围的同学们竟没有笑的。因为，大家都知道，他们一定是在背英语单词。

镜头 3： 中秋节，学生会组织了一场灯谜大会，在教学主楼一、二楼大堂和走廊里挂满了写着谜语的纸条。几个站点还有一些拼图、残局等游戏，答对者可以得到一定的奖品。我去转了一圈，收获颇丰。我兴冲冲地跑向教室（大学三年级以后，每个班级有了一个小教室），想向几个要好的同学炫耀一番。但是，打开教室门后，我愣住了，全班同学几乎都在自己的座位上静悄悄地学习。我赶紧悄悄地回到了自己的座位上，打开书……

其实，不仅仅是灯谜晚会，当时，每逢周末，学校教学楼里的电影院总有新电影（当时社会上的电影院放映的电影很少）放映。其中不乏莎士比亚名著、美国影片《可爱的小动物》等等。票价极低（我记得好像是 0.1 元一张票），有时甚至是学生会发下来的免费票。可同学们为了学习，大多选择不看电影。我觉得那段时间，我一定是我们班看电影最多一位。至于学生会组织的舞会（当时，考虑到我们学校女生少，学生会特意联系医科大学等大学的女生，用大客车拉到工大，在食堂举办舞会），更是少有人问津了。记得大学毕业那年，我回老家与几个知青时的老朋友相聚，当他们眉飞色舞地谈起"慢三、快四"的舞步时，我居然一脸的懵懂，被他们嘲笑为喝了一肚子墨水的"土老帽儿"。

以上三个镜头，有废寝的，有忘食的，有弃玩的。可以说，我们那批学生，一个学习，盖过了所有。如果那时你是一名记者，去采访工大的同学们，问："对你来说，最重要的事情是什么？"答："是学习！"再问："其次呢？"再答："还是学习！！"继续问："再次呢？"继续答："还是学习！！！"

除了学习，几乎无它。吃、穿、住、行不在话下。这就是我们的大学生涯。

77922　张英俊

老师，您的教诲我记住了

上大二的时候，我在"电工学"期末考试中得了87分，这让我郁闷了好几天，因为我对这门课是比较有自信的，可偏偏遇上了非常较真的老师。

经过一学期的学习，我们在电工学的领域学到了很多知识，期末考试如期进行。记得当时有一题是画逻辑电路，我顺利地画好逻辑电路，最后将线端连接到三相电源的闸刀开关上，因为觉得电源部分不是重点，随便画画便交了卷。其实是接反了，三相电源接在了闸刀的下方。

当时的成绩划分是：90分以上为优秀，80分以上为良好，60分以上为及格。那个年代，同学们力争上游，以优秀为荣，从来就没有想过60分万岁。考试结束后，我估计拿优秀是不成问题的。成绩出来了，出乎我的意料，居然没有达到优秀线，跳入眼帘的数字是扎心的 87！哪里错了呢？得找老师问个究竟。经了解，老师在开关问题上竟然扣了 7 分！

我不解，这种非重点的问题上何必扣这么多的分；我后悔，线端处标记"接电源"便可，干吗画个闸刀开关惹麻烦！我向老师说明了这里不是重点，扣这么多的分，生生地把我的成绩拉下一个档次。这时，平时上课常面带微笑的老师，非常严肃地对我说："比分数更重要的是安全！这事你要记一辈子！"

我明白了，领悟的不仅是安全问题，还有育人，哈工大的育人！

亲爱的老师，40 年过去了，我没有忘，至今记忆犹新。在几十年的工作与生活中，我常常想起您的教诲，牢记哈工大的校训，并经常给年轻人讲述这个故事，告诫他们做事要严谨。

2018 年 3 月 27 日

7793　姚圣彦

四年大学生活

1977 年是我们终生难忘的年份，这一年我们"和尚班"（没有女生）12 个属相、36 名同学，从厂矿、农村、讲台、天南海北聚到哈工大，一起接受高等教育。这是我们中间绝大部分人之前从不敢想的事情，所以所有的人学习热情空前高涨，是其他任何届大学生无法比拟的。爱因斯坦说过，教育就是当一个人把在学校所学全部忘光之后所剩下的东西。四年里哈工大给我们打下了坚实的知识基础，使我们掌握了获取知识的学习方法，让我们受益终生。四十年过去了，许多往事都已经记不清了，但是还有一些闲杂趣事今天仍然还清楚地记得，供大家闲暇时一笑。

1978 年在哈工大上学时，我们大多数都二十岁左右，正处在长身体的时候，加上当时国家仍然处于计划经济时期，副食品每月按人定量供应，我们同寝室几个志同道合的"吃货"经常在一起交流食堂的见闻和吃的经验。

刚刚入学时，我们在工大的第二学生食堂（简称二灶）用餐。对我来说，这个食堂办得非常好，每天中午饭菜的品种繁多、花样翻新，而且非常可口。当时按计划定量每人每月只有约 30% 细粮和几两肉，所以食堂除了用玉米面蒸的窝窝头非常好吃，还有一种黑面馒头使用粗粮票，也很受同学们欢迎。在当时搞到这些面粉是件很不容易的事情。食堂那个管理员老师还用泔水养了些肥猪，猜想这大概是我们每天都能有肉吃和价格便宜的原因之一吧！那时食堂最便宜的菜只有几分钱一份，节俭的同学每月伙食费可以控制在十块钱左右。后来学校盖了新食堂，我们同二灶一同迁到新址改称四灶。到了新食堂以后，饭菜的花样品种不但更多，就餐环境也有了极大的改善，可以说是锦上添花。时至今日，每当我听到上大学的晚辈们谈论每月伙食费需要数百甚至上千的时候，都会不由自主地想起四灶那个善于经营的管理员老师和给我们做出可口饭菜的师傅们。

记得当时每个星期有一天中午固定是熘肉段和大米饭，非常解馋，其数量有限。这个日子我们几个哥们都牢记在心。如果当天三、四节没有课，食堂打饭时，我们几个保证都排在买饭窗口的前几位；如果三、四节有课，我们就会选离大教室门口最近的座位，一下课立刻冲出教室，走廊没人时就像百米冲刺一样跑一段；遇到有人时，就用竞走的姿势，在众人疑惑的目光中，快速蹿过，哥几个在相视中，还做着鬼脸。几年来，抢熘肉段的操作，除了个别老师压堂外，基本都挺成功。

食堂打饭有四五个窗口，每个窗口打饭的师傅相对固定，其中有一个女孩卖饭算账速度很快，我们都爱排她卖饭的队。不料，半年后发生了个大变化，那女孩通过高考成了我们的学妹，也在这个食堂吃饭。她的改变，同学们都报以钦佩的目光，让人感觉她也是满满的正能量。

我们班有几个特点：一个是没有女同学，是个和尚班；二是什么属相都有，12个属相我们班全了，年龄最大和最小的都属猴。人也是来自许多省份，各种口音都有，有的同学一直到毕业，也没多少改变，讲话必须慢慢说或重复才能听明白。我们宿舍有一个湖北来的同学，长得很精神，大眼睛，长睫毛，唇红齿白像个洋娃娃，讲话地方口音重，人也很腼腆。后来知道他听咱们普通话也不太习惯。他在东北比较喜欢吃炒西葫芦，但他家乡没有，他就不知道叫什么。可能与别人沟通过几次，因为口音别人不懂他讲的是什么，他就也没弄明白。最后临近毕业了，在宿舍里一次闲聊中终于把这事儿搞明白了。我们问他："平时看你在食堂经常吃这个菜，你怎么办？"他说："我在食堂窗口就说'四两一呼噜'，四年就这样也过来了。"

写到这里，我不由得想起我们班的生活委员梁显华同学，那时候需要每个月发粮票，粮票分为粗粮和细粮，细粮又分白面和大米，我们班36人，每月都进行这项工作，又容不得半点差错，当时只觉得他把这项工作做得很出色，却忽略了他的工作量。从来没有听他抱怨过。今天在这里向小梁同学致敬。

当一个团体里的人普遍都感到幸福的时候，一定是有人做出了牺牲。

78942　刘胜栋

我的同桌老高

　　我，来自祖国美丽富饶的北大荒的一个小村庄，距离县城有 70 多里路。小时候去过的最大的大城市就是富锦县城，印象中有一条正大街。街上有家百货商店，还有家照相馆。小时候家母带着几位兄弟姊妹们去照了一次相。上中学后，老师也带着全班同学去照了一次相。家父是地地道道且老实巴交的农民，是最贫最贫的那种，即使再来一次打土豪分田地，也还是贫农。我上大学时，家里已经积欠生产队 2 000 多元，那时可是天文数字啊！

　　老高呢，同样也是来自北大荒，比邻富锦的建三江国营农场。听说来自建三江，马上就有老乡的感觉。可是人家老高原本是来自首都北京的知青啊，那可是见过大世面的人。家庭背景更是杠杠的，父母是人民日报社的。初次印象便是天下大事，没有不知，没有不晓的。

　　老高入学时已经 30 有余了，是班里年龄最大的，也是班里唯一的党代表。理所当然地，班长的重任就重重地砸在了老高的肩上。我呢，17岁，刚刚应届毕业，还是懵懂少年。除了高考前临时背会的几条公式，比城里人能够分得清韭菜和麦苗以外，好像再也不记得还懂啥了。在农村都是牛车马车，很少见过汽车，在工大读书时，最害怕的就是去图书馆要横穿西大直街大马路。

老高个子高高的，有1米80左右，按现在的网络语言来说那就是标准的帅哥。我呢，1米73，属于半残废品系列的。不知道班里咋排的，把我和老高排到同桌，并且坐到了最后一排。40多年了，现在我还在纳闷呢，前面比我个子高的同学还有很多啊。就这样，跟老高一直坐了4年的同桌。

老高是上过山下过乡，走过南闯过北，并且见过大世面的人。在班里敢想敢说更敢骂，执法公平正直，在班里老有威信了。老高金口一开，其他同学就只有听的份儿了。他经常会给同学们讲一些似懂非懂的大道理，毕竟是皇城根儿来的，有时候还会给我们分享一些中央的或者"文革"的内幕消息。我们这些没见过世面的懵懂少年，对老高的一言一行都充满着崇拜，甚至崇拜得五体投地。

每天早晨天不亮，老高总是第一个起床到操场锻炼，跑步、练单双杠、做俯卧撑。我虽然没见过世面，但是朦胧中感觉老高应该是我的楷模。我也从大学一年级开始跟随老高，亦步亦趋，有样学样、早起、跑步、练单双杠、做俯卧撑。刚开始时跑得好辛苦好痛苦，真的跑不动啊。农村人哪有闲得无聊早起跑步这一说啊。老高常常鼓励我慢慢来。他跟我说，离老远就知道后面是我来了。他说跑步是有技巧的，脚落地不能太重，否则伤身体。4年下来，我跑步水平有了很大提高，身体也比入学时强壮了许多。为以后更加繁忙的学习和工作打下了坚实的基础，并养成了锻炼的习惯。快毕业时班里进行万米跑比赛，老高从头到尾都是昂首挺胸跑在最前面。超过老高，想都不用想啦。但是我一直咬牙紧跟在后。最终比赛结果是老高第一我第二。这项成绩让我一直骄傲着，自信着。

在操场上除了跑步，还跟老高学到几招单双杠的技巧和动作。四年下来，胳膊上练出了两块小老鼠肉，肚皮上也练出了几块腹肌。虽然不大，但是有时跟别人秀秀也是很骄傲的。朋友中很多人那些地方都是肥肉或者啥都没有的。这都是托大学4年坚持锻炼的福。

老高是"文革"前的老高三，相对于我们应届生，他更加惜时如金，恨不得立刻把失去的十多年抢回来。晚上自习时总是很晚才回宿舍。即使上课时，也跟我们这些小同学们不一样。他是一边听一边记，还一边思考。我基本上只是听，有时记。记得一次九系全系的力学课，在200多人的大阶梯教室上课。讲课的老师缺少前面基础课老教授们讲课时的熟练、诙谐和旁征博引,课讲得有些枯燥。再加上开始几节课都是牛顿定律之类的力学基础,跟物理课上的力学内容是重复的。同学们大都是心不在焉地听着。老高可不想在这里再次虚度光阴,他要争分夺秒。于是在课堂上,他突然向老师"发难",大声喊这些内容物理课上都学过了,不要再浪费时间重复了。这位老师好像第一次这样难堪,感觉下不了台了,当着200多名同学的面掩面大哭。下课后系领导找老高喝茶,估计是把老高狠狠剋了一顿。这次事件,也给我们这些懵懂少年打开了脑洞,上课不能是只是被动地听和记,课原来还可以这样上啊。

皇城根下长大的首都人民有时讲话会自觉不自觉地流露出著名的京骂,大部分情况下听者都不会在意的。有一次上材料力学课,几位同学争论一个问题,我觉得老高说的不对。我说应该如此如此。估计老高没想到小毛伢子竟敢当众反驳他,立马来了一句京骂。老高啊,你可知道,这句京骂伤人不轻啊,40年过去了,我还记得你京骂时大睁着的三角眼睛哟,并且马上要给你记入史册了。

毕业后各奔东西,那个年代也没有微信之类的联系方式,就断了联系。进入新世纪,到上海去拜访过老高两次。每次去,小区看大门的老头都会问:"你找谁啊?"我说找我同学老高。他说他认识,就是每天跑步的那个。让我瞬间再次敬仰,30多年了,真佩服老高的毅力。在没有老高做楷模的情况下,我早已不再坚持跑步了,当然了,每天还在坚持游泳等其他方式的锻炼。

能够跟老高同桌4年我感到是人生的运气。感恩命运,也感恩时代,让我有一位每天在身旁言传身教的兄长般的同学。在老高的潜移默化下,4年中我学到了一辈子受益不尽的知识。差距如此之大的两个人能够同桌学习,既是时代的巧合,亦是天赐良机。

老高现已年近70,早已退休了。老高夫妇非常和睦,高嫂嫂也非常和蔼可亲。每次去拜访,都像对亲兄弟一样招待。更感欣慰的是看到他们夫妇教子有方,儿子特别争气,学业和事业早已有成。祝福老高和嫂嫂退休生活幸福,健康长寿。

规格严格,功夫到家。老高在做毕业答辩

坐　　垫

78 化师　孙建民

1978年，对于已工作近5年的我应该是一生命运的转折点，因为我考取了哈尔滨工业大学应用化学系化学师资班，圆了我多年的大学梦。我们班有26名同学，来自不同省份，北到黑龙江，南到福建，年龄大的老大哥老大姐都已奔而立之年，而年龄最小的同学才15岁，求知的渴望和热情将我们这些不同地域而且年龄相差悬殊的同学凝聚在一起，形成了一个团结的班集体。同学之间互帮互助，亲如兄弟。

每当回想起难忘的校园生活，眼前总浮现着成群的学生奔走于宿舍、教室、食堂三点一线的场景，当时很有特点的是每人都带着一个坐垫，不论寒冬盛夏，不论上课还是自习，都是随身携带，而且每人的坐垫都各不一样，颜色样式各异，犹如每个人的身份证。我是河北人，虽未到过哈尔滨，但对东北的寒冷还是有心理准备的。来学校报到之前，我特意找出保存多年伴随我整个中学时代的一个坐垫，看到这个坐垫，勾起我对往事的回忆。那是1969年12月，我的家乡开始"复课闹革命"，我刚上初中，教室里的"桌椅"都是用砖和水泥砌起来的，教室里没有取暖设备，坐在水泥椅面上寒冷刺骨，所以每个学生都自备坐垫。我的坐垫是我母亲精心缝制，我清楚记得当时母亲从箱子里翻出一块叠得整整齐齐的黄灰色棉毡，由于使用年久，棉毡很薄且边沿已多处破损，还有几个破洞，母亲说这是父亲当年抗战缴获的战利品，它一直跟随父亲南征北战。棉毡虽薄，但能隔潮防寒，用它做成坐垫比用棉花做的要暖和。从此我有了一个用灰布做外套的棉毡坐垫，伴我中学四年，直到高中毕业。尽管高中毕业后工作多年了，坐垫一直保存完好，这次要到寒冷的哈尔滨去上学，自然想到要带上它。

金秋十月，我提着一个行李箱进入哈工大开始新的学习生活，每天背着装满书的挎包，将坐垫对折插在两个挎包带之间，奔走于阶梯教室、小教室、实验室、食堂、宿舍之间，温暖的坐垫使我能安心地投入到紧张的学习中去，到了寒冷的冬季坐垫更是不可或缺的必需品，随身携带。尽管我小心谨慎地带着坐垫，但在入学第一个冬季一个寒冷的夜晚，我把坐垫丢了，那晚我因身体不适，便早早结束晚自习，独自一人离开教室，当我回到宿舍放下书包时，发现坐垫不见了，我清楚记得走时是带好坐垫的，一定是丢在回宿舍的路上了，我当即原路返回寻找坐垫，昏暗的路灯好像故意为难我，心急的我走在结冻的积雪路上，几次差点滑倒，最终无功而返。丢失坐垫的心情坏透了，因为对我来说那不是一个普通的坐垫，那是寄托父母思念、跟随我多年的心爱之物。返回宿舍后好一阵心情失落，正当我心情沮丧地准备洗漱时，隔壁房间的同学刁克明快步走进来，看着他肩背书包头戴棉帽的样子，一定是刚从自习教室回来还没回寝室，他走到我面前双手一抬说："这是你的坐垫吧？"我眼前一亮，虽然寝室灯光有些暗，但我一眼就认出他手里拿的正是我刚丢失的坐垫，我吃惊地说："怎么在你这里？我正着急呢。"他笑着说："别人捡到的，巧了，我看到了，一猜就是你的，收好吧。"说完转身就走了，我捧着失而复得的坐垫心情久久不能平静，短时间内遭遇的大忧大喜的心理落差使我很晚才入睡，想的最多的就是同学情谊。同窗学习是一种缘分，平日学习生活看似平淡，但当你遇到困难时，同学会伸出援助之手。坐垫事虽小，但它却折射出同学之间厚重的友谊。在以后的日子里，我使用坐垫时更加小心，它一直陪伴我大学毕业，毕业时我将坐垫装箱带回了家。

许多年过去了，经历了异地工作调动、单位分房等变迁，上学时用过的东西一直留在了老家父母那里。有一年回家看望父母，偶尔看到了一些老物件，向母亲提起了我上学时用过的坐垫等物品，母亲说坐垫连同挎包等让易县老家来的人带走了，我一听就明白了。我老家是山区，生活比较贫困，以前老家人经常到我家来，每次都会带走一些衣服等生活用品，尤其是那里的孩子上学条件很艰苦。尽管我心里对曾经用过的东西有点留恋，但想到它们被用到更被需要的地方，心里也就释然了。

洁白的羽毛寄深情

——哈工大 77、78 级羽毛球队简史

78252　许赤婴

序

羽毛球，虽仅数克之重，她所代表的运动项目却蕴含了速度、力量、敏捷、细腻与乐趣种种因素，令我们这些爱好者终其一生不能割舍。她不仅以轻巧的软木托起一束白翎，也稳稳地托起我们在哈工大四年大学生活的特殊记忆。

1978 年，77 与 78 级两千名新生走进了哈尔滨工业大学的校门，开始感受着大学之大。不仅阶梯教室大，连带学生宿舍也大得难以置信。由于"文革"期间工大曾南迁重庆，校内空置的教职员宿舍渐被留守员工占用。待南迁的教职员工返校时无房可住，转而进驻学生宿舍楼。"文革"结束，77 与 78 级相对大量招生，工大就面临了新生无正规宿舍可住的尴尬。于是，教学楼内的教室就成了我们的暂栖之地。可容数十人的大宿舍不但空前绝后，也为这段简史埋下了一个小小伏笔。

（一）

初进学校时，大宿舍总像茶馆般热闹，同学们无所不谈。有讲奇闻轶事的，有好为人师的，那天钻进我富有选择性的耳朵里的是，来自湖南的张永弟曾接受过羽毛球专业训练。这激起了我的好奇心,没想到在冰天雪地的哈尔滨还有可能结识新球友,绝对不可错过。于是,我们相约要切磋一回。

那是78级新生的乒乓球比赛,我是班里领队。比赛开始后,我和张永弟就在体育馆借了两支球拍和一个塑料球,就地开练。

好久没有动拍子了,真是手痒。别看是一副木质老拍子,拍线松得像麻绳,几乎没有弹性,塑料球动不动就卡在拍上;别看是一身厚重的棉衣、棉裤与棉靴,我们却打得别提多投入了。我们的球路很合,无论拉、吊(没有网,也就不计较过网与否)、杀与接杀,两人直打得通身是汗。待到乒乓球比赛的队员们来找失职的领队,我们才肯住手。收了拍子,余光里有个人影在旁边已站了很久。那是一位面色黧黑、稍有点谢顶的男老师,正笑吟吟地看着我们。笑意里似有内容,却不曾有一句话。

乒乓球比赛结束,又看到那位老师,依旧笑得一脸和善。他走过来说:"你的球打得不错呀。"我以为他在说乒乓球,就答:"其实我的球技很差,只能做领队。"他知道我误会了,解释道:"我是说你的羽毛球打得不错。"我暗想,要不是这破拍子破球,打得会更过瘾呢!我谦虚了一下,老师再趋前一步说:"学校准备组建一支羽毛球队,你们有兴趣吗?"在国家版图最北端的冰城哈尔滨,居然还能在学校的赞助下接着打羽毛球。如此正中下怀的好事,何乐而不为?

那天,我记住了这位带南方口音的老师的名字:陈尧胜。

(二)

两周后陈老师找到我,说体育教研室的几位老师想和我们一起练球,一位78级8系的同学也将来助兴。那是我第一次见到卢育奇。那天,几位老师打得很过瘾,我们几位同学虽有所保留,也都尽兴而归。正是这场球直接催生了哈工大新一届羽毛球队。

那天杨青也在场上。因两家父辈在同一单位,进校前我们就已经认识了。我们曾分别在京郊与城内各有球友,现在不但有幸同校同系,更成为羽毛球队友。我一直格外珍惜这段友谊,后来两家的女儿也成为好友,只遗憾她们并没有延续对羽毛球的爱好。

接着迎来了77级6系的蔡曼玲。女队员中,蔡曼玲的基本功是最好的,动作标准,球风稳健,一看便知训练有素。她来自广州,中学师从羽毛球名将马来西亚归侨蔡绍良四年,打下坚实的基础。来到哈工大,转投陈老师名下,延续了又一个四年。于是,羽毛球队的第一批队员名单如下：蔡曼玲、卢育奇、杨青、张永弟、许赤婴。

（三）

后来，我们的羽毛球队不断增添新鲜血液，渐渐壮大。

吴小波，78级5系。与他的相识源于一句北京人典型的口头语。以下是吴小波亲述摘要：

"向毛主席保证"，这是当年北京人表示说话者绝对诚信的底线，可没想到的是，这句当时的流行语还被赋予了一项"交友"的功能，也就是这句话成为我和老许以及咱们羽毛球队结缘的序言。

在学校主楼我向同学放言"向毛主席保证"的时候，恰逢老许路过，问"是北京人吧"，就这样简单，我们认识了。

能到羽毛球队也是偶然，回想起是在学校体育馆参加一次乒乓球比赛时被"星探"老许发现的，当时我在比赛的间隙和同学打了一会儿羽毛球，又是老许走来，先小称赞了一下（要我脑子发热），随即邀约参加羽毛球队。因已经认识老许，又因为自己很喜欢羽毛球，所以就满口答应了。

在羽毛球队我是属于小字辈的，现在想来当时比起年长的队友们来显得稚嫩些。庆幸的是我从大家身上汲取到自己欠缺的许多东西，卢式的幽默，老许的稳重，孟立明的好学，杨青的乐观……

小波身兼羽毛球与足球两队的成员。我曾想当然，一位足球运动员的体力打羽毛球必是富富有余。然而，他的表现有时却让人跌破眼镜。单打训练时，没太久小波就说跑不动了。对偶尔的后场突袭，因体力缘故，竟然创出一种不得已而为之的打法，即我们几个男队员才明白并流传至今的术语：反磋。每到小波不得已而祭出这一看家本领，大家就笑成一团。多年后当我读到，羽毛球的运动量并不下于足球，便深以为然。也由此体会，不同运动项目的节奏与所用的肌肉群截然不同。三十年后再见小波，不但羽毛球爱好坚持不辍，打法还自成一家。他将足球技巧融入羽毛球打法之中，动作真假参半，身形声东击西，出奇制胜之余还为场上带来额外的欢乐。

孟立明，江苏人，来自77级4系，由非正式队员董学义引荐。孟立明留给我的印象，是训练时带一支拍子，脚下像是装了弹簧般一跳一跳地跑进体育馆。多年后，在休斯敦接到一个陌生号码的电话，竟然是孟立明。他20世纪90年代初去加拿大，后迁至美国得克萨斯州的达拉斯。出国后再没有摸过羽毛球拍的他，工作之外好静，静到连相貌也从此定格。

孙健，来自浙江的78级6系同学。高高的个子，同时也是游泳好手。学校的游泳比赛常见他劈波斩浪的身影，特别是在蝶泳中显示的腰腹力量，在羽毛球场上亦体现得非常充分。毕业后，我们在北京的一个工业展览上偶遇。他分到了航天三院，快要结婚了。一切听起来那么顺理成章，毕业了，工作了，也快成家了。祝福他！然而20世纪90年代初，在地球的另一端，一个偶然的机会，因为航天部，因为哈工大，更因为羽毛球，当有人再提起孙健时，竟已是天人永隔。一位身手如此矫健的年轻人，瞬间被失控的钢铁怪兽夺走宝贵的生命，令人痛惜！几年后，来访的卢育奇曾感叹，人这样一个奇妙精微的组合体，一旦因外力破碎成物理、化学意义上的基本单元，任谁也无力把它们再还原成原来意义上的有机生命。斯人已逝，一切均成追忆。怀念孙健！

女队员郭和立，来自贵州，77级6系。印象中她在球场上往返奔跑的身影，好像永远不知疲倦。毕业后，她分回贵州，音讯一断三十年。我在20世纪80年代初曾数度赴贵州出差，常想昔日队友或许就在左近的什么地方工作与生活。

女队员赵卉，北京人，78级1系。赵卉从小体育基础好，入学后在游泳队和羽毛球队的同时召唤下毅然加入我们的团队。她常由陈老师单独指导，而"脚下要动起来"的督促声犹在耳边。时隔三十年，曾经文静寡言的赵卉，如今语锋犀利远远胜过当年的球风。

7825班的张永弟与我同班，湖南人。毕业20年重逢，惊讶出自他生命中的奇迹。张永弟曾患令名医束手无策的重症，不得已而钻研中医为自己开方配药，向痼疾发起挑战。永弟以其悟性与坚毅，数年后终于重回健康人的行列。令人感慨：永远不应轻易放弃，特别是你的希望。入学30年，聚会时有两位迷上羽毛球的同学表示要挑战一下当年校队。我与永弟慨然应战，最终捍卫了球队的荣誉。2014年永弟来访，我们战胜的对手中有一位来自大连理工大学羽毛球队，年仅30岁。

几年训练，卢育奇永远是最认真的，不仅守时且打满全场。每次训练前，他都用锯末把场地拖得光可鉴人。冬季的体育馆空旷寒冷，我们从长衣长裤开始热身，没一会儿就只着短衣短裤了。我俩常在训练的最后十分钟进行一对一的攻防练习，杀与接杀十几拍球不落地，真是痛快淋漓！

1980年观摩国家队训练，掌握了发旋转球。球发过网后即迅速下坠，使对方无从平推或快扑，只能回以高球，我们则迅速下压牢牢掌握主动权。这一战术在双打中屡试不爽，直到 1981 年国际羽联明令禁止使用旋转发球。那年五一节，陈老师组织了一次表演赛，也是我和卢育奇最后一次使用旋转发球并赢得比赛。虽仅是校队，我们仍一丝不苟地遵守国际羽联的规范。听来这段简史似有融入国际羽毛球正史的机会（一笑）。

（四）

当年羽毛球在东三省曲高和寡，黑龙江仅哈工大一所学校有羽毛球队。虽经尝试，终未能促成在高校范围的赛事。于是，陈老师每年都邀请哈尔滨职工羽毛球赛的冠军队与我们进行友谊赛。79 级新生入学后，曾组织过一次羽毛球公开赛，以图选拔新队员。参赛者虽踊跃，却难以选拔出优秀的苗子。最终，卢育奇与郭和立分获男女单打第一名。球队未能扩编，依旧是 77、78 级的原班人马。

转眼四年大学生活结束。临毕业，体育教研室召集各校队话别。会上体育教研室的老师评价是：算上曾代表黑龙江省参加第一届全运会的那一届校羽毛球队，77、78 级羽毛球队是哈工大历史上水平最高的一届校队。如此肯定让我至今引以为自豪。

毕业后，我们曾有过北京的几次小聚与同场挥拍。再后来我、杨青、卢育奇与孟立明先后去国离家，再聚的可能性就变得微乎其微。十几年后我与海外的队友又开始渐渐有了联系。卢育奇来访时，与休斯敦的球友同场切磋。莫小看美国的羽毛球水平，这里有来自东南亚各国以及原英联邦国家的高手。一年一度的休斯敦公开赛，更吸引美国各州包括原马来西亚国家队成员，丹麦排名一百的选手，原中国台湾海军第一名，原斯里兰卡国家队队员，原尼日利亚国家队队员以及来自印度尼西亚、马来西亚、中国香港的业余高手等等不一而足。20 世纪 90 年代，我获公开赛四十岁以上组双打冠军时，搭档虽也姓卢，却非当年卢育奇。

2012 毕业 30 年，除孙健辞世，孟立明暂时失联外，八位队友都积极响应返校再次同场竞技的建议。更难得的是偶然得知，历尽周折遍寻无着的陈尧胜老师，其实就在北京安居。他的健在为我们的聚会增添了额外的喜悦。返校前，全队一同看望了陈老师夫妇，赠一帧当年签名合影并附诗祝陈老师健康长寿：

陈年趣事久珍藏，
老大无须暗悔伤。
师生情谊终难忘，
祝愿更续新篇章。
健体从来国之本，
康乐亦是众所望。
长风又过三十载，
寿翁慈颜笑如常。

本文标题借用了第三届亚洲羽毛球邀请赛歌曲之名,还算专业对口;副标题称简史,则属煞有介事。我们有幸身属77、78级,这个中国教育史上的特殊群体。回首四十年,愿将此文删繁就简与诸位同年分享,以纪念那段年轻的宝贵时光。

在校史留言簿上,记录下全队的一语心声:我们深感荣幸曾为哈工大的一员,亦荣幸曾为哈工大羽毛球队的一员。祝福母校!

哈工大羽毛球队合影——我们曾如此年轻

2012年,毕业30年后返校

今天的我们依然充满活力

告别一宿舍

7825 迟 音

今天，2018年7月31日，微信群里正流传着一个有声影集《献给曾经住过哈工大一舍的同学》。画面随一曲《睡在我上铺的兄弟》渐次展开，一切如此亲切熟悉，就像一夜梦醒从未离开。

然而，入目的另有一行刺眼的注释：哈工大第一公寓1952—2018。今天学生已全部迁出，明天8月1日宿舍将被拆除。惊诧之下不禁暗问，怎么就要拆了呢？

77、78级入学40年聚会在即，然而一个无情的"拆"字就锁定在明天。返校之日，曾经承载我们四年青春记忆的一宿舍将无缘再见。所谓物是人非，岂料更可以是人与物俱非，甚至让人无处凭吊。

慨叹之余，想起一篇随笔旧作。虽只是点滴之忆，却是对一宿舍生活最为真切的怀念。灯下展读，往事如昨……我们的一宿舍。

一宿舍的清晨

上大学的时候，宿舍里有两个值日内容，扫地与打开水。一个宿舍9到10个人，五六个暖水瓶，值日生要保证大家当天开水的饮与用。大概因为锅炉房一天烧两回开水，因此打开水的最佳时间在早晨和下午。值日生的责任重大，时间若赶得不巧，不但要苦排长龙，更难打回高质量的饮用水。当年在工大，烧开水的锅炉不知多少年没有更换了，放出的水常略带棕红色。打回的水用到最后总难免有些沉淀，摇起来还沙沙作响。

近40年过去，一位素未谋面更从不知名的值日生，一直深留在我的记忆中。他必是勤奋的，因为天色未明，他就已经走在打开水的路上了。或许是为了打到最好的开水，或许是为了完成职责好早早去修早自习。总而言之，当大家还在东北黑沉沉凛人的清寒中半梦半醒之际，他的足音伴着铁皮暖壶的吱呀声就已响在走廊的深处了，一步一步由远而近。他带着一个半导体收音机，一边走一边调整着波段。电台频道在沙沙的转换声中渐渐清晰，最终锁定了一个似乎能唤醒所有"梦中人"的歌声：

"军港的夜啊静悄悄，

海浪把战舰轻轻地摇，

……"

于是一个又一个宿舍里沉寂的空气被搅活了，一个又一个半导体收音机打开了，女中音的独唱渐渐变成了异口同声的小合唱。最后不仅收音机在唱着，更汇成了颇具规模的大合唱：

"……

年轻的水兵，头枕着波涛，

睡梦中露出甜美的微笑。

……"

不记得那样的早晨持续了多久,一个渐行渐近的带着吱吱呀呀铁皮暖壶的值日生,每天在天色将明之际走过长长的走廊,用他小巧的半导体收音机透过一扇扇门,唤醒一个个宿舍里沉沉的睡梦。寂静中的每一个人似乎都心照不宣地等待着,等待那歌声,等待着加入合唱的一刻。

也许我的记忆并不很准确,那首歌或许不是《军港之夜》而是另一首当时的流行歌曲,但那并不重要。在我记忆中,一位拎着铁皮暖壶,抱着半导体收音机,不知名的值日生渐行渐远。那歌声却在他的身后一路播撒开来,漫进了每一个宿舍。瞬间整整一条走廊醒了,进而唤醒了整整一幢楼。

于是,一宿舍在歌声中开始了她新的一天。

桃花潭水

7824 蔡 杰

老　　师

我的大学专业是汽轮机，班主任是赵肃铭。赵老师是孤儿，被共产党收留，12岁参加革命。1949年，他成为工农调干生，毕业后留校任教。

赵老师根正苗红。1959年入学的哈工大5924班，被共青团中央立为全国标兵集体，赵老师是那个班的辅导员。班级编号的前两位数是入学的年，后两位是专业代号，2代表二系，4代表汽轮机专业。几年后的哈工大6424班是个受团中央表彰的先进集体，赵老师是班主任。我们这个7824班，是恢复高考后汽轮机专业的第一届学生，赵老师当仁不让地成了我们的班主任。

一年级我是班上的团支书，到期末自己召集改选，说我25岁超龄了该退团，谁也不许再选我。改选后接着开新一届支委会，我列席。我让几位新委员比年龄，然后推举生日排最末的小凌凌当书记。二年级开学，赵老师批评我无组织无纪律，不经请示擅自改选团支部。他命令我改当班长，说我年龄大有义务关照小同学，一番讨价还价后，赵老师答应我只干一年。

三年级，班委会的换届事先得到过系领导的许可，但选举章程是我制定的，普选班委会成员，谁当班长由新班委会决定。我的老战术是让几位班委排年龄，生日最小的秋鸿当班长。

毕业前，赵老师动员大家考研究生，让我带头报考。我说我年龄大学不动了，想回家娶媳妇，他批评我不热爱专业不起好作用。

从入学到毕业，我是孩子王，赵老师是班主任，我俩不合拍。

一次去昆明开会，内容跟大学的专业不搭界，会上遇到赵老师。我说您去年还在教育我们热爱本专业，您自己跑这来干啥。赵老师也改戏了，说再也不当班主任，不跟我们这帮破学生玩了。我和赵老师走近了，但在另一个专业。赵老师脑袋瓜够用，本专业没得说，教学生带出过两个全国模范集体，改行没几年又成了另一领域的学术大佬。

我们教研室主任王仲奇，搞三元流的，全国没几个人能明白。王老师小时候家里穷，当八路的姐姐把他带到部队，在文工团打杂。共产党也办学，一些烈士和军官的子女在那里学文化。姐姐严厉，让弟弟上学弟弟不敢不从。他13岁上小学，上了三年全国解放，学校随部队迁往北京。王老师的叔叔是老红军，说不愿意上学就随他的战友去东北。王老师16岁到了哈尔滨，被叔叔的那位战友丢在共产党刚接管的哈工大预科班学俄语。一年后，仅上过三年小学和一年俄语班的他成了大学生。毕业后留校，26岁时去苏联留学，两年后回国。留学期间，王老师不仅获得了正常情况下四年才能挣到的副博士学位，还与比他大两岁的导师一同获得了苏维埃最高科学奖。

逼他上小学的那位姐姐叫王昆，共产党第一部歌剧《白毛女》中喜儿的原唱，改革开放后中国流行音乐的祖师奶奶。糊弄他去哈尔滨的那位叔叔叫王鹤寿，20世纪80年代中纪委的掌门人。他自己被誉为"红色院士"。音乐家、革命家、科学家，瞧瞧人家这一家子。

王老师仪表了得。上他的课，看着是享受，学进去就是灾难，一条公式他敢在大黑板上写四行。我们学的是工科，但数学的课时快赶上物理专业的倒霉蛋了，临到毕业王老师还在逼我们算算术。看家的专业课中有一门是"汽轮机原理"，120学时，教材是王老师自己编写的，整个一个专业数学课。考完这门，所有专业课结束，我在王老师那本教材扉页上写下感慨：这辈子的试考完了！

我确实不喜欢我的专业，太难了，想换专业学校不准。毕业前来了机会，我们系热工教研室负责全校热工基础课的教学，自己没学生，需要帮手时从其他专业找。选毕业课题，我选了热工马义伟老师的散热器试验，只动手不动脑，这合我的路子。赵老师和王老师不批准，我就耍赖，说："我在大学这几年老乖了，提个人要求就这一次，求您了。"

马老师求当地一家大企业的技工做了个小锅炉，锅炉蒸汽通散热器，在风洞中测量散热器的传热学参数。锅炉和管道撒气漏风，我找来工具自己去修。马老师进实验室，看我拆散一地，跟我急了。我说："您先一边儿凉快去，等我叫您时您再进来。"他嘟嘟囔囔摔门走了。第二天马老师来实验室，看不冒气了，问我找谁帮忙搞好的，我说："本学生当过八年钳工，鼓倒您这破锅炉委屈了我的手艺。"马老师拿来实验室钥匙，往我面前一摔，说："这实验室归你了。"

马老师的徒弟谈和平来实验室和我吵架，我忘记吵架内容，多年后的哈工大能源学院谈院长记得我俩是为了哪条公式翻脸。老谈学问肥，但他别跟我比修锅炉。

我和马老师套上了北京老乡。毕业后，马老师北京出差时找我，动员我考他的研究生。我说不带考试的我就去，考试就算了，我怕。又过了些年，马老师让我读他的博士，说博士考试少，承诺提前透露考试要点。我已经是博士了，怕他怪罪没敢告诉他。

一次学术会议上，几位华人凑一起聊天。听说我曾在哈工大学汽轮机，一位看样子比我大不了多少的伙计，自称哈工大第一任汽轮机教研室主任。我心里嘀咕，吹啥牛呀，我们王仲奇老师才是老大。那伙计叫王乃宁，事后我向王仲奇老师求证，他还真的是王仲奇的大师兄。王乃宁老师杭州人，上海牌教授，斯文，利落，看着年轻。

王乃宁老师折腾了半辈子汽轮机，快50岁了去西德留学，对汽轮机中的两相流测量来了情绪，改行拿了个光学博士。

外 一 则

概率论开课，阶梯教室，78级2系四个班一百多名学生。掐着点儿进来位中年妇女，径直走向讲台，在大黑板上写：自然问题，社会问题。我们起哄，老师您走错门了，我们上的是数学课，不是政治课。

她回过身，眼睛扫了我们一圈："我讲的就是数学。"全震住了。

概率论课程结束考试，闭卷，还是那间大教室。最后一道大题20分，学生说做这道题要查表。老师拿过卷子看了看,确实需要查表。老师说,带书的同学可以打开最后的数据表查一下,不许往前翻。

偷偷往前翻几页,考卷上那道题就是书上的例题!过程和结论一抄,交卷。哈哈。

考试成绩下来了,最后那道大题,凡与教材上结论相同的,全是零分。书上的那道例题做错了,老师给我们挖了个坑,我们栽得心服口服。魔高一尺,道高一丈!

毕业25周年聚会

78251 林 艺

友谊的欢聚

——记7825毕业20周年北京聚会

五月的北京处处春意盎然，7825同学们个个喜笑颜开。阔别20年，哈工大7825同学们终于团聚了！团聚了！！

这是7825同学的历史性盛会，是伟大的聚会，是成功的盛会。

往 事 篇

难忘的1978年，我们怀着灿烂梦想迈进哈工大，相识在校园里。春夏秋冬四载，同窗共友四年，我们在知识的海洋里遨游，我们在感情的空间中起舞，我们在7825的土地上耕耘。同学啊，因为有你，我们的同窗岁月更绚丽多彩，人生时光更纯洁美好。你可曾记得：

春天，我们漫步在美丽的校园里，陶醉于怒放的丁香前；

夏日，我们欢歌在迷人的太阳岛，野餐于参天的古树下；

秋时，我们展姿在热闹的运动场，龙腾于猎猎的彩旗旁；

冬季，我们嬉闹在寒冷的松花江，留影于多姿的冰雕丛。

同学们，我们的友情已如绿水长流，浩然成湖。

20年前，我们带着美好的憧憬走出校门，奔向全国各地。我们立志成才，我们立志推动液压技术向前发展，我们立志为祖国四化建设贡献青春和智慧。我们也渴望建立温馨、幸福的美好家庭。20年来，我们努力着，时而乘风破浪、一帆风顺；时而披荆斩棘、艰难跋涉；时而车到山前寻无路，柳暗花明又一村。如今，共和国的最高奖榜上有我们同学的光辉名字，世界知识产权的宝库中有我们同学的发明专利……我们在各方面取得了数不胜数的辉煌成就。我们都建立了美满幸福的家庭，我们的孩子个个活泼聪明、勤奋好学、令人骄傲。我们都有不平凡的经历，我们对事业、家庭和社会都有不同角度的认识、体会和感慨。我们一直期盼有机会互相了解、共同倾诉。

2000年6月哈工大80周年校庆，22名同学欢聚母校。在哈尔滨同学的盛情下，在母校的喜庆气氛中，伴着友情的集中喷发，同学们沉浸在无限的欢乐之中。同学们盼望更大范围的聚会，集体倡议2002年在北京举办哈工大7825同学大团聚活动。

筹 备 篇

受同学们重托，北京全体同学于2001年1月30日召开了7825同学大聚会首次筹备会。确定于2002年5月国际劳动节放假期间举办大团聚活动，成立了5个人的筹备小组。会后，筹备小组向同学们发出了"给全体7825的函"。直至大会前，共召开3次全体北京同学参加的筹备会和多次筹备小组会或小范围的聚会方案讨论会，共4次向同学们发出征求意见函和聚会通知。筹备进展情况也随时通过电话、E-mail等形式向国内外同学及时通报。几次征求意见，几次讨论方案，几次更改方案。直到同学们到齐了，方案还进行了最后调整，为的是力求最佳效果。

北京的同学们都为办好活动尽责尽力。应该特别指出的是：筹备小组秘书长蒙小苏同学对筹备工作全心投入。每次筹备会后，他总是在第一时间就拿出会议纪要，以各种形式通报同学们，其严谨认真的态度胜似在发射"神舟"飞船；刘宝霞同学担负收集、统计同学们的反馈信息的任务，许多信息朝夕变化，许多信息间接传递，许多信息索之无果，急得她出差在外还得电话联系，经她改编的《7825同学聚会歌》成为同学们边唱边激动、越唱越爱唱的歌；孙永生同学负责会场、住宿、就餐、订票等事宜，为聚会创造了良好的条件；于颖丽同学是聚会活动的财务大臣，看她那么麻利干练，就知她早已是久经沙场，几次筹备会都是她和沈卫国同学做的东；卢彦庭同学夫人李秋芬主动关心聚会，提醒应该注意的事项；卢彦庭同学总是想着能为聚会做些什么，两天的聚会，回家已是后半夜，还是赶着整理完数码相片和通讯录，为的是及早传给同学们；每次筹备会总少不了王建河同学的"金主意"，看得出当没当过老板水平是大不一样；大家看金亚平同学主持会议那么精彩幽默，就知道他有备而来；其他北京同学张召、刘衡、孙利华也都热情关心、献谋出力、忙前顾后。作为筹备组组长林艺深深感谢同学们的支持和配合。

欢 聚 篇

临近五一劳动节，海外的同学先回来了，他们有来自太平洋彼岸的美洲大陆的许赤婴、陈剑平、王志明3位同学，有来自赤道之滨狮城新加坡的李至滨同学，紧接着刘爱军、周蜀江、邵俊鹏等同学陆续到达。同学们开始了聚会的热身，聚情的热心。5月2日下午全部同学到齐，全体同学会聚于北京电力宾馆。这次聚会共有47位同学出席，同学夫人8位，孩子11人，共66人。61位同学中还有14位同学没有参加聚会（罗光学、孙家鸣、叶宽、焦玉松、孙鸣、郝军、刘永庭、吴建兵、白鸿谋、胡建林、卢水秦、卢晓战、胡忠阳、王澎）。其中，孙鸣和郝军同学不知音信。国外有胡忠阳和胡建林同学不能来，这大家理解。国内还有10位同学，大部分是因为有难以克服的困难未能参加。叶宽同学上火车时得知父亲病重而折回，刘永庭同学出差在美国。许多同学虽未参加聚会，但心系聚会，胡建林同学一直关注聚会筹备进展情况，提建议，并为聚会发来贺函；焦玉松同学打来电话表达祝贺心情；胡忠阳同学寄来了贺卡。

5月2日下午4时，团聚会在电力宾馆多功能厅举行。全体同学以及夫人们和孩子们坐在桌子围成的一方形圈旁。大家把各位老大哥和班长们邀请上主席台。大厅的主席台上方横挂着"哈工大7825同学团聚会"的会标。正式会议之前，伴着20年前我们喜欢唱的《年轻的朋友来相会》的曲子，大家唱起了《7825同学聚会歌》。歌声里充满青春的活力，充满友谊的激情，充满团聚的欢乐。曲在回旋，心在欢跳，血在沸腾。

金亚平同学主持会议。林艺同学代表大聚会筹备组向同学们汇报了聚会筹备情况。金亚平同学很清楚同学们的愿望，20年分别，同学们想问的不少，想说的太多。他要求同学们按顺序简介经历，简述经验和简表感慨，还别忘了交代在学校时的小秘密。同学们的把话儿压缩了再压缩。人生那么坎坷，经验那么精练，观念那么富有哲理。

打开那盛装旧时秘密的感情锦囊，从里面飘出许多大家不曾闻过的芬芳。美丽动人的女同学你为什么那么高傲？即席回答是男女授受不亲的观念在作怪。金口玉言使多少男士从心底里叫悔不迭。

会上刘宝霞宣读了胡忠阳同学的贺卡，贺卡满载着的挚情在同学们心中传递、跳跃，增添了欢聚的气氛；同学们激动之余纷纷签名形成唯一的哈工大7825同学团聚会纪念品，并返送胡忠阳同学留作纪念和保存。

晚宴上，你一杯，我一杯，咱们共同来一杯。今天的小糊涂仙格外香，今晚的衡水老白干没度数。急得主持人忙提醒：不可多喝，席后还得续会！宴罢，续会。人心欢，酒助兴，源自心窝里的话儿滔滔不绝……九点多了，紧急刹车。转入下一个节目：唱歌跳舞过午夜。

5月3日上午，同学们、夫人们和孩子们成团来到位于北京怀柔的"生存岛"新概念旅游基地。基地依山而建，范围广阔。满园青翠，曲径通幽。是日阳光明媚，和风拂柳。下午气温转热，忽一刻钟春雨泼下，恢复凉爽，更添清新。这里有攀岩、骑射、飞降、工艺、农事、驾驶等几十个娱乐和训练项目。团员们各取所需，尽玩所好。巧手捏陶艺，耐心塑泥人。大树下，石凳上，促膝谈心，心花怒放。

傍晚，宴罢，哈工大7825同学篝火晚会开始了。来来来，来来来，地上熊熊的烈火燃起来，空中璀璨的礼花绽开来，耳边青春的乐曲奏起来；孩儿们逗人的游戏[注]做起来，同学们热情的手儿拉起来，大伙儿欢快的舞步跳起来。我们庆祝，我们欢呼，7825同学友谊万岁！我们深深地陶醉。老大哥胡传森同学跳着过来紧紧地握着林艺的双手，饱含热泪："太好了，太好了，我们的聚会太成功了。谢谢你们！谢谢北京的同学们！"

小 结 篇

这是非常成功的聚会。

京外同学的积极参加是7825同学聚会成功的关键。尤其是在国外的许赤婴、陈剑平、王志明、李至滨四位同学克服许多困难专程赶来参加聚会，更显7825的强大凝聚力，使同学们深受感染。陈剑平同学是最早表示参加聚会的。有的同学说，国外同学参加，我们没有理由不参加。能有这么多同学参加，是同学们互相召唤的结果。同学聚会很成功，这是全体同学友谊升华的结果，也是同学们出谋划策、积极参与、全心投入的结果。那天的篝火晚会的气氛最令人难以忘怀，许赤婴同学主持得很棒。

北京的全体同学感谢所有国外、京外同学的热情参加,衷心感激各位尊敬的同学夫人的支持,感谢可爱的小朋友的参与。

此次团聚超出我们奢望的是:聚会极其成功。这是同学们尽情投入的结果。

此次团聚印证我们断言的是:只要同学们来得多,来得全,团聚就一定能成功(人齐,心齐,泰山移)。

哈工大7825同学团聚会结束了。同学们带着北京的春雨,乘上北京的春风,奔向全国各地,飞向世界他方。

春雨沐心,春风沁脾。在7825的旷野上,心灵之藤在尽情伸展,欢快地跳跃,互相交织,互相拥抱直至永远。

贺卡传情

哈工大7825同学
大聚会筹备组
2002年5月7
日于北京

7825毕业20周年北京聚会

[注]孩子们的游戏:张硕小朋友表演哑语动作,其他小朋友们依序模仿、传递,最后逐个回答动作之意。

点点心,指指火,
耸耸肩,颤颤手。
问君哑语示何意,
笨鸟飞,太谦虚。
心火急,可扣题?
"火急火燎"是唯一。

78252 傅 毓

我 与 主 楼

  我生长在北方的一个小城市。从有记忆到上大学之前,只看到过市中心十字交叉路口有四个红绿灯,小城里最高的建筑是屈指可数的几座四层小楼,一说到"十字街",那可是最繁华的地段了。这在当年同学们中间不时地成了笑谈。到后来,一想起这事儿还总是有点不好意思。

  考上大学,圆了自己的一个梦,我就要去学校报到了。父亲所在工厂里的一对儿20世纪60年代末哈工大毕业的夫妻来我们家道喜。一说起哈工大,他们的眼里透着兴奋、放着光,满满的都是骄傲和自豪。在详细介绍母校情况之后,他们送给我一本珍藏多年的哈工大画册,画册的封面就是工大主楼,当时也没觉着什么。

  经过两天两夜的火车劳顿,来到北国名城哈尔滨。当接新生的校车离工大主楼越来越近时,主楼的雄伟、壮观远远超出我之前的想象,那一刻带给我的视觉冲击一直到现在也难以用语言来描述。这是在我18岁之前所见到过的最宏大的建筑了。主楼观礼台前面"哈尔滨工业大学"几个大字越来越清晰地映入眼帘,我也暗暗地为自己能有幸走进这所学校而感到骄傲和自豪。一遍遍地问自己，不是在做梦吧？

办完了入学手续，被安顿在电机楼的一个大教室住。把行李收拾好、床铺打理好之后，兴奋的心情无法平静，周围的一切都那么新奇，还想再仔仔细细地看一看工大主楼，就一个人走出那间教室。下楼梯，左拐右拐一会儿就迷了路，走廊越来越暗，人也越来越少，心里不免紧张和害怕，顿时就没了看主楼的心情，只想赶紧回到住的地方。终于等到一位学长路过，我赶紧说明情况，热情的学长一直把我带到所住的教室门口。那天，我再也没敢离开那间大教室。到工大的第一天，就在惶恐不安中度过，也根本没走近主楼，那主楼在我心里谜一样，不可知的大。

除了朝夕相伴了四年的工大主楼之外，还有我爱去的几个地方。

在主楼与机械楼二层的衔接处，竖立着一排排的班级信箱，我的同桌孙群同学是班里的生活委员，负责班里信件收发，我总愿意和他一起去取邮件。每次开信箱，心里总是充满期待，盼望天天都能收到远方的家书，得到亲人的音讯和问候。

从这个不到一尺见方的信箱里，能感知校园外发生的变化。一开始，邮箱里主要是一些普通信件、学校的工作安排或通知，后来邮件的数量和品种渐渐多了起来。其中就有我陆续订阅的几份杂志，印象最深的就数那份《世界知识》了。这是一份创刊于20世纪30年代的半月期刊，父亲早先一直订阅，"文革"期间停刊，当我拿到复刊后的第一期，读着编者的复刊词，感慨良多。国家各方面的工作都逐步恢复正常，走向正轨，在一天天地好起来。现在，人与人之间的交流和阅读方式已发生了当年无法想象的改变，那一排排班级信箱，还在原来的老地方吗？

主楼三楼大厅，我就叫它文化走廊吧。在这里，除了有学校的通讯和报道、学术动态之外，还经常举办各种图片、摄影、书法展览和比赛。看着一件件精美的作品，感叹山外有山，同学们太有才了！

大厅对面就是校礼堂，也是校影院。看电影时，我经常提前几分钟进礼堂，这时人还比较少，很享受那短暂的安静。她的布局、装饰风格和我家乡的职工俱乐部很相像，那场景总能勾起对家人的思念。

有几部电影至今记忆犹新。看过《追捕》《远山的呼唤》《生死恋》等几部日本电影之后，感受到日本在各方面的现代化，已经走在了我们的前面，难免有几分羡慕和气馁，但很快就释然了。我们今天聚集在这里，不就是要学习和掌握本领，为国家实现现代化而做准备的吗？这反倒激发起我们发奋学习、报效国家的斗志！《王子复仇记》（也可译为《哈姆雷特》）、《巴黎圣母院》《简爱》《蝴蝶梦》等电影，让我这个理工男以这种方式接触到世界名著。今天想来，如果在工大初次听到一首首邓丽君的爱情歌曲对我而言是一次次爱的启蒙，那么，在工大主楼礼堂所看的这些电影，无疑就是一次次的思想启蒙了。从此对人、人性和人生有了更多的思考。当再次回忆当年那部科幻电影《未来世界》时，你不得不对艺术家对人类未来命运的深沉思索和敏锐洞察所折服。在一段不太长的时间内能看到各种不同题材、不同艺术表现的电影，让你感受到国家正以从未有过的开放姿态，张开双臂，拥抱世界。

每节课的课间，工大主楼总是人声鼎沸，不同年级、不同专业的同学们背着沉重的书包和坐垫摩肩接踵地疾行在主楼各层走廊之间，以抢占下一节课的教室座位。中午饭后时分，主楼也和学生们一起，得到片刻歇息并安静下来。我的好奇心在这时又一次次萌动。从主楼一层向最高处攀登，爬到最高处往楼底下张望，阵阵眩晕！身体总是不由得往后退几步。也许是运气不佳，也许为安全起见，每次攀爬到主楼顶层，一把大锁，把我挡在楼梯口，无法再向前跨越一步，登高望远，去感受主楼的高大，去俯瞰哈尔滨这座美丽的城市。我一次次地想，如果站在顶层的阳台上，就一定能望见太阳岛，也一定能望见哈尔滨的母亲河松花江吧。

哈尔滨的春天，总是比我的家乡来得晚一些。连翘迎着有些料峭的春风首先绽放出黄色的小花，其颜色和花形都很像关内的迎春花，我更愿意把她看成是哈尔滨的迎春花。"猫"了一个冬天的主楼，被那一朵朵小黄花给"唤醒"了！她也提醒着人们，过不了太久，让哈尔滨人引以为傲的丁香花就要款款地向我们走来。丁香花，古代文人多用以寄托忧思和愁绪，但热情的哈尔滨人却反其意而行，拥推这朵小花为他们的市花。这花虽小，一旦开起来，就像这座城市的人一样，热烈、奔放、一发不可收。丁香花开了！千百万朵白色的、紫色的芬芳，烂漫在城市的每个角落。工大主楼也在这一片片白色和紫色花海的映衬和簇拥之下，舒展开了自己平时不苟的颜容，整个校园也弥漫出四季里少有的温馨和浪漫。主楼真美，哈工大真美！

毕业离校前的清晨起了个早，去和主楼道别。

主楼面对的大直街上，虽已有机动车往来穿行，校园里却依然那么静。伫立在主楼前，久久对望，只觉依依不舍。四年前，一个生活足迹从未超出父母视线的孩子，辗转四千多里来到天鹅之城求学。是她，母校的主楼见证了那个孩子四年当中的一切，见证了那个孩子的成长与成熟。明天就要独自闯荡这个世界了，然而此时此刻面对主楼,心底那一声再见却终究没有说出来。

……

20世纪90年代去大庆出差,路过哈尔滨,我回母校再次站在了主楼面前,她默默审视着我。也许是十多年的工作和生活过于按部就班,过于平淡,我竟觉着有些局促、不安,该对主楼说些什么呢?

从入学至今已跨越40年,哈尔滨和其他城市一样楼越来越高、越来越时尚,也越来越喧哗了。远比主楼高大上的建筑,在她的周围已如春笋般拔地而起,星罗棋布。但她的淡定、自信、从容与坚守却始终如一,未曾改变。

曾经攀爬过峨眉山的金顶,登临过泰山的玉皇顶,也曾置身于许多欧洲直耸云端的哥特式大教堂,尽管它们也带给我许多震撼和感动,但无论走到哪儿,只有工大主楼才是我心中那座崇高的圣殿。

怀念孙鸣

78252 许赤婴

2016年3月1日,结束了一个月的返京之旅。登机前浏览班里的同学群,发现新增微信多得有些异常。细看之下,竟然是因孙鸣的猝然辞世,而且还是缘于一杯酒。

人生难以接受的事实,莫过于一个健康的生命忽然就被宣布不复存在了。十几个小时的航程,睡眠于我从来都不是问题,然而这一次却是只要一合眼,活生生的孙鸣仿佛就在面前。难以入睡。

当年刚入校时,我们的宿舍是五十几个人同住的教室一间。初时,大家天天晚上聊天。偶然听说同学中有位英文老师,顿觉肃然起敬。而他就是孙鸣。

孙鸣是来自江西萍乡的考生,却能说一口流利的上海话。知情的同学说,孙鸣在上海出生,幼年随支援小三线的父母迁往江西。以我早年对江西的粗浅了解,当地城镇居民心目中上海的地位颇高,特别是生活用品必是上海的好。可以想象孙鸣心中的自我定位还是一个上海人。难怪他的口音全无江西味道,而是与上海同学毫无违和感的地道上海话。

也许大家还记得，1978年高考报志愿时有一栏的要求很别致：是否服从分配。所谓服从分配，就是对你自己的去向在"志愿"之外的院校间听任调度的承诺。当时明定，若考生当年因故无缘大学校门，凡在此栏填"不服从"者，不允许参加来年高考。第一次与孙鸣聊天就触碰到这个话题，他难掩几分沮丧，因为哈工大并不在他所报的志愿里。地处祖国最北端省份的哈尔滨，不仅意味着气候上的巨大差异，饮食也与南方习惯有着天壤之别。相信当年孙鸣填写志愿时

必是非常想回到故乡上海的，而服从分配的结果令他始料不及。不过沮丧只是一时，孙鸣还是把它置之脑后，很快地融入紧张的学习生活中去了。

现在想起孙鸣，深度的近视眼镜后面是平静而睿智的目光。他学习好，也很喜欢运动；不仅擅长篮球，冬季在滑冰场上也常能见到他的身影。他留给同学们的印象是热心仗义、幽默开朗、多才多艺。

记得一次英文阅读，发现will这个不及物动词在一句话中被放在了宾语位置。查过手头的《英汉小词典》还是不明其义，于是就近请教身边的英文老师。孙鸣解释说，will不仅是动词，也是名词，当意愿讲。这一小小的答疑终身不忘。

还有一次学校组织书法展，孙鸣作为系学生会干部，邀我参加。禁不住孙鸣的再三劝说，我写了一幅横轴与一个扇面。因为格外喜欢李白，所以录了他的《古风》之一与《行路难》。后来的岁月里每有机会再读这两首诗，就不由联想到孙鸣，而《古风》开篇的几句仍在耳边：

大雅久不作，吾衰竟谁陈？

王风委蔓草，战国多荆榛。

……

当然还有《行路难》铿锵的结束语：乘风破浪会有时，直挂云帆济沧海。

1981年暑假，孙鸣和周蜀江来北京联系到7823班的杨青，在去颐和园的路上到我家小坐并邀我一起游园。我因当天有约未能陪同，由此留下的几分遗憾在后来的岁月里偶会袭上心头，惜未能尽地主之谊。毕业后孙鸣有30年杳无音信，直到前几年

才刚刚回归集体。此次回归，因为成语谜阵，我们开始了另一层接触。

孙鸣的才华之一是他的语言天赋。过去只知他的英语好，后来轮到感叹他中文的功底深厚。一年多来，他对成语谜阵不仅关注，更是每期必答，无论谜阵中所用词条是否生僻都难不倒他。每次解完谜阵，他都将解出的谜底截屏附来我看，令我感佩他的严谨。2016年春节的谜阵专辑发出后，孙鸣却一时没了动静，让我奇怪，他人呢？好不容易有一天重新浮出水面，告知当时出门在外，所到之处网络不便，遗憾错过了解谜周期。我说错过一次无妨，有中华洋洋数万条成语的库存，成语谜阵将是源源不竭的。我们相约，若有机会同在北京，一定要见面好好聊聊。然而这一邀约却再也无法兑现，谁能逆料偶然的一次交臂错过竟然变成恒久的天人两隔。

2016年丙申，是孙鸣的本命年。灵猴是人们对这一年属相的形容，而孙又是我们为灵猴在神话故事中所冠的姓氏，孙鸣也特意选用刘继卣所创作的齐天大圣作为自己的微信头像。然而恰恰年满一甲子的孙鸣，却在亲友们彼此贺岁祝福的余音犹在的时候猝然离去，令人扼腕。

怀念孙鸣，我所能做的就是以他的名字为核心制七阶成语谜阵一则。不仅为曾经的同窗之谊，更因对中国传统文化的共同热爱。

七阶成语谜阵谜面

不		灭		百		
		履	朝			
	过			数		
尊		鸣		集		
	生		璞			
	密	并				
道		下		兵		

填空备选字

磨 夕 玉 锣 只 面 临 地
如 城 平 重 闻 喜 交 师
别 争 可 家 鼓 则 紧 浑
珍 收 如 蓄 开 金 兼 感

七阶成语谜阵谜底

不	可	磨	灭	夕	珍	百
地	平	履	如	朝	家	感
闻	过	则	喜	争	数	交
尊	面	紧	鸣	只	如	集
师	生	锣	浑	金	璞	玉
重	开	密	蓄	并	收	兼
道	别	鼓	下	城	临	兵

谜阵含以下 16 条成语

不平则鸣　百家争鸣　鸣金收兵　鸣锣开道
不可磨灭　尊师重道　百感交集　浑金璞玉
如履平地　别开生面　如数家珍　兼收并蓄
闻过则喜　紧锣密鼓　只争朝夕　兵临城下

成语词条选注

【百家争鸣】：《汉书·艺文志》："凡诸子百八十九家……蜂出并作，各引一端，崇其所说，以此弛说，取舍诸侯。"

习典随忆：百花齐放，百家争鸣，1956年提出的双百方针曾经多么鼓舞人心！相信孙鸣的父母为他取名是有特定原因的。春秋战国是中国思想界最为活跃辉煌的时期，故能产生异彩纷呈的思想流派，巅峰仰止再难超越。

【尊师重道】：《后汉书·孔僖传》："臣闻明王圣主，莫不尊师贵道。"

习典随忆：孙鸣在1978年高考前曾做过中学英语教师，班里数他英文最好。他对我一次多属性词 will 的小小答疑，令我至今难忘。

【浑金璞玉】：南朝·宋·刘义庆《世说新语·赏誉》："王戎目山巨源如璞玉浑金，人皆钦其宝，莫知名其器。"

习典随忆：孙鸣留给同窗们的印象是热爱生活、乐观坦诚、为人正直、心地善良、勇于面对生活中出现的波折与困难。近来通过成语谜阵的互动，使我对他的才华与学养有了更深层的认识。

【不可磨灭】：宋·欧阳修《记旧本韩文后》："韩氏之文，没而不见者二百年，而后大施于今，此又非特好恶之所上下，盖其久而愈明，不可磨灭，虽蔽于暂而终耀于无穷者，其道当然也。"

习典随忆：当年学校的书法展，孙鸣邀我写下李白的《古风》与《行路难》诗句犹在耳边："大雅久不作，吾衰竟谁陈？王风委蔓草，战国多荆榛。"……"乘风破浪会有时，直挂云帆济沧海。"

斯人已逝，云海苍茫处，远帆仍在望。孙鸣，你留给我的印象难以磨灭。

78431　林国梁

丁香花开的季节

每年五月应该是哈尔滨丁香花开的季节，已经多年没回过哈尔滨了，不知于季节的记忆对与不对？

在哈工大读书的那些年里，每到这个季节正是一年中最令人兴奋的时候。空气中弥漫着丁香花的香味，浓郁却不甜腻。这时我会拿她与我们西北的沙枣花相比，沙枣花也是差不多这个季节绽放，那种香味之浓烈让你难忘西北之野性，而丁香与之相比就优雅多了，一个有点"wild"，一个比较"gentle"，是不一样的。

每年到这个时候，也就到了期中考试的时候。在这样的季节里，应付考试这种枯燥无味的事情也被丁香花渲染上些许浪漫的味道。那时我们常常会带着书到动物园的花丛中优雅地散步，或于晚饭后三三两两地徜徉在花丛中高谈阔论，或懒散地躺坐在草地上让花香在读书声中沁入心肺。应该是专心背书的时候，可是眼神却常常从书上逃离，深深地吸上一口气再向四周望望有没有自己感兴趣的人，同伴之间会心地笑一下或给路过的女同学打个分。沉浸在这样的花香里，走一下神儿实在是再自然不过的事了。

在丁香花开的季节里，年轻学子们的肾上腺素一定会高于其他的时候，所以这应该是个谈情说爱的季节，可惜的是我们班里却没有发生这样浪漫的故事，真可惜呀！那时我们同学年龄相差很大，入校时大宋已30岁，而年纪小的刘思明、韩宁宁等才十四五岁。那个特殊的年代造成经历差别很大的一群人共同聚集到一个教室来上课。对年纪比较大的同学来说，"文革"已经耽误了宝贵的青春，能走进大学是多么不容易啊，所以只有把全部精力都放在学习上以求弥补过去的损失，哪敢左顾右盼。这样对年纪比较小的同学影响也很大，可能因此造成了"只闻朗朗读书声，不见花前月下人"的情况。但我以为，爱情的萌芽也许是有的，只是没机会长大而已。

那时，我们会抽空到离学校不远的省展览馆剧场去看省歌舞团的演出。省歌舞团盲人女高音歌唱家周琪华(她是《我爱你塞北的雪》的原唱)演唱的一首记得是叫《丁香花说我爱你》的歌，这么多年过去了，在记忆里仍然留着对这首歌的印象。那歌和著名的《太阳岛上》一样是歌唱大自然、歌唱美丽的哈尔滨的。有一次看电影《海上钢琴师》的时候，看到当船就要抵达纽约，经历了艰难漂泊的乘客们看到自由女神像时惊呼着"New York!"这一情节时，不由想起每次坐火车进入哈尔滨的时候，当工大主楼塔尖上那颗红星映入眼帘时，也会情不自禁地指着那儿喊："看，我的学校！"那种自豪之情在我几十年来的工作生活中时时相伴，万水千山总难忘母校的教化和校园里绽放的丁香。

又到丁香花开时，同学们相识40年的聚会即将在哈尔滨举行。梦中的丁香花诱惑着，工大主楼塔尖的红星召唤着，美丽的太阳岛等待着，分别多年的同学们期盼着，魂牵梦绕的母校啊！我们就要回来了。

7852 童晶静 刘卫平

那年，我们正青春

——7852班七仙女的故事

1977年恢复高考，给我们所有人带来了希望和兴奋，随着科学春天的脚步，我们这些来自五湖四海的幸运儿踏进了哈工大，踏进了7852班。

工科院校向来以男女比例不对称闻名，我们班有七名女生，从人数上看男生数倍于我们，初入学时，男生人多势众大有不把我们放在眼里的意思。

记得入学第一天，女生来晚了，鱼贯而入。当时的临时班长（也是后来的正式班长）老李话里有话地说："姑娘们姗姗来迟呵！""姗姗"，那是婀娜美女的脚步，"来迟"才是他要批评的实质呢。姑娘们初来乍到，个个小家碧玉的样子，无人应声，安静就座。但不久以后，就让他们重新认识了我们。

那是在新年联欢会上，女生集体出了一个合唱节目，叫作《大寨铁姑娘》，曲儿唱得一般，歌词却气壮山河："俺们都是铁姑娘……一拳能把山打倒，一脚能让水倒淌……一脚能让水——倒——淌！"哇！男生一片惊呼，从此仰目而视，再不敢小看

桃花潭水 | 193

这就是7852班的七仙女：
后排左起：朱嵘、童晶静、李燕、石茜蓉。前排左起：苏苇、吴布、刘卫平

我们。

吴布大姐是我们的老大，年龄比我们大十岁左右，来自安徽，已是三个孩子的母亲。她在小男生中威望很高，身边经常屁颠屁颠地簇拥着一群追随者。大姐是不屑于与我们打闹的，每当我们张牙舞爪、疯癫一团、不可收拾时，她就三言两语利利索索地教训我们几句，立马大家就安静下来。特别是晚上熄灯以后，八卦新闻开始广播了，往往在大家叽叽喳喳全神贯注地"关心他人，忘了自己"的时候，大姐一声断喝："几点了？！还睡不睡觉！"屋里顿时没了声响，大家连呼吸都调整得轻轻的，轻轻的，生怕一个喷嚏没打好变成了炸雷。

石头（石茜蓉）来自广西的军人家庭，是我们中最小的。都说小米粥养人，工大的小米粥却更"养"女人。我们这些女生四年下来个个圆圆滚滚，石头更是我们中的骄傲。她心宽如海，能吃能喝，全身都鼓鼓的，芝麻小事从不放在心上，心底无私，心里也没有自己。她的橡皮用一条线拴在铅笔盒上，想必丢橡皮丢得崩溃了。有一段时间她把自己照顾得伤痕累累，或是扭了脚或是折了臂，至于伤风感冒、破皮流血更是不在话下。所以新年伊始，大家举杯给她的祝愿是祝她新的一年里"活得更仔细一点"！

燕子（李燕）来自北京人大附中，文文静静，不太说话。以至几年下来竟有不少男生抱怨没有机会和她讲过一句话。但他们不知道的是，燕子在我们中的外号是"金刚钻"，没有金刚钻不揽瓷器活儿，燕子的嘴就是金刚钻，那叫厉害，在宿舍里辩论，甭管什么话题，只要她加入，那就是兵来将挡，水来土掩，不鸣则已，一鸣惊人。

阿苇（苏苇）是个矜持的沈阳姑娘，她会拍电报，曾经嘀嘀嗒嗒地手指敲桌表演给我们看。她很重视自己的言行仪表，和石头相反，她一举一动都非常仔细，活得十分认真。她是我们当中坚持早晚背英语单词坚持得最久的人。刚来时由于方言关系，她把"我"叫"咱"，把"咱"叫"我"，比如说自己爹妈如何如何时，她说"咱爸""咱妈"，听起来像一家人，透着亲切；可她议论班事时，又说"我班""我校"。得，一字不合刚刚缩小的距离又拉大了。

我们自称"七仙女"，当时电影院正在上演香港电影《唐伯虎点秋香》，我们几个突发"邪念"要学演这戏，分配角色时，谁都不愿意演石榴，欺负阿苇不在，石榴就派给了她。中午在教室里用拖布别上门，我们几个人在屋里咿咿呀呀，翘着兰花指，扭来扭去地笑着、唱着、闹着。阿苇不肯来，她没看过这部电影，但凭感觉就知道肯定不是好角色，任凭我们死缠烂打，坚决不上我们的当。最后这部戏以没人肯出演石榴而胎死腹中。

嵘娃（朱嵘）是北京女孩，大大的眼睛顾盼流连，好像会说话。说话时细声细气，羞答答的样子，是典型的淑女。谁知这淑女却勇敢地参加过系里诗歌朗诵大会，台前一站出口成章，那声音之响亮，简直是大喇叭开始广播了。

有一年元旦，为了迎接晚上的联欢会，嵘娃在百忙之中牺牲了整整一个下午的时间用彩色粉笔把教室的黑板布置得五颜六色、多姿多彩。大功告成，我俩去吃晚饭前我打开了暖气阀门，这样会让房间很快热起来。谁知待我俩饭后回来却被房间满满的蒸汽搞得一头雾水。原来，都怪我走时自作聪明，房间确实暖了，但这暖法更像桑拿浴室。待雾气散去，我俩都傻了，黑板被水蒸气刷得黑亮黑亮的，什么都没了。我的内疚如滔滔江水，无以言表，再看嵘娃，欲哭无泪，悲痛欲绝！

嵘娃是个规规矩矩的好学生。有时上大课实在无聊，我和平儿就会提前溜走去食堂吃饭，顺便帮嵘娃打好饭菜。她下课后帮我们收拾好了课本再赶到食堂，一边享受着我们留给她的美味，一边恶狠狠地剜着美丽的大眼睛数落我俩的散漫作风，她可真没良心。

她家在北京，那时我酷爱方便面，但哈尔滨没有。每逢放假后返校，她都要从北京给我带方便面，她开玩笑说："以后你留在哈尔滨，有人出差来，我们就给你带方便面。"如今嵘娃做美籍华人已30多年，不知何时能带包异国方便面给我尝鲜？

她有一把削铅笔的小刀，几分钱买的，很好用，常被我借来，她索性郑重其事地送给我。那时也不懂送礼送刀有"一刀两断"的嫌疑，可我和嵘娃却是"抽刀断水水更流"，至今我们每年过年都会相互发一封手写的拜年贺卡，那把淡淡绿色的小刀也一直伴随我到解甲归田、鸟尽弓藏。

平儿（刘卫平）来自山清水秀的承德，是我们的标准美女，身材苗条，凹凸有致，是当年众多男生的"眼中盯"。大概知道自己魅力四射，美女出入都很注意形象，端庄挺拔，目不斜视。如此高端难免脚下不稳，一次去食堂吃饭，冬天楼梯结冰，她滑倒了，摔在了门口。我还没来得及上前扶，她已跃起身，站直后的第一句话是："有人看见吗？"唯恐自己走光，比撒切尔夫人还注意维护自己的形象。

虽说做了四年男生的"眼中盯"，却是高处不胜寒，直到毕业也没人敢拿下。多年以后的同学聚会，美女哀怨地说："谁让你们当年都不追我啊，让外系人捡了便宜。我这儿遗憾终生呵。"唉，一桌男人捶胸顿足、追悔莫及。

我，童晶静，是女生中的老二，我爸说我像"发水面包"，泡过水的面包，又白又胖。当时我是班里的文娱委员，四年来这权力就管发电影票了。借了我是工大家属的光，在当年票源紧张的形势下，我们班男生可比别的班多看了不少电影。我很勤勉地工作，班里的小男生送我一外号"委员长"。直到现在同学见面，还有人以此称呼我。我想，除了蒋介石，有人面称他"委员长"，别人还没谁有过如此殊荣。想想也还受用，不算难听，叫去吧。曾有当年的小男生找到我，号称这个职称是他授予的，很有要我知恩图报的意思。

我和平儿来往甚密，大部分时间形影不离，出双入对。看起来挺乖巧的，却偷演过不少恶作剧。那时的系一类办公室门外都有一块黑板，用于写通知或张贴布告用。在我们急需图钉而又市场紧缺时，黑板的功能就被我们利用了。用了两个晚上，我俩走遍了主楼、电教楼和机械楼的边边角角，所有黑板上用于钉住文件的图钉几乎都被我们拆除拿下。瞧瞧文件实在有用，就几份文件钉在一个钉上。两个晚上的战果竟也凑了差不多一盒。我俩这次做贼做得真是愉快，后来再接再厉，从某系办门前经过，顺手抄走了人家的扫帚，拿回宿舍扫自己的门前雪去了。

我们拿人家的，别人也拿我们的，平儿四年里至少丢过五个椅垫。记得那时哈工大的学生戴套袖夹椅垫就是一道风景，用椅垫占座似乎天经地义，晚上去大教室看看，一排排椅垫齐刷刷地在课桌后面替他们主人坐着。一次我和平儿提前去占座，却已无立足之地，一气之下，趁着教室没人，我俩一个望风一个动手，把所有椅垫，不管认不认识，统统拿走摞在讲台上！我俩那会儿的心情就差在黑板上留言"英雄到此一游"了。不知今日的哈工大是否椅垫依旧？

我们班的男生们普遍年龄小，我们就自以为大地关心着他们，也不管人家会不会多心。有一次班里的一个小男生病了，我和平儿就去宿舍看他。那天房间里只有他一人，好像并无大碍，更像是逃课。我们在他屋里漫无边际地胡扯，可我和平儿觉得哪里不对劲，几次站起来四处张望："你这屋里床底下没藏人吧？"他脸都红了，急赤白脸地发誓没人。可他还是不对劲，我和平儿狐疑地告辞了。事后我们才知道，原来那天屋里真的藏着人！但不在床底下而在床上面，是睡在他上铺的另一个小男生，敢情这哥俩儿一块逃课睡懒觉，怕被我们发现，上铺那位裹着大被，蒙着头脚，一动也不敢动，差点儿没憋死自己。

有段时间我看上了外系一个男生，平儿就自告奋勇地替我去向人家表白，反正不是她自己的事，她在人家面前勇气十足，把那家伙吓坏了，哆哆嗦嗦好不容易才听明白是怎么回事，当场拒绝。平儿回来学给我听，胆小鬼！我俩大大嘲笑了他一番，他不愿意不是他的错，但是他如此表现他的男人品格就是他的不对了，从此再不提他。可怜我一生中唯一一次的主动恋爱就这么不了了之。

平儿是美女，墙里开花墙外红，外系男生也盯着呢。平儿自己也有点动心，我积极支持，红袖添香，多好的一对呵。可这事不知怎么被我们的班长知道了，他仗着年长我们几岁，把她找去让我旁听，自从盘古开天地，三皇五帝到如今，从历史到现在，从理想到现实，敲打她捎着教育我，苦口婆心，中心意思就是，毕业后天各一方，分居两地，岂不伤心。于是最后，眼见那么有情有义的一对被班长棒打鸳鸯散了。好在平儿心大，几天过去就又没心没肺地能吃能喝了，班长放了心，这事儿没给这孩子留下阴影。毕业后，班长管不着了，人家平儿重续旧缘，你挑水来我担柴，这么多年生米早就煮成了熟饭。

我和平儿的往来一直密切至今，我们的先生和孩子也都成了朋友，两家也经常走动。平儿早在1998年就取得了驾照，好歹也算个"老司机"，车技尚可，不认路却是出了名的，气得她先生多次弹她脑崩儿也无济于事，她也说一定是脑子里的定位系统出了问题。但她开车只认识两个地方：一个是她女儿的学校，一个就是我家。哈哈，我俩铁吧？现在好了，有了导航。

四年里，我们班没有成就一对同学夫妻，主要是我们班的男生都年龄太小胆量也小，女生都太漂亮也太骄傲。经考证和"揭发"，相互"暗恋"的也大有人在，只是四年的时间还是太短，加上班长管理严格，"暗恋"的人儿还来不及捅破这层窗户纸就各奔东西了。如今40年过去，"暗恋"也变成大学时代最美好的记忆了。

那时的我喝凉水都长肉，每月生活费才17元，虽然那时没有"减肥"一说，我还是不得不节食，每天规定饭量，没有吃饱的时候。有时回家吃饭，一碗吃完又盛一碗，又吃完了，还盛不盛？我心里没了数，不知道自己饱没饱。那时出食堂四灶向右拐有个烧饼铺，那个香味，绕梁三日不绝，是我后来几十年都不曾再遇到的。有时经不住诱惑，出了食堂向右拐就又吃了一个烧饼，还意犹未尽呢。

17元的生活费在当年不算多，一天下晚自习回来的路上，我们几个女孩子叽叽喳喳地说着各自的花销，我大声地向大家报告我每月的支出，顺便带出这17元其中还包括我妈给我的5元，走在我前面的一个伯伯冷不防回头对我说："你妈给的太少了。"吓我一跳，认出那伯伯是我妈的同事。回家向我妈报告了这事，一个月后，我妈又给我长了5元，这让我醒悟到，看来以前我妈给我的生活费真是挺少的。就这样，到年底我居然还给自己省出3块多钱，买了一件格子外罩，一路穿到北京工作。

当年的哈工大，大家的生活水平都差不多，有一年期末考试前，学校发给每个学生4元钱补充伙食营养，当时有个同学感叹："还是工大好呵！"为此，我晚上在日记里写下了如下单纯却真诚的话：

"我们有的同学，都有事没事抱怨工大几句，工大的确不如有些院校条件那么好，但这也没什么，我们入学是为了学习，并不是为了享受物质生活待遇。况且，它再不好，也是我们的母校。将来，我保证我会以非常留恋的心情回忆我们的大学生活的。"

如今，我们真的以难以释怀的留恋之情来回忆我们的母校了。

这就是我和我的7852班，我们共同走过了四年大学生涯，这四年经历，让我们享用至今。40年过去，弹指一挥间，我们青春依旧在，红霞满天庭！

这么多年我们就没聚齐过。期待2018年，在我们入学40年的聚会上，聚齐七仙女！

2008年,在78级入学30年聚会上,有六位"仙女"参加。
左起:苏苇、石茜蓉、刘卫平、朱嵘、李燕、童晶静

2012年,在78级毕业30年聚会上,还是有六位"仙女"参加。
左起:童晶静、李燕、石茜蓉、吴布、苏苇、刘卫平

2018年3月22日于北京

7853 杨雪英　　7853 张　杰　　7853 齐　欣　　7853 祝龙双

1981 年夏天难忘的江南游

　　说起来已经是 37 年前的事了。1981 年夏天，作为哈工大的工科学生，我们 7853 班的同学在刘明亮老师和尹老师的带领下，在上海电视机厂进行了一个月的工厂实习，居住地就在上海交通大学。在大上海一个多月的实习结束之后，班里的同学便开始各自回家，由于地处上海，又正好放假，很多同学都不约而同地安排了江南的旅游，大家或自行，或搭伴，形成了许多小团队，而我们这个小团队就是由杨雪英、祝龙双、张杰及齐欣四人组成。我们计划的路线是先从上海到苏州，然后至无锡，由无锡沿大运河到杭州，再从杭州去黄山。

　　那时的我们年轻健康，充满了理想主义的浪漫情怀。旅行伊始，我们似乎就不经意地定下了一个规则，那就是旅途中在生活标准上可以简陋，但对各地的文化要尽可能地体验。这次江南游的旅游景点及江南的风光，像苏州的虎丘、拙政园、留园，无锡的太湖、号称曾拍过《智取威虎山》电影的无锡张公洞和善卷洞、杭州的西湖等让我们赞叹。对各地的特殊文化或景点我们也饶有兴趣，例如在苏州，看到厕所，有人说小桥流水人家，走到一个小门，又有人说曲径通幽，我们特意等到天黑才去寒山寺，就为了体验张继的"姑苏城外寒山寺，夜半钟声到客船"的枫桥夜泊意境。又如在无锡惠山，走了一天已是下午了，大家都觉得很

保俶塔下

累，但祝龙双非要爬到山顶，强词夺理说山顶那塔和他同名，其实那塔叫"龙光"不叫龙双，他的实际目的，就是希望大家在惠山之上的龙光塔上俯瞰一下无锡的风光。同样，在杭州时，我们一行也爬上了一般游客不去的、矗立着保俶塔的那座山，居高临下地观赏西湖，那绝对是一种不同的体验。

为了节省住宿费用，我们选择从无锡坐船沿大运河去杭州，在船上过夜。那船潮湿闷热，还有蚊子，乘客都关在船舱里不能出去，坐在每排三人的座位上，一晚上几乎没怎么睡。到了杭州，我们又选择住在离西湖边不远处的一个学校，因为是假期，学校出租教室赚钱，由于没床，教室内课桌一拼，再铺上席子，就成了睡觉的地方。虽然在住宿上我们很省，但在杭州体验美食的时候，我们却没有吝啬，大家跑到西湖边上一个有名的餐馆里体验美食，点的菜里面就有当地的名菜西湖醋鱼。为了助兴，我们还点了当地著名的黄酒品尝，第一次喝黄酒的我们，都不知它的后劲，结果两位男生都被放翻了，趴在餐桌上半天才醒过

西湖边上

来。我们特地跑到杭州虎跑泉那里，就为了品尝地道的虎跑泉水加龙井茶。

由于理念上不同，作为那次旅行第一任"财政大臣"的杨雪英后来被我们罢免了，我们嫌她在吃上太抠门，尽干那种让四个人津津有味吃一根油条的事儿。那时虽然真是穷玩，但也是有苦有乐，鉴于杭州到黄山的汽车票极为紧张，张杰和祝龙双为了确保买到车票，每人卷了个学校的席子，夜宿长途汽车售票处外的露天地面上排队，一晚上几乎没合眼，好在老天有眼，夜里也没下雨，第二天早上他们如愿买到了仅有的四张车票。

黄山之行又是另外一种体验，那时的黄山根本没有缆车之类的上山工具，全靠我们两条腿来攀登。黄山的风景独一无二，但山上雾很大，置身在云里雾里，除了脚下的阶梯啥也看不见，攀登之中突然一阵风刮过，就像变戏法一样大雾散去，瞬间把我们置身于难以言说的美景之中，峻峭挺拔的山崖、婀娜多姿的黄山松、缥缈多变的云彩，还有清澈的蓝天和下午的斜阳。风景如此美好，让我们欣赏之余也把我们个个累得呼哧带喘，傍晚太阳快下山的时候，我们过了莲花峰，离光明顶还有一段距离，张杰和杨雪英死活走不动了，经百般劝说无效后，祝龙双发火了，嘴里唠唠叨叨说了很多狠话，"如果我手里有枪，准把他俩枪毙"等等，慑于他的威逼利诱，也为了不给山上的狼虎之类的当口粮，我们只好拖着疲惫的身躯，在天黑之前爬上了光明顶！进而体验到了无限风光在险峰的意境！几十年后重提旧事，祝龙双说："我当时有那么凶吗？"大家一致同意："是的！"他解释说，当时那么逼迫他们是有原因的，因为天都快黑了，如果不能及时赶到山上，别的客人抢先把房间或者床订光了，就没地儿住了，所以特别着急，其实我们谁也没有怪他，如果不是他发威，保不住我们已经在某个狼肚子里完成了20年后又一好汉的转世了！

这次旅行真正的危机，是在我们下了黄山之后发生的。当时大家一身臭汗，遂决定下山后去洗温泉。黄山下的温泉很独特，室内有很多池子，一人多深，直径两米左右，里面的规矩是分拨洗，大家依次排队，前面一拨洗完，后面一拨再进去。好不容易轮到祝龙双和张杰了，没承想突然闯来一个黑大汉，抢在他俩前面赤条条地就跳了下去，于是他俩就下去和那厮讲理，推来搡去，就打起来了，把深度近视的张杰的眼镜也打坏了，那人双拳难敌四手，就跳出池子求救去了。不一会儿，池边上来了个警察，说有人报警，说我们的两位男生浴池打人，让他们去趟派出所，两位女生当时正在浴室外面，一看警察带着两位男生出来，吓得半死，就跟着到了警察局。那位当值的警察也许认识那个黑大汉，询问时一直偏向那人，不听两位男生的辩解，直到派出所的指导员来了，情况才有好转。原因可能有几点：一是指导员看了我们的证件，知道都是大学生，那时刚恢复高考没多久，社会上对77、78级的大学生还是很尊重的；其二是祝龙双证件照上穿着军装，指导员知道他是现役军人；其三是两个美女在外面眼巴巴地等着，让指导员有了恻隐之心。后来指导员私下对祝龙双说："我知道你们占理，但和你们打架的是当地的长途客车司机，你们把他得罪了，搞不好他和其他司机一联络，在路上可以报复你们，至少可以让所有的客车都不拉你们，你们不如道个歉，带他去医院看看，把事在派出所了结为好。"可是血气方刚的张杰，那时刚过19岁生日，哪里吞得下这口气，觉得我们有理，凭什么认错道歉？非常委屈，还流了泪，对祝龙双很有意见。但最终还是按照指导员的意思办了，两个男生在指导员的见证下和那黑大汉握手言和。尽管如此，为了稳妥起见，我们四人还是改变了路线尽快离开了黄山，直到长途车到达江西贵池，四个人才长长松了一口气。最终，大家在贵池分手了，杨雪英和齐欣分别乘船回江西和武汉，张杰和祝龙双乘船到南京，再经南京回石家庄和北京，最终结束了我们这次的江南之旅！用我们班幽默大师刘希平的话为这次旅行做总结，就是：酷，拼破席，吃醋鱼，喝龙井，泡温泉，光着打，进公安。

对这次经历，大家回忆起来诸多感慨，在那没有手机、互联网的年代，订车票、找住处诸多艰难，加上作为学生囊中羞涩，也只能穷游，但那时年轻的我们无知无畏，精神上昂扬不屈，对外面的世界充满了热情和希望，一路上共同分享挫折和快乐，彼此既是同学又成了朋友，在互相的扶持和陪伴下，完成并享受了这场青春的盛宴，留下了大学时期美好的回忆，人年轻时能有这样一次旅行足矣！

后 记

我们四人要谢谢刘希平，谢谢她用幽默、耐心启发和等待，还有激励，引导我们打开了记忆的闸门，让我们又重温并享受了一遍37年前的难忘之旅！谢谢！

7761　王学晶　　7761　邹继滨

99 重逢　久久的思念

　　那是在 1998 年，我们毕业 16 年。16 年的日子里，虽然在哈同学常有来往，也有同学出差、学习来哈，每每相聚，谈论最多的还是在校经历、轶事。聊起这些往事，难免会把大家的思绪带回到大学的四年。逐渐萌生了组织 7761 回哈聚会一次的想法，这一想法得到了在哈同学的一致支持。

　　随后就有了 7761 "醉委会"的小聚，虽然各位大醉而归，却也达成了 7761 班史上毕业以后的第一个重大决策——组织 1999 年相聚，主题确定为"99 重逢"！不但资金保障和组委会的人事分工得到落实，也对聚会的主要活动、议程进行了细致的探讨。联络分布在全国各地的同学是第一个挑战，那时候通信不发达，同学离校前留的小红本信息不全，而且相应的信息都发生了变化。当时虽然没提出"一个不能少"的口号，但尽最大努力让尽可能多的同学回来是"99 重逢"组委会的一致愿望。首先按照小红本的信息向各位同学发出了聚会的邀请函，联系到了部分同学。然后分别打电话给各位同学，向国内和海外所有能联系到的同学发出了诚挚的邀请。聚会前联系到了 27 人。考虑到每个人当时的情况不同，因人而异制订了来哈聚会的方案。其间进行了酒店考察、活动方案落实等细节的安排。在组委会和同学们的努力下，"99 重逢"成功举行。参加聚会 21 人，达到同学总人数的 2/3，是 6 系 77 级毕业以来第一个以班为单位的聚会，德高望重的陆永平老师，当年的辅导员于振海老师，以及工大校友总会秘书长亲临了我们的宴会并讲了话。

聚会议程经过精心设计，内容包括开会交流、与老师聚餐、参观母校、回宿舍、二灶体验生活，观赏冰雕、雪雕、冬泳、东北虎林园、哈尔滨市市貌和郊外滑雪等活动。顾椿夫人刘英主动安排拍摄制作了"99 重逢"的录像片。从报到、接站、接机，到送别，几天的活动，安排紧凑，井然有序，安全顺畅。"99 重逢"集聚会、交流、观光、狂欢于一体，寓聚于乐，时间虽短，但充实又不感疲惫。既重温大学生活，回忆当年上学时发生的故事，调侃班级的各类奇人趣事，交流各人的现状，畅谈人生感悟，又感受母校和哈尔滨的变化。可以说体会了一下上学期间都没有的感觉，增进了友情，提高了 7761 班的凝聚力。临别时许多同学含着眼泪许下了若干年后再相聚的诺言。聚会后组委会小聚进行总结，感触最深的是同学们成熟了，豁达了，17 年的思念，尽在相聚中释放，真挚，感人！

"99 重逢"后我们继续努力，联系到的同学已经达到 29 人！为后续同学们的联系和聚会打下了坚实的基础。让我们共同努力，力争 2018 年在哈尔滨实现"一个都不能少"的目标！

哈工大 7761 是我们 31 名同学名字的共同前缀，除了我们的父母和家人，只有我们有着最长的共同生活和学习经历。我们为是这个集体的一员而骄傲。珍惜吧，同学们！让我们在未来的岁月里以诚相待，以兄弟姐妹相称，让久久的友情和思念永驻心间！

大学一年级时在校园丁香树丛中合影

七仙女的姐妹情缘

7762　全体女生

　　我们是7762班的七个女生,来自祖国的天南地北。1977年恢复高考,让我们走到了一起,不仅成为大学的同班同学,而且变成了一辈子的朋友。上学的时候我们都是20岁左右的女孩子。大学四年,我们就像亲姐妹一样,在学习上相互促进,在生活上相互帮助。毕业后,我们被分配到祖国各地,距离远了,但千山万水隔不断我们的友情,我们依然相互惦念着。在工作岗位上,我们都是本单位里的能手,虽然有孩子和老人及家庭的牵绊,但我们也不输男同事。几十年的磨炼,让我们个个都成了"女汉子",绝对属于那种"上得厅堂,下得厨房"的佼佼者。我们感谢哈工大对我们的培养教育,感谢所有教我们的老师。是哈工大给我们提供了当时所能给予我们的最好条件，是老师们的辛勤付出，使我们具备了在工作中敢打胜仗、能打胜仗的本领。同时也感谢我们7762的所有同学，是大家的共同努力，使我们的班集体就像一个大家庭，团结友爱，给我们自己营造了良好的学习环境和积极进取的学习氛围。"女汉子"就是在那个时候被锻造出来的。其实我们是从"七仙女"变过来的。"女汉子"不过是我们七人微信群的名字。

记得刚开学时，我们有两名女同学，因报到证专业有误，在别的班住了两天，才被老师找回到我们宿舍，有缘千里来相会，七仙女就这样聚齐了，对！七个人，一个也不能少！从此开始了我们七人延续一生的缘分。

刚上学的时候，学校的硬件设施并不是很好，食堂的饭菜和现在工大的饭菜相比有天壤之别，我们七个人经常在外面用粮票换一些鸡蛋，然后到开水房打开水泡熟鸡蛋吃。

一次张小虹和孙虹到秋林公司买东西，碰上秋林公司正在卖午餐肉罐头，她俩不怕累，给我们每一个人都买回来罐头，那天我们的晚餐就是烧饼就午餐肉，大家像过节一样高兴。后来我们从家带来了煤气炉子，还一起在宿舍自己做过饭，改善伙食。记得孙虹做个很麻烦的什么香蕉锅炸，特别好吃。

每次放假回校大家都要带些家乡特产一起享用。开学那几天我们的小宿舍就成了我们七个人的共产主义乐园。大家都把各自拿来的好吃的放到中间的大桌子上，边聊家乡的见闻与趣事边品尝那些特产。张小虹总会带来武汉的麻糖，张燕云带来北京的果脯，黄群带的是点心和水果。最难忘的是郭和立的辣椒酱，那可是我们最好的下饭菜，又辣又香的滋味儿，直到今天我们都还记得很清楚，感觉那是这辈子吃到的最好的辣酱，绝对不输"老干妈"。

宿舍水房的下水经常堵，晚自习回来的时候，我们只能蹚着地上的水，到水房去打点儿水回宿舍洗脸。讲究干净卫生的我们常常结伴去洗澡，学校的澡堂经常坏，我们没地方洗澡就一起大老远跑到街上的浴池去排队洗澡。

我们七人来自不同地区，生活习惯不同，大家住在一起就相互迁就，相互理解，相互帮助，总是看着别人身上闪光的地方。郭和立是我们中的大姐，也是我们的舍长，她总是想着照顾大家，家里寄来的糖和腊肠，她也分给我们大家吃。毕业后，她依然关心着妹妹们，逢年过节总会打个电话问候一番。记得有一天，郭和立提出以后要集邮啦！我们大家就翻箱倒柜把所有信件都找出来，将邮票剪下来给她，这一举动也让她十分感动，也更坚定了坚持集邮的决心。孙虹上大学前曾是有处方权的医生，大学四年，她理所应当地成为我们的"御用"医生，谁哪里不舒服就问孙虹，她不但告诉吃什么药，还会把有关这个病的病理知识讲解一番，大家都佩服得很，有病首先想到的就是找孙虹，而不是先去校医院。孙虹做什么都用心去做，当医生是好医生，当学生是好学生，做科研也同样优秀。直到现在她依然活跃在我们国家高能物理研究的第一线。来自重庆的北京女孩儿李蕾是我们七人中年龄最小的，又聪明又活泼，还写着一手好字，她接受新事物最快。刘英扬琴弹得好大概没有人不知道，她和我们班拉手风琴的男生罗伟都是学校文工团的主力团员，属于学校的著名人士，我们班里组织活动，她绝对是主力。郭和立是学校羽毛球队的队员，一打比赛我们大家都去助战加油，她还得过女单冠军呢！张燕云是游泳队和长跑队的队员，学习之外的很多时间还要参加训练，但她功课一直挺好。给大家留下深刻印象的是她滑冰也滑得好，穿着一双跑刀冰鞋，滑起来双手背在身后，很有运动员的范儿，在学校运动场的冰面上格外引人注目。在她的带动下我们这些不会滑，还有些从来没滑过冰的人都认真学起来，不怕摔跤，从中体会到了在哈尔滨冬天滑冰的乐趣。在两位运动健将的带动下，我们其他人也积极参加体育运动。印象挺深的就是有一年校运动会，女子1 500米只有一个人报名，那时即便是获奖了也没有什么奖品，但前三名是有分的，得了分可以为班里争光，当时在班长和很多同学的"怂恿"下，孙虹和张小虹还真的去报名参加了比赛，这是她们人生第一次参加这么长距离的比赛。虽然她们比第一名落后了将近一圈，但最终还是坚持下来了，得了第二和第三，不仅为班集体添了分，也战胜了自我，赢得了人生一次重要的挑战。

我们的业余生活也挺丰富多彩的。大家都爱玩，夏天游泳，冬天看冰灯，春天秋天结伴去逛大街。我们还曾经筹划过一起去镜泊湖游玩，但终因时间问题没有成行。但我们曾一起带着吃的去公园游玩，一起去江南村饭店吃"大餐"。为了占到一个桌子，我们还要站在人家背后，用脚踩着人家吃饭顾客的凳子，等着人家吃完，空出位置后我们才能坐下吃饭。

为了能在第二天上课时得到一个好位子，我们经常提前在大教室占座，七个人就占一大溜座位。一次我们去看连场的夜场电影，结果误了早上的课。那一溜空位非常显眼，后来连我们自己都觉得不好意思。其实学习上我们也挺刻苦，拼搏精神并不输男生，而且我们各有所长，成绩也都不错，这在日后工作中体现得非常清楚，人人都是工作中的能手。

印象最深刻的是每晚关灯后的十几分钟，那是我们的卧谈会时间。只有在期末考试那些天卧谈会才休会。我们七个人天南海北、上天入地无所不谈。其实每天晚上从大教室回来，大家多少都有些饿，最多也就是吃点饼干垫垫。所以卧谈会谈得最多的是家乡的美食，每到这个时候来自南方的郭和立和张小虹总能说得大家口水往肚子里咽，我们管这叫"精神会餐"，虽然不能填饱肚子，但至少精神愉悦，能睡个好觉。这个时候大家也最愿意听张燕云讲内部电影。我们七个人经历不同、见识不同，卧谈会也无形中传播了知识，长了见识。有时卧谈会也会集中讨论白天学习中遇到的共同问题，黄群记性最好，躺在床上还能演算好多步。就这样我们常常意犹未尽地进入梦乡。

我们在学习上那种敢拼搏、善拼搏的精神，日后都体现在了工作中。在工作中我们个个都具有果敢、能干、敢拼的精神，但从不蛮干。大家都在自己的工作岗位上，为祖国建设做出了贡献，同时也受到了周围同事们的一致好评。在家里我们当然是中流砥柱了，上有老、下有小，我们的责任重大。但我们依然能够处理好工作家庭的关系，享受愉快的生活。

2002年新年，我们班组织了一次20周年的聚会，当我们毕业20年后再次回到学校那个熟悉的环境时，见到过去教我们的任课老师，大家都非常激动。熟悉的校园让我们回忆起20年前的大学生活。我们七个女生变化并不大。大家彻夜聊天儿，聚会三天，几乎没有睡觉。我们在校园里转悠，寻找大学期间留下的记忆，标志性建筑物：主楼、还有我们每天都要去的电机楼、我们专业教研室等等，虽然都有些变化，但在我们眼里，那依然是最熟悉的地方，多么亲切。还有校园里的丁香树，多少次梦到那些淡紫色的丁香花。虽然是冬天，但我们似乎仍能闻到丁香花的香气。宿舍楼、食堂、运动场我们也去了……走在校园里，我们好像又年轻了，回到了大学时代。

2013年我们又在北京聚会，但有两人因故缺席。为此我们又张罗着再聚一次。2017年的秋天，我们七个女生相约又再次在北京相聚，远在美国的张小虹也早早做好了回国聚会的准备。

当我们再次见面的时候，大家激动地拥抱在一起。我们在一起有说不完的话，有对过去的回忆，也有对未来的憧憬。我们深深地感到，我们之间的友谊必定会地久天长。我们还请了班上在京的男生也来一起参加聚会，我们班男生孔祥清还为女生聚会专门赋诗一首。感谢老孔！现在就将这首诗作为这篇文章的结尾吧！

清平乐·祝女同学聚会
二〇一七年十月廿二日

重阳尚早，
仙女竞窈窕。
岁月四十人未老，
容颜依然姣好！

相识松花江畔，
相聚京城西南。
抚今追昔望远，
相约不见不散。

2002年新年在学校参加毕业20周年聚会

2017年秋我们相聚在北京

前排左到右分别是李蕾、张燕云、郭和立。
后排左到右分别是孙虹、张小虹、黄群、刘英

2017年10月22日合影

7863　朴寅荣

入学 40 周年纪念

今年是我们纪念入学40周年，回顾读书的时节，那个青春火热的年代，同学们年轻的面庞、鲜活的身影展现在我的眼前。五月丁香花的气息犹在鼻端，早晨阳光照射的校园恍惚在眼前。母校，你好！同学，你好！年轻的校友，你们好！

我想抓住流逝的时光，我想找回过去的岁月，可是我知道往事只能回味！

40年前，我们班31个人，与全校近千人从祖国的天南地北、五湖四海走到一起，来到鼎鼎大名的哈尔滨工业大学。我们从此成了同学！

走过40年长路，我们两鬓染霜，皱纹上面。我发现同学二字是如此亲切，如此深长，如此情重，就像百年老酒，弥足珍贵！

我们中间有老三届的大哥大姐，经过沧桑；有下过乡、插过队的青年才俊，风华正茂；也有刚出中学校门的稚嫩少年，天真烂漫。那是一个大时代的开始，我们年龄不同、阅历不同、习惯不同、性格不同，但我们一起见证并参与了祖国伟大的复兴！

哈尔滨是天鹅颈下的明珠，哈工大是工程师的摇篮，我们是世人瞩目的骄子！

宽大的黑板前面，老师清朗的声音犹在耳畔。那一份渊博、那一份潇洒令人至今仰慕！

清明节到烈士陵园扫墓，人们发现工大的学生队伍穿着最为朴素，那是因为我们注重学问和品德。

我们同学真有人早晨5：00起床跑步，锻炼身体，那是因为相信良好的体魄是事业成功的本钱。

我们同学真有人晚自习11：00回到寝室，我们相信铁杵可以磨成针！

我们同学真有人整篇背诵英语经典，朗朗上口；也有人跑到松花江畔找外国友人练习口语，我们相信功夫不负有心人！

有一年春节我们班有同学留在学校过年，大哥大姐组织我们包饺子，那一份温暖、那一份兄友弟恭、那一份和谐永难忘怀！

最初的三个月，由于扩招我们几十个人住在大教室就寝，磨牙打呼噜时常发生，有一晚一声虚恭响起来，有同学说"浊辅音"，引起大笑！那是年轻的幽默！

走过了欢笑，走过了风雨，如今我们的同学中间走出了专家、教授、企业高管、政府领导。大家都在各自的岗位做出了卓越的贡献。这是时代的辉煌，也是我们同学的成就！

当我们把个人的追求融入祖国建设的大业中，我们的才华一定可以施展，我们的抱负一定可以实现，我们的生活一定可以圆满！

祝愿母校兴旺，祝愿老师安康！祝愿同学快乐，祝愿学友成功！

7765　吴绍春

7765——永远的哈工大人

——数字告诉你这是一个怎样的集体

相　聚

1978年3月，南腔北调的帅哥靓妹，风华正茂的俊男俏女，齐聚一堂，在冰城哈尔滨，在哈工大的温暖大家庭，形成了一个叫作7765的34位大学生的集体。这曾经是一个怎样的集体？下面的数字会告诉你，是的，数字会告诉你！

7——七仙女下凡。貌美如花的同学七姐妹。

4——四位老三届大哥哥。最大的1946年，三位1948年生。

5——五位小弟弟妹妹。1960年、1961年出生。

3——三人已经结婚，共有六个娃。

5——罗建业的五。上大学前，工、农、商、学、兵都做过。

3——三大宿舍。一宿舍、二宿舍、电机楼宿舍。

4——二宿舍是女生宿舍，房间号分别是 3070、3072、3073，还有电机楼教室，是最开始住的大教室，除了六系外还有四系女生。3070 是当时唯一的朝阳房间，照顾给了当时身体不太好和年龄小的同学。

5——地下室 6 号、地下室 8 号、地下室 9 号、2107、302，这些是一宿舍男生宿舍房间号。

2——两间专用教室，先后是主楼 302 和电机楼 30002。

9——九大属相。鼠牛蛇马羊猴鸡狗猪。

9——九大省市自治区。他们是：来自北京的郑一菡、薛剑华、刘航；辽宁的王晓明、李传宝、李高；河北的任伟；江苏的夏青；湖北的黄桂兰、刘艳平、徐湘元、周向阳；陕西的罗建业、陈发刚、李惠忠；贵州的饶玉梅、杨再义、卢真；四川的王洪诚、吴运强；黑龙江的李晓茹、赵丽云、王丽辉、于源、王江南、张海泉、法京怀、高南、张凯、王松、王明彦、于渤、吴绍春、王景颖。

2——两个大个子。190 厘米的身高，让许多人仰慕。

20——二十个姓氏的集体。

36——后来，从兄弟院校转过来两位同学陈非和李宗明，36 成为 7765 班的最大同学数。

正是：昨夜西风凋碧树，独上高楼，望尽天涯路。

同　窗

4 年难忘的大学生活，1 460 多个日日夜夜。多少魂牵梦绕的回想，多少终生难忘的记忆，多少激动人心的场景，多少心灵深处的痕迹。师生情、同窗谊、经历、体验、感受，该如何诉说，该怎样表白？还是让下面的数字一点儿一点儿告诉你。

1-3-12——以吴绍春为核心的班委会，在罗建业为首的党小组和李晓茹为首的团支部的共同帮助下带领全体同学努力学习，各项活动奋勇争先。班委会和团支部，先后有 12 人担任过成员为大家服务。他们是：班委会的吴绍春、王江南、于渤、饶玉梅、刘艳平、王洪诚、薛剑华；党支部的罗建业、李晓茹、吴绍春；团支部的李晓茹、王明彦、吴运强、饶玉梅、徐湘元。

8——八个课程的学习辅导小组：英语、高等数学、物理、电工、电子、电机、控制原理、专业综合，持续坚持3年。

10——十大课代表都是辅导小组的义务小老师。郑一菡、王晓明、高南、王江南、夏青、薛剑华、李传宝、法京怀、刘航、李惠忠以及于渤、王明彦、吴绍春等等，都为此做出了贡献，成功的学习辅导模式还吸引许多兄弟班级的同学效仿。

6——六个最重要的自习阶梯大教室：30029、30030、30012、3011、3028、3030。

5-1——王江南的五个一。大兴安岭高考第一，电工竞赛第一名，计算机语言编程第一，班里唯一直接考入清华大学的研究生，兄妹一起到哈尔滨读大学。

5-1——王晓明的五个一。一个人同时学习两个专业，一样优秀，上学前就是一个青年技术革新能手，大学期间发展的唯一党员，唯一的博士后，唯一的少数民族学生。

5-1——于渤的五个一。哈尔滨高考状元，学科大跨度改变，哈工大管理学院院长，哈工大二级教授，哈工大民盟主委。

1-14——一门必修课程，高南十四天自学通过考试，化学课免修。

3——制图作业严格要求，吴绍春的作业退回三次才合格。

1——电工课程，课堂笔记就是一本好教材，清晰精准，简明扼要，系统实际。

95——一门课程，95分才是优秀，全班90%以上优秀。个个堪称学霸，远远超越学霸！

3-1——每天三个单元，持续一个暑假。夏德钤老师，现代控制理论精彩演讲，大师风范，记忆犹新！

40——四十位教师教过我们。赵松元、田恩瑞、杨克劭、张宗达、孙振奇、金永洙、李碧娟、罗振富、吴世珍、吴时起、娄雪清、杨国兴、许承斌、陈泽进、蔡维铮、张子忠、刘松枝、王笃之、王知行、李继凡、陈俊林、陈景春、袁克敏、赵志纯、夏德钤、夏承光、宋世光、孙秀芳、方月泉、徐志筠、冉树成、孙铁成、卢伊、刘金琪、胡慎敏、孙迪生、蒋学弟、梁景凯、赵昌颖、郑载满。深深鞠躬，特别感谢！

2-7——毕业实习两个小分队，毕业设计七个小组。真刀真枪，理论实践。

12——十二人的北京毕业实习小分队，自带行李，住在天宁寺小学教室。一只胳膊一晚上蚊子咬了七十二个包！首钢、特钢、自动化研究所、数控机床所都是实习基地。在特钢喝光工人弟兄们的防暑降温汽水。

1-8——每天中午一点晚八点准时听广播学英语。

21——最多时自费订阅二十一份杂志。

8——最熟悉的八位教材作者名字。樊映川、程守珠、赵凯华、邱关源、李友善、夏德铃、绪方胜彦、季米多维齐。

11——每天晚上十一点，学校各个教学楼要关闭清楼。大家都把自习室转到宿舍房间、床上、厕所、卫生间、走廊，甚至月光下，都是读书的地方。

17-18——每日每人平均学习读书时间17到18小时。

5——五多是六五专业的特点。课程多，课时多，作业多，报告多，动手实践多。

丰富多彩的大学业余生活，也留下了一串串的数字。那是一个缺乏书籍，缺乏教材，缺乏纸张，一切文字材料都是手写，一切都要靠双腿双手的年代；缺乏食品，缺乏营养，更缺乏睡眠的年代。物质匮乏，设备简陋，条件艰苦，生活清贫，大家却是信心百倍，精神饱满，朝气蓬勃，动力十足！拼搏进取的精神从来不缺乏！

2——高南，李惠忠两人阑尾炎手术住院，同学精心照顾。

18——十八种运动健身活动。老动物园晨练，向松花江跑步，哑铃操，床上俯卧撑，引体向上，掰手腕，二人碰，游泳，滑冰，划船，排球，篮球，足球，羽毛球，棋类，扑克，桥牌。乒乓球是一种奢侈啦！

我们班曾获得77级新生运动会团体总分第二名和1978年春季长跑接力赛的第7名，新生田径运动会百米第3名，校田径运动会百米最好成绩第4名。篮球和排球也是同学们喜爱的运动项目。

12——十二项有意思的娱乐活动。唱歌，参加舞会，看电影，太阳岛野餐，松花江泛舟，斯大林公园漫步，新年联欢，兄弟班级联谊，包饺子，打雪仗，看冰灯，接送站。

11——十一种劳动。洗衣服，宿舍房间清理，实验室劳动，校区卫生打扫，扫雪，帮厨，封窗，冬季蔬菜窖藏，植树绿化，维修电路桌椅，修江堤。

9——家庭人均生活费九元以下可以申请人民助学金，解决了很多同学的经济困难。

4——四位家在哈尔滨的同学，李晓茹、王松、于渤、法京怀经常以不同方式为大家提供帮助。

2——周向阳、卢真两个报童。天天为大家取送报纸、小件、来信、杂志及各种信息通知。

3——三个班主任。刘丽娜、姜成国、刘金琪。

3——三件宝贝。高南的大书包，王松的大茶缸，老罗的特色帽。

1981年12月哈尔滨工业大学7765班全体同学毕业留影

1——一次冲突。和兄弟班级在食堂发生过群体性肢体冲突。在全系大会亮相，做出深刻检查。

2——两次重要活动。一是代表全校大学生和日本校友同窗会进行专门座谈；二是受学校委托，组织全校新年游艺联欢晚会。

10——当时喜欢的十大歌曲。《祝酒歌》《桃花盛开的地方》《在希望的田野上》《妹妹找哥泪花流》《太阳岛上》《外婆的澎湖湾》《绿岛小夜曲》《北国之春》《年轻的朋友来相会》。

这些数字，像一串串珍珠，连接起当年激情燃烧的岁月；像一个个音符，唱响当年青春如火的赞歌。

正是：衣带渐宽终不悔，为伊消得人憔悴！

毕 业

放飞自我，梦想启航，新的生活从这里出发。贡献的渴望，未来的憧憬，拼搏的激情，献身的精神，责任的担当，变成了勇气、动力和实践。小心地确定人生目标，找准自己的坐标系，走向热火朝天的建设第一线，融入浩浩荡荡的改革大潮，去接受祖国和人民的考验吧！去奉献自己的才智、青春乃至生命吧！在不断的创新中实现自己的价值吧！最简单地诉说着这一切的，还是下面的一串串数字。

11——毕业后奔赴十一个省、市、自治区。北京、内蒙古、辽宁、天津、河北、湖北、贵州、四川、江苏、上海、黑龙江。

4——四人去了航天基地。061基地的杨再义、卢真、饶玉梅，062基地的王洪诚。

18——十八位同学先后为航空航天领域工作。

9——九人继续在学校学习和工作。四位教师，李晓茹、王明彦、于渤、吴绍春。五位攻读研究生，王晓明、李惠忠、高南、刘航、法京怀。

1——李惠忠出国留学攻读研究生。

1——王江南攻读清华大学研究生。

14——先后十四人攻读研究生学位。他们是王江南、李惠忠、刘航、高南、法京怀、王晓明、夏青、王明彦、于渤、周向阳、李传宝、黄桂兰、吴运强、徐湘元。

5——五位博士。夏青，清华大学博士；法京怀，中科院博士。美国博士；于渤、王明彦、王晓明，三人都是哈工大博士。

17——先后十七人做教师。王明彦、王晓明、王洪诚、王丽辉、于渤、刘航、李晓茹、李惠忠、高南、夏青、法京怀、黄桂兰、杨再义、饶玉梅、徐湘元、张海泉、吴绍春。

14——其中十四人担任的是电气工程，自动化和控制等等专业高等教育者的角色。完全可以支撑一个遍及海内外的电气工程及其自动化的人才培训基地，形成一个开放动态的电气工程师资培训源。

14——十四位企业家和创业者。他们是张凯、薛剑华、李高、李传宝、罗建业、吴运强、周向阳、高南、王晓明、于源、法京怀、李惠忠、刘艳平。

0——班级没有一对同学夫妻。后悔？！

2——两名同学英年早逝。王景颖、薛剑华，大家以各种形式表达慰问和怀念！

6——7765班级六位同学的子女成长为哈工大校友。赵丽云女儿，航天学院；王明彦儿子，航天学院；吴绍春女儿，机电学院；吴运强女儿，管理学院；李传宝女儿，电气学院；于渤女儿，建筑学院。

4——四次聚会，友谊地久天长。

第一次相聚回母校，18人再话同窗情。照主楼，走校园，见老师，回教室，吃食堂，看宿舍，品美食，逛虎园。

第二次，24人聚北京，不到长城非好汉！八达岭上留倩影，航天院里欢乐谈。朝夕相处说不够，羊大爷馆火锅圆。

第三次端午节冰城再见面。那是一个轻松休闲的时刻，那是一回春风满面的旅游。太阳岛阳光，湿地公园情话，知青饭店的茅台香甜，科技园里的回忆交流。一本画册影集汇总了多少友谊和思念！

正是，每每端午节，回忆当年夏。班庆重聚首，太阳岛如画。梦乡去高考，还是哈工大。7765情，永远传佳话！

第四次2014年23人齐聚鹏城。追碧浪，观海岛，吃鱼宴，品龙虾。有诗为证。

一、莫嫌波涛海水浑，深圳妙聚足鱼豚。屿重水复千条路，椰岸奇石度假村。船叟呼号仙岛近，怪树异花粤风纯。真想夜夜赏明月，欢天喜地南海门。

二、四聚情缘汇鹏城，鱼头飞天第一功。真心实意学友笑，奇思妙想鬼神惊！呼风唤雨战涛海，多情善意品人生。无怨无悔豪气壮，说到做到东北风！

三、至尊酒店贵客迎，云海山庄神仙临。欢声笑语惊喜见，热情周到接送勤。纪念体恤抒情志，留影抢拍动人心。常忆鹏城佳话事，永远7765人！

四、甲午之秋聚鹏城，红花绿叶总关情。仁哥睿智顶天地，一姐牡丹别样红。狗猴鸡羊牛猪鼠，苦辣酸甜乐闲诚。回眸人生淡然笑，花甲之年更顽童！

第四次聚会薛建华老大哥抱病参加，感动了每个人。

5——李惠忠、周向阳、于渤、高南、王晓明五位同学分别为四次聚会做出了特别贡献！深深感谢！

做出贡献的还有薛建华、夏清、李传宝、李晓茹、王江南、郑一菡、罗建业、饶玉梅等同学。非常感谢！

青春无悔，岁月如歌，追梦人生，感慨万千。在纪念入学40年的今天，在大多数同学步入花甲的阶段，在祖国日新月异发展的新时代，在面对母校的未来和众多新校友的此时此刻，该怎样表达我们的心情、态度、体会和思考，该怎样诉说我们的经历、考验、信念和理想，该怎样总结我们特别的人生？还是让数字告诉你我。

8——八大概念塑造了工业自动化专业的人才规格和事业规格：系统思维，跟踪指令，闭环反馈，抑制干扰，消除偏差，快速响应，渐进稳定，控制精度。

8—八行诗句表达心声。

纸上得来终觉浅，绝知此事要躬行。

问渠那得清如许，为有源头活水来。

曾经沧海方懂水，除却巫山心有云。
山重水复千条路，柳暗花明在选择。
不畏浮云遮望眼，只缘身在最高层。
情系家国神极美，腹有诗书气自华。
规格严格一生美，功夫到家万事成。
天马行空心无限，老骥伏枥梦不休！

哈工大不仅仅是培养工程师和科学家，而是要培养各行各业的领军人物和世界领袖。哈工大不仅仅是一个技术大学、科学大学，而应当成为一所伟大的大学！

5——五种特性。

一是强大的内在动力。强大的内在动力促使我们努力学习、追求卓越、自觉钻研、主动拼搏。

二是自学能力、适应性极强。

三是特别的责任感和使命感。表现出坚韧不拔的精神和耐心执着。

四是承上启下，继承和创新并重。

五是心中有大爱，追求真善美，永远乐观地面向未来！

这些就是哈工大7765自动化人的一些简单数字。平平凡凡，普普通通，平凡中创造了许多奇迹和成就，普通里蕴含了许多胜利和成功。这是青春和智慧书写的时代风采，这是艰辛和汗水浇筑的大写人生。

我们懂得，深深地懂得，我们的大学教育有许多缺陷，我们的生活经历有许多遗憾，我们的成长过程中有过许多艰难困苦，我们事业发展中有过许多失败和曲折。勇敢面对，不能躲闪！这就是我们的态度，这就是真正的生活，这就是实实在在的人生！正是岁月的风风雨雨，正是人生的艰难困苦，正是面对迷茫困惑的反思和坚持，正是面对困难的拼搏与执着，使我们越来越自信，越来越坚强，越来越耐心，越来越从容。以我们不尽人意的努力，换来祖国不断的进步和革新，换来社会的更加文明和繁荣。这就是我们的人生价值！

这就是7765这个班级集体。中国大学77级的一个代表、一个缩影、一个典型、一个案例。

正是，众里寻他千百度，蓦然回首，那人却在灯火阑珊处。

7767　刘新保

我的爱情故事

1978年3月，我满怀金榜题名的喜悦，带着简单的行囊和对未来的美好憧憬，从河南北部一个小城来到了哈尔滨。一出火车站，就看见了哈尔滨工业大学的迎新接待站，大红的欢迎横幅，热情的老师，顿时让我这个举目无亲的学子感到了前所未有的温暖。

在办完相关手续后，一个女教师帮我将行李送到宿舍，这是我生平第一次接触高校的女教师。只见她气质高雅、形象美丽、端庄贤惠，三四十岁的样子。她不但非常热情，还以自己羸弱的身体吃力地帮我拿行李，无论我如何劝她，均改变不了她的初衷，一直将我安顿好才离开。我的内心被深深地震撼了：对于我这个从未见过如此高贵女性的男孩子来说，世界上竟然有如此美好的事情被我遇到了，其中的感受是无法用言语来形容的。这是进入哈尔滨工业大学第一天给我的印象。后来得知，她就是我们专业教研室的王素琴老师。在以后的工作和学习中，王老师都给予了我很大的帮助。现在听说王老师已经永远离开了我们，现在仅以上面的文字来表达我对王老师崇高的敬意和永远的怀念。

几天后，我们全班同学见面了，由于哈工大是工科院校，女生很少，自然少数几个女同学是非常引人注目的。她们虽然来自不同的省份，气质各异，但是她们有一点是共同的，就是个个家庭出身良好、经济条件优越、学识渊博、气度不凡。当然，她们都是学霸兼美女。

面对我们班上的女生，在入校第一天所受到的震撼又一次来临。对于我这个出身于普通家庭的男孩子来说，自己只是一只"癞蛤蟆"，面对着一群"白天鹅"（而且数量很少），自卑的感觉油然而生。但是，能够在哈工大提供的如此美好的环境中度过自己学习的几年时光，也算是三生有幸了。在随后的一次基础课的摸底考试中，自己考试的结果是不及格。这样一来，自卑感自然是有增无减。

虽然自卑，但是对于经过了千军万马走过独木桥的男孩子，自立自强的本性是不会泯灭的。经过三年多的苦读，我在学习上取得了长足的进步，尤其是在数学和物理上都取得了优异的成绩。随着成绩的取得，癞蛤蟆想吃天鹅肉的想法自然而然地就逐渐开始萌发了。

从此我就开始留意我们班上的女生，不久一个美丽的女生就进入了我的视线，她出身良好、仪态端庄，长着一双美丽的大眼睛。在一次我们系里组织的联欢会上，她的一曲《吐鲁番的葡萄熟了》不仅征服全场，也深深地打动了我。她不仅嗓音高亢，平常说话也婉转动人，听她说话，简直就是一种享受。同时，她不但没有高干子女那种居高临下、颐指气使的做派，而且非常富有同情心，热心助人。在一次旅游的旅途中，遇到了旅游景点讨钱的人，她几乎倾其所有，将自己不多的钱财统统拿了出来，以至于使自己无法脱身。后来我上演了一出英雄救美，方才脱身。所有这一切，都使我深刻地认识到这是一个可遇不可求的好女孩。

既然有了目标，首先就是进一步提高自己以求能够配上心仪的女生。由于我一直都喜欢工科，对文科不感兴趣，自然相关的学识就少得可怜。为了自己心仪的女生，就开始涉猎文学、政治、经济、历史等诸方面的知识。同时积极参加、组织班上的各种活动，来提高自己各方面的能力和气度。同时也算是利用各种场合来展示自己的羽毛，从而争取自己心仪女生的青睐。再就是经常对她献殷勤，不管需不需要。以至于习惯成自然，在2012年我们班同学聚会游览镜泊湖时，陪同我们游览的哈工大镜泊湖疗养院经理当着我们全体同学的面调侃我："你看着人家漂亮，现在来献殷勤，晚了！"惹得全体同学哄堂大笑,他自己也闹得个悻悻而归。这也成了我们同学当中流传了许久的一段笑谈;当然,这是后话。

经过一段时间的努力,自己各方面都有了很大的提高,与自己心仪的女生也有了一定的交往。此时吃天鹅肉的信心自然而然地就提高了,一颗青春萌动的心就开始蠢蠢欲动了。自认为准备工作做得差不多了,下一步就是等待机会了。

机会终于来了,时间到了1981年的9月,全班进入了毕业设计阶段,离毕业只剩下3个月的时间了。机缘凑巧,自己心仪的女生来找我请教一些有关物理方面的问题,由于我的物理学得比较好,这样的情况过去也是司空见惯的。可是今天不同,我要下决心表白了,过了这个村就没有这个店了。我全身的血液都要沸腾了,可是我在紧张之余,嘴巴却不听使唤了;无论如何也说不出口来,真是急死人了。急中生智,我就在一张纸上写下:"你问了我那么多的问题,我可以问你一个问题吗?"她有些诧异,稍微停顿了一下,就在那张纸上写下了"你问吧",我就急急忙忙地写下:"你有男朋友吗?"她毫不犹豫地写下了"没有"。看到此情此景,我内心狂喜,心简直就要跳出来了,赶紧写下:"我可以做你的男朋友吗?"写完后,我如释重负,同时就是静静等待;当时的心情就如同一个囚犯在等待法官的判决,脑子一片空白。只见她写下了"我们晚上在哈尔滨铁路局小树林见面"(注:当时哈尔滨铁路局就在哈工大的斜对面,主建筑两边各有一片非常美丽的松树林),然后就转身离去。天哪!这是真的吗?我全身的血液仿佛一下子凝固了,只是静静地坐在那里发呆,半天都没有回过神来。在确信这一切都不是做梦以后,我仍然感到难以置信,难道我在进入哈工大第一天感觉到的无比愉悦的震撼将会伴随我的一生。我太幸福了,哈工大再一次为我打开了幸福之门。

在以后的3个晚上,我们在哈尔滨铁路局小树林进行了初步的交流,谈各自的过去,谈各自的家庭状况,谈各自的价值观和人生观等等。在各自的观点取得一致的前提下,于第3天我们共同饮用了一瓶吉林通化葡萄酒(价格0.76元),对月盟誓,此生此世永不分离。那天的月亮出奇地圆,月光出奇地亮,好像月老也在为我们祝福。当然,哈尔滨铁路局小树林也成了我们除了哈工大之外第二个难忘的地方。每当我们回到哈工大后,也必然到那里看看,重温当时幸福的往事。

在经过以后2个多月的互诉衷肠,感情进一步加深的同时,我们的毕业论文都顺利地通过,然后共同踏上了回家探望双方父母的旅程。

现在，我们都已经退休了，但是凭着在哈工大学到的各种知识，都在忙着各自的事业，继续为国家的发展和建设做一些力所能及的工作，不辜负哈工大对我们的期望。

最后，将一副古人的对联送给所有看到这篇短文的校友，以表达对大家今后生活的祝福。

上联：享清福不在为官，只要囊有钱，仓有米，腹有诗书，便是山中宰相。

下联：祈寿年无须服药，但愿身无病，心无忧，门无债主，可谓地上神仙。

横批：天天快乐。

77922　　王雨丛

楠田先生和小张

　　大学四年，几乎每天都在紧张的学习生活中度过。而这又使当时仅有的一些插曲变得极为宝贵。在这里我回忆一下和同学们一起参加演剧的往事。

　　1978年春我们刚入学时学校遇到了一个困难：英语老师不足。没办法指定了一些班级以日语为第一外语。我们专业有两个班，我所在的二班就被选成日语班了。

　　那年冬天，学校举办外语口语竞赛活动。半年多来同学们学习热情异常高涨，日语水平进步很快。这次班里出一个什么节目，活跃分子们在暗中盘算着。

　　恰好这时，方苏春在校外遇到了一件事，由这件事引出了后来的那一场戏。话说那天老方到秋林公司买东西，碰到一个日本老头想找厕所，和店员又说不通，正急得抓耳挠腮，老方把半年多的学习成果发挥出来，几下子就把那点儿事儿摆平了。附带着，又给他讲了一套中日友好云云，感动得那老头一个劲儿哈腰，还又照相，又留地址的。

　　班里的刘剑虹点子多，而且当时正琢磨编节目的事。方苏春和日本人的遭遇战触发了他的灵感，很快他构思出了一个小节目并讲述给周围的同学听。大家听后都觉得很好，于是又七嘴八舌、添油加醋，就形成了一幕话剧。情节是一个日本教授楠田在工大校园里转蒙了圈儿，正逢一个一年级学生小张在念日语。他如逢救命稻草过来搭讪，不料小张一问三不知，好在翻译赶来才解了围。从此小张为了中日友好刻苦学习日语，到第二年再次遇到楠田来访时竟用流利的日语与其交流。老楠田对此感动至极，对工大学生大加赞赏，最后和同学们一起唱起了《我爱北京天安门》，剧名就取为《楠田先生和小张》。

剧情虽然简单，但有中文，有日文，还有翻译出场，谁都能看懂。而且剧中有笑点，高潮时欢歌笑语，场面也很热烈。参赛那天，大刘从亲戚家借来了两套那时少见的西装和领带，日语老师借给我们一部旧照相机作为道具，一出场就震撼了观众。

此次参赛我们自我感觉还可以，而且得了一个奖。事后参加演出的几个人冒着严寒在主楼前用那部旧相机照了穿西装的照片，算是给参赛画上了完美的句号。那是我第一次穿西装，也是第一次一个人在主楼前照相。照片印出来赶紧寄回家，乐坏了老爸老妈。

时间一晃半年多过去了。当79级新生走进校园时，我们被课程追赶得早把演剧的事忘光了。可是上边指令下来，让我们在欢迎新生的晚会上演出那场戏。就这么着，本来已经翻片儿的事儿又翻回来了。

剧组成员重新聚到一块儿商讨对策。为了让学弟学妹们看懂，我们修改了剧本，增加了外宾讲故事的引子以及其他几个娱乐性的情节。又向学校借来几套教师出国访问用的西装，强化了外宾的阵容。经过一番努力，我们成功地完成从外语竞赛的文化节目到面向一般观众的文艺节目的转型。

这次演出肯定很成功。不仅新生没有吝啬笑声和掌声，而且更重要的是学校文工团负责人于老师（他有一个可爱的绰号：于胖子）钦点我们和校文工团一起参加全省大学生文艺汇演。

这事儿既然弄大了，我们也认真对待。不仅修订了剧本，还特意请著名的老文工团员杜秀梅老师来指导。这位杜老师演出经验极为丰富，指导也不含糊，从发音到语调，从走路到表情都进行了严格的训导。我们虽然伤了一点儿自尊心，却大大地增加了演出的自信心，觉得或许和校文工团能接轨了。

哈工大演出专场设在黑龙江中医学院礼堂。开始我们被安排在后台看演出，咱校文工团的水平也太高了，侯珍秀、孙跃虹的独唱，于向伟等人的舞蹈，刘英的扬琴独奏，还有民乐合奏、弦乐四重奏、相声、杂技等等，个个精彩，座无虚席的剧场一再爆发出热烈的掌声。

最后的压轴戏就是我们的话剧。朝鲜族的张英俊日语极为地道，扮演楠田绰绰有余。曹利、刘剑虹也都西装革履扮演外宾，像模像样。高娟娟稳重大方，发音标准响亮，简直就是为剧组准备的翻译扮演者。首先领外宾出场的老大哥张泽国俨然是一位外事办搞接待的老手，声音也富有感染力。调皮的学生由鲁云演，他带着排球出场，说话满嘴川味儿，引来了台下阵阵的笑声。还有在最后联欢时演学生的张玫、戴虹和方苏春，表情动作自然得体，烘托出庄重且热烈的气氛。帅气的吴昆把手风琴一拉，瞬间就把剧情推向了高潮。现在想来我们半个班站满一台，这阵容真够强大了。对了，忘了说我自己了。我平日见生人有点儿腼腆，扮演那个刚学日语，见到日本人说不出话的男一号小张都不用特意装，两个字：真实。剧演到最后，台上伴着手风琴唱起了《我爱北京天安门》的歌声。随着大幕缓缓落下，场内响起了经久不息的掌声。

这次全省文艺汇演咱们学校战果辉煌，拿了许多奖。《楠田先生和小张》也是获奖节目之一。快40年了，当时的情景仍然历历在目。因为在我们的集体里，大家才迸发出火一样的热情，成就了这幕话剧。因为学校给我们提供了大舞台，才使我们能在排练、演出中切磋、成长，加深了友谊，最后为母校赢得了荣誉。感谢同学们，感谢母校！每当想起这些往事，内心不免泛起一丝幸福感来。对我来讲，参加演剧的经历就是给我大学生活这块玉锦添上的一朵美丽的小红花儿。

2018年3月29日

7895 王德伟

7895 班的青葱交响乐

"世人所难得者唯趣。"回望 40 年 7895 班焊接专业同学情谊那些轶闻、趣事，仿佛如乐章，绕梁不去，难以忘怀。

奏鸣曲：窈窕淑女

一次校系组织以班级为单位的文艺汇演。我班出男女声二重唱。我想这本是两个人的事，但班长刘景松显然不这么认为，说要班级组成乐队伴奏，由班文体委员负责。我当时想，唱歌的都凑不齐，拿我充数，哪来的乐队啊？还别说，两周的时间，张吾言拉手风琴，刘延伟吹笛子，刘晓哲拉小提琴，张明拉大提琴，芮亚俊弹吉他，卢建设拉二胡，一个简洁而不简单的班级乐队，在大家疑惑的目光里就这么着成了。到现在我都敢问，在全国理工高校的班级里能组织这么个乐队，除了王牌专业，还有谁？

演出那天，我很忐忑。事先安排第一段我唱，第二段齐晓冬唱，第三段两人合唱。

可我一上来就把晓冬的歌词给唱了，当时地板要是有个缝该多好啊！正在我情绪凌乱时，比我小两岁的晓冬不愧拉过二胡，有很高的音乐素养，只见她气定神闲，中规中矩地按照原来的分工唱下去了。随着台下礼貌的掌声响起，我一颗悬着的心些许落地。后台里我不安地对晓冬说对不起。晓冬风轻云淡地说："没事，咱们唱得挺好。"事后同学反映说，二重唱不错，但有瑕疵，主要是晓冬不应该唱我唱的歌词。额滴神啊！不明真相的吃瓜群众往往具有决定力量，而亲历者已然无力回天了。唉，一想起晓冬，我到今天都很自责。毕业后，晓冬曾被评为大连十佳杰出青年，现已出国，却杳无音信。晓冬，你在他乡还好吗？

我班校文工团舞蹈演员魏健毅舞姿刚柔并济，詹婕舞姿婀娜柔美。他们曾以《妈妈，我们远航回来了》一段舞蹈亮相主楼礼堂，圈粉无数，詹婕成为79级男生的女神。都说防水、防盗、防师兄，但面对"狼多肉少"的险恶状况，师弟们也不能让师兄省心！现如今，师兄也联系不上詹婕了，让师弟惦记去吧。

冯雅芳在我班除了体育成绩良好外，各科全优。一次全校环城男女混合接力赛，铸造专业有个班是和尚班，需借一个女生，我们把雅芳借出去。哪知和尚班爆炸了，成绩竟好于我班。我班有校田径队中长跑的芮亚俊，有校舞蹈演员詹婕，怎么会输呢？和尚们，借一个女生有辣（那）么重要吗？才女现定居美国，她的毛笔字和陶艺作品造诣之深不输资深人士。出于安全考虑，就别让和尚们知道了。

前排三人从左起为郭宗兰、詹婕、奚瑾，
后排从左起为周毓书、吴国荣、齐晓冬、李悦，
图为游太阳岛

变奏曲：三人行

刘延伟会很多乐器，如口琴、笛子、二胡、钢琴等，常用左手指头模仿

1980年夏，从左起为蔡胜利、缪建国、张吾言、贾耀武、魏健毅

拉小提琴（有点像抽筋，你懂的），我和王军常向延伟讨教乐器的使用和音乐乐理等。一天，只见王军很投入地边唱歌曲，边用手指头按自己的腿，延伟见状问："军呐，干啥呢？"王军说："练拉小提琴指法呢！"延伟说："那也得是左手哇，你右手得瑟啥？"从此用右手指按腿成为我们之间的一大笑料。

那年，《再见吧妈妈》《血染的风采》等歌曲在校园流行起来。一天中饭前，王麟书百米冲刺跑向四灶，我与王军置熘肉段于不顾，在电机楼前，对着歌谱学唱着，一位同学凑过来也和我们一起哼哼。间歇时，那位同学指着歌谱上的一个数字问："这是四吧？"我被问得一蒙，耳边突然爆发出王军特有的大笑，那位同学见此便怏怏不乐而去。

1981年7月18日摄于松花江畔：从左起为作者、王军、刘延伟

1982年6月赵克山和叶炯掰腕子,王洪先打酱油,李少农拍摄

1981年元旦郭宗兰、奚瑾、吴国荣在寝室喝酒

那年猴票刚发行,王军和延伟也劝我买,我没上当。换成要邮的票存起来不费事吗?现在想来,我离那一整版的猴票(90~130万元)多近啊!可有一天,王军大声嚷嚷说:"不集邮了!"我忙问:"为什么呀?"原来陈孟江让王军看到一整箱私人邮票册。我现在都纳闷,陈班长,你上学带这么多邮票干啥子嘛?我常想,人富不富与钱离你远近有关系吗?

诙谐曲:群贤毕至

住过电机楼四楼大卧室的男女同学,还记得卧室里传来的小提琴曲吗?演奏者是刘晓哲。多才多艺的晓哲还是班级理发师,四年里我们头上的野草一般由他打理,水平虽不尽如人意,但大家还是乐此不疲。有同学反映说,毕业后再理发不习惯了,对着镜子都问:"这还是我吗?"同学,不带这样夸人的。

上学那会儿,听邓丽君的歌似有不妥,因为是靡靡之音。破校铁饼纪录的赵克山却从老丈人家里拿了一盒邓丽君的磁带,待到深夜,在宿舍里和几位知己偷偷赏析。余音绕梁间,不能喝酒的王洪先把克山好不容易从家里带来的糖蒜就着白开水给吃光了。唉,除了味重以外,这能扛饿吗?

李少农为学以致用婉拒导师让其回校深造,终以重大专利技术参股某公司,造福企业,造福社会,已财务自由。他现在是广东摄影界大咖,每周都在群里发摄影作品。周末福利,让我们这帮老男人都大饱眼福且心旌摇曳。

王青毕业后一直从事焊接工作,曾参加多项国防工程。在学校曾是我校十大歌手

前排从左起为吴国荣、李悦、奚瑾、后排从左郭宗兰、齐晓冬

1979年女生荡桨游太阳岛

之一,现在群里不辞辛苦,发挥优势,每周为大家献歌一首,保持多年,已蜚声麦界内外,引来女粉丝和女歌友无数。

群主马德安,南方人,入学时不足一米六,吃不惯北方的高粱米,但为了够吃,常用细粮换粗粮(可以多点)。两年后回家,个子竟长得进不去家门了,连老妈和妹子也认不出来,你说北方害不害人(东北话读 yín)?如今,德安不仅有眼前的证券公司,还有诗和远方,在群里经常诗兴大发。

鄂利国是我班焊接博士,现定居美国,他高超的焊接技术使他奔波于世界各地,但他以一首海子的《面朝大海,春暖花开》的诗朗诵而震撼全班内外,其朗诵优于"声临其境"的专业主播,就我有他专业选错的感觉(东北话读 gǎn jiǎo)吗?

冯振诚是老疙瘩(东北话读 gā da),但禀赋优异,气势逼人,出国多年统领外国公司,霸气外露。他在班级群里以一首《新的长征,新的战斗》清唱,展现出高超的美声功底,至此,7895有歌唱家了。我想问振诚老弟,改行后,这几年你跟谁学的唱歌呢?

在省高校运动会的头天晚上,刘波对李悦说了什么无从考证,第二天刘波就以全省高校百米冠军名震四方,且抱得美人归。说起班级伉俪,让人唏嘘!7895专

从左起为芮亚俊、赵克山、刘晓哲、周景开、魏健毅,在打闹

1980年7895-1游太阳岛　　　　　　　1980年夏7895-2在太阳岛上

业两个班，一班30人4个女生，成3对；二班32人，5个女生，1对没成。二班男生被鄙视为"怂二"倒也一针见血。可有人却认为不过是"肥水不流外人田"和"兔子不吃窝边草"的理念差距。得，还是面壁去吧！兔子的悲剧在于仅有远方的草而无狐狸的心。

终乐章：星辰大海

　　许多同学"为祖国为四化"默默无闻地奉献了他们的青春和热血。经常画竹子和临摹古人书画的杨多和，从来都是刚毅坚忍、果敢决绝。在国家重大的火箭发射现场都留下过他的身影，为我国的航天事业做出重大贡献。刘尔斌一向温文尔雅、宽仁睿智。他留学德国，曾先后服务于国企、外企和民企，现在焊接和机器人的高科技企业工作。王麟书素来低调谦逊、仁义敦厚。毕业后去哈焊所工作，一直担任中国焊接协会秘书长而奔波于海内外，为我国焊接事业做出突出贡献。王军始终豁达豪爽、奋进机智。虽经历人生坎坷，但始终不忘初心，砥砺前行，在沈阳大型国企担任副总多年，为我国"撒手锏"的生产做出突出贡献。

　　"白日放歌须纵酒，青春做伴好还乡。"同窗四载，我们骄傲地成为哈工大人；无悔一生，我们让焊接的火花点燃为国服务的热血。40年再聚首，我们无愧地谈笑凯歌还。在喜迎"哈工大77、78级相识40周年聚会"的日子里，我只想说，敬爱的哈尔滨工业大学，有你，真棒！亲爱的7895班的同学，有你，真好！

77 物师　邓　桦

同 桌 的 你

　　《同桌的你》这首校园歌曲，流淌着我们这一代人久唱不衰的情愫。每当朋友们聚在一起唱卡拉OK时，只要出现这首曲目，大家就会起哄："金光海，你的歌！""……谁娶了多愁善感的你……谁给你做的嫁衣？"金光海唱的是20世纪发生在77物理师资班的故事。

缘　分

　　1978年1月，"文革"后第一批参加全国高考的人们陆续接到各大院校的录取通知书。黑龙江生产建设兵团三师二十八团，一纸哈工大录取通知书把在不同连队务农、未曾相识的周辉和我一下子拉进了全团的公众视线。被录取的喜悦、对大学生活的期盼、对未来的憧憬，让我们一见如故，很快成为好朋友。

　　在从佳木斯开往哈尔滨的列车上，有两位去哈工大报到的年轻人相遇。对哈工大的向往让两个陌生小伙儿立刻有了共同的话题。来自黑龙江生产建设兵团的周辉，被录取到哈工大九系；来自绥化县的金光海，被录取到哈工大物理师资班。

　　听金光海说到"物理师资班"，周辉的眼睛一亮："我们团只有两个人考上了哈工大，

桃花潭水 | 235

另外一个是教授的女儿,她也被录取到了物理师资班!"

"教授",是当年高等学府里最高的教学职称。"文革"十年停止了所有职称评定,"教授"因稀少而更加令人敬重。工科院校的女生本来就是"稀有金属",装在"教授"的宝盒里又增添了一层"光辉"。"教授的女儿"这个词,在两位青年学子的心中擦出了小小的火花,已经相识的,多加一份敬重;未曾相识的,有了一份好奇。

入学第一天,全体新生在哈工大主楼门前的空地集合,我和周辉相遇,他指着各班的队伍神秘地告诉我:那个……站在物理班排头第一位的……就是和我坐一趟火车过来的!物理班里,金光海也在五位女同学中好奇地揣测:哪一位是教授的女儿?

高考报名时,我报考的是哈工大计算机专业,金光海报考的是哈工大无线电工程专业。哈工大基础部是在高考报名结束之后才确定要招收师资班学员。因为没来得及录取当年的考生,学校就从全校录取的新生中挑选出数理化成绩比较好的(传说中的故事),分别放到数学、物理、力学三个师资班中。两个本来在不同盒子里的小球,突然被挑拣出来,扔到了同一个盒子里,从而产生了全新的运动规律。

77级入校时,学校的教学设施还在修缮中,为了保证师资班的教学效果,学校专门为师资班开了"小灶"——分配了班级小教室。在物理师资班的教室里,大家相识还不到一周,聊得投机的同学们抢先选择了自己的同桌。这样过了一个学期,班长老马发现:爱聊天的同学坐在一起影响课堂纪律。一贯做"领导"的老马断然宣布,由他来重新分座。那个年代,男女生之间的交流还比较拘谨,老马就把班级的五位女同学和为"基地"代培的两位女同学穿插分配给了七位男同学,非常有效地改善了课堂纪律。我和金光海就这样"被同桌"了。

有些缘分,来了就是一辈子。

月 光

一天中午,在去食堂的路上,一个人在转卖黑龙江省歌舞团的演出票。那时,中午饭是大家每天最期盼的一顿"大餐",

下课后都恨不得一步跨到食堂，很少有人会对吃饭之外的事情感兴趣。"天上掉下来的馅饼"砸到了我，花钱都难买到的两张演出票就幸运地落在了我的手里！

同班闺密马代平因为有事，不能和我一起去看演出，这么好的演出票也不能瞎了呀！找谁一起去呢？近水楼台先得月！同桌交流的便利让金光海沾光得到了多出的这张票。

我和金光海在学校食堂吃过晚饭后，坐上无轨电车，一路顺利地到了坐落在松花江畔的青年宫。时间还早，就在江边聊一会儿吧！依着栏杆，微风拂面，夕阳辉映，江水荡漾。虽然平日在教室里也常聊天，今天的闲聊，在江边微风的吹拂下，却像松花江水一样泛起了层层涟漪，撩动着心弦。

省歌舞团那天演出的是 20 世纪 70 年代末刚刚出现的"轻音乐"，第一次欣赏这种风格的音乐，让我们耳目一新，如痴如醉！坐在楼上侧面独立的二人座位中，金光海不时地在我耳边讲解着萨克斯、双簧管等那些我在兵团宣传队也未曾接触过的乐器。我惊讶地发现他对各种器乐声音的辨识能力极其精准！他也不时地称赞我的音乐修养是"阳春白雪"，真挚的欣赏是滋润情感的花间雨，润物细无声。

音乐会结束了，我们俩仍然余兴未消，看着涌向无轨电车站的人流，他说："我们走一站吧！"

和所有那个时代的大学生们一样，我们每天学习到深夜，总在追赶远方的梦想，难得有这样放松的夜晚，江水、夕阳、音乐、月光，糅合出一个绚丽多彩的世界，我们俩边走边聊，徜徉在那个欢乐的世界中，忘记了时间的流逝，忽略了脚下的距离。月光下两个人的影子被渐渐拉长，从青年宫，一直到哈工大学生宿舍。

执子之手

同桌，就像"两家合厨"（那个时代特殊的居住风格），共用一个空间的"设计"很容易让本来独立的个体，为了活动的便利而结成统一的"共同体"：你用一下我家的酱油，我用一点儿你家的白糖——你借我一支笔，我用一下你的橡皮；你给我讲解一道难题，我帮你在大教室占一个座位……不知不觉中，我们两个人共同的空间就从一个课桌的范围，发展到了合并的人生轨迹。

同桌，为我们开辟了一个特殊的交流方式：当我身体不舒服的时候，它胜过一剂良药；当我因课堂内容艰涩难懂而眉头紧蹙的时候，它能放松我的精神，启发我的灵

感……它，是在课桌下面相互鼓励的两只手，任凭讲台上面"风云变幻"，桌子下面依然是"人间四月天"。手与手的"游戏"在后来的日子里一直伴随着我们，时常会带给我们穿越到大学时代的乐趣。

很多年以后我们才知道，当年在课桌下面偶尔的牵手，早就被后排的同学发现，给我们上小班课的专业课老师也有所察觉，然而大家都守护着这个秘密，祝愿我们的手一直牵下去。

78921 邢 军

永恒的记忆，深切的怀念

孙跃——78921同学，哈工大研究生毕业，材料学院教授，2017年因病去逝。噩耗传来，脑中瞬间空白，泪如雨下，痛心疾首，闷酒抒怀：

孙跃，你走得太突然！
虽有准备，却超出预感！
往事历历在目，仿佛就在昨天。
记得七九年春天，
你与我同赴北来顺饭店，
那是我人生头一次开涮。
你教我如何夹肉，如何使用佐料与筷碗，
我俩谈天说地，把酒言欢。

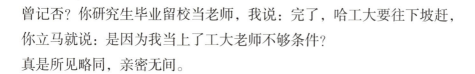

78921 孙 跃

曾记得，为解嘴馋，
常去你家蹭饭；
以学英语为借口用你的录音机而长久不还，
谁让你当时比我有钱。
你曾笑嘻嘻地说我英语没进步，音乐欣赏能力却一天强似一天。

曾记否？你研究生毕业留校当老师，我说：完了，哈工大要往下坡赶，
你立马就说：是因为我当上了工大老师不够条件？
真是所见略同，亲密无间。

记得不论何时何事，只要见到你，你总是对我嘻皮笑脸，我却不管你心里烦不烦；
尤其毕业后这些年，
我俩见面也较频繁，
或许你个人生活及工作中遇到过不顺或沟坎，但你给他人的始终是资助和温暖；
即使你在病危中也不愿让人看到你那被病魔折磨得变形的容颜。

最近几年，
我俩几乎年年见面。
虽然我可从机场直达哈站，
可你却总以霸王司机的嘴脸强行把我拉到饭店，
与在哈的同学不醉不散。
孙跃，我的同学，我的兄弟，我的朋友，今生有幸遇见你，真的无悔无憾！……
孙跃，为何人们常说好人一生平安？
那只是美妙的一厢情愿！
好人不一定长寿，好人未必就平安！
愿你在天之灵安息，希望梦中常与你相见！
再告知你一个坏消息：如今我亦已戒烟！

春华秋实

7814　张邦宁

迈入新时代

1978年是一个令人永世难忘的年代。祸国殃民的"四人帮"被打倒，结束了让国家经济濒临破产的十年，胡耀邦、邓小平、赵紫阳、万里等一大批无畏的革命家拨乱反正，使中国大航船驶向改革开放的方向，迈入新时代。这是恢复高考第二年，我已经32岁，在黑龙江绥滨农场下乡11年，根本不敢奢望能进入大学读书。但改革的春风带来了希望。我报考了哈工大师资班。等接到录取通知书一看，是哈工大精密仪器系光学工程专业，我的高兴劲简直无法用语言来形容了，儿时的梦想又能够通过努力来实现了。后来才了解到，十年的教育科研断层，学校老师、领导分外重视人才，想尽快弥补失去的一切。而我的高考成绩是较高的，因此给调到14专业。今天我已经72岁，从干了一辈子的航天光学遥感技术行业退休，我深深地感恩改革开放新时代，感恩哈工大、1系和14专业的老师、领导，谢谢你们！

来到学校，老师、同学见面，我们7814班共32人，很快大家就熟悉了。我是年龄最大的，而最小的同学连我年纪的一半还不到，还未满16岁，整个一个少年。我已经拖家带口，有一个不满周岁的女儿。班上另一位有家室的同学有四个孩子。这在以往是不可想象的。尽管年龄悬殊，差了一代人，但同学们叫我俩"老大哥"，一下子就近乎了。刚开学宿舍还没整理好，我们几个班的男生住在教室里，但大家毫不介意，更加亲密无间。开放前沿福州的同学穿的喇叭裤让内地的羡慕不已，放着港台音乐的砖头式录音机也吸引着多人去听。校园里洋溢着宽松、包容、自由的氛围，公告栏里贴满了各式各样的报告会、讲座、文娱、体育活动的海报，欢迎同学们参加；名目繁多新颖丰富的活动拓展了同学们的视野，增长了同学们的见识；教学楼的礼堂里放映着最新的海外译制片，至于原版片只在小范围播放，以便于学习外文。同学们开朗、坦诚、热情、充满活力、向上、思想活跃、乐于探索。同全国人民一样，心情分外畅快，思想上、精神上、身心上获得了第二次解放。我们粉碎了"文革"极"左"思潮的束缚，打破崇尚暴力的枷锁，焕发出难以置信的能量，并且还有其独特之处，那就是在全国1 000多万的同代人中通过个人的努力(没有托门子、走后门、搞特权)，通过公平、公正、公开平等的竞争考入全国重点大学——哈尔滨工业大学，大家充满自信、自傲的神色，然而又有着一下子进入高等学府的殿堂所带来的不适应、羞涩之情。

那高耸蓝天的苏式教学主楼，那有着数十万册藏书的学校图书馆，室内体育馆中五十米标准游泳池的一池碧水，更增添了同学们的美好憧憬。一些人组织了马列主义研究小组，对马恩列斯毛的思想进行新的学习、研究和认识，得到了学校老师的积极辅导。而我们五个一起从绥滨农场考到哈尔滨的荒友(分别在哈工大、哈医大、哈电工、哈师大和黑大读书)更得益于国家政策带薪学习之光，成立了一个跨校美食团，每半个月的星期天，聚会在哈市的不同餐馆，大饱口福，增加营养，美酒增兴，高谈阔论，忘其所以，指点江山，激扬文字，粪土当年万户侯。更多的同学则废寝忘食地学习，教室里的灯光直到深夜仍然通明。至今还记得，最紧张的时候，有同学夜以继日地读书、解题，整夜不归宿。直到同宿舍者提出严正抗议并搞了恶作剧来捉弄他才算作罢。

正规大学的课程本身就是很多的，光学专业犹为甚，基础课都一样，不用提了，专业课加上参考书，厚厚几十本，很难读完，更不要说读懂了。复杂的数学公式推导、深奥的专业概念及术语讲解，很容易让人坠入云里雾中。一堂课上，老师正在黑板上推导一个光学公式，内容极多，写满一黑板，需擦掉继续书写后面的，某同学性急，打断老师，提出自己不明白之处，几回争论后，老师的思路都被打乱了，光学公式推导不下去了。大家七嘴八舌，纷纷说出自己的见解，课堂气氛活跃至极。几何光学、物理光学、傅里叶光学、量子光学、光学仪器、光学测量、光学设计，真让我们掉入光学专业知识的海洋。能否安全游到彼岸，那就看自己的造化了。一次专业课考试全班有一多半不及格。老师告诫我们：要真正读懂物理光学是很难的，在以后的实际工作中再认真体会吧。

确实是这样，我从事几十年航天光学遥感技术工作，深切体会到光学及光学遥感专业的博大精深。光学是一门既古老、传统，又现代、时尚的学问。从我国古代先贤墨子首先发现并提出光的直线传播到现代大科学家爱因斯坦提出引力波使光线弯曲，从意大利科学家伽利略发明的第一代天文望远镜到当代我国在广西建造的世界最大的射电天文望远镜，从大到上百亿光年的星光被探测到，微小到原子、粒子状态被探测出，光谱范围从可见光、紫外、远红外到整个电磁波谱的融通，光学及技术从理论、科技上总是在与时俱进蓬勃发展着。可以说光是人类探索宇宙、认识世界的唯一本源。宇宙探索是永无止境、没有穷尽的，值得我们一辈子、世世代代去探索、认识。

感谢哈工大、1系、14专业领我踏入光学领域，教我扎实的光学理论与技术，初步掌握了学习、分析并解决新问题的能力和方法，使我几十年来能够不断学习、提升自己的能力，圆满完成国家航天光学遥感领域多项重要型号任务和预研课题，多次赴卫星发射基地，成功保证发射任务完成。中国航天遥感自立于世界航天大国之林有我们哈工大、1系、14专业的一份贡献。

几十年来我们7814班同学在国内国外不同的岗位上不忘初心，不辱使命，勤奋进取，皆有所成，埋头实干，不尚虚名，硕果累累，功底出众，栋梁之材，业界之重。有的成为我军国防科技方面的高层专家；有的是我军航天神舟专业刊物的高级主编；有的是国家航天重要型号的总设计师；有的是航天重器光学设计的高级专家；有的是国家航天科技管理的老总；有的是国家航天质量方面的高层专家；有的是航天科技工艺技术的总工艺师；有的是国际质量认证领域的权威专家；有的是国家林业空间遥感的开拓者；有的成为国家航空业界的项目老总；有的成为资深的高级职业经理人；有的成为商业保险公司独当一面的达人；有的成为国家顶级出版社的高级编审；有的如愿以偿地转行到社会科学研究领域从事所爱课题的研究；还有的在市场经济的海洋中，当老板，自主地把握着自己的命运。此外，还有多位同学在海外发展，历经坎坷，打拼出一片可赞的天地，自由、舒心、无忧地生活着。这里，还要专门提及我们杰出的战友金北音同学，他作为试验队队长，率队在酒泉发射场执行"神舟"飞船试验任务过程中不幸以身殉职，将热血与忠魂洒在发射场的戈壁滩上，把生命奉献给祖国的航天伟业。江山代有人才出，西北大漠留英名，我们会永远记得你——金北音。衷心地为我们7814班同学点赞，更由衷地感谢1978年，那个给了我们关键发展机遇的不能忘怀的时代。

　　40年过去，弹指一挥间，而1978年作为中国当代文明启蒙、思想文化复苏的黄金年代，作为改革开放奠定文明进步基石的新时代，作为中国特色模式打下清亮底色的年代，必定会在华夏几千年的史册上铭刻下重重的一笔。正是在这个年代，实践是检验真理的唯一标准的讨论，对具体事物做具体的分析，实事求是，思想大解放，冲破牢笼，打破禁区，从来没有救世主，也不靠神仙皇帝，实现理想，全靠我们自己。崇尚真话、实话，崇尚真理的信仰，扫除几千年的封建糟粕和暴戾习气，让国家迈入现代文明境界。今天，我们更加期待构建人类和谐社会共同体，荡涤近些年陈渣泛起的各种丑恶，继续改革开放，让国家走向更辉煌的明天。

78251　胡传森

我在三线的第一项工程设计

1982年，毕业了，这一年，我35岁。我被分配到航天部066基地设计所。所谓设计所就是一栋4层的办公楼和几间2层宿舍坐落在群山环抱的山沟沟里。初来乍到，也没有多少工作，一时间闲得无聊，我就下围棋打发时间，恰巧一室主任王振华也乐于此道，于是我们就认识了。

过了不久，我回到黑龙江建设兵团炼油厂去搬了家，把老婆和孩子都带到了这个山沟沟。

过了两年，我们所搬到了基地机关附近，王振华已经升任所长。我听说弹上的舵机也有液压系统，就去找王所长，要求搞舵机。他对我说，发射车非常重要，它是整个武器系统机动性的最根本的体现，而发射车的液压系统更是不可缺少的，弹竖不起来，怎么发射？要我卖点劲儿，把液压系统搞成功。我听了他的话，觉得他对我们的型号充满了信心，很有把握，这与平时听到的那些打退堂鼓的人说的完全不一样。

这样，发射车的液压千斤顶的研制任务就落到了我身上。

万山厂派了一个科长，姓刘，跟我一起去完成外协这个事。主千斤顶和发射台千斤顶都是多级油缸。其特点是薄壁、半盲孔加工。而我们做的试验件需要量很小，最好只做一台套（即各做一个）。这就让我们找生产厂家非常困难。我们从北京找到天津，又到山西519厂，一打听一台主千斤顶的加工制造就要20多万元，老刘谈都没谈，拔腿就走。正走投无路的时候，老刘的一个同学告诉老刘北京煤机厂有他同学的同学，也许可以帮助我们。于是，我们俩就到了北京煤机厂。可我们到那儿以后，也没找到他那同学的同学。既然来了，就硬着头皮去找他们的厂领导。

他们的副厂长和总工接待了我们。我说了一下我们的来意，特别强调了千斤顶在发射车上的重要作用，又介绍了我们研制的武器对国家的重要意义，还说了对他们这个液压支柱研究所的期待。我虽不能巧舌如簧，但多少有点打动他们。副厂长笑了笑说："我们也想为国防工业出力，这也是我们厂的光荣，但是能不能干就看我们总工怎么说了。"总工姓杨，杨总看了我拿出来的图，直摇头说："这个不能干，你们这个缸都是盲孔加工，你真要干的话，就必须改变你的工艺，让你们的千斤顶符合我们厂的工艺，这才能干。"我一听有门，就说："你们的工艺给我介绍介绍，行吗？"他拿出一张他们的油缸图纸，一边给我看，一边说："我们采用滚压加工，一次滚压到头，不能有半盲孔，台阶另做圆环，套进去。"我当即表态，说可以，我完全可以按他们厂的工艺改图。但是当时我从来没有设计过油缸，就担心地问："我们这个主千斤顶要承载320公斤的压力，这能行吗？"杨总笑笑说："你们不就10吨不到的载荷吗？我们的液压支柱用在煤矿下面，来顶住矿洞，保证不塌方的。我们用了德国的技术，耐高压，至少也能够承载700多公斤压力吧。你这个320公斤压力算什么呢？"我说："我们要在零下40摄氏度下可以正常工作，用的是10号航空液压油，油很稀，会不会有问题？"杨总笑笑说："我们在煤矿里能用油吗？我们用的是乳化液，比油还稀呢！"我说："那我放心了，不过要做例行试验和保压试验。油缸加工好以后，要做24小时360公斤保压试验，不能够泄漏。"他答应了，但是提出要改材料。要把我们图纸上的合金钢，改成另一种合金钢，还对我说前者含Ni，不易加工，后者用的是日本进口的钢材，强度调质后不比前者差，他们厂热处理和制造都熟门熟路，老刘也在旁边说，应该可以。于是我答应了。回到厂招待所老刘就给厂里打电话汇报，厂里说："做5套可以，但是老胡技术行不行啊，别搞砸了。"老刘说："我看行，这小子有点章程。"

我记得这一天老刘特别高兴，打完电话后，就跟我海扯起来，说起他们东北老家的一些趣事。他说得挺来劲，可是我却在考虑怎么改图了。

第二天，我在杨总的指导下，利用他们的资料，在他们的办公室里面，开始改图。那时，没有 CAD 绘图，全部是用在哈工大学的一套制图功夫，我把主千斤顶和发射台千斤顶的图纸全部改了一遍，接口部分跟原来一样，内部结构全部改成适合采用滚压加工的技术来制造。圆环形台阶与缸筒之间都加了某型密封圈，这跟原来的图纸就不一样了。他们的油缸都是穿带连接圆环凸台和缸体，因为他们的缸筒壁厚，而我们的多级油缸缸壁薄，我就改成螺纹连接。这样的话制造成本自然就大幅降下来了。为了更有把握，我又复算了一遍 2 台千斤顶的受载工况。我天天晚上加班干，杨总也常来指导，有疑问我就问他。最后，花了 15 天完成了 2 套图纸的更改。交给煤机厂生产后，我们就回所里了。

隔了些日子，我又与万山厂的质检人员一起去煤机厂验收。到了煤机厂，做完所有的外观检查和性能试验后，就按原先的要求进行保压试验。油缸打压打到 360 公斤压力。隔了一会儿，压力表上压力下降到 340 公斤多一点。杨总检查了一下，就跟我说，这不是内泄，说着就把压力再次打到 360 公斤。杨总说："这是油缸受压后膨胀了，你这个缸都是薄壁结构，肯定要胀。"我说那行吧，咱们再看看。结果达到 360 公斤以后，基本上就稳定下来了。到了第二天同样的时间，再来检查，压力表指针还在那个位置。我心里非常高兴，心想，又学一招，虽然在哈工大还做过这个题，但没有亲历过。

接着我选用了上海高压泵厂生产的轴向柱塞泵作为整车液压系统的动力。改进设计了液压设备控制箱，使它适应总体甲板舱的结构。

接下来在研制油箱时又遇到了难题。这是一种用橡胶皮囊把空气和油液隔开来的钢质油箱。液压油在油箱里边跟空气不接触，不会氧化。但是这样的皮囊怎么做呢？皮囊的厚度只有 1.5 毫米，是用模具压出来的。可是只做一个试验件就开一个模具，这恐怕不太可能。我费尽周折，找到了上海橡胶件二厂。他们看了我拿去的图，给我介绍他们的粘接技术。我了解了一下他们的技术原理，参观了他们的生产工厂，看了他们正在制造的航空大油箱和制成的产品。那是一个好大的近似六面体的橡胶皮囊，上面许多地方带有补丁，他们告诉我，这是带压力的密封油箱。我看后心里托底了，我把图纸做了修改，把开口向上的皮囊的底部与钢质油箱连接的法兰连接边设计得很厚，而可以伸缩的口袋侧面部分设计成只有 2 毫米不到，各个关键部位，都加上补丁粘接起来。不久，皮囊就做好了。后经反复试验还挺好用。

接着上车的总装就开始了。主千斤顶和发射台千斤顶完成安装以后进行了举升起竖臂和发射台的试验,这个场景深深地印在我的脑海里,虽然已经过去几十年了,想起来好像还在眼前。第一次装上主千斤顶,我们不敢直接用电驱动油泵工作。我和工厂的技术人员一起用一台手动泵向主千斤顶供油,就这么几个工人轮流一下一下压手动泵的推杆,硬是一点一点把液压油压入主千斤顶的腔内,最后把起竖臂竖直。然后又用同样的办法把起竖臂放下。发射台千斤顶和锁紧油缸的首次试验也一样。做过手动试验后,就敢用电动油泵试验了。过了几天又完成带配重弹的液压系统试验。

经过整车试验以后,发射车就可以带着真弹完成各项工作了。我跟着这辆发射车多次到酒泉靶场,完成了该型号的各项试验,后来我又跟着我们066基地的领导把发射车开到北京,受到国防大学的军官和中央首长的接见。许多首长给我们发射车题词,还与我们一起照相留念,我们还因此开始了后续型号的研制。我参加和接着主管的型号发射车的液压系统的设计和研制是我在066基地参加的第一项工程设计。这项工作,让我成了一名真正的机械工程师,为我后来承接许多军工项目的设计和研制积累了实际的经验和知识。我感谢我的母校哈工大,教给我的基础理论和专业知识,我也感谢066基地给了我在实践中使用知识的机会,每当我想到我设计的图纸和文件到工厂里就变成了零件、部件和产品,到部队就成了战车,就成了撒手锏武器的组成部分,我就感到无比的欣慰和自豪。

这就是我大学毕业后在066基地(现在已经是航天部四院了)的第一项工程设计。正是这第一项工程设计使我积累了经验,直接接触了工厂,更壮了我的胆,让我以后又承接和完成了不少别人没有完成和不敢接受的设计任务。也就是在这个基础上,让基地、所的领导以及工厂的领导和与我熟悉的技术人员、工人,在各个型号研制的地面设备的机械工程方面,充分地信任我。一个人还有什么能比得到别人的信任而更感到幸福呢,更何况是在自己最喜欢的专业领域内。

2018年5月18日 定稿
2018年7月20日 修改

7742　田志辉

寻找伯乐的千里马

——访迪肯大学教授周万雷

众所周知,在海外获得成功的中国人,一般是两类:一是小生意经营者,一是专业人士。海外华人最少成功的例子是高级管理人才,比如说在一所大学里面,可能会有很多中国人在读博士、搞科研,甚至做导师;但是,却极少有人跨入高级管理层,成为学院的院长,甚至是大学的校长。在澳大利亚,中国大陆背景的做高级讲师已经不算稀奇,做到学院院长的中国大陆人却屈指可数。本文将介绍的周万雷正是这屈指可数中的一位。

三个响当当的头衔

周万雷,身高1米80的四川人——是不是有那么点不同凡响?不仅如此,他身上的头衔有三个,一个比一个更不同凡响:澳大利亚国立大学(ANU)计算机博士、

澳大利亚迪肯大学（DEAKIN）计算机学院教授和院长。

20年前，我们毕业于同一所大学——哈尔滨工业大学。20年后，我们在我悉尼的寓所再一次坐在一起时，他已经有了这三个不同凡响的头衔；而我，却以悉尼某杂志特约记者的身份采访他——这怎能让人相信我们曾是大学同班同学呢？我知道，我们班的那些同学，即使在中国，也只做到教授和院长。可我们这位不远万里来到澳大利亚，把自己的名字变成Wanlei Zhou的周万雷，拿了博士学位不算，又当上了教授和院长。这不仅叫我惊奇，甚至敬仰。

我们是中国"文革"之后的第一批大学生，应该说是人才济济的。周万雷的功课一直很好，到了毕业之前的1981年，更突然出类拔萃起来。有一段时间，我们发现他神神鬼鬼的，私下里一问，才知道他在研究"智能机器人"。当时，"智能机器人"的研究与设计远远超出中国的计算机水平，也远远超出大学学习的范围，当时的感觉就像是在听现代版的天方夜谭。

就是说，他的成功绝非偶然。

一年发表9篇论文

1987年，中国的计算机学科还算比较落后。为了站到世界最前列，周万雷决定出国深造。就这样，他以访问学者身份来到澳大利亚新南威尔士大学计算机系，专攻容错算法。来澳不久，他就争取到澳大利亚国立大学（ANU）计算机系的奖学金，遂转去首都堪培拉攻读博士学位，研究方向也回到在中国攻读硕士学位时做过的分布式系统。

周万雷告诉我说，由于语言障碍，头两年比较困难，一直到1989年才写出第一篇论文。他永远不会忘记的是，第一篇英文学术论文竟然写了5遍，他的导师也为他改了5遍，这才拿出去发表。回忆起这段日子，周万雷依然感慨万千，这个"第一"花去了他多少个不眠之夜呀！现在，他仍保留着这个文稿。然而，令他没想到的是，第一篇英文写的学术论文发表后，就像破了闸的洪水一样，一发而不可收，仅在1990年这一年，他就在美、加、澳等地发表了9篇学术论文。

寻找伯乐的千里马

获得博士学位后，周万雷先去墨尔本的莫纳什大学（Monash）做讲师，然后又去新加坡国立大学做讲师。1994年，周万雷在"周游列国"之后，又回到墨尔本，并扎根在迪肯大学。他从讲师做起，直至高级讲师、副教授、教授，现在又出任计算机学院院长。

周万雷从1995年开始带博士研究生，已经培养出两个计算机科学博士，还有5个在读。从1996年起，他开始把容错算法用到分布式系统上；之后，又把容错算法用到万维网上，以提高系统的可靠性。这在当时是领先的。从此，周万雷开始受到国际计算机界的重视。也是从这一年开始，他每一年都发表十几篇学术论文。初步统计，周万雷已在世界各地发表专业论文九十余篇（不包括在中国发表的十余篇论文）。

现在，周万雷在澳大利亚的计算机界已算知名人士，他以程序委员会委员的身份，数十次参与各类国际学术会议的组织工作，并出任大型计算机国际会议的主席。

周万雷还告诉我，中国人在计算机界的成就是比较突出的，无论在美国、加拿大，还是在澳大利亚，每个大学都有中国人在读计算机课程的博士研究生，每个大学的计算机系里也都有中国人做教师。中国人的特点是肯钻研，学习成绩及个人技术都很好。不过，中国人大多把自己关在办公室里，很少参与社会，很少和别人交往，感觉上离主流社会远远的，自顾自地生活在中国人的小圈子里。中国人还有一个特点，就是不谙管理，所以中国人一般很难做比较高的管理职位。比如在美国著名的硅谷，大部分技术骨干都是中国人，但大部分高级技术管理人员都是印度人。

显然，周万雷是少数打破禁锢冲出中国人小圈子中的一个，他成功了，并做上计算机学院的院长。

当我向周万雷讨教怎样才能在别国得到别人的认可时，周万雷做了个富有想象的比喻，他说中国人一般都愿意（甚至已经习惯）做千里马，一心想的只是努力做好本职工作，期待着伯乐的出现，并发现他这匹千里马。这事实上是一种被动的做法。他提倡一种更主动的方法，就是和主流社会打成一片，把自己的长处展现给别人；也就是说，要向伯乐推荐自己，而不是等着伯乐找到自己的头上。

我这才明白，周万雷是一匹主动去寻找伯乐的千里马。

高处不胜寒

作为周万雷的老同学，我仍无法在他身上感受到20年的变化。我的意思是说，我横看竖看也看不出他这个博士、教授加院长和常人有什么不同。事实上，很多人都有这种感受。在很多社交场合中，当有人介绍周万雷来自迪肯大学时，几乎所有人都会问他："做助教吗？"甚至还有人问他："在读书吗？"在很多澳大利亚人眼里，一个移民澳大利亚不过十几年的中国人，只配在大学读读书或做做助教。当周万雷不得不告诉对方他不是学生也不是助教甚至也不是讲师而是教授时，那场面一定是很残忍的。澳大利亚的大学，每一所学院只有一名教授呀！周万雷也接待过很多来自中国大陆的大学代表团，中国人就更加直来直去："他们（澳大利亚的洋人）听你的吗？"他们无法想象一群洋人会臣服于一个来自中国大陆的新移民。

当然，周万雷只是众多大陆新移民中的一个特例，在周万雷工作的迪肯大学里，亚洲学生很多，大约占总数的三分之一，可是亚洲背景的教师就没那么多了，只有大约十分之一的样子，到了高级管理阶层，全校一百名教授院长级的佼佼者中，只有周万雷和另一位来自马来西亚的华人。有时，周万雷颇有些高处不胜寒的感觉。

周万雷喜欢教育工作，当IT热的时候，有很多人来大学挖他，用三十万元甚至五十万元的高年薪诱惑他，可他从不动心。他觉得在大学十几万元的年薪足够他用了。他的成功感来自于学生，他现在可以说是桃李满天下了，在澳大利亚、在中国、在新加坡，甚至美国和加拿大，到处都有他的学生。他和学生的关系总是很融洽，他教过的学生不管是硕士还是博士，都来找他写推荐信。

他乡与故乡

周万雷虽然离开中国了，可他仍然关心中国的发展。这么多年来，他每年都回中国几次，以客座教授的身份为北京工业大学、中国电子科技大学及大连理工大学讲课。

难能可贵的是，他回中国做客座教授完全不计报酬，学校付了钱他也要再花回到支持中国的教育事业上。现在中国各个大学的计算机专业计划在三五年内实现用英文教学，周万雷就免费为中国的大学培养英文授课教师，甚至还为中国的大学编写了计算机课程英文教科书，此书将由中国教育部协助出版发行。

当我问及成功的捷径时，周万雷回答说，成功没有捷径，要扎扎实实、一步一个脚印地走过。我甚至用明显带有启发性质的句子提问："你是不是比别人更刻苦？更聪明？或者是更有运气？甚至是更有窍门？"却都被周万雷一一否定了。最后，周万雷提到两点："第一，成功不是可望而不可即的，它对所有人都是公平的，对于我们这些生活在别国的移民来说，只要你不把自己当'客人'，和在中国时一样努力工作，你就会成功；第二，必须要有一个温馨的家庭环境，否则不会成功。"周万雷的太太王玲在墨尔本一家医学研究机构搞"克隆"，由于深爱周万雷，便开玩笑说迟早要克隆几个小周万雷出来，因为这个世界太需要像他这样的人了。事实上，王玲不必费心克隆了，因为他们已经有了两个几乎是和周万雷同一个模子刻出来的儿子了。

7850　宋宝宁

哈工大，我永远的财富

  我的家乡是黑龙江省拜泉县一个闭塞的小乡村。没有公路，也不通火车。一到雨天，土路塌陷，连牛车都走不了。在村里读完小学，本来是要到乡里读中学的。正赶上开门办学，几个村干部一拍脑袋，村里也办起了中学，也只好在村里读中学了。中学四年，几乎没怎么正经上课。那时我们还是十一二岁的孩子。农忙时帮生产队劳动，农闲时脱坯、烧砖、盖校舍。把学生当成不拿工分的劳力，大概是村干部们办中学的目的。老师也是当时所谓的高中毕业生，现学现教。那时我的求知欲很强，但村里几乎没什么可读的书籍，所以凡是带字的东西我都找来看，包括生产队养猪养牛的普及读本。现学现教的老师们教的很多东西都是错的。因为我经常自学，所以知道老师是错的，但是怕老师不高兴，也不敢说。

  1977年底有消息说恢复高考了，乡里组织了一次各村办中学的统一考试，我平时的自学发挥了作用。数学考试我有一道题没答上来，心里很不服气，于是在试卷的背面留了言：这类题老师还没有讲过，我也没有学过，请评卷老师考虑。后来老师们还把这事作为趣事来谈。

因为这次考试，乡中学特地来人通知我从1978年1月初开始到乡中学集中培训。从1978年1月到1978年7月高考，6个月时间，乡中学各科的老师们领我们复习完了从初中到高中所有的课程。这一年我16岁，参加完高考，按老师的估算，我应该有希望被录取。没想到我接到的是哈尔滨工业大学的录取通知书，一本甲等大学的录取通知书。我因此名噪一时，轰动四乡。40年时间过去了，我们乡也有很多人考上大学，但直至目前，还没有哪个人就读的大学能在名望上超过哈工大。

高考5科，我的总成绩是358分。入学后同班同学间闲聊，原来好多同学的成绩都在400分以上，还有几位年纪大的同学达到了450分！我能被哈尔滨工业大学录取，并且被录取的专业还是无线电工程技术师资班，我真是太幸运了。我想首先可能是因为我的年纪比较小，有可塑性。其次是我来自偏远的农村，可能在分数上有些照顾。再有可能就是因为我的数学和物理分数较高，数学89分，物理87分，这两科平均起来还算可以。

4年的学习时间，因为幼年时期对读书的渴望和书籍的缺乏，我在大学的图书馆里读文史类的书籍所占用的时间，比学专业课的时间要多。所以我的专业课成绩平平，也为后来转行从文从政留下了根苗。

我班同学31名，有的同学出生于高级干部家庭，有的同学父母都是大学教授，还有的同学出身于中医名门世家，更多的同学出生于知识分子家庭。只有我的家境最为贫寒。我固然没为我出身贫寒而羞愧过，更为重要的是，我也从未感觉到来自于我的同学的对我贫寒的嘲讽和对我出身的歧视。我想，这可能就是我的同学们因出身好的家庭而与生俱来的教养。有的同学懂裁剪，帮我做衣服，有的同学多次领我到家里吃饭。我始终记得刚上大学时，我奶奶叮嘱我的话。我奶奶不识字，却一生开通，话语朴素但有哲理。我奶奶说，咱一个穷人家的孩子，挺多事都不懂，到了城里，要多长几个心眼儿，要跟好人学，跟着好人成好人。我一个懵懵懂懂的农村少年，正是从我的大学同学们身上真正懂得了什么是平等待人，什么是尊重他人。我也从每一位同学那里学到了他们身上最好的一面。这使我受益终身。

有好的教养的人，才能成就好的事业。40年时间过去了，当年的同班同学，有成为大学校长的,有成为航天系统司局长的,有成为国有资本投资公司董事长的,有成为国家大型企业总工程师的,有成为外国著名学府终身教授的,也有同学自主创业,事业做得很大,而更多的同学成为博士生导师和专业领域内的技术专家。直到现在,我还是非常怀念当年用洗脸盆到食堂打来各种饭菜,大家围坐一起吃喝玩闹的情景。大学四年,是我人生中最美好的时光。

漫长的人生和事业的旅程之中,我经常在想,除了专业知识,哈尔滨工业大学还给了我们什么?

我想,首先是完全改变了我们每一个人的人生和命运,包括家庭和事业。哈工大名牌大学的光环也促成了我一生的好姻缘。我太太秀外慧中,品行端方,出身世家,祖上是大连地区有名的大盐商。祖家庄园至今犹存,还被当地政府列为非文化遗产保护单位。当年来家提亲的踏破门槛,对方不是出身官宦人家,就是出身高级知识分子家庭。她却偏偏与我这个出身贫寒、其貌不扬的人结为夫妻。那时我唯一的可称道之处,是有几篇小说在国内较有名气的文学期刊上发表,在当地业内也算攒了点人气。我老岳父、老岳母都是在旧社会读过洋学堂的人。按我老岳母的说法,这个年轻人能在16岁考上哈工大,说明他很聪明好学;业余时间写文章,不打麻将不去玩乐,说明他很有上进心;待人谦和、心地宽厚、少年老成,这些都是将来能做大事的素质。我太太有两个哥哥两个姐姐,在家中排行最小,是妈妈的心头肉,事事都听妈妈的,婚姻大事就这么定下来了。只可惜我直到现在,年过半百,也没做成什么大事,反倒是一生境遇多变,坎坎坷坷,起起伏伏。然而却始终是夫妻相扶相携,一路前行。有妻如此,是我一生中最大的幸事。

回首40年,虽然我毕业后只从事了短暂几年的专业工作,即转行从文从政,但我这一生却始终与哈工大捆绑在一起。从大学毕业到移民加拿大,我在国内整整生活工作了20年。这20年生活和工作的过程,是一个完全消费哈工大名气的过程,即消费哈工大赋予它的每一个毕业生的荣誉的过程。这也是我内心对母校永远的愧疚,因为作为哈工大的毕业生,我未曾为哈工大增添荣光,却始终消费哈工大给予我的这份荣光。我的第一篇万字小说发表那年,我24岁,初生牛犊不怕虎,带着小说草稿就去拜见一位有名的文学期刊的总编辑。先自我介绍,然后把稿件呈给老总编。老总编看了一遍我的小说稿,随即把我领到责任编辑那里。

老总编特地交代说:"这位年轻人是哈工大毕业的,学理工的,后生可畏,我们要支持。"处女作发表了,心中得意扬扬。先给我们的老班长、后来成为哈工大副校长兼任威海校区校长的李绍滨大哥寄去一份,也给同班读书时的同龄好伙伴、后来成为哈工大博士生导师的徐国栋寄去一份。因为几篇小说的发表,我有信心去从事文字工作,加之我不太喜欢工厂的人文环境,所以决定转行,到辽宁省委旗下一社会科学类期刊做编辑。作为哈工大的毕业生,我的业务能力不比文科科班出身的人逊色,甚至更胜一筹。没几年即晋升为高级编辑职称,同时又被省新闻出版局授予"优秀编辑"称号。

  大学是传授知识的殿堂,大学也是陶冶人性的熔炉。而更为重要的,是哈工大教会了我们在漫长的人生旅途中所秉持的科学精神。这种科学精神就是严格、求真、客观、准确。这种科学精神,已与每一个哈工大的毕业生融为一体,时时刻刻都在自觉地规范着我们工作的每一个脚步,每一个细节。我的专业是电子工程,与法律毫不搭边,后来能到政法工作部门任职,看似机遇,其实就是这种科学精神长期实践的结果。哈工大毕业生的光环、哈工大毕业生科学严谨的工作精神、哈工大毕业生特有的缜密的逻辑思维能力,足以使我引起上级有关部门的注意。回顾到机关工作的一幕幕,充满了戏剧性,我先是被指定陪同领导考察,然后是借调到机关工作,再之后是解决职务问题,并报组织部门备案,最后是不经过公务员资格考试而直接到机关任同级职务。其间还有一段有趣的插曲。我曾代笔写了一篇理论文章,经主管我们部门工作的一位省委老领导审核同意,以他的名义发表在中央一家理论刊物上。给高级干部的稿酬到底不菲,已经超过了老领导一个月的工资。老领导几次要把这笔稿酬给我,我当然不能拿,也不敢拿。最后是老领导把这笔稿酬捐给了希望工程。想起了我正式进入机关工作时,老领导代表组织与我的一次谈话。当然我也说了一堆感谢组织、感谢领导的套话。但老领导最后那句话让我至今不忘。他说:"你的文章我注意了,逻辑严谨,论述有据,有一定的理论功底。年轻人,好好干,凡是我所接触的哈工大毕业的,没有一个是差劲的。"

  往事如烟,却永远不会在你的记忆中消失。我们每一个人,有不如意时的沮丧,也有成功时的喜悦,坎坎坷坷才是真人生。我在国内工作整整20年。20年的风风雨雨,所有的事情早已释怀。惟心中久久不能放下的,是我对母校的愧疚。母校给了我专业知识，给了我一个名牌大学毕业生的荣誉，也给了一个农村孩子完全不同于他父辈们的人生，而我却转行做着与我的专业毫不相干的工作。因为愧疚，20年间，我很少与我的同学们主动联系；也是因为愧疚，20年间，我只回过一次母校。那次，当我走进大门，面对着庄严巍峨的教学主楼时，突然间，我泪流满面。

我定居加拿大已经16年了，过着安静的自食其力的生活。我每天都要工作10个小时以上，同时还坚持我的自媒体网站青铜网的运作。希望能以历史辩证唯物的观点，通过对中西方社会制度的分析比较，为中华民族的复兴与强盛鼓与呼。同时我也想证明，我们哈工大人，不仅在专业领域内出色，在跨界领域内也可以出色。青铜网已逐渐引起越来越多的关注，可能最终还是寂寂无闻。但我还是希望能在维持我生活的工作之外，再多做点事，以此来减轻因为放弃了所学的专业，内心永远存在的不能为母校增添荣光的愧疚感。

7850 谭学志

我和哈工大

光阴似箭，弹指一挥间，40 年悠悠岁月，在无声无息中悄悄过去了。确确实实感觉到了"40 年岁月如歌，道不尽沧海桑田；40 年风雨似虹，绘不完绚丽画卷"。这 40 年的一幕幕在记忆中再次回放，有多少难忘的情景还栩栩如生，这一幕幕都是那么记忆犹新，已在我脑海里烙下了深深的印记。

我出生在一个中医世家，我父亲是著名的老中医，一生致力于治病救人，兄弟姐妹 10 人生活幸福美满。受家庭影响，我少年时期的理想是当律师、外交官、医生，人生规划里完全没有"教师"。但突如其来的"文革"对我的人生观产生了不可磨灭的烙印。1978 年的高考应该说是我开始了改变命运的奋斗历程的起点，当年参加高考的目的非常单纯，就是为了生存，有个正经的城里饭碗。所以在中学基础知识几乎是一张白纸的情况下，刻苦复习一年（人有多大胆，地有多大产），记得高考的最后一天，我走出考场浑身大汗，像是虚脱了一样，回到家中一头就倒在了床上，一病就是半个多月（从此几乎每年都要病一场，不过没有那么厉害），当然也如愿以偿地拿到了哈尔滨工业大学的录取通知书。上学的时候规规矩矩，埋头学习，两耳不闻窗外事，一心只读圣贤书，所以也没有什么花絮。哈工大的精髓"规格严格，功夫到家"在这4年的学习中潜移默化地影响了我。1982年毕业后我被分配到黑龙江省电影机厂工作，1983年又考上哈尔滨工业大学的硕士研究生，不过这回不单单为了生存，也有了一些抱负和理想。1986年研究生毕业留校，这如果从1978年入学算的话应该基本上这40年都奉献给哈工大了。留校当老师的这几十年来，一直致力于移动通信系统、数据通信网、卫星通信等方面的教学与科学研究工作。先后在国内外各类重要期刊和会议上发表学术论文SCI/EI检索200余篇，并与他人合著《集群移动通信》《集群移动通信系统》和《宽带无线多媒体集群通信》等研究型著作；先后承担了近60余项科研课题或基金项目的研究工作，主持承担了国家重大技术创新项目"数字集群通信系统"、国防重大项目"×××图像指令检测设备的开发和研制"和国家重大专项新一代宽带无线移动通信网（面向重点行业应用的宽带无线多媒体接入系统开发与示范应用和宽带多媒体集群）。领导团队加强产学研合作，坚持自主创新，形成集群通信系统的产业化规模，以行业需求为牵引，积极开展了专用集群通信系统的技术研发和成果转化工作。在国内首次实现了具有自主知识产权、具备自我研发升级能力的警用集群通信系统，打破了国外产品垄断，与国内企业进一步合作，针对服务群体与服务要求的不断增加，研制生产了系列化产品，满足了不同行业的专用集群通信需求。完成项目中，获省部级科技进步一等奖、二等奖和三等奖共27项；获国家级新产品证书1项。其中"××××图像指令传输系统"获2011年度国家科技进步二等奖（排名5）；"CKT-8800集群移动通信系统"获1999年度国家科技进步三等奖（排名2）；"基于常规对讲机平台的集群终端"获2011年度黑龙江省科技进步一等奖（排名1），"认知无线电频谱感知和资源管理技术"获2015年度黑龙江省科技发明二等奖（排名1）。已获专利40多项。

1993年在研究成果"集群移动通信系统"的基础上作为哈工大的代表与香港和记黄埔成立了哈尔滨侨航通信设备有限公司，兼任侨航公司副总经理，共同研发和生产专用通信设备，打破了当时国外产品的垄断局面。2003年哈尔滨侨航通信设备有限公司被深圳好易通公司收购，后来改为海能达通信股份有限公司，我作为项目负责人兼任海能达公司的副总裁和公司董事，为中国的专用通信领域国际先进水平做出了贡献。

40年的时光，足以让我们在滚滚红尘中体味人生百味；40年的风霜雨雪，把我们这群曾经是十几、二十几岁的热血青年演变成了两鬓染霜的成熟花甲老人。我由一个20多岁的"待业青年"变成了今天花甲之年的"老专家"。在这过去的40年里，我有过成绩也有过遗憾，有过兴奋也有过失落，但我为中国专用通信的发展奉献终生的心却始终没有改变。岁月的沧桑，洗尽了我们青春的铅华和天真烂漫，但洗不去我们心中那份深深的同学情谊。无论人生沉浮与贫贱富贵怎样变化，我们的同学情谊，就像一杯醇厚的陈酿，越品越香，越品越浓。本来想写写我的大学4年或者我这40年里同学们对我的支持和帮助，但还是罗列了我自己的一本流水账，因为77、78级的每一个人都是一个故事，都在用自己的方式展示生命的价值，这些汇聚在一起，才是我们这个时代的色彩和光芒。

7850 孙 旭　　7853 祝龙双　　7851 杜 军

清风傲骨　鞠躬尽瘁

——怀念我们的老大哥晏才宏

　　2005年3月12日，上海交大57岁的讲师晏才宏的英年早逝在中国互联网上和中国教育界引起了极大的轰动和讨论。至今在百度上可以查到25 200多条搜索结果，也立刻可见"百度百科"中有晏才宏的词条，2005年当时其中还链接了为他建立的网上"晏才宏纪念馆"。这里摘录转载2008年无线电系78级编印的高考回忆录中三位同学对7853班晏才宏同学的追忆：

　　*****************************

　　偶然上网，一幅照片里的熟悉身影呈现眼前，怎么是他？——老晏，我们的"教授"。网上分明地写着："晏才宏，上海交通大学的一位普通教师，3月12日死于肺癌，终年57岁。他去世3天内，上海交大校园BBS上，发表了学生千余篇悼念文章，学生还自发筹资为他出版纪念文集。晏才宏的死引发了争议，他的教学水平和师风师德广受赞扬，但由于没有论文，去世时还仅仅是个讲师。……"

　　我不敢相信这个事实，意外，实在太意外了，泪水立即模糊了我的视线。

　　没有人叫他的真名，"老晏""老大哥""教授"，这是我们在哈工大求学时对他的爱称。

和我一样,他也是老三届的知青。他来自黑龙江建设兵团,1978年以优异的成绩考入哈工大无线电工程系电子仪器与测量专业,除专业课以外,其他课我们几乎都在一个大班上。据说在兵团时他就是远近出名的才子,果不其然,进校没有多久就以他的博学多才而崭露头角,无论是高等数学、工程数学、物理还是后来学习的专业基础课和专业课,他都学得精准透彻,全校78级仅有的一次数学竞赛,他是第一名(见下页图)。同学有疑难问题都喜欢找他答疑,不苟言笑的他,待人却非常诚恳、热心且耐心。他戴着一副近视眼镜,挺拔的身材风度翩翩,"教授"这个桂冠,就像一个无冕之王一样,当之无愧地戴在了他的头上,成为他的名字。

为了重温我们20世纪80年代大学生喜爱的一首歌,实现20年后再相聚的愿望,2002年五一,我们系除1/3在海外的同学无法回来以外,在国内的绝大多数人都来到了北京。久别重

逢,百感交集。见到老晏我冒冒失失说的第一句话就是:"现在你真的成为教授了,祝贺你!"他苦笑了一下,很认真地回答说:"我只是个讲师,没评上教授。"我一时不知所云,这太难以置信了,简直让我感到惊愕。但他却以一颗平常心,与同学一起回忆往事,用他纯正的男中音唱着《莫斯科郊外的晚上》《年轻的朋友来相会》……

才华横溢的老晏绝非写不出好的论文,而不以物喜、不以己悲、低调做人、踏实做事才是他的一贯风格。"春蚕到死丝方尽,蜡炬成灰泪始干"是对他人生的真实写照。他用

> **七八级数学竞赛结束**
>
> 本刊讯 校团委、学生会和教务处于五月十六日联合举办了七八级数学竞赛活动。参加竞赛的学员由每班推选，共有二百零三名。在竞赛中，学员们遵守纪律，严肃认真地参加了答题。基础部数学教研室的负责同志认为，这次竞赛的题目是比较难、量多，不少同学取得了优良成绩，说明了他（她）们学习刻苦和数学基础是很好的。竞赛结果：五系7853班晏才宏荣获第一名。第二名至第二十名是：王喜东、朱围军、戴日荣、曹洪、郭利刚、焦玉松、刘承元、刘化明、杜军、张波、陶小秋、石海星、戴勇、石碰、尤波、张晓光、包钢、卢汉清、米嘉宁。
>
> （教务处供稿）

严谨治学、不追逐名利的高风亮节，为我们诠释了做人的真谛；用自己辛勤培育的桃李芬芳素描了一个称职教授的鲜活形象。老晏，你是你的同学和你的学生心中永远的教授！

7850班孙旭 2005年4月9日于长春

****

由于老晏年龄最大，又为人豪侠，乐于助人，很快就得到了班里以及系里其他班级不分男女各年龄层同学的亲近，对于年龄小的同学，"老大哥"的尊称很快就替代了最早的称呼"老晏"，至于他的本名晏才宏则只有在老师偶尔的点名过程中才能听到。

然而老晏最初给我留下最深的印象，却与他的本名有关系，老晏的确是名副其实的"才宏"，从第一学期各科开始考试一直到毕业，老晏的成绩在班里、系里总是名列前茅，按理说年龄大了学习一般会比较吃力，但老晏却学得很轻松，常常是其他同学还在自习教室挑灯夜战，老晏却已经回到了宿舍，周末也经常看到他和同学玩桥牌。可只要考试，老晏的成绩总是错不了，时间一长，做作业时，老晏的作业自然就成了标准答案，每次考试之前，老晏周围总有一帮"死党"围着。现成的"答疑中心"，干吗不好好享用？老晏的数学尤其好，记得他还参加过学校组织的数学竞赛。

然而我本人对老晏的感激和尊重却来自他对我工作的支持。那时"文革"刚刚结束，班里同学的年龄差别很大，来自不同地区，兴趣爱好也不同，我作为班长，最头痛的工作之一就是组织活动，尤其是全班出游，常常意见不一，但每次活动我从不担心会缺少老大哥的支持，无论安排什么活动，老大哥都会积极参加，而且往往还带动了一大批原来对参加班里活动有些犹豫的同学。时间长了，我们班里的同学凝聚力越来越强，毕业20多年，在北京的同学每年都至少要聚会一次。

毕业以后，老晏一开始好像去了杭州工作，千山万水地隔着，我和他之间见面的机会不多，印象深的有两次，一次是他来北京出差，约我一块儿去吃驴肉，那次是我们毕业后第一次见面，那个驴肉馆在北京永定路一带，还是老晏发现的，挺正宗，我们一边吃，一边喝啤酒，一边叙旧，很是找到了点儿水泊梁山英雄的感觉。另一次就是2002年五一，系里78级的同学聚会，庆祝毕业20周年，老晏作为德高望重的老大哥，被系里同学推举成"颁奖委员会主任委员"，与系里其他几个大哥大姐一起，为同学们发明的各种奖项颁奖，那次聚会同学们在一起待了差不多三天，聚会结束时大家都恋恋不舍，记得有人建议10年后再聚一次，当时就有人提出太长了，改为5年，似乎当时有人潜意识里就

有一种担心，怕10年后有人恐怕就见不着了，真没想到，聚会结束不到3年，老晏就走了。

在学校的时候，老晏就爱抽烟，他的英年早逝，与他的这一习惯不无关系，因为工作这个周六老大哥的追悼会我是无法参加了，但我在千里之外，会为我们的老大哥点上一支香烟，愿老大哥在天之灵能够享用。

7853班 祝龙双 2005年3月13日于北京

****

在老晏刚刚去世不久，网上正在热烈讨论和声讨国内的职称评定体制之弊病时，总会有一些涉世不深不了解历史又喜欢枉自推论的人对老晏评头品足、胡说八道。当时最让我不能容忍的帖子便是下面这个：

"但是的确没有写出像样文章的能力，尤其是晏老师这个年纪的人，可能是工农兵学员，或者是恢复高考后的77、78两级的大学生，年轻的时候被时代耽搁了，后来又没有继续深造的机会，在研究方面的确是落伍的一代。"

我实在是忍无可忍，当场就发了一个跟贴。帖子发出后，令我感到安慰的是不少人看了我的帖子，对老晏更加敬佩。其中一个代表性的帖子是"晏才宏大学同学的帖子真的让我感动得掉泪了，我敬佩这样的老师"。我的那个帖子被许多网站转来转去，很长时间在网上还可以查到，比如：

http://today2.hit.edu.cn/articles/2005/04-11/04120946.htm

http://forum.netbig.com/bbscs/read.bbscs?bid=1&id=6425880

前面所附便是我当时发帖和后一个跟帖的截屏画面(其中有个打字错误:"物质娃娃"应该是"无知娃娃")。

7851班 杜军 2005年5月于北京

> //comment.news.sohu.com/comment/topic.jsp?id=225084760
>
> **SOHU.com** 搜狐新闻频道 首页 | 新闻 | 短信 | 邮件 | 商城
>
> **专题 一篇论文没发是好老师吗?**
>
> 相关评论 1545 条 立即发表 首页 [1] [2] [3] [4] [5] [6] [7] [8] [9] [10]
>
> 搜狐网友 发表时间:2005年04月09日16时14分 IP地址:220.207.81.★
>
> 我是晏才宏的大学同学,对老晏(我们从上学时就这样称呼他)的为人和才智应该比下面引用的那些胡乱推断的物质娃娃们更有发言权。至今媒体似乎也没有介绍晏才宏的过去,甚至误报其学校学历!
>
> 老晏并非是工农兵学员,也并非是被耽误的一代,他是1978年考入哈尔滨工业大学的佼佼才子!老晏是毕业于上海育才中学的老三届,上山下乡到黑龙江生产建设兵团,1978年以极高分数考取哈工大,并在1979年哈工大全校数学竞赛中获得第一名(本人至今仍然保存着当时的校刊)。大学期间,其学习成绩一直是全系最好,他的为人处事令师生敬佩。1982年毕业时该专业仅招一名研究生(并非像现在这样阿猫阿狗都可以免试推荐),也不负众望地被老晏考取,他真正是名副其实的"天之骄子"。这样一个才子,毕业后仍然保持着潇洒的风格,看淡名利,实在不是我辈所及。毕业后我们天各一方,仅仅在2002年同学毕业20周年聚会上方得一见。从他那开朗的谈笑,以我们对他的了解,谁都想当然地觉得他一定会干的很好,谁也不会想到他还没有解决我们这些俗人最关心的"职称问题"。他为什么选择了这样一条人生道路我们无法推断,但是我们何尝不可以认为他以其特有的方式无声地向我们这个腐败浮躁的体制和社会发出了最有力的抗争,其结果必定会对中国的教育体制改革做出比那些辉煌的院士、学者、领导人们更伟大的贡献!
>
> 回忆起的事情太多,要表达的思绪难以理顺,千言万语化为一句:老晏一路走好!老同学敬拜于北京!
>
> 原贴:"但是的确没有写出像样文章的能力,尤其是晏老师这个年纪的人,可能是工

7752　刘　波

我与载人航天

我 1982 年 1 月从母校哈工大毕业后，一直在航天科研院所工作。从 20 世纪 90 年代后期开始，有幸参加了载人航天工程的科研工作，为神舟系列飞船研制了关键设备——"γ 高度控制装置"（也可称为"伽马高度控制装置"）。这里我愿意与同学们分享这段经历。

载人航天工程的最终目标是建立中国的空间站。这个工程分为三大阶段，一般称为中国载人航天工程的"三步走"战略。其中第一步是发射载人飞船，开展空间应用实验；第二步是突破载人飞船与空间飞行器的交会对接技术，建立短期有人照料的空间实验室；第三步是建立长期有人照料的空间站。可以看出，无论三步走中的哪一步，确保航天员及其乘坐的"神舟"飞船从太空到地球之间的安全往返都是必须完成的任务。

我们研制的 γ 高度控制装置就在"神舟"飞船返回地球过程中扮演了重要角色。

"神舟"飞船结束太空飞行任务返回地球的过程中，当航天员乘坐的飞船返回舱进入大气层之后，飞船通过气压高度计测量距地面高度，在预定高度自动打开伞舱盖，带出引导伞，再拉出减速伞，以降低飞船返回舱的降落速度。但是，仅用减速伞减速还是不够的。如果以这个速度着陆，冲击过大，会给航天员造成伤害。因此，必须在飞船返回舱接触地球表面之前，采取进一步措施减缓着陆时的冲击。

γ 高度控制装置安装于飞船返回舱的底部，它通过向地面发射并接收经地面反散射的 γ 射线粒子流，测量飞船距地面的高度，在距离地面 1 米左右发出反推发动机控制指令，启动飞船返回舱的反推发动机点火工作，产生反向推力，降低飞船返回舱降落速度，实现飞船的软着陆，确保航天员安全返回地球。

我们从事载人航天工程的人常说的一句话是"载人航天，人命关天"。就是说，确保航天员安全、健康地往返于太空与地球是首要任务。γ 高度控制装置是"神舟"飞船返回地球过程中确保航天员"安全回家"的最后一道防线，它能否精准地测量返回舱与地面间的高度并在接近地面的一刹那准确发出点火指令，直接关系到航天员的生命安全、关系到一次载人航天飞行任务的成败。因此，对它的技术、质量、可靠性的要求非常高。承担这个产品的研制任务，责任重大。

通俗地说，每次看电视直播"神舟"飞船回收着陆过程，如果看到了在飞船返回舱接近地面时喷射出光焰，就说明 γ 高度控制装置正常启动了反推发动机，飞船返回舱就能安全着陆。

为了让飞船在最后 1 米处点燃安全之光，我工作的单位——航天科工集团的一个研究所，花费了二十余年的时间研制这套设备。我是从 20 世纪 90 年代后期开始负责这项工作的，作为航天系统工程"两总系统"中的型号指挥，至今也有二十年了。其间，我们项目队伍坚持不懈、奋力拼搏，克服了许许多多的困难，攻克了一个又一个技术难关。其中，有不少不为人知的艰辛历程和感人故事。

采用 γ 射线实现高度测量与控制在当年缺少相关研究和专业积累，研制难度很大。这个项目起初并不被大家看好，当时最主要的困难在于项目前景不明确，谁也不知道我们的产品最后能不能上飞船。但项目组成员认为研制这个产品很有意义，大家心里一直坚持一个想法，就是一定要把它做成！

由于 γ 放射源在不加防护的状态下可能对人体造成损伤，让一些人谈"γ"色变。但在外场吊高试验中，试验队员们却要数十次用长不过一米的专用取源工具将放射源放进发射器。即使严格按照操作规程，熟练的操作者也会暴露在辐射环境中至少数秒。为了让同事少"吃"放射剂量，每个成员都抢着上——老师傅们说："年轻人少上，还得结婚要小孩呢！"当时自己作为第一负责人，给取源操作做了合理安排，让大家穿插进行、分散"剂量"。虽然已经担任所领导，也身先士卒，与队员同样参加取源操作。

航天产品对质量要求非常严格，载人航天产品要求更高。不容一丝马虎，不容许存在任何隐患。我们的产品在研制过程中开展了许多试验，经历了各种恶劣环境的考验。这些为后来的成功积累了深厚的基础。

2007年11月，我们的产品参加了飞船返回舱空投试验。试验使用运输机将飞船返回舱从高空投向地面，模拟其着陆过程。5个架次，5投5成！我们

2007年11月，在戈壁滩参加"神舟"飞船返回舱空投试验

用成绩证明了自己，得到了在试验现场的载人航天工程副总指挥以及"神舟"飞船两总的充分肯定，同意将我们研制的γ高度控制装置正式纳入"神舟"飞船系统。

2011年11月17日，"神舟"八号飞船在经历了17天太空飞行，完成与"天宫"一号目标飞行器交会对接任务后返回地球，γ高度控制装置准确发出了反推发动机点火指令，飞船返回舱安全着陆。这标志着我们历经十余年的艰苦努力，终于取得了成功。

之后，我们还参加了"神舟"九号、十号、十一号飞船太空飞行任务。为了确保成功和航天员安全，每一次我们都作为第一次来认真对待。

2012年6月29日，"神舟"九号飞船在完成了与"天宫"一号的首次载人交会对接任务后返回地球。当天本人受邀作为人民网嘉宾，在北京航天飞行控制中心的演播室，为"神舟"九号飞船回收着陆过程直播进行现场解说。

在"神舟"九号任务完成后，有一次开会我见到"神舟"九号飞船指令长、特级航天员景海鹏和我国第一个进入太空的女航天员刘洋，问他们着陆一瞬间的冲击力大不大。他们都说，不大，比起训练时小得多。那时候，我感觉这是对我们γ高度控制装置研制人员的最高夸奖。

2013年6月26日，"神舟"十号飞船安全返回地面。

2016年11月18日，"神舟"十一号飞船在太空飞行了33天，完成了与"天宫"二号空间实验室的多次交会对接任务后安全返回了地面，γ高度控制装置第四次取得圆满成功！"神舟"十一号任务的成功标志着载人航天工程的第二步，即建立短期有人照料的空间实验室任务已经完成，中国载人航天工程正在向着第三步，即建立长期有人照料的空间站的最终目标大步迈进！

回顾过去，感慨万千，真是事非亲历不知难。成功来之不易，我认为坚忍不拔的精神是这个项目成功的首要因素。成功靠的是坚定的信念和对梦想的执着追求，靠的是严肃认真的态度、精益求精的作风、长期兢兢业业的工作一点点积累起来的。在飞船发射之前把工作做充分了，成功就是水到渠成的事。

2012年6月29日，作为人民网嘉宾，为"神舟"九号飞船回收着陆过程直播进行解说

作者简介：刘波，男，1982年1月毕业于哈尔滨工业大学（7752班学生）。中国航天科工集团三十五研究所副所长、研究员。毕业后一直从事航天领域的科研和科研管理工作，参加了载人航天工程、探月工程等国家重大工程项目。

联系电话：13601322296

邮箱：liubo29@139.com

与"神舟"九号飞船乘组成员、我国第一位进入太空的女航天员刘洋合影

与"神舟"九号飞船指令长、特级航天员景海鹏合影

2016年11月18日，圆满完成"神舟"十一号飞船载人飞行任务后在北京航天飞行控制中心留影

"神舟"九号飞船返回舱着陆瞬间

7863　徐顺法

我的一次工作经历

——S/1280 计算机故障维修记

哈尔滨工业大学是培养工程师的摇篮，"规格严格，功夫到家"的传统不仅培养了我们过硬的专业技术，也塑造了我们的人生品格。我的一次工作经历使我体会到作为工大学子的荣耀。

1988 年前后，我在中国工商银行洛阳分行工作，负责计算机网络技术方面的业务。洛阳工商银行通过香港日达公司引进美国 Convegent 公司生产的 S/1280 32 位超级计算机，并在 1989 年 10 月 5 日在洛阳工商银行所属的十家储蓄所实现了储蓄业务的通存通兑。减轻了一线银行员工的工作强度，极大地方便了广大储户，收到了较好的经济效益和社会效益。

1990 年底，这台用于储蓄通存通兑业务的 S/1280 计算机突然出现故障，使得洛阳工商银行的储蓄通存通兑业务中断。我立即对 S/1280 计算机进行检查，发现主机电源指示灯不亮，控制面板的状态显示（STATUS DISPLAY）数码管也不亮。通过仔细检查，初步判断是计算机主机电源部分发生故障。将主机机盖打开，取出电源箱，经检查发现电源 6 A 保险丝熔断。更换保险丝后安装好电源箱，开机后主机仍不工作，再次检查，保险丝未熔断。由于没有图纸和资料，检修无法继续进行，就立即向省行和总行进行汇报。根据总行指示，我们直接和香港日达公司驻北京办事处进行联系，商量维修事宜。香港日达公司驻北京办事处要求我们将主机电源箱拆下，并派人带往北京更换新的电源箱，同时要求我行支付电源箱原价的 50% 的费用。而且需向美国订货，一般需要 3 个月到货，待货到后才能进行更换。这样势必对我行的通存通兑业务造成严重影响，同时还要支付一大笔维修费用。

为节约经费，尽早恢复通存通兑业务运行，我对行领导提议自己尝试修理。因为没有图纸资料，修复美国原装计算机相当困难。S/1280 计算机结构十分复杂，主机由三个箱体构成：分别是 C 箱（主机）、B 箱（扩充 1）和 X 箱（扩充 2）。发生故障的电源是 C 箱的供电电源。拆开电源箱后发现电子元器件密密麻麻的，查找故障部位谈何容易？但工大学子有不畏艰险的特质，我决心迎难而上，攻下难关。

对 S/1280 的故障分析：闭合电源开关，电源接通后，C 箱面板电源指示灯不亮，控制面板上的状态显示数码管也不亮，而机箱内轴流风机却可工作。从电源指示灯不亮的现象分析，应该是电源部分出现故障，但从轴流风机仍然工作来看（轴流风机电源是从电源箱中引出）又不像是电源部分发生故障，因而一度使检查陷入困境。经过反复查阅有关随机资料和翻阅其他资料。终于在《中国工商银行 S/1280 培训资料》一书中，查到有关电源的一些参考数。根据查到的参数，我们将主机前面挡板拆下，在 120 芯插座的对应接线柱上逐个进行测量三组（+5 V、+12 V、-12 V）电压值，发现这三路电压输出都测不到，对地都是 0 V。

拆开电源箱，面对电源箱中密密麻麻的元件，手头又没有电路原理图，简直像盲人一样，无从下手。为了能找到故障所在，只有对照实物绘制出电路原理图。尽管绘制这样的图纸可能与实际电路有出入，但却可以帮助我们理顺思路。

利用所绘制的电路原理图我们从头查起，一步一步地测量可测量的所有部位。从其电路结构上看该电路为开关型工作电源，+5 V；+12 V；-12 V 三路输出为 0 V，说明在开关变压器以前的通道内有元件损坏，造成整个电路没有工作。基于这种分析，参照绘制的电路原理图，我们对这部分电路的各个元件进行逐个测量。经仔细反复测量，发现桥式整流元件 BR256 各臂间的阻值差异较大，限流电阻 R_1（5 Ω ± 5% 10 W）

开路。将这两个元件从电路中焊下，经测量发现全桥整流元件之一号臂损坏，所形成的大电流将 R_1 击穿，所以在更换保险丝后，没有被重新熔断。在这里限流保护电阻 R_1 起到了对后级的保护作用。我们用同型号的国产元件代替焊入电路。经反复检测、仔细判断，确认无误后，将电源箱装入主机 C 箱，加电测量，+5V、+12 V、-12 V 三路输出，正常。

控制面板的状态显示（STATUS DISPLAY)数码管显示 00 正常状态。旋转开关钥匙，计算机进入自检状态，显示数码管由 00 开始显示各部分诊断结果，指示 20 进入系统工作。至此修复工作圆满完成。

检修 S/1280 主机电源箱前后仅用了一周时间，使一度中断的储蓄通存通兑业务尽快得到了恢复，同时也为国家节约了资金。仅用 20 多元人民币就修好了价值几十万美元的设备。更主要的是通过这次检修 S/1280 电源故障，使自己体会到"世上无难事，只要肯攀登"，只要有志气、有决心、肯动脑、善钻研、不盲动、不蛮干，任何困难都是可以克服的，任何难题都是可以攻克的。是哈工大给了我扎实的技术基础，是哈工大给了我不畏险阻、攻关克难的勇气，是哈工大给了我必胜的信念。母校是我一生的信念和支撑。

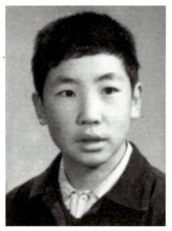

7865 李永东

我和中国高铁的机缘巧合

在中国高铁已通车 1.9 万 km，并成功与印度尼西亚、俄罗斯、泰国、老挝、美国等国达成合作之即，本人回首往事，浮想联翩，不禁想起我和高铁的种种机缘巧合，现在一一道来，以飨读者。

青葱年代，法国接触高铁

我从小生活在京张铁路的终点站，但也从没想到我和电力机车以及高铁有什么关系！因为妈妈在化工厂工作，我从小喜欢看我妈妈买的化工方面的书，所以在中学时对化学课着迷，1977 年恢复高考后参加了两次高考，报的全是高分子化工等专业，化学成绩考的也是最高，90 多分。当时中国科技大学招少年班学生在全国引起轰动，我第一志愿也就报了中科大，没想到其录取分数比清华还高，自然落榜。但赶上 1978 年扩招，被哈尔滨工业大学捡了个漏，阴差阳错录取到电机工程系，从此就和高铁的核心技术——电机控制技术结下了不解之缘。

刚上大学时一切都那样新鲜，我对什么都非常感兴趣。担任学习班长的我除了管理班级日常和学习有关的事务外，还积极参加了很多活动。我中学没学过外语（那时都是俄语，正好我们这届赶上张铁生交白卷，学校也不敢开外语课了），所以入学就分在慢班，老师上来问大家名字，正好叫了我，他说："What's your name？"我还以为让我跟着读，于是也大声念道："What's your name？"把大家笑得要命，而我完全不知道大家在笑什么！后来由于我对外语特别感兴趣，每天最少花一个多小时看外语课本，背单词，成绩很快就上去了。每学期开始课本发下来，我一般一个星期就看完了，还要看课外读物，如北外许实章老师的英语课本和 *New Concept English* 等，期末考试还考过满分。第一年结束时代表工大去参加了黑龙江省高校英语竞赛，尽管没得奖，也算大出风头了，因为我记得全校77、78两届，通过考试只选出十来名同学去参加竞赛。两年后外语课没了，但我也没有断了自学，看了大量原版书，做了大量TOEFL题，因此最后一年选入外教英语提高班，有时学校来了外国代表团也叫我去陪同。同时跟着日本NHK电台又自学了两年日语，记得去蹭日语课被上课老师赶出教室。由于我的父亲热爱文学，在父亲的熏陶下，我对文学也非常感兴趣，还在校内外杂志和报纸上发表了一些小说散文和诗歌等作品。

当然，在学习上也遇到了一些困难，那就是数学。由于中学数学没学什么东西，基础比较差，大学的微积分又比较抽象，再加上花在数学上时间较少，第一学年下来，其他学科成绩优良，可是数学拖了后腿，后来又影响了物理、电路等相关课程，这让我非常苦恼。于是从第三学年开始，我在课余时间将以前的数学课程重新自学了一遍，学好数学后，其他学科也好了起来。在大三上半年，碰到了最难的几门专业基础课：电机学、半导体变流技术和自动控制原理等。由于数学通过自学有了很大的进步，其他课程也就一通百通了，那个学期还得了全班唯一的四门全优。并在其后的专业课学习当中，举一反三，触类旁通，也都取得了全优的成绩。

1982年从哈尔滨工业大学毕业前，我和大部分同学一样参加了研究生全国统考，并以全系第二名的成绩被国家选派去国外留学。在考研究生时，由于复习其他门课程时间紧迫，就没有多少时间看外语了，结果最后还是考了全校第二名——92分（记得第一是计算机系的赵毅远——94分），也入选了公派出国留美的研究生。正在这时，发生了访美网球运动员胡娜叛逃事件，中美交流骤减，一半留美生改派欧洲和日本，我被改派去法国，于是又从头开始学法语。法语的语法比英语复杂很多，又非常严格，所以也是联合国和奥运会官方语言。但由于有较好的语言能力，我到北京语言学院出国部学了一个多月后就开始给外教当翻译了，因为班主任只翻译了几堂课就不管了，而大部分同学从来没接触过法语，非常怵头，有的同学甚至有畏难情绪，连国也不想出了，直接回自己学校上国内研究生了。但在我的带动下，我班同学的积极性都很高，没有一个掉队的。到法国后，接待人员都大吃一惊，纷纷说今年这批学生的外语真不错，也算出国后没怎么太别扭吧。

经过十个月紧张的语言培训，1983年7月10日，我和其他一百多名教育部公派留学生坐包机来到了现代人文和工业文明的发源地——欧洲的法国巴黎。到达戴高乐国际机场，绿色的大地像地毯一样展现在我们眼前，一切都是那样新奇和梦幻，让人兴奋不已。第二天早上由法国CNOUS的专家介绍情况，几张胶片放下来，中法经济和社会对比让我大吃一惊！虽然来前对法国的人文、历史、科技和经济情况已做了全面的学习和了解，但是其差距之大还是让我震惊，一个5 000多万人口的法国，其经济总量竟然是10亿人口中国的好几倍！也就是说人均是我们的几十倍，其核心竞争力就是高铁（TGV: Train a Grande Vitesse）、核电站（供应80%的电力）、航空（协和飞机、幻影战斗机）和航天（阿丽亚娜火箭、卫星）等高技术。从此，我暗下决心，将来一定要在祖国的土地上发展这样的科技和教育，让科技为自己还不富足的祖国和同胞造福。但是下了决心是一回事儿，到了实际学习时则困难重重。如到学校刚开始上课时，由于语言问题听得总有些似懂非懂，再加上中国人的传统心理作怪，提不出什么问题，因此外国老师和同学对我们并不太重视。记得我问一个很要好的法国同学，法国高铁TGV采用的是什么电机控制时，估计他也不知道，但却很神秘地对我做了一个鬼脸说，这是最高商业秘密！那一刻深深印在我的心里，至今想起来还记忆犹新。

几次考试下来，我们几位中国同学发扬身经百战的高考精神，每每取得前几名的好成绩，尤其是在电力电子的课程中，我和黄进同学考了满分后，明显感觉外国同学对我们的态度大变，经常邀请我们一块儿出去玩，有时还一块儿做作业等，不一而足。我所在的实验室是位于法国图卢兹的国家理工学院电工与电力电子（LEEI: Laboratoire d'Eletrotechnique et d'Electronique Industrielle）实验室，实际上，在法国是最先进、规模最大的电力电子与电机控制实验室，在整个欧洲都是处于领先地位的。在这里，我接触到了当时最先进的技术和设备，如 DSP（Digital Signal Processor，数字信号处理器）、IPM（Intelligent Power Module，智能电力电子模块）、CPLD（CMOS Programmable Logic Devices，可编程逻辑器件）等。图卢兹是法国第四大城市，约有 60 万人口，10 多万名大学生，科研水平很高，如 TGV 高速列车、空中客车、幻影战斗机、阿丽亚娜火箭等先进技术都是出自这座小城，可谓是一座当之无愧的高技术城市，也是欧洲的航天航空中心。每次中国国家领导人到法国访问时，总要抽出一天时间专门到这里参观访问，目标可能是幻影战斗机，但是人家只卖给我们空客飞机。

我第一次看到真正的 TGV（左下图所示）是在巴黎的 Gare de Lyon(开往里昂的火车站)，确实非常先进。后来 20 世纪 90 年代在日本工作期间对新干线的认识就更直观和频繁了（右下图所示）。高速列车（法国 TGV，德国 ICE: Inter-City-Express 和日本的新干线）的核心技术是电力电子变换器和交流电机控制，也就是我们通常所说的电机的变压变频（VVVF：Variable Voltage and Variable Frequency）控制技术。记得第一次听说恒压频比、变压变频控制是在 1980 年，当时在哈尔滨工业大学上大三电机学课，张老师讲完之后说，这只是个稳态控制规律，谁要是能在动态中把磁通控制住就好了。当时刚有概念，但不知如何去做。我毕业设计的题目是直流电机的调速控制，从事交流电机控制毕业设计的王本中同学还很羡慕，觉得神秘得不得了，没想到这个动态控制规律后来竟然被我找到了。那是 1985 年在法国做博士论文期间，我盯着交流电机高阶动态派克方程整整看了一个星期，终于消除了

法国巴黎到里昂－马赛的高铁 TGV

日本从东京到大阪的新干线

所有微分项，推出一个数学公式，不论稳态还是动态均可把磁通控制住。我兴冲冲地把仿真结果拿去给导师看，结果太好了，以至于他完全不相信，直到后来被实验验证。这就是在1985年首次欧洲电力电子及应用会议上获十佳论文之一的《电压定向矢量控制》，后来在1989年第一届中国交流电机调速传动会议上也获得优秀论文。后来，该方法又完成了转矩闭环控制、无速度传感器运行等工作。

目前，几乎所有高铁的电力牵引都采用了交流电机矢量控制技术。我第一次听说磁场定向矢量控制是在1985年，我的磁通控制方法提出后，导师总是有点疑惑，希望我把自己的方法和德国人提出的矢量控制做比较。于是我把矢量控制的鼻祖W.Leonhard教授的文章和书找来看，发现他们提出的矢量控制技术在国际上几乎一统天下，初步仿真的结果是性能确实不错，从此我和矢量控制结下不解之缘。到今天为止，我们已经把矢量控制及无速度传感器技术应用在各种低压和高压变频器系统中，并于2001年出版了国内第一本关于交流电机数字控制系统的专著，成为国内从事交流电机控制及其在高铁电力牵引、船舶电力推进、机床/机器人中应用的技术人员必看的经典理论书籍，再版了多次仍供不应求。

ABB公司和庞巴迪（Bombardier）公司及我国的株洲电力机车研究所的高铁电力牵引系统另辟蹊径，采用了交流电机直接转矩控制技术。我记得首次接触转矩直接控制是看了日本长冈科技大学的高桥勋教授1986年在IEEE刊物上发表的文章，因为电流波形很奇怪，所以当时根本没放在心上。后来，在1989年第一届中国交流电机调速传动会议上看了同济大学周国兴的文章和机械部天津电气传动研究所马小亮高工的讲演，很受启发，没想到从1990年开始了长达十几年的直接转矩控制系统研究。开始想把这种方法用在机床主轴上，但一直不太成功，后来反而是用在了地铁传动系统上，并在北京地铁车辆厂完成跑车试验和鉴定。

现在，越来越多的国家已经拥有了高速铁路，到2015年，世界上拥有高速铁路的国家和地区已达到23个，总里程达到30 000多km，欧洲地区已形成高速铁路网联通。中国也已建成25 000 km的高速客运专线（高铁的另一名称），成为世界第一高铁大国。但当我们回首30年前的往事时，当时的形势并不明朗。在1987年前后，法国阿尔斯通公司向中国出口了148辆8K型电力机车（如下图所示），在欧洲引起轰动，我清楚地记得当时法国导师和我说起此事的激动表情。原来1985年初，为解决当时晋煤外运运力不足、造成运输瓶颈的问题，中国国家铁道部决定从国外引进一批处于当时国际先进水平的大功率电力机车。8K 型电力机车是双机重联 8 轴交 - 直流传动大功率干线货运用电力机车,由欧洲五十赫兹集团(由法国阿尔斯通公司牵头,包括法国阿尔斯通、德国 AEG 及西门子、瑞士 ABB 等公司在内的生产 50 赫兹电机设备的集团)专门为中国铁路设计制造,采用直流传动,辅助逆变器应用 GTO 技术,中方派出人员参与了 8K 型机车设计。8K 型机车于 1987—1988 年整机进口了共 148 台(车号 001~148),另外,由株洲电力机车厂于 1989 年制造了两台(车号 149、150)。在进口机车的同时中方完成了技术引进,引进技术应用于国产的韶山型电力机车。K 型电力机车配属北京丰台西机务段的有 63 台,其余都配备在大同市湖东机务段,主要用于从大同到秦皇岛(走丰沙线)的电气化晋煤外运等货运列车,通过张家口南站,所以每天路过我的家乡。

学成归国,情系中国高铁

1987 年 12 月 17 日,刚过 25 岁生日的我在法国图卢兹国家理工学院通过博士论文答辩,并获得博士学位。随后于 1988 年初,经过巴黎、伦敦和中国香港回到了阔别近 5 年的祖国。当时的北京还是一个大村庄,到处尘土飞扬。没多久,受铁道部科学研究院车辆所许广锡和陈报生研究员邀请去他们那里参观学习,看到他们甚至已完成了可控硅型交直交逆变器供电的交流电机控制系统,并希望用于机车的电力牵

法国阿尔斯通公司 30 年前向中国出口的 8K 型电力机车

引系统中,只是由于体积庞大不能上车,因此也在大力宣传采用 GTO(Gate Turn-Off Thyristor,可关断晶闸管)实现的交直交逆变器供电的交流电机控制系统。但是由于

8K 型电力机车辅助电源采用 GTO 交直交变流器供电出了很多问题，使得人们对 GTO 的使用产生了很大的疑问，在国内引起激烈的争论。

那时，我在清华大学电机工程系师从高景德院士做博士后研究工作。我一边调研国内情况，一边与从日本回来的黄立培老师带着学生们一块儿开始了清华大学第一台大功率三极管 VVVF 变频器的研制工作，并始终关注电力机车的国产化进展。经过不懈的努力终于研制成功了，该变频器在北京和平宾馆中央空调上连续运行了 24 小时，并通过鉴定，当时《中国青年报》头版头条报道了我们的工作。在此基础上，我们实验室在随后的几年中和台湾普传公司、山东惠丰公司、北京时代公司、深圳华为公司、曲阜电机厂、希望森兰公司、浙江海利普公司和上海格立特公司建立了广泛的合作关系。目前国内生产通用变频器的厂家已经超过 200 多家，其中大部分都是从我们的上述合作伙伴衍生出来的。

在铁路电气化的发展浪潮中，人们对铁路运输提出了更高的要求，例如快速、舒适、节能、减小污染等等。随着科学技术的发展以及人们生产生活的需要，高速电气化铁路已经成为现在世界铁路的发展方向。早在 1964 年 10 月 1 日，日本东京至大阪的 200 km/h 东海道新干线开通运营，拉开了世界高速铁路发展的序幕。20 世纪 70 年代以来，电力电子学和微电子技术的出现和进步，又重新唤起人们对机车交流传动系统的热情。自 1971 年世界首台采用异步交流传动系统的内燃机车 DE2500 问世以来，交流传动系统以其突出的优越性受到了各国铁路运输部门的关注，获得了长足的发展，并已基本取代了直流传动系统。与直流传动机车相比，交流传动具有无可比拟的优越性，这已经在各国铁路运输系统中得到了广泛的验证。交流传动所用的三相交流异步电动机比直流电动机的功率/体积比和功率/重量比更大，无须经常维护，故障率低。异步电动机的恒功率区比直流电动机大许多，转速更高、启动牵引力大、持续功率大，有利于实现重载和高速牵引。交流传动可以很容易地实现电气制动，大大减少制动闸瓦的消耗，并可以利用制动时反馈的能量，起到节能节油的作用，经济效益显著。首先，交流传动机车的一个突出的优点在于其优良的黏着特性，由于异步交流电机变频调速系统具有很硬的机械特性，车轮更不容易打滑或者空转。其次，交流传动电力机车牵引和再生工况的功率因数均接近于 1，不仅降低了电网损耗而且在再生制动时可将高质量电能反馈给电网，消除了电网对信号和通信系统的干扰。再者，机车采用交流牵引电动机后簧下重量大大减轻，改善了轮轨动力学性能，降低了机车轮缘磨耗。随着磁场定向矢量控制和直接转矩控制等等高性能异步电动机控制策略的应用，交流传动机车的调速性能已经能够达到甚至超过直流传动机车。

从1981年以后，法国、德国、意大利、西班牙等国相继投入高速铁路建设。法国的TGV、德国的ICE系列高速列车就是其中的代表。国际铁路联盟（UIC）曾经有过一个定义，允许最高速度大于等于250 km/h的铁路新线或允许最高运营速度大于200 km/h的铁路既有线，可以称为高速铁路。如今的高速列车早就采用了交流传动并用计算机进行控制，采用GTO以及更新IGBT变流元件，运营速度可以达到300 km/h，最新的法国的AGV列车和韩国的HSR350x列车时速可以达到350 km。

我国的电气化铁路建设，是从中华人民共和国成立以后开始的，比世界上其他几个电气化铁路大国要晚半个多世纪。1961年8月15日，在新建的宝成线宝鸡至凤州段建成了我国第一条电气化铁路，全长93 km。在这之后，由于各种各样的原因，我国的电气化铁路建设处于一个缓慢发展的时期。改革开放以后，特别是20世纪80年代以后，我国电气化铁路建设才有了飞速发展。"六五"期间修建了电气化铁路2 507.53 km，"七五"期间修建了2 787.10 km，"八五"期间修建了3 012.21 km，"九五"期间修建了4 783.44 km，而且还顺利建成了我国第一条时速200 km的广深准高速电气化铁路，建设速度一年比一年快，建设规模也一年比一年大。

基本上与铁路的电气化进程同步，我国的电力机车也经历了"从无到有""从少到多""从低到高"的发展过程。1958年我国第一台干线电力机车诞生，实现了我国电力机车"零"的突破，电力机车产品"从无到有"；1985年我国第一台相控电力机车——8轴SS4机车诞生，其后1990年SS5相控4轴客运电力机车、1991年SS6相控6轴客货两用电力机车、1992年SS7相控6轴机车、1994年SS8相控4轴准高速客运电力机车等的研制成功，形成我国第三代电力机车的多机型系列化，电力机车品种"从少到多"；1996年我国第一台计算机控制、架承式全悬挂轮对空心轴六连杆弹性传动的准高速客运（1998年6月试验最高速度达到240 km/h）交流传动电力机车的研制成功，标志着我国电力机车的研制进入了高科技领域，实现了从常速到高速和从交直传动到交直交传动的两个里程碑式的跨越。随后又先后完成了"先锋"号电动车组（2001年，最高试验速度292 km/h）和"中华之星"（集中动力，2002年，最高试验速度321.5 km/h）的制造和试验工作。另外，在内燃机车方面，交流传动也在逐渐地取代直流传动。1999年9月8日，我国首台交流传动内燃机车在青岛四方机车车辆厂诞生。这台被命名为"捷力"号机车的诞生,标志着我国交流传动内燃机车实现了"零"的突破。

在 20 世纪 90 年代中期,我经常去我国机车电力牵引的牵头单位株洲电力机车研究所讲课,那时他们连交流电机的无速度传感器控制还没听说过,现在株洲所已经成为我国高铁电力牵引自主研发和制造的主力,上市公司就有好几个,并推出中国标准动车组和永磁电机牵引动车组。当年的所长奚国华先生目前是中车公司总经理,现任所长丁荣军先生于 2013 年被评为中国工程院院士,现任副所长、总工冯江华先生也于今年申报了中国工程院院士。

"先锋"号电动车组(2001 年,最高试验速度 292 km/h)

"中华之星"(2002 年,最高试验速度 321.5 km/h)

前面说过,国内实际上从 20 世纪 80 年代就开始了交流电机控制系统电力机车牵引系统的研究。我们实验室从 2001 年开始,也正式开始将交流电机控制技术应用到地铁、电力机车牵引系统中的专题研究中,并和北京鹏发公司（2001 年）、北车大连研发中心（2002 年）和永济电机集团（2003 年）等公司开展了多项合作,对行业起了较好的推动作用。2003 年 8 月在法国图卢兹第十届欧洲电力电子及应用会议上,我还组织了一个关于转矩直接控制的 Tutorial,邀请了 Depbenbrock 教授的接班人,亚琛工大的 De Donker 教授和意大利博洛尼亚大学的 Casadei 教授共同进行了半天的专题报告。当我用娴熟的英法两种语言向国际同行介绍了中国在电力电子领域的发展和成果,大会主席——我的博士生导师贝尔纳·德福奈尔先生不无自豪地向大家介绍说,这位中国最好大学的教授是我们 1987 年的"非常优秀"的毕业生。这中间我们还于 2008 年开展了清华自主项目的研发项目。此外,在 2011 年 8 月,清华大学电机系和南车株洲时代集团（我国生产"和谐号"高铁、动车组牵引系统的主力公司）签订了长期战略合作协议,校党委陈旭书记、系党委赵伟书记和曾嵘系主任与丁荣军院士、所长参加了签字仪式,并希望在下一代高铁牵引系统的轻量化和高效化方面做出完全自主知识产权的产品,跟上并引领世界高铁发展的潮流。2017 年我们和中车时代集团株洲电力牵引研究所组织国内各单位联合申请的国家重点研发计划项目也获国家科技部批准。

风云突变,中国高铁强势崛起

进入 21 世纪,我国电气化铁路建设进一步加快,到 2002 年,我国就建成了 41 条电气化铁路干(支)线,电气化铁路建设里程达到了 18 615.73 km(营业里程为 18 115.1 km),已经超过日本、印度,跃居亚洲第一位,世界第三位,成为世界电气化铁路大网。到 2010 年,我国的 5 条主要繁忙长大干线——京哈线、京广线、京沪线、陇海线和沪杭浙赣线都全线实现了电气化,八纵八横 16 条主通道有 12 条基本建成电气化铁路,还建成了京沈、京津、沪杭、长衡 4 条电气化客运专线。目前,我国 6 个大区——西南、西北、华北、中南、东北和华东的电气化铁路基本连接成网。此外,从 21 世纪初开始加紧准备京广和京沪高速列车的建设工作,大大推动了中国高速铁路的建设,拉动相关产业的发展,而且也带动了周边地区经济的发展。京沪高速铁路已于 2010 年 6 月 1 日通车,长度约为 1 300 km,全线为复线、交流电气化、全部立体交叉,最高速度为 300 km/h,未来要达到 350 km/h。京广高速铁路也于 2012 年 12 月 26 日全线通车,成为世界上运营里程最长(2 294 km)、运行速度最高的高速铁路(最高时速 350 km/h)。

应该说,中国高铁真正的弯道超车开始于 2003 年。2003 年新年过后,新一届国务院政府机构组成并开始工作,新的铁道部长强势登场。新部长一改过去铁道部及中车公司(后来分为南车和北车)依靠多年自主研发的成果发展高铁的思路,立志引进世界最先进的技术,实现中国高铁质的飞跃。在 2004 年,铁道部委托中技国际招标公司为铁路第六次大提速进行时速 200 km 动车组招标中,明确规定:第一,投标企业必须是中国企业,西门子、庞巴迪、阿尔斯通以及日本高铁制造企业本来想直接参与投标,这一条件将它们挡在了门外;第二,中国的企业也不能随便投,必须有拥有成熟技术的国外企业的支持,这一下又把"中华之星""先锋""蓝箭"等国产高铁和动车组挡在了门外,因为铁道部的真正目标是引进国外先进技术。这次招标还明确规定了三个原则:第一关键技术必须转让,第二价格必须最低,第三必须使用中国品牌。

决定这次技术引进能够成功的重要因素还有一个,那就是铁道部只指定了两家企业能够技术引进，一家是南车集团的四方机车车辆股份有限公司，一家是北车的长春客车股份有限公司，这被称为"战略买家"。西门子、阿尔斯通、庞巴迪、日本高铁制造企业都明白，这次招标虽然只有140列动车组订单（140列对于它们而言已经是天量，要知道阿尔斯通因为十几列动车组就与西门子对簿公堂），只是针对第六次大提速，但是《中长期铁路网规划》描绘的"四纵四横"客运专线网络可是世界上从来没有过的高铁大市场，这个市场大到没有任何一个高铁企业可以忽略。

而这次招标就是未来市场竞争的一次预演，谁都不敢轻易放弃这次机会，谁都不敢掉以轻心。他们要进入中国高铁市场就只能找合作伙伴，对象只有俩，一个南车四方，一个北车长客，二对四，中国的这两家企业占据了绝对的战略优势。铁道部还要求，投标前国外厂商必须与中国国内机车车辆企业签订完善的技术转让合同，如果没有做到这一点就取消投标资格。

通过两次招标，中国企业在铁道部的统筹下，捏成了一个拳头，成功获得了日本、法国和德国的高铁技术。西门子拿出来的是基于ICE3开发的Velaro CN平台技术，代表了当时世界动力分散型动车组的最高水平；阿尔斯通擅长动力集中技术，它拿出来的仅

CRH1A 型动车组

CRH5A 型动车组

CRH2A 型动车组，原型：日本东北新干线家族的"疾风"号 E2-1000 系

仅是"潘多利诺"摆式列车和SM3型动车组的结合体,技术并不先进,所以CRH5投入运营的初期,故障率一直居高不下;日本大联合没有拿出自己最好的动车组技术,只是拿出了缩水版的"疾风"号E2-1000,但是通过与日本企业的合作,中国企业不但获得了一个向上开发的动车组平台,而且也在与日本企业的合作中学到精益制造技术,这让中方企业在此后的发展中受益匪浅。可惜的是,因为铁道部规定国产化率要达到70%,国外公司纷纷把核心的软件放在待消化的30%中,不肯转让,逼着国内企业下决心自己开发,而这又是我们实验室的特长,因我搞了几十年研究,原理和软件比较熟,2001年就在北京地铁上跑车了。另外带出的众多弟子分布在各个企业和高校,和引进消化的硬件基础结合,很快就上车了,这就为"复兴"号埋下了伏笔。

今天,当年铁道部制订的2020年四纵四横铁路网规划早已提前实现,并开始在向八纵八横迈进,从连云港到乌鲁木齐的高铁也指日可待。此外令人振奋的是,2017年2月25日10时33分,随着G65次列车驶出北京西站,标志着我国自行设计研制、拥有全面自主知识产权的中国标准动车组样车上线运营。两列标准动车组分别为:中车四方机车车辆股份有限公司生产的"蓝海豚";中车长春轨道客车股份有限公司生产的"金凤凰",时速高达350 km。

结 束 语

回想在2004年铁道部决定引进高速列车技术时,国内企业一片哗然,一批专家学者还联名写信状告铁道部,我也和大家一样不理解为什么抛弃国内企业多年研发和制造的"中华之星"和"先锋"号等。后来在"和谐号"的技术引进过程中,我作为从事电力传动及其在机车电力牵引系统应用的专家参与了很多车型的方案设计、问题排查和项

CRH3A型动车组,原型车:德国西门子Velaro

2017年2月25日10时33分,中国标准动车组开始运营

目验收，以及后续的消化吸收再创新工作（国外公司经常把最核心的软件放在30%的待国产化部分，需要我们去继续攻关）。在这个过程中我认识到，高铁是一个庞大的系统工程，九大核心技术包括电气四个、机械四个、计算机一个，任何一个部件的失灵都有可能导致整个系统功亏一篑。因此，利用中国铁路市场的垄断地位，引进国外相对成熟的技术，高起点地发展我国高铁，可以避免走弯路，不失为一招高棋。当年，日本川崎重工总裁大桥忠晴曾这样劝告中方技术人员：不要操之过急，先用八年时间掌握时速 200 km 的技术，再用八年时间掌握时速 350 km 的技术。在大桥看来这已经是站在巨人肩膀上才能做到的了，但是中国高速铁路技术发展的速度却远远超过了大桥忠晴的预测，因为在不到一个八年的时间，中国的高铁制造企业已经开始与日本高铁企业在全球角逐订单了，上演了"徒弟"与"师傅"的高铁争夺战。

在回国的近 30 年里，本人在高压大容量异步电机变频调速、交流电机矢量控制、直接转矩控制及其数字化实现等方面提出了自己的理论，并应用到高铁电力牵引、舰船电力推进和数控机床/机器人等实际系统中，对我国交流调速产业化起了一定的推动作用，这是我最感欣慰的事情。我一直觉得国家花重金培养了我，就不能只想着自己过舒适的生活，而要让我的所学为我国的科技发展做点什么。第一代留法学人，如周恩来、邓小平等老一辈革命家，在艰苦的生活下，勤工俭学，探索救国的真理，成就了开国伟业。1949 年前后回国的第二代海归（包括留法）学人，如钱学森和钱三强等科学家成功地领导了"两弹一星"的研究，建立了我国今天成为世界强国的基础，这些伟人一直是我求学和从事科学研究的榜样和动力。作为第三代留法学人，我们应该坚持自己的梦想，为了祖国的繁荣和富强贡献一份力量。回国近 30 年来，参与了一些重大项目的攻关和新技术的开发与产业化，我深感荣幸。

为纪念恢复高考 40 周年而作

2017 年 6 月 8 日于清华园

7867　曾祥建

梦想成真，做一辈子工程师

少年梦想

小时候，看见收音机可以说话；电视机呢，不但能说话，还能收到远处的画面，觉得十分神奇！谁能制造这些东西？当然是工程师。

在我老家县里有两家国企，一家是"四川锅炉厂"，另一家是"成都无缝钢管厂六分厂"；两家工厂，离我家都不远。20世纪70年代，在我上中小学期间，曾不止一次与小伙伴一起，跑上七八公里路，站在这两家工厂门口。我们去干什么呢？我们要比比谁最有眼力，辨认出下班时从工厂大门走出的人群中，谁是工程师。每当此时，我都会产生一个强烈的愿望，将来，假如我能做工程师，那该有多好！由此可见，小时候，做一名工程师是我的梦想。

1978年10月，我乘火车从成都出发，经北京到哈尔滨，开启了我的工程师梦想之旅！

阴差阳错上工大

很不好意思，给大家爆料：1978年高考，我的分数没有上重点线。那么，重点线都没上，怎么会上哈工大呢？事情是这样的，当年工大在四川要招30名新生，因哈尔滨太冷，谣传："撒尿要用棒棒敲！"把人都给吓退了。因而四川成绩优异的考生，几乎没有报考哈工大的。我呢，在非重点的5个报考志愿中，最后一个填写了"东北林学院"；我们班的周依盼说，他填写的是"黑龙江商学院"，这是关键所在。

其实，未接到通知书，我就知道自己考上哈工大了；因为工大来四川招生的老师，到了我的乡下老家，访问了多位熟悉我的干部和群众。当然，他们都举大拇指说："这个娃娃好！"（当时在我们当地，我小有名气，14岁就做团支书，还主持过毛主席逝世的吊唁仪式。）

因基础不好，加上自己不够努力，大学期间我的学习成绩很一般。但有一点，喜欢做实验，特别是在毕业论文实践中，在李桂芝老师、尹鸽平老师的指导下，没有实验设备，我们就在废品库找，修修补补也能用。我记得很清楚，是测定"电池中活性物质的吸氢性能"。因为时间紧，眼看任务完不成，我就买一堆面包，蹲在实验室不出来了。最后，计划测3条曲线，我测了9条。论文答辩时，教室门口挤满了人。教研室电池专家王纪三前辈对我们的实验结果非常重视，专门找到我，要我谈谈下步试验如何进行。李桂芝老师更是将我的毕业论文提前判定为：当然的优秀！

永不醒悟的国企工程师

毕业后，我怀揣梦想，进入四川航天一家三线工厂，做起了真正的工程师，童年梦想实现了！国企，像个温暖的大家庭，常有文艺汇演、体育比赛、爬山比赛，甚至扑克大赛、象棋大赛和野炊；有害工种还安排疗养，真是其乐融融！不用说，在这样的环境中做工程师，应该是很不错的，请看看：

◆1982年我一进工厂，老一辈的总工程师就找我谈话："问题很多，寄希望于你，我要考核你！"于是，面对这一系列的问题，我们就一个一个地把它们解决掉。像不像"安心本职、岗位成才"的典型？

◆1983年，我的习作被认为是所在工厂"第一篇正规技术论文"。有没有"技术新秀"之感？

◆我们专业与材料紧密相关。我们就与大学合作，搞金相制样，采用扫描电镜、原子力显微镜辅助分析，解决生产中的实际问题。技术总结，也被评为"A级国防科技报告"。据说，这在工厂技术贡献中是极为罕见的。这是不是突出贡献？

可惜，好景不长！到20世纪80年代末，这其乐融融的三线国企，已危机重重。

随着社会开放度增大，大学生、研究生都不愿去三线企业了，技术队伍青黄不接，不搬迁就是等死。我们7111厂，是四川航天搬迁的领头羊；项目1991年开工，用时4年耗资2.8亿元，成功搬迁。

工厂进城，国企闹下岗，人心惶惶；并且，受经济大潮的冲击，人心变了，物是人非了！20世纪90年代，常听到"醒悟"这个词：所谓醒悟，就是在国企，你只有当官往上爬，才是有出息；其他，都是没出息！要不你就下海经商做老板。而我这个人呢，无数事实证明，我不是什么可造之才，我只能老老实实地做个工程师，做个小老百姓；因为我的注意力、我的兴趣，全部都集中在具体的技术问题上！可想而知，在这种环境中，做一名工程师，就不那么简单了。

■当你面对同学或同事议论："这个人，一辈子也就是个小技术员！"你会不会有刺痛感？

■当老婆天天都在唠叨："你是一堆糊不上墙的烂泥巴！"你会不会感到迷茫、痛苦？

因此，做一辈子工程师，不容易啊，同志们，同学们！

领导，就是领导，考虑就是周到：好好好，考虑到你的贡献，我们破格聘任你为高级工程师（俗称"小高工"），我们再把你弄进专家委员会，这总可以了吧？不过，对不起啊哥们儿，这些都与你的工资无关。你的工资，只与工作年限有关。毫无疑问，应该立即让这种工资制度见鬼去吧！

于是，45岁那年，一个跟体制格格不入的人，下岗了！

自由自在的打工工程师

2006年后，闯江湖、找饭碗，体会最深的就是，懂得了"自由、独立思考之价值"！

大概是2014年4月，我去苏州一家公司面试找工作，老板40来岁，是子承父业。他说："我看了你的简历，你这个人，怎么干不了几年就换单位？你为什么不稳定在一个单位干上十年八年呢？"

面对这样的问话，可能不少人都会发怵，老板是要揭我们的短吗？我却回答说："这种情况，很多人都说这是'卸磨杀驴''狡兔死，走狗烹'，我却不这样认为。企业一般都是因技术问题着急，我们才进去的；等问题解决了，我们也就该离开了。在我看来，这是符合市场规律的，这是我们这种人对社会做出最大贡献的形式，不是吗？"第二天，老板的父亲，一位77岁的中国老航空工程师表示，一定要见我一面。他对我说："昨天晚上，你的个人简历，我看了五遍啊，这个好，这个好，那个也好！"很是感慨……

最后，谈谈感想：到目前为止，我这个万金油工程师，已做过工艺工程师、分析检测工程师、厂房设备工程师、销售工程师、材料工程师等，还将纳米技术应用于表面工程，并分别已在国企、外企、台企及民企供职，粗略感觉是：

★国企：人情社会的典型代表。

★外企：正规，效率高待遇好，但死板。

★台企：正规，效率高待遇好，但好像只信任台湾人。

★民企：多数不正规，信奉实用主义，效率高待遇一般。

显然，过不了几年，我们就要光荣退休了。我想，如果上帝眷顾，让我的身体还行，我就继续干。什么什么问题，只要觉得能行，就露一手。有人说，这是长寿的好办法，我也试试！

结 束 语

感恩这个平台，可以发发牢骚，拉拉家常，说说知心话！

感恩母校哈工大，在校期间，我们不停地做实验，又是金工实习，又是工厂实习，锤炼了我们的实践和动手能力，是标准的工程师的摇篮！

感恩伟大的改革开放政策，让我这样一个下岗的失魂落魄之人，还能找到工作，有口饭吃。

在外资企业工作时，与欧洲人、美国人、日本人和非洲人等，都做过同事；我发现，他们做工程师，比我更坦然、更自豪！不像我，有那么多的迷茫和痛苦。我想，一个社会，官员和老板必定是少数；但愿我们的下一代，面对与我同样的情况，感受会改善！

岁月如歌

西江月

——赞哈工大七七、七八级四十载重聚

7712　集体创作

当年同窗难忘，
聚首两鬓如霜。
呕心沥血报国忙，
神州一代脊梁。

母校育我成长，
工大名气远扬。
不负此生好时光，
今宵把酒欢畅。

十六字令三首

7712　高　谦

欢，
松花江边忆芳年。
寒窗苦，
成绩皆斐然。

欢，
驰骋天下解疑难。
龙腾起，
神舟凯歌还。

欢，
不畏浮云遮望眼。
频举杯，
赛过活神仙。

7813　黄金云

我的大学生活

1978年，恢复高考的第二年，我走进了哈工大校园。
那是一个之前十年无人读书的年代，
那也是一个拼聪明努力而不是靠户籍关系的年代，
不管你是官二代，还是穷二代，
没有人作弊，能考上大学的都是聪明的。
那时，女孩子嫁人看的是他家是不是城市户口，因为做城里人吃得饱，
看的是他家有没有自行车、手表、缝纫机，那是当时的法拉利和劳力士。

考上大学在农村就像中了状元，
乡亲们提着一篮篮鸡蛋为我送行，
像做梦，我只是答了几张卷子，只是比同龄人答得稍好了一些，就被社会选去当精英，

一夜就知道，再也不用饿肚子了；
一夜就知道，娶媳妇会很容易了；
一夜就受人尊敬了；
一夜就成名了。
其实，自己也就比别人多做了几道题，
名和利也来得太容易了！

神圣的使命感，
好像祖国的四化建设只有靠我们了，
其实我到现在也不知道四化是哪四化，
但为实现四化而学习的热情是高涨无比的！

我们知道，我们不是去谈恋爱的，
读书，读书，还是读书。
有时候也遇到喜欢的女同学，
想到祖国的四化，不行，要把被"四人帮"夺走的时间夺回来，
个人算什么，祖国、人民才是我们学习的动力！
入学初期，宿舍是电机楼大教室，
70多人一间，每天24小时是从来不关门的，
但夜晚11点是准时关灯的，
关灯之后，
说梦话的，咬牙的，写情书家书的，继续看书学习的……
我们是小孩，傻傻的，
胡噜着就睡了。
人小杂念少，
觉得宿舍越大越好，
一个系的男生住在一起，
好像一个大家庭。
后来，我们搬到了一宿舍，
房间变小了，

一个大家庭分成了很多小家庭，

说起话来都是"你们宿舍""我们宿舍"，

好像不是同学似的，

别班的就更遥远了。

我想念大教室，

想念大家庭的感觉。

我们7813是大班，40多名同学，

最大的33岁，有老婆孩子在家，被我们称为老大哥；

最小的15岁，农民家庭，还没发育成熟，家有六七个兄弟姐妹，被大家叫作"小不点"。

我们班只有一个共产党员，他自然成为我们的班长，

我们的班长只管自己拼命读书，不太管班上的事，

我们当时还认为他是假共产党员。

直到近些年，我才理解他，他是个杠杠的共产党员。

毕业后，他还为班上的事尽心尽力，

共产党员不是喊出来的，而是做出来的！

我尊敬我们的班长，

当然，后来也有一些同学入党了，

都是读书好，还热心帮助人的同学。

在我们这些小毛孩的眼里，

他们就是我们的大哥大姐。

我们班的辅导员，教我们唱《我们都是神枪手》，鼓动我们雄起雄起。

还有，我们在哈尔滨的同学家长，送来的冻梨，老甜老甜的；

还有，我们去郊外钓青蛙，一麻袋一麻袋的，扛了坐大巴回学校，

杀完青蛙，看着满地鲜血，我饿，但我吃不下；

还有，小弟被人欺负的时候，班上从二哥到五哥，学做江湖人，替天行道，

不管青红皂白，出去为小弟打架；

还有，同学穿喇叭裤、留长发，

被躲在校门口的系领导拿剪刀剪掉，为的是不让资产阶级毒害我们下一代；

还有，我们系的一个美女歌唱家，唱的歌很有杀伤力，

被我们不认识的同学追去了，愤怒的我们给她取个外号"白萝卜"（博导）；

还有，一个帅哥，相声说得棒，人还热心，被多个女生暗恋，还有女生写信追他；

还有，几个帅哥同时爱上一个女同学，可是人家却爱上了别个人家，有个帅哥说出了"非她不娶"这种豪迈疯狂的话。

年轻就是疯狂，为爱情疯狂，为知识疯狂，为理想疯狂……

讲起来，我的血液都会沸腾起来，

现在我经常思考着一个问题：

疯狂是年轻的符号，

就像大海，在岸边才有浪花飞卷，

远去的似乎是回归自然，渐渐流向天边，

再没有理由回头。

我怕我不疯狂了，

不疯狂了，

是不是意味着生命也就衰老了。

所以我怕，这么美好的人生，离开了多么可惜啊！

不要过早地让自己平静下来，

而要寻找一样可以让自己疯狂的事去做，

直到生命的最后一刻！

78251 罗光学　　78251 胡传森

我们再起航
——哈尔滨工业大学78级40周年之歌

难忘的记忆

78251　胡传森

一生中最难忘的记忆，
是在哈工大求学的美好时光。
一生中最宝贵的珍藏，
是那张 7825 全体的合影照片。

学基础理论，学专业知识，
我们在机械楼和图书馆之间奔忙。
哈尔滨寒冷的冬天，
同学们在冰雪中放声歌唱。
我们唱《三套车》，
也唱《铃儿响叮当》。

学画法几何，学机械制图，
复杂的图形，让我们费尽了想象。
我们在图板上熬到深夜，
对未来的工程充满了憧憬和向往。

我们仿佛看到，
飞机、导弹从我们的图纸上奔放。

学流体力学，学自动控制，
我们在阶梯教室上课，
在实验室里研讨商量。
冰雪刺骨的早晨，
我们在四百米跑道上锻炼成长。
我们考试，全部合格，成绩顶呱呱，
全班同学喊得一个比一个更响亮。

如今我们都已年过半百或花甲，
有人当过官，有人事业强。
有人默默耕耘，有人生活平平常常。
但是我们对未来，一样充满了希望。
只要想起在哈工大的学习时光，
我们个个都心存感激，眼睛发亮。

7825　白鸿谋

那砥砺厚积的岁月

那砥砺厚积的岁月，
经十年磨乱封闭，
在第二个丹桂飘香时开启。
我背着沉甸甸的行囊，
以备御北国寒冷冰霜，
对未来怀着美好理想，
来到陌生而向往地方。
东西南北有志青年，
汇聚一堂。

那砥砺厚积的岁月，
青春的芳华，
这时期肆意怒放。

恰同学青年，
我们尽情欢唱；
风华正茂，
我们昂扬向上，
迸发出火样光芒。

那砥砺厚积的岁月，
我们的智慧和身体，
这时期疯狂增长锤炼成钢。
梯形教室中，
全系同学聚精领悟听讲。
小教室里，
同专业学子会神答疑解盲。

图书馆的书架旁，
吮吸知识的人们自然成行。
运动场上，
挥洒激情汗水，
展示拼搏风采和力量。

那砥砺厚积的岁月，
对知识运用的欲望，
随时间流淌不断增长。
实验室学验全程，
我们全神贯注观测操作，
渴望从各种成实的表象和数据中，
验证理论和设计是正确的结果。
实习基地和场所，
我们积极实践潜心摸索，
力争尽快把握理论与实践结合的脉络。

那砥砺厚积的岁月，

我们南腔北调交流，
东土西域探求。
我们曾在宿舍里调侃谈笑，
也曾漫步校园小路，
欢乐在松花江太阳岛。
愉悦荡漾在心中，
幸福拥抱来到。

那砥砺厚积的岁月，
依依惜别四年后盛夏的时节。
我们载着哈工大的烙印，
秉承学校的荣耀和神韵，
走向奋斗的地方。
奉献在北国，
拼搏在南疆。
铸就了一个又一个辉煌，
谱写了一篇又一篇华美乐章。

78251 林 艺

胡 杨 礼 赞

久闻胡杨"生千年不死,死千年不倒,倒千年不朽"。其顽强生命、铁骨气质、不朽精神震撼我心。常羡之,久慕之。今得良机,亲密接触。

西北戈壁滩,平旷无垠。唯寥寥骆驼刺似生似死,其茎下沙包凸起,似零乱的坟冢。驱车良久,抬头远眺,忽见一片绿洲,胡杨林,胡杨林!

祁连山冰雪缓缓消融,涓涓淌下,汇入黑河。黑河滔滔,穿越戈壁,蜿蜒匍匐,眷憩酒泉〔注〕,激情满怀,奔流东北。河畔胡杨葱葱,芦苇相从。

走近河岸,但见胡杨连片成林;穿过芦苇,走进林中,常见三五为邻,形态各异。有杆壮枝挺,冠阔叶茂,根盘沙固;有倾而不倒,疏枝坚竖,傲风摇叶;有倒而不折,倚地显奇,托冠成景;也有枯死的,歪倒在那儿诉说着千年沧桑。

时值重阳,再次走近。背托蓝天,白云缓缓,胡杨叶黄灿灿,河面倒影似画;再走近,沙地上叶片粼粼。抬头望去,几片叶子画着优美的曲线轻轻着地。

醉卧沙丘上,信手拾起一片叶子,端详着,我神进胡杨林。

"年年严冬,狂风怂恿,黑河冰坚,黄沙肃杀,镂金砾骨,天崩地裂,您何以耐?"

"严冬一时,狂沙一阵,盘根为基,连片成林,坚皮做盾,年年春暖,冰为吾开!"

"您春迎阳光生辉,夏伴和风欢舞,秋傲疾风摇曳,冬斗狂沙志坚。您为我师,向您致敬!"

"航天志士特别能吃苦,特别能战斗,特别能攻关,特别能奉献。我当学之。"

……

我回神。

我爱胡杨,我赞美胡杨林。

胡杨就在我身边,我更赞美这胡杨林。

注:酒泉卫星发射中心黑河下游设橡胶坝。坝上阔如平湖,坝下瀑布啸啸。

朗诵:刘卫平

《胡杨礼赞》的写作背景

2007年我任某航天型号试验队的党委书记,试验在酒泉卫星发射中心进行。我在试验队创办了一份报纸《剑之光报》,每周印发一份报纸,每次飞行试验后也必定出一份特刊。

我们的试验一直非常顺利,几乎次次成功,但是有一次失败了。我事先准备的庆祝成功的特刊不能用了。可是报纸不能因为试验失败就不出呀,我们必须有针对失败的相应内容的稿件。

我在酒泉期间多次进出胡杨林,被胡杨的顽强生命所震撼。借景生情,我写出了《胡杨礼赞》,登载在《剑之光报》上面,激励试验队队友。后来《中国航天报》等也登载了《胡杨礼赞》。

2008年"神舟"七号航天飞船发射后,我将《胡杨礼赞》做成图片,送给航天英雄杨利伟,以此表达敬意。杨利伟和其他上天的航天员共6人都在《胡杨礼赞》上签了名,并回送给我。"神舟"十号飞船发射之后,其他上天的航天员续签了名。前后签名航天员共10位:

杨利伟,费俊龙,聂海胜,翟志刚,景海鹏,刘伯明,刘旺,刘洋,张晓光,王亚平。

78420 葛 茗

哈尔滨工业大学颂歌

——入学哈尔滨工业大学40周年有感

对于每一个初到校园的人，大概都在忐忑于自己的蒙昧无知。然而经过了校园中四年学业养成后的那天，每一个学子都成了一个成竹在胸、矢志报国的志士仁人。

父母没有给我们更多，只给了我们生命与爱，这是我们将要飞翔的一只翅膀；而哈尔滨工业大学也没给我们更多，只给了我们知识与理想，这便是我们将要飞翔的另一只翅膀。啊，够了！有了这一对翅膀，我们将胸怀大爱背负理想，扶摇苍穹逍遥九霄！生命因博爱灿灿生辉而丰满，胸襟因知识与理想烁烁其华而勃然！

曾几何时，太白望月徒留词，莫高飞天亦枉然，今朝我辈请诗仙，同赴广寒却等闲。大地飞花磅礴里，高天流彩九霄艳，赴月星槎凤鬻返，李白吴刚嫦娥还。

春之霏雨令我们豪情萦怀，夏日艳阳使我们意气高扬，金色秋风坚我辈爱国之志，冬雪烈烈壮我报国情怀。亲人之情于心，此情已为我肌肤；家国社稷在意，此意已铸我筋骨！

我们深深感恩给我们生命与爱，将我们带入生命礼堂的父母，我们也满怀真情地感恩赋予我们知识与理想，引领我们进入报国殿堂的哈尔滨工业大学，这就是我们生命与理想的礼赞与颂歌。今天，让我们再一次向你深情地表白，哈尔滨工业大学，我爱你！

哈工大华章

光阴荏苒，岁月朝暮，初到工大，历历如昨，
时光氤氲，多生华发，真情不改，初心依旧。

四十年前兮多懵懂，

而今再聚兮华发生，

也常相会兮常入梦，

双手紧握兮泪朦胧，

天生我辈兮担重任，

不负众望兮多佳绩，

感恩父母兮哈工大，

放歌天地兮奏华章！

78431　李晓荣

梦不死，心永远年轻

再一次握着你的手，道别珍重，
心底涌起无限感慨。
这心情让我如何表白，
用这语言，久违了数载。

再一次拥抱着你说：再见。
一丝伤感，一丝留恋，伴着期盼无限。
怎知道，这友情如此深在，
不会变，自我们相识的那一天。

再一次散了，你、我、他，
回到了习惯的，属于我们的生活。
就像很久以前的那天，我们启程，
踏上未知的路，追求那不死的梦。

三十载岁月悠悠，不堪回首。
沧桑已写在脸上，
条条皱纹，片片灰白，
记录的是经历和无奈。

三十载岁月悠悠，又怎能不回首。
追寻我们青春的记忆，
那起点正是，你、我、他，
怀着不死的梦，憧憬。

聆听你的故事，我知道你的心声。
坎坷和艰辛使你坚强、成长。
拂去偶尔有过的困惑和无奈，
三十载，你用心来歌唱。

又听到了你的幽默、调侃，
笑痛了我们已臃肿的肚皮。
谁在乎，这角落曾被爱情遗忘。
友情在，你、我、他，富有、充实。

再会有期，何在乎岁月悠悠，
快乐生活,你、我、他,仍唱着年少的歌。
再会有期，何在乎沧桑满面，
梦不死，心永远年轻。

7850 熊 焰

恋曲三十年

公元1978年，中国历史翻开了新的篇章，
百废待兴，教育先行，
中断了十年的高考，恢复了本来的荣光。
3 000名莘莘学子，
从四面八方汇聚到哈尔滨工业大学，
走进了心驰神往的科学殿堂。

这是一所怎样的大学啊——
六十年的历史起伏跌宕。
中外合璧，理工兼容，
大师云集，文脉悠长。
中国高校学习苏联的工科典范，
有高教界无人不晓的中央委员，
永远的老校长——李昌！
始终是大学中的国家重点，
共和国国防科技的脊梁！
治学严谨，学风朴素的"工程师的摇篮"，
"规格严格，功夫到家"的校训代代传扬。

在相差半年入学的两届学生中，
有来自广阔天地的老三届，
有来自钢铁长城的部队"首长"，
十年英才聚一载，
四海精华汇龙江。
班里的小弟，年龄不满十五岁，
混沌初开，充满阳光；
已过而立之年的老大哥，
早已洞明世事，子女成双。

清晨的操场上，呵气成霜，
集体跑步，单杠双杠，
锤炼体魄，精力强壮。
早早去占座儿，
椅垫儿帮了大忙。
阶梯教室里聚焦在教授身上的，
是专注的目光。
基础课刚熬完，专业课又跟上。

要把"四人帮"耽误的时间抢回来，
晨读的身影沐浴着朝露，
自习室里，陪伴着不熄的灯光。
一灶、二灶、三灶，饭盆儿叮当，
米面太少，主食是玉米面窝头和高粱。
一舍、二舍，号称全球最大的学生宿舍，
上下铺，八人同房。
还有人住过电机楼的大教室，
四十人同堂，鼾声此起彼伏，
梦话里说的是"歌德巴赫猜想"，
黎明时贪晚的刚刚睡下，
赶早去占座的正在起床。

往事历历，至今难忘，
忘不了，复习、考试、答疑，
几人因 100 分兴高采烈，
几人因不及格暗自神伤。
最关心的成绩册，小开本，皮浅黄。
忘不了周末俱乐部放电影，
排队买票在电机楼门前的小平房。
忘不了那一场告别演出——
自编、自导、自演的世纪经典，千古绝唱！
忘不了太阳岛野餐，虽不丰盛，
但少不了哈尔滨啤酒，秋林红肠。
忘不了校园的辖区叫南岗，
北临大直街，南靠马家沟，小河流淌。
忘不了金工实习，机工厂的师傅教会使板锉，
忘不了毕业设计，实验室老师带领模型组装。
忘不了主楼前矗立的毛主席铜像，
也忘不了小伙子们常常议论邻班的长辫子姑娘。

不用追忆过去的青春，
不必感叹易逝的时光。
三十年弹指一挥，
我们中出了飞船总师，两院院士，
还出了航天集团老总，哈工大校长。
更多的人奋战在祖国建设的第一线，
埋头耕耘，汗洒边疆。
我们都因是哈工大的学生而骄傲，
我们时刻记住要为母校添彩争光，
我们时刻关注着母校的发展成长。

当年我们在主楼前分手，
三十年栉风沐雨，
八千里地远天方！
生逢盛世，风云际会，
哈工大人就是要做共和国的脊梁！
无论是硕果摇曳还是生活清贫，
无论走向成功还是起伏跌宕！
我们都真情相助，互相瞩望，
因为我们拥有共同的文化基因，
因为我们共享四年的纯真与梦想！

三十年弹指一挥，
我们都青涩褪尽，两鬓飞霜，
最近的事情经常忘，
而三十年前的"哈工大故事"，
总在眼前过电影：一幕幕、一场场——
正可谓：
如烟往事皆淡去，
难忘校园紫丁香。

7850　徐国栋

七 八 赞 歌

春风复绿山川大地，
金榜题名我七八级，
父亲嘱托母亲期望，
为革命学习中华崛起。

班里的事情很有趣，
大哥憨厚大姐美丽，
小妹说话娇声娇气，
还有那淘气的小弟弟。

窗外丁香花开春季，
窗内争先破解难题，
放飞理想苦练本领，
互帮互学是同桌的你。

祖国建设贡献智力，
万丈高楼拔地而起，
彩虹铺就复兴之路，
飞驰的高铁书写传奇。

神舟天宫留下足迹，
悟空金睛探索秘密，
嫦娥九天喜迎宾客，
东海蛟龙西洋遇知己。

年过半百英雄豪气，
壮志凌云骄狂古稀，
青山绿水蓝天万里，
百年梦想辉煌又美丽。

78832　周全申　　　　　**78832　戴　勇**

回忆母校哈工大诗词汇集

1. 哈尔滨印象
（1982年8月）

红肠啤酒大列巴，
白雪冰雕丁香花。
风情靓姐甲吴越，
弥夜灯火比京华。
教堂礼拜平心境，
松江击水爽冬腊。
若问晚年居何处？
太阳岛上是我家。

2. 哈工大7883-2班毕业照
（1992年7月）

别时容易聚时难，
尘封年月现眼前；
南岗丁香醉学子，
秋林月色照楼尖。
河北人家多凤雏，
江东弟子尽才贤。
满庭桃李红白处，
恩师鹤发笑开颜。

3. 哈工大 7883-2 班毕业签名册
   （1992 年 7 月）

见字如人想联翩，
松江落日漾游船。
墨香犹存情犹在，
诸君相遇报平安。

4. 哈工大 7883 级北京同学聚会
   （2005 年 5 月）

久违同窗远道来，
北京五月花盛开。
乡音未改人依旧，
戎马半生展雄才。
冰城有幸成知己，
天地无边萦情怀。
此别不知重逢日，
岁月从容好安排。

5. 题：杨禾颖与石春生跳舞特写
7883级北京同学聚会
(2005年5月)

织女长袖牵牛郎，
嫦娥踏歌伴吴刚。
此情只应天上有，
愁煞人间少年郎！

6. 题：哈工大7883-2班
陆伶2003年爬西域雪山照
(2005年5月)

藏帽遮颜酒饭足，
夕阳斜照小木屋。
"茄子"二字惊阿仔，
"沧海一笑"入镜无？

杨禾颖与石春生跳舞

陆伶爬山照

7. 题：照片《开心一刻》(7883-2班毕业三十年纪念
（2012年6月8日）

看，笑得多么开心，
这就是同学间白雪般的纯情；
此时，你也许听不到同学的笑声，
但你一定能够感受到他们愉悦的心境；
或许，你的笑脸不多，
那只是你笑的瞬间没有入镜；
看到了《开心一刻》，
你一定会嘴角上翘，情不自禁；
笑吧，又何必担心增添几根皱纹，
笑吧，随着内心的韵律，不必拘谨；
笑一笑，十年少，
笑一笑，胜过价值连城的补品；
愿兄弟、姐妹，笑口常开，
合家欢乐，事事顺心。

8. 久笑歌——题照片《开心一刻》
(78832 班毕业三十年纪念)
(2012 年 6 月 10 日)

一笑冰城喜相逢，丁香依旧绽春风。
二笑揖礼见恩师，百千学子归来迟。
三笑蓦然几回首，鼓角铮鸣声远去。
四笑俊逸气轩昂，立马昆仑少年狂。
五笑馥香凤求凰，松江玉女恋滨郎。
六笑后生真兴旺，当年公子坐高堂。
七笑人醉杯莫停，横槊琉球海波平。
八笑花甲血未凉，大风起处云飞扬。
九笑同窗一世缘，百年校诞庆团圆。

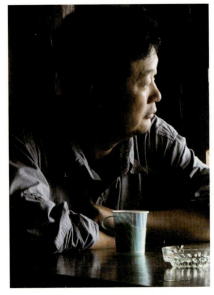

78921　崔鸿亮

何日再相聚

——哈工大 7892 班毕业 20 周年光盘配文

主题曲：《友谊地久天长》（苏格兰民歌）老朋友怎能忘记过去的好时光……
　　　　《送别》长亭外，古道边，芳草碧连天……

　　亲爱的同学、亲爱的朋友：一九八二年哈工大主楼前的挥手一别，至今已整整二十年了。二十年过去了，我们已步入中年。

　　岁月悠悠、时光易逝。二十年来无论我们走到那里，都难以忘怀在哈工大求学的日子。这思念，这缅怀，有时是散步间的一刹那，有时是工作时的一瞬间；有时在脑海里，有时在睡梦中……是啊，哈工大的四年，毕竟是我们人生最重要、最难忘的回忆。那时我们第一次远走他乡，第一次踏入大学殿堂；思想刚启蒙，情窦才初开……

　　哈工大呦，二十年来，我们魂牵梦绕，二十年来，我们耿耿于怀！这里曾留下过我们青春的足迹，这里曾燃烧过我们火样的热情！

　　你可曾记得：二十四年前的十月，我们以"天之骄子"的名誉汇聚在这松花江畔、冰城——哈尔滨。你可曾记得：当年我们是那样的年轻，那样的质朴；心中几多豪情，几多憧憬！

我们彼此相识于哈工大，结谊于书窗前。一起度过了整整四年——一千多个日日夜夜。

你还记得吗？二十四年前的十月，塞外初被雪，北国刚结冰。我们住进了七十二人的大宿舍，走进了百八十人的大教室。白天每间教室都被我们笃学的精神所笼罩，夜晚每个寒窗都被我们顽强的毅力所点亮。由此，开始了我们的大学生活……

无论我们来自江南水乡、黄土高原还是繁华都市、偏远山村，都要接受哈工大最初的艰难生活。从来都没有见过的高粱米、大楂子；还有那难以下咽的煮土豆、煮白菜、煮萝卜，这些成了大学一年级的主食。记得在哈工大的第一个元旦，我们聊以自慰写下了这样一副门联："土豆白菜高粱米"，"学士硕士工程师"，横批是"后味无穷"。那时，我们没有可口的饭菜，没有像样的衣衫。馒头夹点儿大油都有些奢侈。生活是那样的拮据，远离家乡的游子，身上常常只有几角钱、几块钱，我们不得不步行去买生活和学习用品，那时秋林公司、南岗邮局、哈一百仿佛离学校那样近。在我们的记忆中，没有人抱怨过生活艰苦，紧张的学习生活、纯洁的同学情义仍使我们的生活充满着希望和阳光。

那是激情燃烧的岁月，那是青春浪漫的年华。

能忘记吗：白云下庄重的学府，夜幕里璀璨的主楼；

能忘记吗：太阳岛上的郊游，松花江里的戏水；

更不能忘记：橙黄的路灯、光亮的石路、无语的白桦、幽幽的丁香；

啊！所有的一切都成了我们最美好的回忆！

"同样的感受给了我们同样的渴望，同样的欢乐给了我们同一首歌。"哈工大的岁月成了我们永恒的记忆，青春的足迹印在了校园的每一个角落。共同的生活使我们成了亲爱的兄弟姐妹，往日的恩怨都演绎成了美好的传说。

一切都是瞬间，一切都会过去，然而那过去的一切都会成为美好的回忆！

一九八二年哈工大一别，我们奔赴四面八方。用自己的方式来圆在哈工大的梦，施展自己的抱负。

满怀壮志谱新曲，一腔热血堪珍重！

二十年来，我们努力过、奋斗过、呐喊过，也失败过、成功过。亲爱的同学、亲爱的朋友：无论我们饮着成功的美酒还是咀嚼着失败的苦果，你可曾想到过、回忆过我们在哈工大求学的日子?

二十年了,我们天各一方;二十年了,我们参商相望。挥不去的记忆啊,常使我们仿佛看到高耸入云的主楼,常使我们仿佛闻到醉人肺腑的丁香。我们多么地希望有朝一日再相聚,举杯话衷肠。

思悠悠,梦悠悠。工大一别岁月稠,年华似水流。

想也愁,盼也愁。何日相见方始休,携手登主楼。

二十年过去了。时间的褶皱已爬上我们的额头,岁月的风霜已初染我们的双鬓。我常想:难道非要风烛残年才能再见到老同学,一了心愿?

感谢这次聚会的主持人,感谢千里迢迢到来的同学,感谢每一个为此聚会付出的人,让我们有了这二十年来的第一次相聚!

二十年过去了,我们又一起来到了哈工大。

物是人非、青春不再!

记得上次我们一起来的时候还都是姑娘和小伙子。我们只能依稀在现在的学生身上,找到自己当年的影子。为感悟过去,再到学生灶,体验吃食堂的感觉。可是,吃着吃着,只觉胜似当年又不如当年,不由得心中感慨万千!恰似"人面不知何处去,桃花依旧笑春风。"……

幸好,当年的一些老师还在,送他们一束刚从昆明采撷来的鲜花,与老师照一张合影,再叙我们的师生之情。一箱鲜花从南国空运过来,送给了你,送给了我,送给了友谊。

来,再在主楼前合个影。

我们一遍又一遍地到机械楼、主楼和电机楼,寻找过去的记忆。大教室、栏杆边、窗台前、宿舍中都能勾起一串串往事。

到曾经的教室看看,想起那一个个坐垫;到我过去的床上躺躺,回味那难忘的四年;到常去的窗前站站,当年曾在此期盼;到那个难忘的栏杆前摸摸,那一年我在这边你在那边;再到那棵小树下看看,好像回到过去的羞恋。哦,往事依稀混似梦,都随风雨到心头……

一别二十年,老同学你过得好吗?我不一定能为你做些什么,但你是我常年的挂牵。请讲述一下你自己,说点你想说的话,好吗?

——于桂娟说:做一个有闲有钱的人……

——徐于杭说:大家有很多资源,应该整合资源……

——孙跃说：非常愿为大家做事……
——林飞说：准备迎接第五轮淘汰和崛起……
——林锦芬说：……
——王蔚海说：……
——潘玉纯说：……
——王新敏在传真里说：……

少年不识愁滋味，爱上层楼。爱上层楼。为赋新词强说愁。而今识尽愁滋味，欲说还休。欲说还休。却道天凉好个秋。

说不尽的话，道不完的情。从宾馆到教室，从孙跃办公室到太阳岛。

那梦中难忘、常回的太阳岛啊，今天又增添了难忘的一幕。我们一起高唱《来日再相会》。

曲终人散时，情到伤心处。

……

一双双紧握的手，一行行激动的泪。一声声的叮咛，一句句的祝福。

情依依、泪涟涟、多珍重、再相见！

（歌曲：相见时难，别亦难……）

泪洒湿巾，长恨别。二十四年情意，尽在不言中！

挥手劳劳，从兹去。八千里路思念，何日再相聚？

我们衷心祝福所有的同学、朋友身体健康，阖家幸福！祝你平安、愉快，愿我们早日再相聚！

2002 年 6 月 21 日

友谊长存　气贯苍穹

——哈工大 7794 班与母校结缘 40 周年同学聚会献词

77941　张振太

（一）

红日　　　　　　　　　　过眼匆匆
蓝天　　　　　　　　　　酸甜苦辣
白云　　　　　　　　　　尽融其中！
春风！　　　　　　　　　有人说：
冬去　　　　　　　　　　人生如虹
春回　　　　　　　　　　五彩缤纷
花落　　　　　　　　　　横跨蓝天
花红！　　　　　　　　　异彩纷呈！
四十年的
风风　　　　　　　　　　也有人说：
雨雨　　　　　　　　　　人生如酒
坎坷　　　　　　　　　　愈久愈佳
棘丛！　　　　　　　　　余香盈口
正是我们哈工大师生　　　回味无穷！
共同经历过的　　　　　　可我们说：
不平凡　　　　　　　　　人生如火
人生！　　　　　　　　　光辉四射
　　　　　　　　　　　　多姿多彩
有人说：　　　　　　　　烈焰飞腾！
人生如梦。

(二)

江河奔流

日月驰骋

时空变换

亘古不停!

时间是多么伟大的作者啊!

四十年的风霜雨雪,

把我们雕刻成

千姿百态

个个不同!

有人如穿云的海燕!

有人如奋飞的雄鹰!

有人如傲雪的红梅!

有人如拥冰的青松!

有人成为社会的栋梁!

有人成为各战线的排头兵!

有人永不言败!

越挫越勇!

胸怀坦荡!

铁骨铮铮!

敢于直面人生!

也有人默默无闻,

忍辱负重,

无私奉献,

甘做社会的铺路石,

永不生锈的螺丝钉!

更有人潇洒飘逸,

闲云野鹤,

淡泊名利,

气爽神清!

正是:

四十年的时空变换,

各自以魅人的光辉,

点缀着,

祖国深遂无垠的天空!

这是人生不同的韵味!

这是造物的鬼斧神工!

（三）

有人问：
世上究竟什么最珍贵？
是黄金？
是珠宝？
是权势？
是虚名？
是万人仰首？
是前呼后拥？
是腰缠万贯？
还是亿万富翁？

可我们说：
这些身外之物不值一文，
最珍贵的莫如团聚，
最难得的莫如
师生间、同学间的
纯真友情！

友情——
是人世间的"万有引力"，
友情——
是人世间的"模糊磁场"，
友情——
是一条无形的纽带，
友情——
是联结维系师生间、同学间的
心心相印，
息息相通，
坚实而又绚丽的
彩虹！
让我们
珍重友谊，
尽享团聚，
把握现在，
直到永恒！

（四）

社会贤哲告诫我们：
一个成功的人
年青时要浓烈！
中年时要淡定！
老年时要厚重！

我们哈工大校友，
已努力做到：
年青时曾奋进！
中年时曾抗争！
暮年时仍驰骋！
这是四十年来我们给母校的，
一份答卷！
也是我们回报党和祖国的
一片赤子深情！
逆流回旋，
难阻大江滚滚东流去，
猿声悲啼，
人生之舟已过山万重！
让我们架一道
跨越时空的拱桥，
披一抹
情浓于血的彩虹！
携手并肩，
迎风破浪，
锁定胜利！
锁定成功！
让我们同窗学友
友谊长存，
真情长在，
天长地久，
气贯苍穹！！
愿我们本着
"上善若水，厚德载物"的
道德风范，
盛装打扮，
风情万种！
我们虽不伟大，
但也岁月峥嵘。
曾有着熠熠生辉
光彩照人
瑰丽、魅人的
人生！！！

2018年1月28日星期五修改

7761　郭永学

缘

走了，　　　　　　遥距，
却放不下，　　　　海角天涯。
同学，　　　　　　岁月，
一生牵挂。　　　　流水落花。

相聚，　　　　　　只有啊，
却回不去，　　　　记忆的闸，
往日，　　　　　　留住，
锦色年华。　　　　曾经的你，
　　　　　　　　　永远的他！

78952 王 军

永远的母校

40年后，我们终于回到了魂牵梦绕、引以自豪的母校——哈工大。

庆幸再次跨入母校的大门，仰望巍峨的主楼，我们欣慰，没有辜负您的期望，探索工程技术造福人类的征程上，满载而归。

记得毕业前，在校报上曾发出《当我就要离开母校的时候》的不舍，走过40载风风雨雨，我们有太多的话，要对您倾诉。

生活的道路不像我们憧憬的那样前程似锦，经历了一次次失败，摔倒了，又爬起来，我们坚定地向心中的目标前行。

科技创新让我们懂得登攀没有捷径可走，必须脚踏实地、埋头苦干，几分耕耘，几分收获，我们用行动践行"规格严格，功夫到家"。

不同的工作岗位，让我们以母校获得的科学思维方式和学习能力，应对挑战；干一行、爱一行，是母校的力量引领我们追求卓越，走向成功。

在磨难中成长向成熟，在坚守中孤独并快乐。世俗偏见让我们更加珍惜正义，百折不挠让我们更加忠于信仰。纷繁的世界，多彩的人生，我们从未忘记初心，因为母校永远在心中。

沈阳航天新光集团党委副书记

7865　李永东　　　　**78831　戴日庸**

友谊江长

(小合唱)

词：李永东
曲：戴日庸

中速
1=F 3/4

‖:(3 3 2 3 3 | 5 3 - | 2 1 6 1 3 | 2 1 -)|

(女) 3 3 2 3 3 | 5 3 3 - | 2 1 6 1 3 | 5 3 2 - |
从那 遥远 的 天边， 流来一 条美 丽的 江；
松花 江水 在 流淌， 汇聚一 批年 轻力 量；

(男) 3 3 · 6 | 4 4 4 - | 2 1 6 1 · | 3 3 2 1 1 |
明月 刚 升起， 江面 闪 烁 点点 微光。
满装 再 出发， 我们 奔 向 四面 八方。

(合) 5 5 5 · 6 | 4 3 5 4 4 | 1 2 3 4 3 | 5 3 - |
江风 在 阵阵 吹呀， 发出欢 乐的 歌 唱。
四十年 弹 指 过呀， 都是动 人的 乐 章。

5 5 5 · 6 | 4 3 5 4 4 | 1 2 3 6 3 | 5 5 - |
江风 在 阵阵 吹呀， 发出欢 乐的 歌 唱。
四十年 弹 指 过呀， 都是动 人的 乐 章。

| 3 3 0 3 2 1 | 2 1 - | 1 2 3 5 | 4 - - |

我们　年轻的　｜朋　友，｜漫步江岸　｜上，
我们　永远的　｜朋　友，｜人生道路　｜上，

| 1 1 0 1 7̣ 6̣ | 5̣ 5̣ - | 5̣ 5̣ 1 2 | 1 - - |

| 5 5 3 5 5 | 1̇ 6 5 6 | 6 - - | 6 - - |

炽热　豪情，　｜青春荡　漾。
真诚　相望，　｜友谊江　长。

| 3 3 1 3 3 | 5 4 3 4 | 4 - - | 4 - - |

| 5 5 0 5 4 3 | 2 5 - | 1 2 3 5 | 6 - - |

我们　年轻的　｜朋　友，｜漫步江岸　｜上，
我们　永远的　｜朋　友，｜人生道路　｜上，

| 3 3 0 3 2 1 | 7̣ 7̣ - | 6̣ 7̣ 1 3 | 4 - - |

| 6 6 5 6 6 | 1̇ 6 5 1̇ | 1̇ - - | 1̇ - - ‖

炽热　豪情，　｜青春荡　漾。
真诚　相望，　｜友谊江　长。

| 4 4 3 4 4 | 3 3 2 3 | 3 - - | 3 - - ‖

2018年8月16日

折纸书雕

78252　刘宝霞

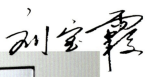

封面手绘图作者

78832　陆　伶

章页手绘图作者

7844　周航宇

后记

编委会的故事

《永恒的哈工大记忆》终于付梓成书了,我们编委会也完美谢幕了。

还是在2017年3月,在北京召开了哈工大77、78级入学40周年活动筹备组会议,在京77、78级校友20余人参加了会议。会议初步确定编辑出版一本纪念文集,作为纪念活动的一项内容。2017年12月,召开了第二次筹备组会议,正式启动了文集的策划工作,并委托林艺、杜光伟和我负责此项工作。2018年1月,成立了由6名志愿者组成的编委会,确定了纪念文集的内容,并向全体77、78级同学发出了征稿通知。

从发出通知的当月开始,陆陆续续收到了同学们发来的稿子,直到7月下旬交付工大出版社编辑排版印制,历时半年多的时间,全体编委会同学通力合作,倾情投入,执着追求和不懈努力,使得这本反映77、78级同学独特经历和时代背景的文集,在我们纪念入学40周年的活动中如约而至。

关于这本文集,我们希望读者能在这些文字里找到自己当年的影子,重温当年的学习生活,回顾40年的奋斗历程,诚如我们在编写过程中的体验一样。

我是在一次编委会电话会议掉线缺席时被大家推举为主编的。我虽然力推其他同学,但却受到了大家的"批评",只好服从多数承担下来,并努力为此付出了时间、精力和担当。幸运的是有编委会全体同学做坚强后盾,使我这个从未当过主编的"主编"如期顺利地完成了任务。此时,我最想说的除了感谢还是感谢:

感谢投稿的同学们!无论稿子采纳与否,你们的热情投入,我们已深深体会,并从中得到极大的鼓舞和鞭策。

感谢各班的群主!你们的大力协作,是文集征稿成功的保证。

感谢哈工大校友总会副会长、7850班熊焰同学热情为本书作序,其中对本书的历史背景和重大意义进行了完整深刻的诠释和表达，令我们开卷振奋。1993年你从校团委书记调任团中央以来，几十年漫长的岁月中对校友会工作的投入激情不减，这次又发起策划了77、78级40年纪念活动，你那深邃的智慧和强大的格局让我受益匪浅。

感谢这次纪念活动组委会的秘书长7812班的于明老兄，作为当年工大的学生会主席和文工团相声演员，你的多才多艺和组织领导力令我敬佩。你这次通过纪念活动最有效的指挥体系——77、78级群主群——鼓动得同学们群情振奋。特别是你落实了哈工大出版社负责本书的出版让我们倍感踏实。

感谢编委会的全体同学，没有你们的执着和努力，就没有这本文集的问世。请允许我在这里一一致谢：

感谢林艺同学！你在第一时间拟制发出了征稿通知，那激扬煽情的文字激发起多少同学强烈的撰稿冲动；每次组织召开编委会电话会议，你的关于工作任务的决定总是毋庸置疑，几乎霸道得掷地有声；你迅速编制下发的会议纪要，不断推进着编写工作的进程。至今，我的耳边还仿佛回响着电话会议上你那闽南口音。

感谢许赤婴同学！远在大洋彼岸，13小时的时差，并不妨碍你的热情参与，电话会议上你远在美国的声音传来，我们都很感动。由你进行全书的编目和统稿，你的细致和不厌其烦令我们敬重。你在编选稿子时发出的感叹"手心手背都是肉啊"，我们每个人都感同身受。

感谢徐彤同学！作为曾经的机械工业出版社副总编，你以对稿件编辑过程中的审阅和加工上的丰富经验，指导我们顺利完成了第一阶段的初审编审工作。你会时常在我们的微信群里"请示"工作：领导，下一步该考虑预算和版式了……你的热情、爽快和干练贯穿始终。

感谢刘卫平同学！我们曾经合作编过五系78级的两本回忆录，都是难忘的愉快体验。你为了一篇好稿子不休不眠，为了一个题目苦思冥想，经你编审的稿子仿佛都带有你温婉的文艺气息。对于优秀的稿件，你会一反常态"据理力争"，你的认真细致、追求完美令我自愧不如。

感谢杜光伟同学！你的那句"男女搭配，干活不累"在我们的编写过程中得到验证，令你的搭档隔空喊话："和你合作真愉快！"请原谅我忘记了你在电话会议上的发言内容，却记住了一句最经典的"台词"："对不起，我又掉线了！"尽管如此，你的任务总是如期完成。

感谢 77、78 级的校友们对出版本书的关心和积极协作！特别是宇航出版社副总编 7753 班李之聪师兄为我们提出了很多具体的宝贵建议。

感谢哈工大出版社的李艳文编审和范业婷编辑、王晓丹编辑，你们对于 77、78 级的同学怀有天然的感情和敬意，在你们温和耐心又积极督促下，我们完成了本书。

最后，感谢所有阅读本书的同学和朋友，期待着你们的分享和肯定，愿你们的生活幸福温润、诗意盈怀。

7851 班 *杜华*　　2018 年 8 月 30 日

《哈工大北京校友会77、78级入学40年纪念活动》筹委会第一次会议　2017.3.25

本书编委寄语

7851 班 杜军

虽然有很多77、78级"名人"们的高考回忆,但还是更爱读熟悉的同学们的故事。见证并参与了国家这40年的沧海桑田之巨变更是我们这一代大学生得天独厚的经历。其实这次我们4男2女的编委会也不亚于当年热播的《编辑部的故事》。

78251 班 林艺

我赞叹同学们的精彩妙文,我感激群主们的认真负责,我敬佩同仁们的严谨推敲,我欢欣纪念文集隆重出版。文集聚团队,团队默契快乐;团队编文集,文集如歌似画。

78832 班 杜光伟

从稿件中解读当年的往事,认识了更多的同学,读懂了成功和奋斗,欣赏到智慧和幽默。认识到精品不是书,而是书的主人公——哈工大77、78级的同学。在编写工作中感悟到"男女搭配,干活不累"的真谛。

7811班 徐彤

加工同学们的稿件，常被带入其中，有冲进去交流的欲望。那娓娓道来的青葱岁月和内心感受仿佛是我在述说。谢谢亲爱的同学，你们用心灵的笔触展现出我们77、78那一代年轻时亮丽的风景！

7852班 刘卫平

这是一本独属于我们这一代人特殊经历的真实记录。你若能同我一样，在这些文字中找到当年的自己，并从中感受到岁月的美好、友情的温润、奋斗的艰辛和收获的喜悦……我们的付出就是值得的。

78252班 许赤婴

虽难免遗珠之憾，近百篇回忆仍将四年同窗与其后的漫长岁月勾画得立体而生动。编委会成员的倾情投入，出版社老师的敬业与专业都令人感佩。一书在手，77、78级的哈工大记忆绝对是此生最宝贵的篇章。